El Yelou

Volumen I. El legado de los Sephal

LUIS LÓPEZ JIMÉNEZ

EL YELOU

VOLUMEN I. EL LEGADO DE LOS SEPHAL

Círculo rojo – Imaginación
www.editorialcirculorojo.com

Primera edición: noviembre 2013

© Derechos de edición reservados.
Editorial Círculo Rojo.
www.editorialcirculorojo.com
info@editorialcirculorojo.com
Colección *Imaginación*

© Luis López Jiménez

Edición: Editorial Círculo Rojo.
Maquetación: David Ruiz Muñoz
Fotografía de cubierta: © Fotolia.es
Diseño de portada: © Antonio López Galdeano.

Producido por: Editorial Círculo Rojo.

ISBN: 978-84-9050-471-0

DEPÓSITO LEGAL: AL 896-2013

IMPRESO EN ESPAÑA – UNIÓN EUROPEA

Dedicatoria

A mi prima Carla, que me ayudó desde mis inicios leyendo los primeros capítulos y animándome a continuar.

Capítulo 1: Bastur

Era Nochevieja y Ricardo estaba en su casa con su madre, su tío y algunos amigos de ambos. Se podría decir que el comedor era angosto para una reunión de tantas personas. La mesa desplegada ocupaba todo el espacio y no se podía pasar de una parte a otra de la estancia sin molestar a la mitad de los invitados. Sobre el mantel, solo quedaban los restos del aperitivo y, los huesos del pollo que hacía poco había sido la cena.

Su madre y dos amigas suyas se levantaron, recogieron la mesa, y sacaron los polvorones y demás dulces navideños.

Ricardo estaba sentado en un rincón del comedor, sobre una silla vieja que crujía cada vez que se movía. Parecía no estar allí, ya que el resto de invitados estaban hablando de viejas aventuras y anécdotas que, ni le incumbían, ni le interesaban en absoluto.

De vez en cuando un invitado hacía un comentario gracioso y los demás soltaban unas enormes y desproporcionadas carcajadas.

Se sentía descolocado y fuera de lugar, él no debía estar allí. Debería de haberse ido con unos compañeros de clase a una fiesta. Pero su madre se negó, Ricardo siempre pensaba que le sobreprotegía.

Aburrido, miró al techo y comenzó a pensar en el sueño que tuvo hacía unos días. Fue muy raro, ya que soñó con su padre.

Su padre se había marchado siendo muy pequeño y dejando solos a su madre y a él. Había pasado toda la infancia sin un padre en el que apoyarse, sin embargo, se le hacía muy extraño que su madre no estuviese resentida con su padre. Cada vez que ella lo nombraba, se le iluminaba la cara.

Cuando su madre contaba alguna vieja historieta donde intervenía su padre, una chispa se encendía en su mirada. Muchas veces, Ricardo le decía que si él los abandonó es que no era buena persona. Pero ella siempre le respondía que hay que recordar a las personas por lo que son. A renglón seguido le decía que él no debía juzgarlo sin saber realmente el motivo por el cual los abandonó, y que le diría ese motivo cuando fuese mayor.

En su sueño vio a su padre. Se encontraba durmiendo en su propia cama cuando su padre se acercó y se despidió de él. Hablaba como si se fuera a ir para siempre, le habló de cosas muy extrañas, usaba palabras que no había escuchado en su vida y que hacían referencia a lugares. Aunque Ricardo no lo entendió muy bien.

Todo era muy confuso, se sentía un poco mareado y no lo recordaba muy claro. Como en todos los sueños, cuando se despertó, casi toda la información desapareció de su mente, así que no podía asegurar nada.

Sólo sabía que era su padre, de eso sí que estaba seguro. Era la misma persona que aparecía en las fotos que tenían distribuidas por casa. Aunque los estragos de la edad habían hecho mella en él, sin duda era su padre. Y esa era una de las cosas que más le llamaba la atención. Si había soñado con su padre, ¿Por qué su subconsciente no le había mostrado a su padre tal cual aparecía en las fotos de familia de hacía quince años?

Recordaba que se despertó llamándolo, pero en la habitación estaba él solo. Fue muy extraño porque fue muy real.

Bajó la cabeza y vio que su tío le estaba mirando fijamente. Lo miró él también a los ojos. La mirada de su tío se clavaba en él como si le quisiera decir algo. Su rostro sereno y sus ojos fríos lo estaban intimidando.

Su tío siempre había formado parte de su vida. Trabajaba a dos manzanas de su casa y vivía en el piso colindante al suyo. No estaba casado pero tampoco parecía buscar el amor, y eso que no le hubiese sido complicado, ya que era de complexión fuerte y se mantenía muy en forma para un hombre de su edad. Sus ojos eran negros y fríos como el hielo, al igual que su cabello.

Con Ricardo se comportaba de una forma fría y algo distante, siempre estaba ahí cuando lo necesitaba, pero no parecía gustarle mucho pasar el tiempo con él. Desde luego no era una figura que pudiera sustituir a la de un padre.

Ricardo intentó mirar a otra parte centrándose en un cuadro de la pared. Cuando pasó un tiempo prudente, volvió a mirar en dirección a su tío. Para su sorpresa todavía lo estaba mirando fijamente. Empezó a sentirse verdaderamente incómodo. Su tío no dejaba de mirarlo, estudiándolo. Su mirada se clavaba en cada centímetro de su ser y sus ojos grababan cada movimiento suyo.

Retiró de nuevo la mirada pensando que quizá la mente de su tío estaba ocupada en otras cosas mientras sin darse cuenta lo miraba.

Pero al volver a mirarlo, se dio cuenta de que su tío no había retirado la mirada en ningún momento. De repente, ya no podía mirar hacia ningún sitio sin sentirse incómodo y observado.

No sabía qué hacer, y en ese mismo instante vio al otro lado del salón la puerta del balcón, no se lo pensó dos veces.

Se levantó y pasó como pudo entre todos los invitados que se encontró en el camino, abrió la puerta y salió al exterior.

Se recostó en la barandilla y miró la calle, estaba vacía. La ciudad entera estaba ya reunida en las casas de sus seres queridos y esperando las campanadas que anunciaban la llegada del año nuevo.

Levantó la cabeza y vio la luna, se quedó un rato mirándola. Esa noche estaba espléndida y llena. Se podían apreciar sus cráteres perfectamente. Su color era precioso, un blanco brillante que se alza a las miradas de todos los que se detenían a contemplarla. A Ricardo siempre le había gustado la luna. Se podía pasar horas mirándola sin preocuparse por nada más.

Pero en ese momento, escuchó como se abría la puerta del balcón, se giró y vio a su tío cerrando la puerta tras de sí. Tenía una expresión seria.

Se acercó y se apoyó en la barandilla justo a su lado.

— No hace mucho frío. ¿No te parece? —preguntó mirándolo a los ojos de nuevo.

Ricardo pensó que ésa era una de esas preguntas tontas que se hacen para comenzar una conversación incómoda e importante.

— No —respondió intentando evitar su mirada.

Durante unos minutos, se quedaron los dos allí de pie mirando las calles vacías sin que ninguno rompiera el silencio. De vez en cuando un solitario coche subía el nivel de decibelios de la calle a su paso, pero el resto era todo silencio.

Por fin su tío habló.

— Mira Ricardo, ya sé que tú y yo nunca hemos tenido mucha relación, pero tengo que hablarte de un tema un poco difícil de explicar. Bueno... veamos... eeeeeeh...

— Mi madre tiene novio ¿verdad? — preguntó lamentando no habérselo imaginado antes. Eso explicaba por qué últimamente su madre no estaba casi en casa y ya casi no hablaban.

— ¡No! —cortó su tío—. No es eso, es que no sé cómo explicártelo para que lo entiendas correctamente. Es muy difícil.

Se paró un poco a pensar y a organizar sus ideas y al final dijo:

— Imagínate que existiese un mundo muy parecido a la Tierra pero con dos razas principales. Esas razas son los Sephal y los Yelou. Tú perteneces a los Yelou donde siempre ha reinado nuestra familia, reinó tu bisabuelo, reinó tu abuelo y reinó tu padre.

En ese momento, Ricardo no sabía qué pensar. Su tío siempre se había comportado como una persona muy seria y le parecía imposible que le estuviese gastando una broma tan disparatada.

— ¿Me estás tomando el pelo? —la cara de Ricardo estaba entre una medio sonrisa y una cara estúpida de póker.

No obstante su tío lo miró aún más serio y por toda respuesta continuó hablando del tema.

— Ese mundo es un lugar donde el más fuerte domina. Allí, conceptos como la moda, la tecnología y todo ese tipo de cosas, que en la Tierra preocupan tanto, no importan. Allí sólo se preocupan por sobrevivir. Es como la ley de la selva.

Hizo una pausa y lo miró gravemente. Ricardo asintió para que continuase. Desde luego, a su tío, no le había sentado muy bien que se lo tomase como una broma en un principio.

— Te voy a contar algo más sobre las dos razas principales para que te hagas una idea. Hace tiempo, los Sephal formaban parte de los Yelou. Los dos eran una sola raza. De hecho antaño sólo existían los Yelou, ya que los Sephal son unos Yelou que se separaron de sus hermanos. Por lo tanto los Sephal son prácticamente iguales a los Yelou, la única diferencia es que los Sephal son diabólicos. Al separarse, estalló "la guerra del fin", que lamentablemente ganaron los Sephal. Ha pasado mucho tiempo, pero desde entonces han reinado y sólo quedan unos pocos Yelou, que se esconden como ratas, para hacerles frente.

Estaba alucinado e interesado a la vez, esa historia daba explicación a la ausencia de su padre y por qué su madre no le guarda rencor. Además, el mero hecho de escuchar el nombre de los Sephal había hecho que una animadversión fluyese en su interior.

Entonces recordó la aparición de su padre en aquel extraño sueño. Así que le contó a su tío el sueño lo mejor que pudo y al terminar el relato, él se explicó:

— Efectivamente tu padre te visitó en un sueño —le confirmó—. Él vino a hablar con tu madre, pero no tuvo valor para despedirse de ti. Siento comunicarte que hace unos días se enfrentó al rey de los Sephal y murió. No obstante, no quería irse sin despedirse de ti, así que usó magia para acceder a tu mente. Por eso tu madre está tan rara últimamente, ha perdido a su marido, pero no solo eso —por una vez dejó de mirar a su sobrino y miró a la luna—. Él era el rey de los Yelou y si así lo deseas, te puedo llevar con ellos para que seas su nuevo rey.

— ¿A dónde me llevarás? —preguntó Ricardo creyendo no haber entendido algo correctamente.

— Me he dejado una parte de la historia por contarte, la parte que más te afecta. Al reinar los Sephal, los Yelou esconden a su futuro rey en un sitio seguro desde que es un bebé. Un sitio donde pasa desapercibido y ese sitio es la tierra.

Ricardo no sabía qué decir, se había quedado sin habla. En unos minutos todo su mundo se había desmoronado. No obstante, muchas piezas habían encajado.

— Ahora te tengo que llevar al otro mundo para que lo veas con tus propios ojos y luego decidas. Es la voluntad de tu padre. Él quería que lo vieses por ti mismo para luego decidir. Recuerda que puedes renunciar y volver a la tierra.

— ¿Qué hay de mi madre? ¿Qué opina ella?

— Tu madre ha sufrido mucho por tu padre y, aunque es una Yelou, ha perdido la esperanza en la reconquista. Cree que hay mucho más a perder que a ganar.

— ¿Y tú? ¿No serías mejor sucesor al trono?

En ese momento su tío suspiró, apretó los labios y miró en otra dirección.

— No todos tenemos agallas para sobrevivir allí.

Pasaron unos largos minutos hasta que su tío volvió a hablar.

— Sin embargo, a ti te ha llegado la hora de ir a tu verdadero mundo, mañana pasaré a recogerte a las ocho en punto de la mañana. Ten preparada una mochila con provisiones para varios días, ropa de abrigo y un saco de dormir. Eso bastará para una primera toma de contacto.

Nada más decir eso, empezaron a sonar las campanadas. Su tío entró en el comedor para celebrarlo con los demás invitados mientras Ricardo se quedó fuera tratando de asimilar la nueva información.

A lo lejos, se escuchaban los gritos de la multitud. Era el primer año que no celebraba las campanadas y le pareció que no sería el último. Tenía muchas más preguntas que hacerle a su tío pero no se acababa de creer la historia. Parecía un cuento de hadas, pero el día de los inocentes ya había pasado. Así que decidió irse pronto a la cama porque al día siguiente se tenía que levantar temprano.

Antes de salir del comedor para llegar su habitación, cruzó una fugaz mirada con su madre, eso le bastó para confirmar que la historia que le había contado su tío era cierta. Su madre lo miró orgullosa y triste a la vez. Entró en el pasillo que daba acceso a las habitaciones y cerró la puerta tras de sí.

Sonó el despertador a las siete de la mañana. Era la primera vez que se levantaba tan temprano en esas navidades. Poco a poco, se fue preparando la mochila con todo lo que le había dicho su tío.

Su madre no estaba en casa y eso le pareció bastante raro.

A las ocho menos cuarto de la mañana, ya lo tenía todo preparado, había desayunado y se había duchado. En la mochila llevaba dos forros polares, dos sacos de dormir, uno rojo y el otro amarillo, camisetas, pantalones vaqueros y de chándal, calcetines, calzoncillos, una brújula y un pequeño botiquín. También había incluido una hoja de olivo con forma de corazón que tenía desde pequeño y que llevaba a todos lados. Su madre le dijo una vez que se la dio su padre cuando era pequeño y que como era lo único que tenía de él, que debía guardarla.

Eran ya las ocho menos cinco y Ricardo se preguntaba si todo aquello no sería una broma. Se imaginó que aparecía su tío y le gritaba "inocente", no obstante esa posibilidad era poco prometedora. Su tío siempre se había mostrado como una persona seria y jamás lo había visto bromear.

Faltaba un minuto para las ocho y Ricardo estaba en la cocina decidiendo sobre que más se podría llevar, cuando notó una mano en su hombro, se dio media vuelta y vio a su tío.

No tenía cara de que todo esto fuese una broma. Su rostro se mostraba sereno y fue en ese momento en el que Ricardo se terminó de creer la historia verdaderamente. No obstante no se podía imaginar que hubiera otro mundo distinto de la tierra, los científicos, la NASA, la CIA o alguien sabría de su existencia.

Su tío lo miró de arriba abajo.

— ¿Lo tienes todo?

— Sí, he cogido incluso de sobra —palmeó la enorme mochila mientras decía esto último, a continuación se la cargó al hombro.

— Bueno pues vayámonos, o ¿Tienes alguna pregunta para mí? Supongo que habrás estado toda la noche dándole vueltas al tema.

— Sí —esperaba que le hiciese esa pregunta desde la noche anterior—. ¿Has estado alguna vez allí? ¿O te asusta incluso acercarte a ese mundo?

Su tío se quedó algo perplejo al escuchar esa pregunta, al parecer se había tomado la pregunta como una ofensa hacia su persona.

— Venga vámonos —su voz había adquirido un tono más serio.

Ricardo se sentía mal por la mala interpretación de su pregunta por parte de su tío.

— ¿Dónde está mi madre? —preguntó una vez que él se había girado.

— Ha salido, no quiere ver cómo te marchas porque dice que no lo podrá aguantar. Ayer cuando todo el mundo se fue, estuvimos hablando —una medio sonrisa apareció en su boca—. Dice que eres igual que tu padre y que te quedarás allí.

Tras un largo silencio en el que apenas se movieron, decidieron ponerse en marcha.

Anduvieron un largo camino por la ciudad en dirección al mar y al cabo de media hora ya tenían delante su destino. El mar de Valencia.

Bordearon la costa y caminaron durante un largo rato. Su tío llevaba paso ligero, de modo que Ricardo hacia lo posible por seguirlo. Se había enfadado mucho por la pregunta de antes, pero Ricardo no la había hecho con mala intención.

— Siento haberme enfadado contigo antes —dijo de improvisto, rompiendo el silencio—, pero eso es algo que me ha perseguido toda mi vida. Cuando tu abuelo vino y me dijo que me tenía que ir con él, tuve miedo. No soy como el resto de la familia, vosotros lo lleváis en la sangre. Tenéis algo dentro que os hace amar ese mundo, tenéis valor para enfrentaros a todo por y para ese mundo. Sin embargo yo… he pasado toda mi vida sintiéndome el bicho raro de la familia y siempre me he preguntado qué hubiera pasado si llego a aceptar ir con mi padre. Pero soy un cobarde que escapó a su destino, allí todos se reirán de mí, como has hecho tú hace un rato.

Hubo una pausa muy incómoda después de que hablase. Ricardo no sabía qué decir, trataba de no mirarle a los ojos para no hacerlo sentirse peor.

— No me he reído de ti, sólo quería preguntarte si ese mundo da tanto miedo como me he estado imaginando toda la noche. Si mi pregunta ha sonado como otra cosa te pido perdón.

Su tío asintió aceptando sus disculpas.

— ¿Te puedo pedir algo? ¿Podrías cuidar de mi madre mientras yo esté fuera? —le preocupaba su madre, no quería que se quedara sola e indefensa.

— Eso no lo dudes ni por un momento, no me separaré de ella —respondió alegremente—. Desde que tu padre se fue, me he preocupado por manteneros a salvo a tu madre y a ti.

— Quizá ese sea tu destino y la función por la que no fuiste a ese mundo —dijo Ricardo contagiado por la repentina alegría de su tío.

Él se quedó pensando un momento y se le alegró del todo la cara.

— ¡Claro! Quizá mi misión sea vigilar a la madre del rey. Esa es mi manera de ayudar en esta historia. A lo mejor yo no tengo agallas para ir allí a luchar, pero alguien se debe de quedar aquí a cuidar a tu madre. Ricardo gracias, nadie me había hecho tan feliz nunca, me siento como si de repente todo tuviera sentido. Sé que no es una tarea muy importante, pero alguien debe de hacerla. Por primera vez desde hace muchos años me siento útil.

— De nada, lo que sea por ayudar a mi tío Daniel —dijo un poco perplejo.

La verdad era que ese comentario lo había hecho sin esperar que tuviera un efecto tan grande en su tío, pero estaba contento de haberlo realizado.

Continuaron andando, bordeando la costa durante un tiempo. Nunca había estado cerca del mar a esas horas de la mañana, el ambiente era muy diferente al que estaba acostumbrado.

Los pescadores más retrasados se echaban al mar en ese momento, empujaban las barcas y se subían a ellas con una agilidad tremenda. Había algunos que estaban sentados en el borde de las rocas con sus cañas esperando que picara algún pez.

Estaba todo tan tranquilo que sintió que no se quería ir. Se quería quedar tumbado en la arena esperando que llegase la hora de comer. Sólo imaginándose todo lo que le esperaba, le entraban ganas de no ir a ese nuevo mundo. ¿Pero qué pasaría entonces con el reino Yelou y con ese planeta? Se quedarían sin rey para siempre, puesto que él era el último. Entonces se le ocurrió que no sabía cómo se llamaba ese mundo.

— Tío ¿Cómo se llama el planeta al que voy? —preguntó una vez que tenía más confianza.

— Bastur se llama. Como el primer Yelou que reinó, o al menos eso dice la leyenda —dijo pensativo.

— ¿Allí se cuentan leyendas? —preguntó Ricardo, ya que siempre le habían fascinado las leyendas. Su madre le contaba algunas para dormir, y seguramente algunas de ellas eran de Bastur.

— Sí, las hay de todo tipo, pero la mayoría son mentira.

Ricardo se quedó algo decepcionado pero le daba igual que algunas fuesen mentira, porque habría otras que no lo fuesen.

Llegaron a un saliente de rocas en la playa. Durante su infancia se había bañado muchas veces en esa playa y muchas más veces había visto esas rocas, pero nunca sospechó que conducirían a otro mundo. Quizá su madre lo había traído a esa playa precisamente para que estuviese cerca de Bastur.

Se detuvieron al final del saliente. Ricardo se fijó en que, curiosamente, no había pescadores esa mañana y eso que siempre había visto pescadores en aquel lugar.

— ¿Qué raro que no haya pescadores en estas rocas hoy? —preguntó.

— Los pescadores que hay aquí no lo son realmente. Bueno sí que son pescadores, pero realmente son vigilantes Yelou que se encargan de que el enemigo no entre en este mundo —hizo una pausa—. Ha llegado la hora de que cruces la puerta, verás un sendero a la izquierda, síguelo y llegarás a tu pueblo. Raciona la comida por que el viaje es largo. Si te pierdes, ve hacia el este. Toma esta brújula que he traído, sabía que no te acordarías de traer ninguna.

No quiso decirle que ya tenía una. Parecía tan convencido de que lo estaba ayudando, que lo dejaría chafado y además una brújula extra nunca estaba de más. Más vale que sobre que no que falte, eso siempre le decía su madre.

Su tío Daniel se agachó y movió un par de piedras. En apariencia eran piedras normales. No obstante, dos haces de luz salieron de sendas piedras. Los haces se unían a una altura aproximada de dos metros formando un triángulo. Los haces de luz eran rosas y el interior del triángulo amarillo. La puerta poseía una luz débil para que la gente que caminaba por el paseo no la viese.

— Ricardo te ha llegado la hora, este es tu destino pues tu padre así lo ha deseado. Ahora sólo Bastur sabe lo que te espera. Deseo que llegues a reinar y que algún día Bastur sea un lugar seguro para que tu madre y yo podamos vivir allí sin correr ningún peligro. Pero ahora, ese planeta es un lugar inseguro, horrible y dominado por el mal. Espero que con tu llegada, vengues a Nézago y reines —su voz era ahora más grave.

A Ricardo le extrañaba ese tal Nézago y el deseo de venganza de su tío.

— ¿Quién es ese Nézago? —preguntó mientras le picaba la curiosidad.

— Es tu padre. Pero ahora no hay tiempo de explicarlo. Nos hemos entretenido mucho y a ti te espera un largo camino. No hables con nadie he intenta escabullirte sin que te vean.

Ricardo estaba algo extrañado por lo que le había dicho sobre su padre, sin embargo pegó una última mirada a su alrededor y cruzó la puerta.

Capítulo 2: Los Sephal

Vio un resplandor y una brisa fresca invadió su cuerpo. La cabeza le daba vueltas y vueltas, cuando se dio cuenta, estaba tirado en el suelo boca arriba.

Abrió los ojos y vio la cara de un joven de su misma edad, unos diecisiete años. Era moreno y tenía el pelo largo y alborotado. Sus ojos eran negros y poseía una mirada profunda. Recordó lo que le había dicho su tío Daniel de no hablar con nadie. El muchacho sonrió al ver que Ricardo se ponía en pie.

La mochila era pesada y le costó levantarse. Al incorporarse vio que el extraño era alto y bastante fuerte. Mucho más fuerte que los chicos de su edad. Sus hombros eran altos y lo miraba con curiosidad.

— Eres Rasllew ¿Verdad? —preguntó interesado.

— No, yo soy Ricardo —su cuerpo se puso en tensión, preparado por si lo atacaba.

— Ya sé que te llamas Ricardo, pero aquí los nombres se dicen por su pronunciación en Bree, la lengua de los antiguos Yelou. Así que ahora te llamas Rasllew.

Fue entonces cuando comprendió porque su tío había llamado a su padre Nézago. Era por su pronunciación en bree, su padre se llama Narciso.

El nombre de Rasllew le gustaba, le daba un nuevo giro a la forma de verse a sí mismo, "Rasllew" repitió en su mente. Sonaba bien.

En ese momento vio que el extraño tenía cola. Una cola que le llegaba por las rodillas, era gorda y peluda. Los pelos eran de un color castaño.

— ¡Tienes cola! Qué raro —Rasllew no salía de su asombro.

— Claro, y a ti también te crecerá con el paso del tiempo. En tu anterior mundo no te creció porque sólo Bastur tiene ese poder. Aquí casi todo es diferente a lo que has conocido, pero tranquilo, no es la primera vez que los Yelou pasamos por una experiencia así —hizo una pausa—, muchos de los reyes Yelou se han criado en la tierra. Aún no me he presentado, soy Ly un Yelou. Serví y conocí a tu padre y ahora saludo a mi nuevo rey —se inclinó y le hizo una reverencia.

— ¿Conocías a mi padre? —acababa de cruzar la puerta y deambulaba de sorpresa en sorpresa.

Al parecer su padre era muy importante en ese mundo, pero él solo lo conocía por las fotos, que por cierto eran pocas y antiguas.

— Sí, yo serví por poco tiempo a tu padre, el rey Nézago. Murió a manos de Soker, el rey Sephal, cuando lo desafió a muerte. Estuvo cerca de vencer pero el rey de los Sephal parece tener un poder oculto, una especie de magia que le hace controlar la mente del rival. Sin duda es un poder fuera de lo común. Y es extraño porque los Sephal nunca habían tenido ninguna magia.

— Mi padre murió —se resignó Rasllew—. Y ni siquiera llegué a verlo.

Simplemente recordaba cuando lo visitó en aquel sueño tan raro y en las fotos de familia. La idea de que jamás podría verlo, de que jamás podría recuperar el tiempo perdido, lo había desmoralizado completamente.

— Lo siento. Pero si te sirve de consuelo tu padre pasó las horas previas al gran combate a muerte con el rey de los Sephal contactando contigo mediante la magia. Esa conexión mental que sentiste con él, fue de las últimas cosas que hizo. Siento cambiar de tema tan bruscamente pero es hora de que nos reunamos con los demás, Rasllew —dijo como si lo conociese de toda la vida. La verdad era que sólo hacía unos minutos que conocía a Ly y ya sentía una conexión con él.

— ¿Hay más gente que ha venido a darme la bienvenida? —se le alegró la cara, no podía imaginar cuán importante era él para ellos.

— Sí, somos diez, pero hasta aquí solo he venido yo. A petición de tu padre. Dijo que tú y yo haríamos buenas migas. Supongo que es porque tenemos la misma edad —sonrió una vez más.

— Mi tío me dio a entender que no vendría nadie. Me pareció que tendría que recorrer el camino yo sólo.

— Lamento la mala organización de tu bienvenida. Tan sólo hace unos días que murió tu padre y todo ha estado muy revuelto por Bastur. No pudimos ponernos en contacto con tu tío para avisarlo de que vendríamos a por ti. Nunca dejaríamos a nuestro rey desprotegido.

En ese momento, fue cuando Rasllew miró por primera vez a su alrededor. Había unos árboles enormes de color verde oscuro con unas hojas gigantes. Aunque también los había robustos y de hojas pequeñas. Sus formas eran alargadas y su tronco sería igual de ancho que las botellas de butano. Sus hojas parecían millones de plumas sostenidas por un gran hombre que era el tronco.

De pronto se fijó en la forma de las pequeñas hojas. Su forma, casi aerodinámica, dejaría pasar el agua entre sus aberturas. Una onda de viento sacudió el árbol y las hojas se sometieron al movimiento. Al fijarse bien, comprobó que las hojas parecían corazones, eran como la hoja que guardaba desde pequeño.

Su padre la cogería de allí hacía ya muchos años como recuerdo de Bastur. Querría que su hijo tuviese al menos una pequeña parte de Bastur con él. Y Rasllew siempre la había guardado, era como un amuleto para él.

Estaban en mitad de un bosque. No había señales de la puerta por la que había entrado. Pero sí de piedras como las que había al otro lado y que su tío había usado para accionar la puerta. Rasllew le dedicó unos instantes a pensar cómo funcionaría la puerta, pero decidió que si decidía volver se lo diría a Ly y él sabría qué hacer.

La tierra estaba húmeda y no había hierba. El suelo estaba salpicado de algunas hojas secas con forma de corazón. El aire era puro y fresco, y le llegó un olor muy dulce como una colonia suave.

Las rocas tenían un color plateado, como la luna y brillaban con los pocos rayos de sol que dejaba pasar la espesa capa de ramas. El suelo estaba plagado de arbustos y flores.

Los arbustos eran verdes oscuros y marrones, y tenían unas formas redondas y perfectas. Las flores eran amarillas, enormes como un balón de fútbol, parecían margaritas con esporas gigantes.

Cuando Ly comenzó a caminar, Rasllew se fijó en que llevaba una espada colgada a la cintura. Era una espada con el mango desgastado por el uso. Eso hizo que comenzase a mirar a su compañero de otra manera. No le preguntó sobre la gente que había matado, era un tema que no le atraía demasiado.

Sus ropas eran muy viejas, se notaba que no eran de la tierra, eran desiguales. Las telas eran toscas y sin ningún adorno. Las mangas eran anchas y una era más larga que la otra. Los pantalones estaban rotos por las rodillas y tenían un corte desde el gemelo hasta abajo. Las prendas estaban muy usadas y eran de color marrón y verde o eso parecía, porque se había revolcado tanto y eran tan viejas que seguramente habían perdido su color original.

— ¿Están muy lejos los demás? —preguntó mientras miraba una flor amarilla igual de grande que su cabeza.

— A dos días de camino.

— ¡Dos días! —se sobresaltó Rasllew, si eso para Ly no era mucho, ¿A cuánto estaría el poblado?

— Sí, caminaremos hoy todo el día y mañana a última hora llegaremos.

Ly llevaba una mochila. Era el doble de grande que la de Rasllew y estaba llena hasta los topes pero no parecía notar su peso. El ritmo que imponía mientras avanzaban era complicado de seguir para Rasllew, denotaba que estaba acostumbrado a largas caminatas.

— ¿Y a cuanto está el poblado? —estaba meditando la posibilidad de dar media vuelta y volverse a la tierra.

— A unos siete días, ocho como mucho si nos retrasamos —estaba mirando al sol para orientarse.

— ¿Sabes guiarte por el sol?

Rasllew siempre se había interesado por todo lo que tuviese que ver con la supervivencia. Era un tema que le atraía.

— Sí, pero es muy fácil perderse. Aquí no es como en tu mundo. Aquí en Bastur hay dos soles y cada uno con su trayectoria. Así que debes de estar muy atento porque si no te pierdes.

Rasllew estaba alucinando de veras con lo de los dos soles. Ese mundo era muy extraño pero era mucho más fascinante que el que dejaba atrás.

Ly parecía ser buen chico y además noble, por ahora lo que había visto de él le estaba gustando. Podía ser que llegasen a ser muy buenos amigos.

Volvió a pensar en el tema de los dos soles. Y razonó que si en la tierra había sólo uno y la superficie de la tierra es enorme. Bastur debía de ser gigantesco.

Pasó un largo rato de la caminata de ese día haciendo sus propios cálculos. Pensó que si mientras que un sol estaba a un lado del planeta, el otro estaba en el lado opuesto. Y aun así en algunas regiones era de noche, lo cual quería decir que los dos soles no eran suficientes para alumbrar toda la superficie del planeta. Estaba impresionado por sus deducciones. Se preguntó a qué conclusiones llegaría un astrónomo si llegase a conocer Bastur.

Entonces volvió a su mente lo que había dicho Ly de que era fácil perderse en Bastur. Y decidió darle una de sus brújulas.

— Ly, he pensado que igual aquí no tenéis brújulas —se sentía estúpido diciendo eso—, y como yo tengo dos pues... ¿Quieres una? —no sabía ni siquiera si entendía su funcionamiento.

— "Brújula" ¿Qué es eso? —preguntó interesado.

Se metió la mano en el bolsillo, sacó la brújula que le había dado su tío Daniel y se la enseñó. Era de plástico, de color negro y tenía una propaganda de una marca famosa en grande.

— Mira, si la pones sobre una superficie perfectamente plana y recta, señala siempre al norte y así puedes ubicar el resto de puntos cardinales. Pero ten cuidado, si la superficie no es plana o no esta recta del todo, te engañará y señalará mal.

—Déjame verla, por favor.

La tomó en sus manos y comprobó su funcionamiento. Durante unos instantes paró la marcha. Jugaba con la brújula inclinando su mano en diferentes posiciones. Por primera vez aparentaba ser lo joven que era.

— Es muy útil. Acepto tu regalo —dijo al fin, sonriendo, y continuaron la marcha.

Anduvieron toda la mañana, subieron por dos montes muy espesos y bajaron por un valle frondoso.

Rasllew lamentó que por desgracia en Bastur había una especie muy parecida a los mosquitos. Esos insectos los acompañaron durante su estancia en el valle.

Unas horas después, cruzaron a través de un bosque con unos árboles exactamente iguales que los que habían encontrado al principio del viaje.

Ly llevaba una marcha muy rápida y Rasllew tenía las piernas tan cansadas que ni las sentía. Estaba sudando y la humedad le mojaba la frente.

Cuando ya no podía más, Ly se detuvo y dijo que ese era un buen lugar para comer.

Su compañero llevaba un trozo de carne gigante sazonado con muchas especias y envuelto en un trozo de tela. Parecía la pata de algún animal enorme. Prendió un fuego y empezó a cocinar la pierna.

Rasllew estaba muerto de hambre. El estómago le gruñía, se secó el sudor de la frente con la manga de la sudadera. Cuando Ly terminó de cocinar le ofreció un buen trozo de su comida, que aceptó gustosamente.

Rasllew se sentía verdaderamente estúpido por las provisiones que había cogido antes de salir de casa. Sus víveres se resumían en galletas, latas de conserva y porquerías saturadas en grasas. Su tío no le había dado mucho tiempo para prepararse y tampoco sabía realmente a lo que se enfrentaba, pero al compararse con Ly y su experiencia en la supervivencia, se sentía como un niño.

Al acabar de comer, se pusieron de nuevo en marcha. No había una senda marcada y Ly no dejaba de mirar la brújula. La caminata era ardua mientras esquivaban los arbustos, árboles y otros obstáculos que los bosques les imponían. Rasllew pensaba en cómo sería el resto del poblado Yelou, qué dirían cuando le viesen y si no habría un camino más corto para llegar al poblado.

En ese momento vio otra vez la cola de Ly y se acordó de que le había dicho que a él también le crecería una. Se tocó y notó que ya tenía un pequeño bulto en la rabadilla. Un escalofrío recorrió su cuerpo. Nunca habría imaginado que tendría una cola. Si la miraba con detenimiento no era tan fea la cola de Ly.

Recordó que un profesor del colegio había explicado que como el hombre desciende del mono, antes todos tenían cola. Sin embargo al evolucionar, el hombre se desprendió de ella. No obstante todavía tenían una terminación que daba muestras evidentes de que alguna vez llegaron a tenerla.

Era difícil avanzar por el bosque, y muy costoso ya que tenían que estar todo el tiempo pendientes de no tropezar con las raíces. La tierra estaba húmeda y resbalaba un poco bajo las zapatillas deportivas. Debería de haber traído unas botas de montaña, pero no tenía. Cada vez se sentía peor por no haber podido organizado el viaje con más tiempo.

— ¿Por qué no vamos por algún sendero? Es difícil avanzar por mitad del bosque —preguntó Rasllew, que estaba harto de caminar en zigzag.

— Los Yelou no podemos ir por los senderos, están completamente vigilados. Los Sephal nos podrían localizar fácilmente. Si caminásemos por senderos llegaríamos más rápido, aunque correríamos el riesgo de que nos tendiesen una emboscada. Ellos tienen muy buen oído y siempre están atentos. Y créeme que no te gustaría saber qué nos hacen cuando nos capturan. Se divierten matándonos. Son diabólicos, y Soker su rey es el peor. Ellos no escogen al rey por la familia de la que desciende, sino que cualquiera puede retar al rey a un combate. Y a partir de entonces reina sobre ellos. Por eso el rey es el peor y el más fuerte de los Sephal. Y Soker es uno de los reyes más fuertes que ha habido nunca, me atrevería a decir que es el más fuerte de todos los tiempos —respondió mientras su cabeza revivía la muerte de Nézago y una expresión muy seria recorría su cara.

Ya no hablaron más hasta la noche. Se metieron en una cueva, a la que Ly quería llegar antes de que se pusiese el sol. Rasllew extrajo un saco de dormir y lo extendió sobre el suelo mientras Ly lo observaba. A continuación, su compañero fue a buscar leña. Al volver, asó otro gran trozo de carne. Pero su rey rechazó el pedazo que le ofreció, abrió uno de los botes de conserva y se lo comió.

Durante la cena, Ly contó muchas de las cosas que hizo Nézago.

— Hay una profecía que quiero que sepas. Es una profecía sobre un rey Yelou. Nosotros confiamos en que algún día se cumpla, porque el día que pase será grandioso. Dice así:

"Al caer la noche llegará un caballero volando en su Trionex alado, con una espada dorada llameante y envuelto en una capa tan oscura como la noche. Su poder será inimaginable, su velocidad incontable y será un rey Yelou. Usará su poder para luchar contra el mal, ningún enemigo quedará sin castigo. La lucha contra el gran poder maligno será una aplastante victoria, pero nunca vencerá realmente. Pues una gran pérdida asolará su corazón hasta el fin de los días."

La profecía tenía un amargo final. El rey que traería la paz tendría una pérdida mayor a su victoria. Rasllew se preguntó si habría paz algún día en Bastur.

— ¿Crees que yo podría ser el rey de la profecía?

— Siempre que hay un cambio en el trono de Bastur, todos los Yelou albergamos esa esperanza.

— ¿De dónde salen las profecías? ¿Quién las dice?

— Mi padre me contó que esta profecía la dijo una anciana Yelou hace ya muchas generaciones. La anciana era una bruja a la que le gustaba flirtear con la magia negra. Una noche en el castillo del rey, durante una cena real, la anciana entró en trance. Recitó la profecía y cayó al suelo como fulminada por un rayo.

— Ly, ¿Dónde está tu padre?, ¿Murió a manos de un Sephal? —en ese momento Ly agachó la cabeza y quedó sumido en sus pensamientos. Rasllew se dio cuenta de que no tendría que haber hecho esa pregunta, y menos sin tener la confianza suficiente como para hacerla—. Si no quieres, no tienes por qué responder —su voz sonó entrecortada.

— Es igual, mi padre no murió a manos de un Sephal. Cruzó el mar hace unos diez años. Yo era demasiado pequeño para acompañarle y me dejó aquí. La noche antes de que se fuera, estuve planteándome seriamente meterme en su barco de polizón. No hay noche que pase sin que me arrepienta de no haberlo hecho —dijo Ly mientras una lágrima le resbaló por su mejilla.

— ¿Por qué se fue?

— Hace ya años que muchos Yelou han perdido la esperanza en la reconquista de Bastur. A muchos se les hace demasiado dura una vida condenada al fracaso.

— ¿Por qué no intentas seguirlo? ¿Por qué no lo buscas? —intentó subirle el ánimo.

—Tú no lo entiendes, no hay nada fuera de Bastur. El mar no conduce a ninguna parte —su rostro era sombrío—. Nadie que se haya internado en él ha vuelto para contarlo. Además no puedo marcharme de Bastur. Yo sí creo en la reconquista y no voy a abandonar a mi pueblo. ¿Y tú? ¿Crees que tenemos alguna posibilidad de acabar con los Sephal? —dijo Ly animándose un poco.

— Yo todavía no puedo opinar del tema. No sé de cuantos hombres disponemos y no sé de cuantos disponen los Sephal.

Tampoco sé muy bien a qué nos enfrentamos. Qué diablos, tampoco sé si me quedaré aquí con vosotros o volveré a la tierra.

— Si te basas en los números jamás creerás en la reconquista. Nos hace falta un líder con energía e ilusión. Sobretodo falta ilusión entre los Yelou —miró hacia el suelo y negó con la cabeza—. En cuanto al tema de que no sabes nada de Bastur no te preocupes. A voluntad de tu padre el maestro del poblado te enseñará todo lo que tienes que saber de los Yelou y de Bastur. Terminado tu aprendizaje, deberás decidir si aceptas o renuncias al trono. Creo que ha llegado el momento de ir a dormir, mañana por la noche conocerás al resto del grupo. Pero te advierto que no a todo el mundo le agradará tu presencia. Hay un hombre al que no le gustarás, se llama Iriogero. Ha estado al mando desde que murió tu padre y no le entusiasmará la idea de que le quiten de ese puesto. A su modo de ver, él es un soldado con experiencia y forjado en la batalla, y tú no eres más que un niño que nació en la familia correcta. Aunque no deberías de tenérselo en cuenta. Es un buen soldado pero tiene delirios de grandeza, al igual que su propio hijo —se cayó y ya no dijo nada más.

A la hora de ir a dormir Ly se tumbó en el suelo al lado del fuego.

— ¿Duermes al raso? Quiero decir ¿No tenéis sacos de dormir? —Rasllew se sintió algo descortés por no haberle ofrecido el saco que llevaba de reserva.

— Si te refieres a alguna manta o ropa de cama, no tenemos. Solemos dormir al raso en nuestro viajes —Ly ya no se extrañaba de las cosas que le decía, después de un día entero a su lado, ya se había acostumbrado a eso.

Rasllew extrajo el saco de su mochila, lo puso en el suelo y abrió la cremallera.

— Metete dentro y así dormirás más caliente —se sintió bien al ayudarle. Habían conectado perfectamente, tal y como su padre pensó.

Rasllew se durmió todavía pensando en su padre. Toda su vida le habían echo creer que lo había abandonado y resultaba que había estado luchando por su pueblo. Empezaba a ver a su padre como a un héroe. Se lamentó por no haber compartido más tiempo con él. Le hubiese gustado que estuviese a su lado en esos momentos para guiarlo. Su padre también había pasado por todo aquello. Al imaginarlo, Rasllew vio como su padre sorteaba todas las pruebas con soltura hasta convertirse en rey de los Yelou. Y lo envidió por ello.

Los primeros rayos de sol despuntaban en la mañana cuando Rasllew se despertó. Consultó su reloj, sólo eran las cinco de la mañana y ya era de día. Ly no estaba en su saco, ni en ninguna parte de la cueva. Habría ido a fuera.

Rasllew se limpió las legañas como un gato y salió a ver si podía encontrar algo de agua para lavarse.

En el exterior estaba todo tranquilo. En esos momentos no parecía un mundo peligroso. Sino más bien un mundo tranquilo. Donde apetecía tumbarse y dejar que las horas pasen, escuchar a los pájaros cantar y deleitarse con esos paisajes tan hermosos. En Bastur no había ningún tipo de contaminación, todo era tan puro y tan natural que no se podía describir la paz interior que le hacía sentir.

Salió en línea recta con respecto a la entrada de la cueva. Miró la brújula, caminaba hacia el norte. Cuando llevaba unos minutos caminando sin escuchar ningún ruido de cascada, ni río, ni nada parecido, decidió volver a la cueva para encontrarse con Ly, no quería perderse.

Se sentía fuera de su hábitat natural. Toda su vida había estado en la ciudad. Sabía que no podría sobrevivir solo en el bosque. Cada vez le parecía más obvio que ese viaje era una locura.

Se sentía cansado porque no había dormido lo suficiente. El día anterior había estado hablando con Ly hasta muy tarde y ese día se había despertado muy temprano.

Caminó un rato volviendo sobre sus pasos y cuando ya veía la entrada a la cueva, algo lo empujó fuertemente haciéndole caer al suelo. Se revolvió en el suelo como pudo y logró distinguir a una enorme criatura.

Era lo más parecido a un dinosaurio que había visto en su vida. No tenía pelo, su piel era dura como la de los delfines. Caminaba a cuatro patas, su cuerpo era bastante ancho, y tenía una cabeza algo desmesurada a proporción con su cuerpo. En la parte de atrás tenía una pequeña cola.

La bestia le enseñaba los dientes y parecía muy enfadada. Inclinó un poco su cabeza preparándose para atacar.

— ¡Ly! ¡Socorro! ¡Ly! ¡Socorro!—gritaba Rasllew muerto de miedo.

No portaba espada ni nada con lo que defenderse y no sabía nada de esa criatura. Simplemente que estaba muy enfadada con él.

La criatura lo miraba con ojos amarillos amenazadores que parecían emitir una luz especial.

El animal se lanzó contra Rasllew. Éste pudo esquivarlo pero la embestida le rozó la pierna. El corazón se le iba a disparar del pecho y temblaba de arriba a abajo. Pensó que ese era el fin.

Ly había escuchado la llamada y apareció en el claro en el momento oportuno. La criatura se distrajo unos instantes con la llegada de su amigo y Rasllew aprovechó la oportunidad para correr hasta el árbol más cercano y colgarse de la rama más baja.

Con mucho esfuerzo escaló un poco hasta una altura considerable. Cuando por fin se sintió a salvo se permitió mirar hacia abajo.

La criatura gruñía y estaba muy enfadada, intentaba escalar para llegar hasta él. Rasllew rezaba porque no supiese escalar, nunca había pasado tanto miedo.

Ly estaba en el claro, petrificado. Mientras la bestia ya no parecía tan interesada en Rasllew y lo miraba con curiosidad.

Rasllew pensó que aquel era el fin de Ly. Se imaginó a Ly devorado por la criatura y a sí mismo atrapado en aquel árbol a merced de la criatura cuando decidiese bajar.

De pronto se dio cuenta de que Ly no estaba quieto completamente sino que caminaba despacio hacia la bestia, sin hacer movimientos bruscos. La criatura lo contemplaba, estaba esperando para atacar pero sin embargo no hizo nada.

Ly se acercó más y más, hasta que llegó a situarse a escasos centímetros de la criatura. Con un movimiento ágil y grácil le rascó en un pequeño cuerno que tenía en la frente.

La bestia se sentó, y lamió la mano de Ly. Instantes después él se rio.

— Ya puedes bajar Rasllew, has encontrado un Trionex. O mejor dicho, él te ha encontrado a ti. Parece ser muy joven, el cuerno no se le ha desarrollado del todo.

Rasllew se lo pensó dos veces antes de deslizarse árbol abajo. Miró a la bestia que ya no parecía tan agresiva, sino que ahora se mostraba como un alegre cachorrito.

Al llegar al suelo la criatura lo miró. Rasllew se acercó, con una mano temblorosa y le acarició el cuerno imitando a Ly instantes antes. La bestia saltó sobre él.

— ¡Ly! —gritó.

Para sorpresa de Rasllew, el Trionex le lamió la cara. Ahora parecía sonriente y movía la cola de arriba abajo.

Con esfuerzo, Rasllew se puso en pie y miró más detenidamente a la criatura.

Parecía más bonito que antes. Era blanco y tenía una mancha azul en el hombro izquierdo. Sus orejas eran pequeñas y puntiagudas. El animal era puro nervio y parecía tener muchas ganas de jugar.

— Es muy extraño, ya no se ven Trionex de este color. Parece como si te hubiese venido a buscar —Ly estaba pensativo—. Bien, sea como fuere, este Trionex es tuyo, él ha acudido a ti. Nos será de gran ayuda el resto del viaje pues podrá cargar con los dos y el equipaje. Aquí en Bastur los usamos para el transporte principalmente. Son animales muy rápidos —dijo Ly contento.

Cuando hubieron recogido todos los bártulos se montaron en la criatura. Ly dejó que fuese Rasllew el que guiase al animal.

A Rasllew, pese a no haber montado ni siquiera un caballo en toda su vida, le pareció que era muy sencillo. En comparación con un caballo, un Trionex era más rápido y con menos trote, pues era mucho más bajo. Tenía las piernas más pequeñas, su piel era muy extraña, pero muy suave a la vez. Rasllew pensó que ese animal se parecía mucho a un triceratops pero de un tamaño menor.

Durante el resto del viaje comentaron la anécdota del Trionex y se rieron mucho.

Cada vez que Ly recordaba la cara de susto con la que se había encontrado a Rasllew, le daba un ataque de risa. Parecía que le resultase muy graciosa la idea de que un rey Yelou fuese tan cobarde. No obstante, a Rasllew no le sentó mal que así fuera.

Cuando el sol estaba en lo más alto, Ly dijo que estaban cerca de su destino. La marcha sobre el Trionex les había hecho ganar mucho tiempo.

Atravesaron varias montañas más. El paisaje había cambiado. Llegaron a una zona de montañas rocosas. Esas montañas tenían el mismo color plateado que tenían todas las rocas y piedras con las que se habían encontrado hasta entonces en Bastur.

Ly indicó que detuviesen la marcha.

— ¿Qué pasará ahora con el Trionex? No hemos tenido un buen comienzo pero ahora me da pena separarme de él.

— El Trionex se quedará contigo. Es muy raro que hayamos encontrado uno en libertad. Los Sephal realizan partidas de caza para hacerse con ellos. Digamos que monopolizan prácticamente todos los Trionex de Bastur. Éste debía de ser uno de los últimos Trionex libres que había. Lo que no me termina de encajar es por qué se acercó a ti, y más aún de una forma tan agresiva. Los Trionex rara vez se acercan a un ser humano —explicó Ly.

— ¿Tú tienes uno? —preguntó Rasllew con curiosidad.

Sentía el deseo de saber más acerca de aquella especie.

— Por supuesto, todos los guerreros Yelou tenemos uno. El mío me lo dio mi padre y es negro. Los Trionex viven más de ciento cincuenta años. Además, en terreno plano y sin obstáculos son los seres más veloces del reino —dijo.

— Nos ha ahorrado medio día de camino. Si vamos en Trionex hasta el poblado, nos costará la mitad de días, ¿No?

— El resto del grupo cuenta con una manada de Trionex. Cuando te dije que tardaríamos siete u ocho días ya contaba con que nos desplazaríamos al poblado montándolos.

Rasllew se lamentó, la idea de acortar el viaje le había ilusionado.

Caminaron bordeando una ladera, siempre rodeados de árboles y nunca a campo abierto. Continuaron su camino hasta que llegaron frente a una enorme montaña. A través de los árboles se podía distinguir una pequeña cueva entre el pie de la montaña y unas rocas enormes.

Desmontaron y continuaron a pie. El Trionex los siguió mientras olisqueaba el ambiente, parecía haber detectado la presencia de algún extraño.

Ly curvó los labios e hizo un ruido imitando a un extraño pájaro. Rasllew se asustó. Aquella era la señal para que el resto de los Yelou supieran que los recién llegados eran de los suyos y no unos Sephal.

Un grupo de guerreros con las espadas en ristre salió de la cueva. Todos eran muy fuertes y tenían rostros serios y facciones duras. Los que iban a la cabeza sonrieron al ver a Ly.

— Escuchamos la señal, pero al ver el Trionex pensamos que eran unos Sephal. Que susto nos hemos llevado —dijo el más fornido y robusto de todos.

Llevaba el pelo largo y enredado, y tenía una gran barba ancha y llena de canas.

— Este es Rasllew, hijo de Nézago y nuestro nuevo rey — dijo Ly haciéndose a un lado con una reverencia para que los Yelou pudieran ver a su rey.

El grupo al completo guardó las espadas en las vainas y se inclinaron ante Rasllew, y éste se sintió muy feliz. Un grupo de grandes guerreros se inclinaban ante su presencia y eso le hizo por una vez en su vida sentirse alguien importante.

En esos momentos Bastur le pareció un mundo maravilloso. No atinaba a ver ninguna maldad en él. Los árboles eran grandes y robustos, las piedras tenían un color plateado bellísimo. Los suelos estaban recubiertos de un gran mantel de hierba verde y húmeda. Hacía una temperatura estupenda y había muchas cuevas en las que uno se podía refugiar.

Alzó la cabeza y vio la enorme montaña que se alzaba ante sí, se confundía con el cielo allí en su cima. Ly lo sacó de sus pensamientos.

— Rasllew, estos son: Duiga, Werak, Fergiten, Diofas, Damkuw, Guwero, Wiopke, Reyuit e Iriogero. Este último ha sido nuestro líder mientras… el trono ha estado vacío.

Rasllew se intentaba recordar todos los nombres mientras cruzaba una mirada con Iriogero. No era una mirada de odio, era una mirada de advertencia.

Entraron todos en la cueva a excepción del Trionex, que se quedó en la entrada. Parecía un perro guardián.

La cueva era un largo pasadizo similar a un túnel en el que no se podía ver el final, pues se confundía entre las sombras. Dentro de la caverna, y tiradas en el suelo, estaban las mochilas del resto de miembros del grupo. Eran exactamente iguales a la que llevaba Ly.

En la cueva el ambiente era distendido. Aquí y allá los guerreros intercambiaban impresiones, entre susurros, de qué les parecía el nuevo rey. Algunos veían en su cara el rostro de su padre. A unos les pareció que se lo veía demasiado delgado para ser un buen guerrero, mientras que otros opinaban que era un diamante en bruto al que hacía falta pulir.

Uno de los hombres se acercó a Rasllew. Tenía cuarentaicinco años, era alto y algo más gordo que los demás. Su pelo poseía un color marrón claro, y su barba se perfilaba más corta y mejor cuidada que la del resto del grupo. Su cola era delgada y estrecha, además tenía cara de bonachón.

— Hola me llamo Fergiten —dijo sin rodeos—. Y quiero que sepas que era un gran amigo de tu padre y que te protegeré con mi vida si hace falta. Aunque ya verás cómo dentro de poco serás tú el que me protegerás a mí —dijo Fergiten riéndose.

— ¿Qué yo te protegeré a ti? —Rasllew lo miró de arriba abajo.

Fergiten era más fuerte que él sin lugar a dudas, además tenía más experiencia luchando con espada.

Rasllew recordaba que en la tierra, durante su época de primaria, siempre que se había metido en una pelea, la había perdido y se había ido a casa con un ojo morado o con el labio hinchado y llorando. No era un luchador nato.

— ¿Por qué? —dijo Fergiten—. Porque tú perteneces a la familia real de los Yelou, los mejores luchadores de todo Bastur.

Lo llevas en la sangre, no necesitas ni entrenamiento. Ponte a luchar y Bastur hará el resto. Aún recuerdo el primer combate de tu padre. Un grupo de Sephal se acercó demasiado a nuestro asentamiento. No nos habían detectado pero jamás dejamos que se acerquen mucho. Tu padre y yo formábamos parte del grupo encargado de tender la emboscada. Él estaba muerto de miedo, nunca había luchado cuerpo a cuerpo en un combate a muerte. Sin embargo cuando se acercó el primer Sephal ¡Zas! —gritó haciendo un movimiento brusco con el brazo, como si portase una espada—. No le duró ni dos segundos. El resto del grupo estábamos impresionados. Habíamos escuchado que los reyes Yelou nacen sabiendo luchar, pero no es lo mismo escucharlo que verlo. La pelea no duró ni cinco minutos. Tu padre acabó con todos los Sephal, no dejó huir a ninguno.

Otros Yelou se acercaron para escuchar la historia y ahora le pedían a Fergiten más detalles.

Rasllew se sintió mucho más cómodo después de aquellas palabras, se le fue un poco el miedo del cuerpo. El hecho de saber que su padre había sentido lo mismo que él, lo tranquilizaba. Toda su vida se había preguntado si su padre era un caradura por abandonarlos a su madre y a él, o si lo habría hecho porque tenía que hacerlo, como siempre le dejaba entrever su madre. En esos momentos sabía que su padre tenía sus razones y que era muy valiente.

De pronto, como un flashback, recordó algunas de las cosas que le había dicho su padre en el sueño. Recordaba que su padre le había hablado de Bastur y de Soker principalmente. Le dijo que si ganaba el combate a muerte, su madre y él podrían acompañarlo a Bastur y que juntos reinarían en paz.

Rasllew imaginó cómo sería su vida si su padre hubiese ganado aquel combate. Practicarían con la espada todos los días y se divertirían. Recuperarían el tiempo perdido. Su madre los podría acompañar y sería la reina de los Yelou. Su tío Daniel podría vivir en Bastur sin miedo, que era lo que siempre había querido. Se imaginó a sí mismo y a Ly entrenando, y explorando ese estupendo planeta. Lamentablemente las cosas no eran así, y ahora era Rasllew el encargado de reconquistar Bastur costase lo que costase. Pero por encima de todo debía vengar a su padre.

Estuvieron hablando hasta que cayó la noche. Rasllew descubrió que Fergiten era un hombre muy amable. Le confió que a partir de ese momento, se podían encontrar con algún Sephal. Le dijo que ellos no se acercan a la puerta porque estaba protegida por Bastur. "Si se acercan a la puerta los Sephal se hacen más débiles a cada paso que dan. El Sephal que se interna en los bosques cercanos a la puerta no regresa nunca". Aunque también era cierto, reconoció, que cuanto más fuertes se hacían los Sephal, menos les afectaba la influencia de la puerta.

Al ser preguntado por el poblado, Fergiten, dijo que los Yelou ya no eran demasiados. Cada vez había más Sephal y menos Yelou para hacerles frente.

Le explicó que la mayoría habían emigrado a la tierra, y que otros, se habían dispersado entre las grandes montañas de Bastur hartos de luchar. Otros habían intentado cruzar el mar, pero de esos ninguno había regresado.

Esa última frase hizo recordar a Rasllew los tiempos en que se creía que la tierra era plana, y cómo en aquellos tiempos nadie osaba internarse mar adentro para no caer al vacío. En la tierra ya había quedado completamente demostrado que el planeta era redondo y seguramente en Bastur pasaba lo mismo. No tenía ni idea de qué pasaba con los Yelou que decidían echarse al mar, pero se prometió que algún día debía de averiguarlo.

A la hora de acostarse, Ly se metió en su saco, y Rasllew hizo lo propio ante la mirada extrañada de los presentes. No obstante, nadie dijo nada.

Fuera de la cueva no se oía nada, la noche estaba tranquila. El único sonido que perturbaba la tranquilidad era el viento que silbaba al perpetrar la entrada de la cueva.

Era ya pasada la medianoche cuando una mano agitó el hombro de Rasllew. Éste pensó que sería Ly, pero no, era el hombre más alto y robusto de la compañía. Iriogero.

— ¿Qué quieres? —le dijo el rey somnoliento.

— Aquí no, fuera —Iriogero se levantó con una agilidad impropia para un hombre de su tamaño y salió al exterior de la cueva.

Rasllew lo siguió mientras se preguntaba cuál sería el motivo de esa reunión furtiva. Esperaba que no fuese nada malo pues todos estaban dormidos y no tenía ninguna espada con la que defenderse si alguien intentaba asesinarlo.

La noche era tan clara que se veía la luna perfectamente. Rasllew apreció que era igual que en la tierra, con sus cráteres y su color blanco brillante.

Esa noche hacía un poco de frío y el rocío de la hierba mojaba el calzado de los dos hombres.

Iriogero se giró y clavó sus ojos en Rasllew. Su voz sonó seria pero no amenazadora cuando habló.

— Soy Iriogero hijo de Gero, un fiel servidor de tu abuelo Allec. Soy el líder de la compañía y lo seguiré siendo aunque el rey haya llegado. Para mí, ahora no eres más que un niño creído. Estás contaminado por ese patético mundo que es la Tierra y ni conoces Bastur, ni estás capacitado para reinar en él. Personalmente no veo en ti al guerrero que era tu padre y opino que este no es tu lugar. No obstante, si me demuestras que eres un gran guerrero te seguiré hasta el fin del mundo. Hasta entonces, yo seré el líder y el que lleva el mando — para Iriogero eso no era una insubordinación, sino algo que debía de hacer para procurar la supervivencia del grupo—. No voy a dejar a mi pueblo en manos de un mocoso que acaba de llegar. Espero que me demuestres que eres un gran guerrero y que hagas que me trague mis palabras —hizo una pausa—. Supongo que sabrás que esto es por el bien de la compañía, no voy a dejar al cargo a un novato.

Rasllew asintió, e Iriogero por toda respuesta volvió dentro de la cueva.

Se quedó unos momentos asimilando lo que acababa de ocurrir. Iriogero no le había dejado siquiera hablar, era una persona muy seria y parecía preocupado. Lo que acababa de pasar le recordaba a las películas del ejército. En las escenas en que el general imponía sus galones.

Sabía que Iriogero lo hacía por el bien de su pueblo, pero tampoco era para que lo tratase de aquella manera. Rasllew tampoco esperaba comenzar a mandar nada más llegar. Necesitaba antes pasar por su adiestramiento o adquirir algún tipo de experiencia en el terreno.

Volvió dentro de la cueva y se metió de nuevo en su saco de dormir. Un nudo le atenazaba la garganta y un sentimiento de culpabilidad lo recorría de pies a cabeza. Se dijo a sí mismo que él no había hecho nada malo y que no tenía por qué sentirse así. Ly ya le había intentado prevenir de que algo similar podría pasar.

La noche pasó lenta para Rasllew que no dejaba de pensar en todo ese nuevo mundo que se alzaba a sus pies.

Los demás guerreros se habían dormido como troncos. Sólo se habían levantado de vez en cuando para hacer sus necesidades. Rasllew se preguntó ¿Cómo sería de ahora en adelante el camino?, ¿Todo sería tan bonito?, ¿Lo que había visto hasta ahora era lo mejor de Bastur?, ¿En qué lugar estaría asentado su pueblo? Se durmió con esas preguntas rondándole la cabeza.

Ya era de día y el alboroto dentro de la cueva delataba que estaban preparándose para comenzar el largo viaje que les esperaba.

Rasllew se levantó, se frotó los ojos, salió de la cueva y buscó con la mirada su Trionex. Pero ya no estaba. Tampoco encontró a Ly, así que volvió dentro, recogió el saco de dormir envolviéndolo en la funda y lo metió en la mochila.

La cena de la noche pasada le había sentado muy bien. Había disfrutado de una comida dulce y sabrosa, según le dijeron era típica de los Yelou.

Aunque sentía la necesidad de lavarse no intentó salir a por agua otra vez, no quería toparse con algún otro animal todavía más peligroso que un Trionex.

Mientras hacían los preparativos del día, Rasllew cazó a Iriogero mirándolo furtivamente un par de veces, como si estudiara sus movimientos.

Cuando todos estuvieron listos, marcharon por el pasadizo hacia el exterior.

Fuera ya había amanecido completamente. El sol cegó a Rasllew que tropezó con unas pequeñas piedras que sobresalían del nivel del suelo.

Cuando los ojos se le acostumbraron a la luminosidad de la mañana, distinguió a Ly y su Trionex junto con otros diez Trionex más en el claro. Ly había salido antes para darles agua y comida. Cuando sus miradas se cruzaron lo saludó y le sonrió.

El Trionex de Rasllew se le tiró encima sin que le diese tiempo a apartarse. Pensó que algún día le haría daño si continuaba comportándose de aquella manera.

Cuando todo el grupo estaba ya en el claro, Iriogero se subió a una roca cercana para hacerse oír por encima del murmullo y las pisadas de los Trionex.

— A partir de ahora empieza el viaje de vuelta, el viaje de verdad. Marcharemos montados en Trionex y esperemos no encontrarnos con ningún Sephal. El paso será firme pero cauteloso, así no nos podrán ver y ni oír con facilidad. Iremos juntos y no nos separaremos a no ser que sea estrictamente necesario. Recordad que en el grupo está nuestro nuevo rey y que si es preciso, tendremos que dar nuestra vida por defenderlo. Si alguien no está de acuerdo con esto puede marcharse —Rasllew encontró gracioso que fuese precisamente él quien dijera aquello—. Partamos ahora y que Bastur nos proteja.

Dicho esto, cada uno montó en un Trionex y se pusieron en camino. Los Trionex del grupo eran negros o marrones, el único blanco era el de Rasllew.

Ly montaba un ejemplar precioso, era negro con los ojos amarillos. Parecía serio a diferencia del de Rasllew, que era más amistoso y juguetón.

El paisaje de aquellos lugares era distinto pero no menos bonito. Los arboles no eran tan grandes pero eran muy anchos. En el suelo no había hierba sino tierra color marrón muy oscuro. También había unos arbustos verdes oscuros, suficientemente grandes para ocultar a varias personas y un Trionex a la vez.

Rasllew detectó que la mayor diferencia con el paisaje que dejaban atrás era que ahora todo tenía de unas tonalidades más oscuras. Como si el paisaje fuese más lúgubre.

El terreno era llano y al fondo se veía una montaña atravesada por una cascada, la montaña era grande y recubierta de una manta de árboles verdes claros.

Cuando llevaban aproximadamente una hora de camino, el Trionex de Fergiten se acercó al de su rey.

— Toma, esta espada es tuya —dijo tendiéndole una vaina con una espada.

La espada era de metal pero no pesaba mucho. El mango estaba recubierto de piel con pelo rojo. El remate del mango tenía una piedra roja transparente.

— La he hecho yo especialmente para ti por encargo de tu padre. Él no quería que te la diese hasta llegar al poblado, pero no he podido resistirme. Soy el herrero del poblado y te puedo asegurar que el metal es de muy buena calidad. Me costó mucho conseguirlo. La empuñadura, es de piel de Tiwo, un animal que se ve raras veces por aquí. Me costó un mes de deambular por Bastur para atrapar uno. Al final del mango, hay un tapón que va a rosca. Si lo desenroscas podrás acceder al alma de la espada. Para darle vida al alma puedes escribir unas señas, o algo con lo que te sientas identificado, en un pergamino e introducirlo. La espada se comportará en consecuencia.

Rasllew la observó detenidamente. Era una espada propia de un rey. De una belleza indescriptible.

La curiosidad le picó y quitó el tapón. De dentro del mango, salió un pergamino en blanco.

— ¿Qué contenía el alma de la espada mi padre? —se dijo a sí mismo que seguramente pondría lo mismo que él.

— Tu padre puso "Bajo el sol y bajo la luna haz el bien y no el mal" él no quería que la espada cállese en malas manos. Si pones esas señas, nadie que posea malas intenciones podrá utilizar la espada —dijo eso y su mirada se perdió en el horizonte. Estaba recordando a su anterior rey. Ambos habían sido muy buenos amigos.

A Rasllew le gustaron las señas de su padre.

— ¿Tienes un lápiz, una pluma o algo para escribir?

No quería esperar a que llegara la noche para escribirlo. Estaba emocionado.

— ¿Sabes escribir en Bree? —preguntó Fergiten extrañado.

— No, no sabía que había que escribir en Bree.

— No te preocupes, dámelo. Me detendré unos momentos y lo escribiré. Ahora enseguida tendrás tu espada lista.

Dicho esto, Rasllew le entregó el papel. Fergiten se echó a un lado, se paró y lo perdieron de vista. Rasllew metió la espada en la vaina y se la colgó a la espalda. Momentos después comenzó una conversación con Ly.

Estaban charlando de los cuidados que necesitaba un Trionex cuando Rasllew se dio cuenta de que Fergiten no había
vuelto. Hacía mucho rato que se había quedado atrás.

Guio a su Trionex con paso firme hasta Iriogero y le contó
que Fergiten se había detenido y no los había vuelto a alcanzar.
El actual líder de los Yelou se enfadó mucho y se acercó a Ly.
Habló con él mientras intercambiaban gestos de preocupación.
Momentos después Iriogero dio media vuelta y fue a buscar a
Fergiten.

Ly se acercó a su rey con cara de preocupación.

— No te separes de mí. Seguramente estemos rodeados de
Sephal. Puede que estuviesen tras nuestra pista desde que fuimos a buscarte a la puerta. Como ellos no pueden adentrarse
en esa zona nos han esperado para ahora caer sobre nosotros.
No bajes la guardia, si te cogen a ti las esperanzas para los
Yelou se desvanecerán —no paraba de mirar para todos los
lados y tenía una mano en el mango de la espada.

Escucharon el ruido de unas patas que corrían a pocos metros de ellos, pero el bosque era tan frondoso que no podían
ver nada. El ruido aumentaba a cada momento y con él los nervios del grupo.

La velocidad a la que cabalgaban también había aumentado
para intentar escapar. Lanzaban miradas nerviosas de lado a
lado del camino, esperando que algo saltara de pronto encima
de ellos. La tensión se podía cortar con un cuchillo y el ruido
de pisadas de Trionex, se oía ahora claramente.

— ¡Emboscada! ¡Corred! —gritó Ly.

Era la alerta que habían estado esperando. Algunos miembros del grupo golpearon duramente los costados de sus mon-
turas para que acelerasen el paso y Rasllew los imitó.

Su Trionex se precipitó veloz a través de la espesura. Era
como si el animal hubiese estado esperando toda la mañana
para correr al máximo. El grupo de Yelou zigzagueaba a toda

velocidad por entre los árboles, que pasaban muy rápidamente al lado de ellos. Rasllew sufrió un par de arañazos cuando su Trionex se acercó demasiado a unos arbustos enormes.

Sin previo aviso, cuatro hombres, que también montaban en Trionex, les flanquearon el paso. Eran unos Sephal.

Rasllew y Ly iban a la cabeza del grupo. Sin duda serían los primeros en ser atrapados. No obstante, y para asombro de Rasllew, Ly no aminoró la marcha. Sino que volvió a espolear a su montura como si quisiese cargar contra sus enemigos. Sin saber por qué, Rasllew imitó su acción.

Los Sephal se miraron incómodos, mientras los Yelou se acercaban a ellos a toda velocidad. Pero ninguno se apartó del camino. Rasllew y Ly casi habían llegado a su altura cuando algo golpeó al rey en el cuello y lo tiró del Trionex.

Debido a la gran velocidad a la que montaba, el golpe contra el suelo fue brutal. Su cuerpo se revolcaba por la tierra arrastrando a su paso toda la maleza, hasta que se frenó con otro duro golpe. Esta vez contra un árbol.

Al contemplar la escena, Ly intentó detener a su Trionex en seco pero no pudo hacerlo. De modo que saltó de éste en marcha. Ly también acabó revolcado por el suelo, pero él sí pudo levantarse instantes después con la espada en ristre y preparado para defender a su rey.

Rasllew también se levantó como pudo y a duras penas desenvainó su espada. Tambaleándose caminó hacia Ly. Permanecieron juntos espalda contra espalda.

El sudor les recorría la frente y sus respiraciones eran acaloradas.

Rasllew temblaba de pies a cabeza y le pitaban los oídos. Tenía una sensación muy extraña, era como si no fuera él mismo. La espada parecía pesarle una tonelada cuando vio a un hombre montado en un Trionex negro. Bajó de él y se le acercó lentamente. La tierra crujía bajo sus zapatos.

Era la primera vez que Rasllew veía un Sephal de cerca. En apariencia era igual que un Yelou, pero tenía un extraño brillo rojo en los ojos fuera de lo común. Además unas terribles ojeras marcaban su rostro. Rasllew tembló, los ojos de aquel tipo provocaban en él una mezcla de miedo y rabia.

— Soltar las armas o mataremos a vuestros amigos aquí mismo.

Señaló con la cabeza el camino por el cual habían llegado los Yelou. Cuando Rasllew y Ly volvieron sus miradas se encontraron con que el resto de los Yelou habían sido capturados. Cada miembro del grupo tenía una espada tocando su garganta.

— ¡Ly suelta el arma! —gritó Rasllew a su compañero.

— No, no dejaré que te capturen, antes la muerte —luchaba en una guerra interna, por un lado no quería desobedecer a su rey, pero por otro lado no podía dejar que lo capturasen—. Eso será el fin ¿!No lo entiendes!?

En los ojos de Ly había una rabia descomunal, algo que Rasllew jamás pensaría que encontraría en su amigo.

— ¡Ly es una orden!

El corazón de Rasllew era demasiado compasivo como para dejar que pagasen con vidas humanas su intento de huida.

Dicho eso, Ly soltó el arma y se dejó caer de rodillas. Rasllew hizo lo propio, mientras unos fuertes temblores lo sacudían.

Instantes después, aparecieron muchos más Sephal. Todos poseían esas enormes ojeras, como si no hubiesen dormido en muchos días. Además de ese extraño brillo rojizo en los ojos que les daba una apariencia diabólica.

Uno de ellos se acercó con unos grilletes y ató a los dos Yelou de pies y manos. Instantes después los llevaron con el resto del grupo.

Rasllew se alegró un poco al comprobar que Fergiten e Iriogero también estaban allí. Nadie habló. Rasllew pensó que no lo hacían para no delatarlo y que los Sephal supiesen que él era el rey. Pero después de la escena que habían protagonizado Ly y él instantes antes, ya estaba demasiado claro.

Los Sephal los rodearon y los vigilaron durante más de una hora. Los Yelou continuaban callados. La misión había sido un fracaso, y ahora los Sephal habían capturado a su rey. Los nervios estaban a flor de piel. Se sentían intranquilos de pensar lo que harían con ellos.

Por su parte, Rasllew estaba cansado, desarmado y tenía hambre. No había desayunado y había perdido mucha energía en la emboscada.

El sol estaba ya casi en lo más alto, cuando los Sephal se pusieron a comer. Los Yelou los miraban envidiosos y hambrientos.

Sus enemigos comían como animales. Devoraban la comida manchándose las manos y las zonas de la cara próximas a la boca. De vez en cuando, mientras masticaban ruidosamente con la boca abierta, dejaban escapar algún eructo.

Durante la hora de la comida, Rasllew se dedicó a estudiar a los Sephal y a compararlos con los Yelou, y extrajo algunas conclusiones. Los Sephal y los Yelou no vestían igual. Pese a sus malos modales, sus enemigos sí vestían buenas ropas, bien cosidas y perfectamente rectas, además de vestir todos de negro. Los Sephal iban mejor armados. Además de las espadas, llevaban en sus cinturones hachas, dagas y cuchillos, y algunos portaban arcos y flechas a sus espaldas.

Tuvo que estudiarlos poco para darse cuenta de que no compartían la comida. La ley del más fuerte imperaba en cada una de sus acciones. Observó que el más pequeño de todos se relamía los dedos después de haber saboreado un pequeño pedazo de carne mientras que los demás, más grandes y fuertes, comían con ansia enormes trozos.

Hubo un momento de tensión cuando el más grande y fuerte de los Sephal extrajo una daga y pinchó con ella un pedazo de carne que estaba devorando un compañero. El silencio reinó unos instantes mientras todo el grupo observaba a los dos implicados.

El más grande lanzó una mirada amenazadora a su compañero, y éste agachó la cabeza, resignado. Instantes después la comida continuó sin ningún sobresalto más.

Los Sephal los superaban en número tres a uno, y las posibilidades de escapar eran nulas después de haber sido atados con los grilletes.

Rasllew empezó a ver la maldad que habitaba en Bastur, estaba empezando a odiarlo. Pensó que no debería de haber dejado atrás la tierra. Anheló la paz que allí reinaba. Hacía sólo dos días, su máxima preocupación en la tierra había sido si su madre estaba saliendo con alguien o los trabajos navideños de clase. En esos momentos deseó estar con su tío y lo comprendió de una manera que no había hecho hasta ese momento. Porque él ya conocía lo que se podía encontrar en Bastur.

Rasllew supo que iba a morir y entendió la gravedad de la situación. Cuando habló con su tío en la tierra, Bastur no le pareció tan peligroso, es más, le había sonado cómo una aventura divertida. Durante esos dos días, se había permitido soñar con que reconquistaría ese mundo y que todos serían felices, nunca imaginó lo que estaba pasando en ese momento. Todavía era un adolescente de diecisiete años y estaba sentenciado a morir.

Al caer la tarde, los Sephal se pusieron en pie, desmontaron el improvisado campamento y comenzaron a preparar la marcha.

Mediante unas cuerdas ataron los grilletes de los Yelou unos a otros, y a su vez a uno de los Trionex. La cadena que unía los grilletes de los pies era suficientemente larga como para permitirles caminar pero no correr.

Los Sephal se montaron en sus Trionex y allí comenzó la agonizante marcha de los Yelou al poblado de sus enemigos.

La comitiva estaba formada por una avanzadilla de dos Sephal que hacían de exploradores, un numeroso grupo que arrastraba a los Yelou, y en la retaguardia otro pequeño grupo cerraba la marcha imposibilitando cualquier intento de retirada.

Al poco rato de caminata, y por primera vez desde que Rasllew llegó a Bastur, salieron a un camino de tierra.

Éste era ancho y pedregoso, y serpenteaba a través de las montañas y valles.

Caminaban en la dirección contraria a la que lo habían hecho durante la mañana. El viaje era costoso ya que, aunque la marcha era lenta para los Trionex, los Yelou se veían obligados a seguir su ritmo. Caminaban todo lo rápido que podían pero algunas veces no era suficiente y caían suelo. En esos momentos los compañeros más cercanos hacían todo lo posible por ayudar a los suyos y ponerlos de nuevo en marcha.

Los Sephal se habían apropiado los Trionex de sus prisioneros. Pero Rasllew no vio por ningún lugar ni a su Trionex ni el de Ly.

Ya avanzada la tarde, los Yelou estaba extenuados. Llegó un momento en el que Rasllew pensó que no podría dar un solo paso más. El día anterior había resistido caminar cargando con su mochila junto a Ly, pero caminar al paso de los Trionex era un esfuerzo mucho mayor. Le dolían las muñecas, casi todo el viaje habían estirado de ellas para que avanzase más rápido. Las piernas le pesaban como dos yunques y tenía rozaduras allí donde la piel frotaba con los grilletes. Estaba sudando y le dolía el estómago de no comer cuando se desmayó.

Cuando abrió los ojos, estaba en una gran cueva y había un enorme alboroto entre los Sephal. Los oía correr de aquí para allá, gritaban y armaban un gran estruendo.

— ¿Dónde están? ¿Los habéis visto? ¡Tú, mira por el este! —escuchó decir a una voz que parecía fuera de sí.

Rasllew estaba desorientado pero por lo que estaba escuchando parecía que el resto de los Yelou habían escapado. Sintió una pesadez en el corazón cuando comprendió que entonces lo habían dejado allí tirado. Se obligó a pensar que Ly no lo abandonaría.

Le dolían todos los huesos, la muñeca izquierda le crujió cuando intentó moverla. Todavía tenía los grilletes en pies y manos. Las piernas las notaba tan cansadas que sentía que no podría ni andar un par de metros. Le dolía el estómago de no haber comido en muchas horas.

Se miró la ropa y comprobó que tenía las rodillas rascadas de haber estado tanto tiempo siendo arrastrando. Seguramente los Yelou habrían intentado cargar con él, pero no habrían podido debido a su propio cansancio. Odió más a los Sephal por no tener consideración por nada. Los codos también los tenía llenos de magulladuras y la camiseta estaba hecha polvo en la parte del abdomen. Parecía que una trituradora había pasado por encima de él. Los arañazos le sangraban y le escocían, pero no podía rascarse ya que en cuanto se movía un poco los grilletes se le clavaban y no dejaban circular la sangre.

Se incorporó y vio a Ly y a casi todos los demás unos metros detrás suya. Los contó y solo había nueve. Habían escapado dos, intentó reconocer las caras de los Yelou presentes y cayó en la cuenta de que habían escapado Fergiten e Iriogero. Los dos perros viejos.

Estaban vigilados por seis guardias, todos ellos iban armados y vestidos de negro impecable.

Al ver que Rasllew se incorporaba Ly se le acercó arrastrándose.

— Han escapado Fergiten e Iriogero, esperemos que se salven —susurró Ly—. Cuando te desmayaste no nos dejaron ayudarte, siguieron arrastrándote el resto del camino. Te han remolcado durante dos horas. Al llegar aquí los Sephal se confiaron y se dispersaron. Fergiten e Iriogero descubrieron una abertura un poco más adentro de la cueva y aprovecharon para escapar. Los Sephal han tardado mucho en darse cuenta de su ausencia, así que dudo que los encuentren. Ahora ya han puesto varios hombres vigilando esa salida —hablaba en voz baja, casi en un susurro para que no se enteraran los guardias.

Los Sephal estaban más atentos a lo que pasaba fuera que a lo que pasaba dentro de la cueva, pero si los escuchaban hablando los separarían.

— La muñeca me duele mucho, creo la tengo dislocada — sentía un dolor inaguantable, casi no podía ni hablar.

Ly le examinó la muñeca durante unos momentos. Se volvió un momento para ver donde estaban los guardias y con un rápido giro con las dos manos se la puso en el sitio.

Rasllew intentó no gritar, pero se le saltaron las lágrimas del profundo dolor.

— Tranquilo, no grites, te sentirás mejor cuando hayas descansado un poco —dijo Ly en voz baja—. Intenta colocar el grillete un poco más abajo de la muñeca para que no te toque la articulación.

Con algo de esfuerzo, Rasllew así lo hizo. Momentos después ya no quería descansar. Le gustaría saber qué pasaría con los fugitivos, le gustaría vengarse de los Sephal pero el dolor era insoportable. Así que intentó dormir un rato en el frío suelo. Se preguntó qué habrían hecho con su mochila y su saco de dormir mientras se le cerraban los parpados. Durmió un par de horas.

— ¡Arriba sucias ratas! Pasado mañana a la noche llegaremos al reino Sephal y veréis al rey Soker. Él decidirá qué hacer con vosotros —dicho eso, soltó una gran carcajada malévola. Parecía un personaje sacado de una cutre serie de los noventa, pero a la vez era aterrador pensar que no estaba actuando.

Rasllew notó que ya no le dolía tanto la muñeca. Aun así, intentaba no moverla. Había recuperado fuerzas para una jornada completa. Se sentía mucho mejor de lo que hubiese esperado. Se levantó de un salto y por primera vez echó un vistazo a la cueva a la que los habían conducido.

Era fría y húmeda. Al fondo se oía caer una gota cada cierto tiempo. La cueva estaba llena de estalactitas y de estalagmitas. En el suelo había algún que otro charco. Era pequeña y alta, parecía una habitación con un pasillo al fondo. Se fijó mejor y consiguió distinguir una pequeña luz al final del túnel. Por allí era por donde habían escapado sus compañeros. Se preguntó si volverían a rescatarlos.

Con violencia, los Sephal pusieron en pie a los Yelou. Se veía que algunos de sus compañeros tenían mejor ánimo que otros, pero todos tenían la moral por los suelos. Parecían todavía más sucios, si es que eso era posible, que cuando Rasllew los vio por primera vez.

El estómago le gruñía ante la falta de alimento.

La jornada pasó igual que la tarde anterior con la diferencia de que nadie se desmayó. A la hora de comer, los Sephal, los rodearon como el pasado día y se pusieron a comer. Rasllew se preguntó si pretendían matarlos de hambre.

Ly se le acercó a rastras e intentó que no le vieran los guardias, que estaban más pendientes de su comida que de los Yelou.

— Rasllew, cuando lleguemos al reino de los Sephal no le desveles a Soker quien eres. Seguramente nos van a torturar antes de matarnos, pero si saben quién eres, te van a hacer sufrir más de la cuenta —paró de hablar para mirar si había algún guardia cerca y continuó—. Algunos están recogiendo bayas, hojas y otros alimentos comestibles. Esta noche estate atento porque repartiremos los víveres cuando los Sephal duerman —volvió a mirar hacia los guardias y dijo—. Buena suerte y que Bastur nos acompañe.

Dicho eso se apartó deslizándose hasta el lugar donde había estado todo el tiempo. Rasllew se fijó bien y pudo comprobar como arrancaba algo del arbusto más cercano y se lo guardaba entre sus ropas. A Rasllew se le recargó el cuerpo de energía y vitalidad ante la perspectiva de tener algo que llevarse a la boca. Se tumbó intentando no pensar en ello, pues si tenía la mente en blanco descansaría mejor.

En los dos días siguientes intentó descansar. La noche de aquel día comió todo lo que le ofrecieron sus compañeros y se sintió mucho mejor.

Ly no volvió a acercársele en todo el tiempo.

Los Sephal los llevaron al mismo ritmo durante todo el viaje, cuando uno de los Yelou se caía, no paraban, continuaban la marcha, soltaban unas enormes carcajadas y señalaban con el dedo a quien se había caído. El que se caía se sentía humillado.

Los Yelou estaban sucios, con las ropas rotas de rozar con el suelo. La piel llena de arañazos y con un dolor insoportable en un estómago insatisfecho.

Los Sephal se habían llevado sus mochilas y las habían registrado durante todo el camino. Con la de Rasllew se divirtieron mucho y guardaron a buen recaudo todos objetos que no conocían, como si fuesen un tesoro.

De vez en cuando hablaban de las recompensas que les ofrecería el rey Soker por entregarle a nueve Yelou vivitos y coleando.

El paisaje continuaba siendo el mismo que desde que habían dejado la zona próxima a la puerta de conexión con la tierra. Rasllew miraba, de vez en cuando, por encima de los Sephal y se relajaba contemplando esos oscuros paisajes. Esas lejanas montañas que habían visto en que se había convertido ese mundo sin poder hacer nada por él.

Bastur era un bello planeta, y muy grande. Rasllew pensó que si lograba escapar, le gustaría hacerse una embarcación y surcar los mares. No sabía con qué se iba a encontrar pero le gustaría saberlo. Sentía que quería explorar y sentirse libre. Aunque quizá esos sentimientos estaban influenciados por el hecho de que llevaba varios días prisionero.

Durante el camino, los Yelou habían comido todo lo que podían. Los más espabilados habían recolectado lo que habían podido para después compartirlo con los demás. Los víveres les habían liberado del dolor del estómago, eso les ayudaría a enfrentarse a todo lo que se les venía encima.

Cuando toda la expedición se detuvo para comer al tercer día, Rasllew consultó su brújula. Un objeto tan pequeño, que había escapado al desinteresado control que les habían dedicado los Sephal. Las manos le hacían daño, pero soportando el dolor e intentando que no lo vieran los guardias comprobó que iban hacia el norte.

Al poco tiempo de retomar la marcha vio que el paisaje se ennegrecía aún más. Los árboles tenían las hojas más oscuras, las piedras habían dejado de brillar, la tierra era más bien negra que marrón.

Cuanto más avanzaban, el ambiente se volvía un poco más siniestro, como sacado de una película de terror.

Los Yelou dejaron de recoger víveres puesto que empezaban a escasear, además de que la vegetación parecía estar pudriéndose por aquella zona. Los árboles y arbustos que se encontraban a su paso olían mal. Un olor, fuerte y dulzón, que se pegaba a las fosas nasales y que hacía que los Yelou sintieran ganas de vomitar.

Ya a la tarde, vieron que entre dos montañas de piedra negra, como el azabache, se alzaba un castillo. Éste tenía unas grandes murallas que medirían unos cinco metros de alto, y que lo bordeaban sin dejar ningún rincón por el que entrar, o salir. En el centro de la muralla había una gran puerta, hecha de hierro grueso.

A medida que se acercaban, y cuanto más grande se hacía el castillo, más pequeño se sentía Rasllew. Al fin ese viaje había acabado. No sabía lo que le esperaba detrás de esas enormes y despampanantes murallas ni si lograrían escapar. Pero lo que sí sabía era que estaba hecho polvo y que sólo habían pasado cinco días desde que cruzó la puerta.

Capítulo 3: Soker

La puerta se abrió, lenta y pesadamente ante la comitiva. Usaba un mecanismo mediante poleas. Unos Sephal tiraban de las cuerdas para abrir completamente la puerta. Un sonido fuerte resonó en toda la montaña, cuando la puerta se abrió definitivamente, y dejó un eco que resonó por todo el valle. A Rasllew le pareció que esa era la señal de entrada al infierno.

Al atravesar la gran puerta, una ciudad de la edad feudal se abrió ante sus ojos.

La chusma vivía en unas pequeñas casas hechas de piedra sucia, las vigas eran troncos de árboles y los techos estaban compuestos principalmente de paja.

En mitad del camino, y cruzando todo el pueblo, había un pequeño río del que emanaba una peste insoportable, eran las aguas fecales. Al final del camino principal, y tras una muralla interior, se alzaba un gran castillo, también construido en piedra negra.

Para sorpresa de Rasllew, encontró que la vida de los Sephal era mucho más normal de lo que habría imaginado.

En una plaza cercana habían montado un mercado repleto de pequeños puestos. En ellos se podía encontrar comida, telas, jarrones, además de cualquier otro tipo de artículo de necesidad básica.

Cuando avanzaron un poco, descubrió una casa que tenía un cartel con una jarra de cerveza pintada en la puerta. Aquello, sin duda, era una taberna. Al pasar por la puerta escucharon música y mucho jaleo.

Mientras se abrían paso por la ciudad, los Sephal se los quedaban mirando, desatendían sus faenas durante un momento y reían entre dientes. Los habitantes de la ciudad estaban sucios, sus caras se mostraban manchadas y sus cabellos estaban alborotados. Rasllew llegó a la conclusión de que Soker se preocupaba mucho por sus soldados, pero no tanto por el pueblo llano.

Recordó que en el colegio había estudiado la edad media y el sistema feudal. Sabía que había dos clases sociales principalmente, la chusma o plebe, y la nobleza. La chusma vivía dentro del reino de los nobles. Debían de pagar un tributo al reino por la protección que éste les ofrecía. En ese sistema, la chusma era la que peor vivía. La nobleza no se ocupaba de alimentarlos ni de procurarles buenas vestimentas, solamente les daban protección. De modo que la chusma vivía en unas condiciones muy precarias. Muchas veces no tenían agua para lavarse, ni tampoco un lugar para hacer sus necesidades, así que las hacían en mitad de la calle y por eso olía tan mal.

Mientras caminaban, una prostituta reclamó su atención.

— ¡Yelou! ¿Queréis una última satisfacción antes de morir?

Dicho eso, se desabrochó la camisa y mostró unos enormes y rosados pechos. Uno de los Sephal que se encontraba cerca, y con una jarra de cerveza en la mano, aprovechó la ocasión para meter la cabeza entre sus emolumentos. La chica dio un respingo antes de echarse a reír.

Rasllew se le enturbió un poco la mente mientras veía como el Sephal y la prostituta se iban calle abajo muy bien agarrados.

Finalmente, se encontraron al pie del castillo. Desde esa posición parecía aún más grande, Rasllew casi se cayó de espaldas al intentar mirar a la más alta torre.

En la entrada había dos guardias, uno a cada lado, estaban quietos, petrificados, no se movían ni un centímetro. Llevaban unas enormes espadas, y armaduras engalanadas y pesadas. Esas eran las primeras armaduras que veía en el bando Sephal. Eran de color negro, como todo en las filas de sus enemigos, y tenían un grosor suficiente como para soportar una buena embestida.

Uno de los Sephal que los había acompañado todo el camino, fue el encargado de abrir las puertas. Eran grandes y pesadas, estaban hechas con una madera muy resistente. En el centro de las dos había un escudo pintado. El escudo mostraba una cara que se estaba quemando, o al menos, eso era lo que parecía puesto que no se veía muy bien.

Al entrar, descubrieron una amplia sala con un techo muy alto. El suelo era de mármol bien tallado y estaba lustroso de haber sido limpiado hace poco. La estancia, que era muy oscura, no tenía ventanas por donde se pudiera atacar. No se alcanzaba a ver lo que había cinco metros más allá tras haber cerrado la puerta principal.

Los Sephal empujaban a sus prisioneros mientras los conducían al fondo de la sala.

Los Yelou sentían que los pies les pesaban pero resbalaban en el mármol y eso les ayudaba a caminar.

— ¡Más vale que sea bueno el motivo por el cual venís a interrumpir mi comida! —se oyó una voz grave al fondo de la sala.

La persona que pronunció esa frase estaba malhumorada y tenía una voz muy desagradable.

— Lo es señor, traemos Yelou, nueve en concreto y además uno muy especial. Estamos seguros que a su alteza le agradará este presente —respondió el Sephal que había desarmado a Rasllew y Ly tres días atrás.

Tras esas últimas palabras, Rasllew supo que lo habían descubierto. Pese a que habían intentado ocultarlo todo el camino, los Sephal ya sabían quién era. La escena que habían protagonizado Ly y él había bastado para que se dieran cuenta. Pensaba que los Sephal no serían tan espabilados, pero estaba equivocado.

— ¿Has oído, Seita? Han venido parientes tuyos a hacerte una visita.

Al fondo se escuchó la risa de una mujer.

— La que lo acompaña es Seita, una traidora. Gracias a ella tuvimos que trasladar todo el poblado. Casi hace que los Sephal acaben con todos los Yelou —le susurró Ly a Rasllew con odio en la voz—. Ahora ella es la putita de Soker.

El Sephal se acercó a su rey y estuvo susurrándole al oído unos instantes, pero al poco de empezar a hablar se oyó.

— ¡¿Cómo?! ¡Que se os han escapado dos! Pero si erais treinta soldados para once Yelou, eso merece un severo castigo. Tú por ser el capitán estarás tres lunas en los calabozos y el resto de tus hombres, trabajarán en las minas durante ese mismo periodo de tiempo —tenía un tono severo y su voz daba miedo.

Pese a que sus ojos se estaban acostumbrando cada vez más a la oscuridad, Rasllew todavía no podía distinguir correctamente a Soker, pues estaba muy lejos.

Mientras el capitán continuaba susurrando al oído de su rey, muchos Sephal se estaban congregando en la sala. La noticia de la captura de los Yelou había corrido como la pólvora. El ajetreo era tal que la puerta de entrada estaba ahora abierta permanentemente. Y eso provocó que la luminosidad aumentase considerablemente en la estancia.

— Tráelo ante mí —dijo la voz malévola de Soker, para después soltar una carcajada.

El Sephal capitán dio media vuelta y caminó en dirección a Rasllew, sacó una llave y le quitó los grilletes de pies y manos que tanto le habían estado atormentando esos días. Las cadenas cayeron al suelo y el sonido se escuchó por encima del murmullo de la sala. Rasllew sintió un profundo alivio, como si la sangre volviera a correr por las venas de manos y pies. Movió las articulaciones y notó que, poco a poco, recuperaban su color natural.

El capitán lo agarró del brazo. Le hacía daño mientras lo conducía hacia la figura. Progresivamente, la figura se fue convirtiendo en un hombre no muy alto, de mediana estatura. Estaba sentado en un trono muy ornamentado. Rasllew se llevó una pequeña decepción al comprobar que Soker no era tan musculoso como algunos de los Sephal que los habían capturado. En su mente, Soker se había manifestado como una verdadera bestia, un gigante de brazos enormes. Nada más lejos de la realidad.

Soker era delgado y fibroso. Portaba una túnica negra que dejaba sus brazos al descubierto. Unos brazos tan llenos de venas y músculos, que la grasa no tenía cabida en ellos. Era pura fibra.

El rey de los Sephal no llevaba la misma barba de aspecto descuidado que el resto de sus hombres, sino que un elegante bigote, fino y esbelto, recorría su labio superior.

Lo que le confería un aspecto terrorífico eran sus ojos. El iris de sus ojos era más rojo que el de ninguno de sus guerreros.

A unos metros de allí, Rasllew reconoció a Seita. Una chica esbelta y guapa. Su pelo moreno y liso le caía por los hombros. Una peca adornaba su mejilla izquierda casi a la altura de su labios, como las chicas de los años veinte. Era extraño, Seita tenía los mismos ojos rojos que los Sephal a pesar de ser una Yelou.

Cuando Soker habló, Rasllew sintió que el mismo diablo le hablaba.

— ¿Quién eres tú? —lo miró de arriba abajo mientras esperaba una respuesta que no llegó—. Mi hombre me ha dicho que ante una orden tuya uno de los vuestros dejó caer el arma. Así que respóndeme. ¿Quién eres?

A su alrededor se había congregado una multitud que ahora enmudecía.

— De acuerdo, si no quieres hablar quizá mi cuchillo te suelte un poco la lengua.

Rasllew callaba, no quería intercambiar una palabra con la persona que había matado a su padre.

Soker se levantó cansinamente de su trono y se aproximó hacia el rey Yelou. Se detuvo a su lado mientras miraba a su gente. Con un rápido movimiento le hizo un corte superficial en el brazo, mientras la multitud alababa la actuación de su líder.

Rasllew se encogió del dolor

— ¿Sigues sin querer hablar?

Soker clavó la mirada en los ojos de Rasllew, pero éste, lejos de amedrentarse mantuvo la vista fija. Con otro rápido movimiento, le realizó otro corte superficial en el otro brazo. Los Sephal gritaban pidiendo más.

— Ya veo que nada te va a hacer hablar —pronunció estas palabras mientras se colocaba detrás de Rasllew—. En fin.

Levantó el cuchillo y se lo colocó en la garganta.

— ¡No! ¡Detente! —gritó un Yelou.

Soker retiró el cuchillo del cuello de Rasllew y se volvió.

— Traedme al que ha dicho eso.

Rasllew no se había movido un milímetro desde que Soker había empezado a hablar. Escuchó como otros grilletes caían al suelo y momentos después, uno de los suyos era arrastrado. Cuando colocaron al Yelou en su campo de visión se sorprendió de que no fuese Ly el que había hablado, sino Werak. Apenas había intercambiado dos palabras con aquel hombre, y él estaba dispuesto a dar la vida por su rey.

— Dios mío, el viejo truco del cuchillo en el cuello. Sólo hay que esperar unos instantes y alguien pica —decía esas palabras con una sonrisa en la boca el rey Sephal—. Dime quien es este joven o el que morirá serás tú.

Esperó unos momentos pero el Yelou ni siquiera movió los labios. Un relámpago recorrió los ojos de Soker cuando se acercó a él. Cuatro movimientos le bastaron. Clavó su cuchillo hasta el fondo en el muslo derecho del Yelou, a continuación lo extrajo y la clavó en el muslo izquierdo.

— ¡Soy el rey de los Yelou! —gritó Rasllew; que era la primera vez que reconocía en voz alta su título.

No contento con eso, Soker extrajo el cuchillo de nuevo y lo clavó en el brazo derecho de Werak, para después clavarlo en el izquierdo. Y allí dejó el cuchillo. El Yelou se desplomó en el suelo mientras se desangraba. La multitud pedía más sangre.

— De modo que tú eres el cachorrito de Nézago. Y, ¿Sabes dónde está tu padre?

Rasllew estuvo a punto de sucumbir a las provocaciones y saltar sobre su rival, pero logró controlarse.

— Mi padre está muerto. Tú lo mataste —arrastró las palabras con mucha rabia.

Por un momento, un desconcierto recorrió el rostro de Soker. Rasllew pensó que lo había imaginado porque un instante después ya mostraba el semblante oscuro de antes.

— Es verdad, yo lo maté. No lo recordaba —dijo con sarcasmo—. Me siento decepcionado. Esperaba más del hijo de Nézago. ¿Para esto tenéis tanto secretismo con vuestros herederos? —miraba a los Yelou mientras señalaba a Rasllew—. ¿Por esto acabas de dar la vida? —hablaba ahora a un Werak, que estaba tirado en el suelo.

Werak hizo acopio de todas sus fuerzas y con un gran sufrimiento consiguió ponerse en pie. Soker lo miraba sonriente. Durante unos instantes sus rostros quedaron separados por unos milímetros. El aliento jadeante de Werak bañaba el rostro de su enemigo cuando pronunció sus últimas palabras.

— Que te follen.

Apenas un instante después, le dio a Soker un fuerte cabezazo en la nariz y echó a correr en dirección a la salida. Los guardias Sephal intentaron atraparlo pero los embistió con tal fuerza que los derribó. Pasó como un rayo por delante del resto de Yelou. Sin duda estaba haciendo un esfuerzo sobrenatural después de las heridas de muerte que acababa de recibir.

Cuando ya todos creían que iba a alcanzar la puerta y que escaparía del castillo, una flecha atravesó su cráneo. Se coló por la parte trasera de su cabeza y salió por su ojo derecho. Momentos después, el cuerpo del Yelou desapareció con un destello para dejar paso a una gema morada.

Rasllew se sobresaltó, pero el resto de Yelou lo vieron como algo normal, puesto que bajaron las miradas con decepción. Instantes más tarde, los Sephal se abalanzaban intentando hacerse con la gema. Se armó un gran revuelo hasta que uno de ellos la consiguió.

La alzaba en el aire sobre su brazo derecho y gritaba en señal de triunfo. Poco a poco la gema se fue fundiendo y se integró en el cuerpo del Sephal.

La multitud contuvo un suspiro. Ahora todos los Sephal miraban a su rey, trataban de vislumbrar los daños causados por el tremendo golpe. Soker tenía la mano en una nariz que chorreaba sangre. No obstante, cuando habló, su voz sonó normal. Quería disimular el dolor que le había causado el golpe. No quería mostrarse débil ante su gente.

— Ese flechazo me ha dado una idea. Mañana iremos a cazar —la multitud permaneció expectante—. Cazaremos Yelou.

Dicho esto, todos en la gran sala estallaron en gritos de júbilo. Todos excepto los Yelou, que continuaban mirando a su rey.

— ¡Llevad a los prisioneros a las mazmorras! —Soker llamó a uno de sus guardias, cuando éste llegó, le susurró—. Voy a mis aposentos, que nadie me moleste.

Cuando los guardias se llevaban a Rasllew junto con el resto de los Yelou, pudo ver como Soker desaparecía por uno de los pasillos laterales de la estancia. No sin antes hacerle una seña a Seita para que lo acompañase. El gato se retiraba a lamerse sus heridas.

Condujeron a los Yelou por una pequeña puerta que había en un rincón de la sala. Cuando los guardias la abrieron, una corriente de aire frío les recorrió los pies. La puerta conducía a unas escaleras que bajaban hasta lo más profundo del castillo.

Rasllew sintió que al comenzar a bajar las escaleras se le nublaba la vista de no haber comido bien desde ya hacía días. No vio bien los escalones, tropezó y cayó. Se golpeó las rodillas, las cuales ya estaban rascadas del día en que se desmayó. La caída hizo que se le saltasen las costras. Luego, se golpeó en los morros y descendió varios escalones hasta que se empotró contra un guardia Sephal.

Se levantó con dificultad, Ly intentó acercarse a ayudarlo pero no le dejaron. Lo agarraron fuertemente y no pudo moverse. En la caída contra el guardia, Rasllew, se había golpeado la cabeza.

Al terminar de bajar las escaleras se encontraron con un pasadizo iluminado por antorchas, que colgaban de las paredes talladas en piedra negra. A ambos lados del pasadizo había celdas cerradas por unos barrotes de hierro grueso.

Cada Yelou estaba agarrado por un guardia Sephal. Así que cuando el carcelero abría una celda, los Sephal los empujaban dentro como si fuesen perros callejeros.

Los colocaron de tres en tres en las celdas. Rasllew compartía celda con Ly y eso lo tranquilizaba. Aunque, por otro lado, también compartían celda con el capitán Sephal al que habían condenado a tres lunas de cárcel.

Cerraron las puertas con llave y los Sephal fueron desapareciendo escaleras arriba. El carcelero ocupó su lugar en una silla al final del pasillo.

El capitán condenado se fue al final de la celda y se acurrucó en un rincón sin dejar de mirar a sus acompañantes con recelo. Rasllew y Ly se apoyaron en la puerta y se sentaron a hablar entre susurros.

— ¿Te has fijado en que sólo hay un guardia para todos los que somos? El suelo es de tierra, podríamos cavar un pequeño agujero por debajo de la puerta y escapar —susurró Rasllew, al que se le había iluminado la cara ante la idea de escapar.

— ¿Por qué te piensas que sólo hay un guardia? La única salida lleva a la sala principal y allí siempre está Soker, ninguno de nosotros podría vencerle. Además, luego tendríamos que recorrer toda la ciudad y saltar las murallas. Es una locura. ¿Has escuchado lo que ha dicho antes Soker? Mañana tendremos una posibilidad de escapar. Si nos van a dar caza significa que nos van a dejar libres por un tiempo. Luego nos perseguirán con rastreadores. Tendremos que ser muy rápidos si queremos escapar. Será mejor que reservemos fuerzas, mañana tendremos que correr, y mucho, si queremos escapar con vida —dijo.

Después de hablar se acostó en el frío suelo e intentó dormir.

Rasllew también se tumbó pero no podía conciliar el sueño con un Sephal en la misma celda. El capitán desde el fondo, lo miraba fijamente. Rasllew pensó que él también desconfiaría de ellos dos. Intentó mantenerse despierto pero los ojos se le fueron cerrando poco a poco.

— ¡La cena! —anunció una voz que bajaba por las escaleras.

Rasllew se puso de pie de un salto. No podía creer que les fuesen a dar de cenar, probablemente los Sephal tenían algo de corazón. Se imaginó que la cena era un sabroso trozo de carne, jugoso y bien grande, como el que se estaba comiendo Soker cuando ellos llegaron. Pero algo dentro de sí mismo le decía que no iba a ser gran cosa.

Al llegar el Sephal portador de la cena a la puerta de su celda, pudo ver que llevaba una bandeja con un gran trozo de carne. Sólo era un pedazo, pero se le hizo la boca agua.

Con más ansia de la que debería haber mostrado, se acercó al hueco de la puerta por donde debía de entrar la bandeja.

— ¡Quita de en medio! Estúpido Yelou. Esta comida no es para ti —dirigió la mirada al fondo de la celda—. Toma Drutoh, tu cena, y siento lo que te ha pasado.

El capitán Sephal, que estaba tumbado al final de la celda, se acercó y cogió la bandeja. Hasta que no se situó enfrente de la entrada, el guardia no pasó la bandeja por entre los barrotes. Aun así, no dejaba de mirar con recelo a los dos Yelou.

— Come rápido, no vaya a ser que estos dos intenten dejarte sin nada —hablaba mientras el capitán volvía a su rincón—. Pero tranquilo, mañana te librarás de esta asquerosa compañía.

Tras pronunciar la última frase el guardia se fue. Rasllew y Ly miraron hacia el fondo de la celda. El prisionero no había pegado bocado, no debería de tener mucha hambre.

Cuando cesó el sonido de los pasos del guardia Sephal que había traído la comida, se hizo un silencio en la celda.

— ¡Tomad Yelou! Lo necesitareis para mañana —ofreció la bandeja intacta a los dos Yelou.

Ly y Rasllew intercambiaron una mirada de incredulidad. Esperaban que fuese una trampa o alguna broma cruel, pero tenían tanta hambre que se acercaron. Miraron a los ojos de su compañero de celda mientras se aproximaban, y para disfrute de sus barrigas cogieron la bandeja sin ningún problema.

— Gracias, de verdad gracias —dijo Rasllew que sintió un profundo respeto por la acción desinteresada de su "enemigo".

— No me des las gracias, es mi forma de vengarme de Soker —después habló para sí mismo—. Capturo a nueve Yelou y me mete en la cárcel. Espero que la comida les dé energía para escapar y que se joda el puto rey.

Lo dejaron murmurando improperios hacia su rey y su propio reino. Luego dividieron el pedazo y se lo comieron disfrutando de cada bocado. La carne estaba jugosa y grasienta. Les ayudó a reponer unas energías que al día siguiente serían muy valiosas.

Al finalizar la pitanza, metieron la bandeja vacía por entre los barrotes y se quedaron dormidos al instante, con la barriga llena y sabiendo que su compañero de celda no intentaría hacerles nada a media noche.

A la mañana siguiente, los Sephal los despertaron a primera hora. Ly y Rasllew habían dormido muy bien, tenían las fuerzas renovadas. El resto de Yelou, al no haber comido nada, no tenían tan buen aspecto.

Los Sephal entraron en las celdas como una manada de elefantes en una cacharrería. Y después de unos empujones y agarrones, les pusieron los grilletes de pies y manos, y los subieron escaleras arriba.

Soker estaba situado delante de su trono, de pie, imperturbable. Una hinchazón marcaba su rostro allí donde Werak lo había golpeado. A su lado, como un perro fiel, estaba Seita. De pronto, ella volvió la cabeza en dirección a Ly y sonrió mientras se acercaba contoneándose.

— ¿Ly? ¿Eres tú? —sus ojos lo recorrieron de arriba abajo—. Desde luego que eres tú. ¿Te acuerdas de mí?

Una sonrisa burlona cruzaba la cara de Seita. A pocos pasos de ella, Ly la miraba con odio.

— Claro que me recuerdas. Yo era la chica que vivía al lado tuyo. La hija de los vecinos a la que mirabas con deseo. ¿No lo recuerdas? Seguro que tu pajarito sí que se acuerda de mí.

Se acercó un poco más y con un ligero movimiento tocó suavemente las partes íntimas del Yelou. Por toda respuesta, Ly, le propinó un salivazo. Y como si de un partido de tenis se tratase, Seita abofeteó la cara del chico, en respuesta a su acción.

Instantes después la chica dio media vuelta para volver al lado de su amo, mientras se limpiaba la cara y mascullaba entre dientes que Ly era un eunuco.

Soker había contemplado toda la escena, y por la medio sonrisa que se dibujaba en su cara, se podía entender que le había hecho gracia.

— Es momento de marcharnos, no queremos que nuestras presas armen más revuelo —anunció el rey Sephal.

Todos los presentes en el gran salón empezaron a moverse en dirección a la salida cuando un brazo agarró a Soker de la ropa obligándolo a girarse.

— Hazme un favor —era Seita la que hablaba—. Que sufra.

No hacía falta que dijese su nombre, el rey Sephal entendió perfectamente que se refería a Ly.

Cuando los Yelou salieron del lúgubre castillo, descubrieron que una extensa capa de nubes negras cubría el cielo. Un terrible chaparrón se cernía sobre ellos.

— Va a llover —Rasllew miraba al cielo.

— No tendremos tanta suerte —respondió Ly.

— ¿Por qué dices eso?

Por primera vez desde que había llegado a Bastur, Rasllew notó que Ly tuvo que hacer un esfuerzo por explicar algo que para él era evidente.

— La lluvia por estas zonas quema —ante la cara de asombro de su rey, ofreció una explicación más larga—. Las zonas dominadas por los Sephal están influenciadas por su esencia. Los arboles están más mustios, los frutos están rancios, los matojos no son tan espesos y las piedras son negras como el carbón. Todo se ve afectado por la proximidad de criaturas malignas. Todo ello tiene su punto álgido en las zonas próximas al asentamiento de los Sephal. En esta zona y alrededores, el nivel de concentración de esa esencia es tan alto que hasta el agua que cae del cielo se vuelve maligna. Cuando llueve hasta los Sephal deben de buscar refugio.

— Entonces, ojala llueva.

— No tendremos tanta suerte. Por esta zona el cielo es casi siempre así de negro, pero lamentablemente llueve muy pocas veces.

Un Sephal se encargó de volver a atarlos con una cuerda, de la misma forma en que los habían transportado los días anteriores. Mientras lo hacía, una gran partida de caza se estaba conglomerando en la explanada colindante al castillo.

Un gran alboroto llenaba el ambiente con voces, gritos, rebufos de Trionex y pisadas. Los cazadores afilaban sus espadas y cuchillos, y se colgaban a la espalda un carcaj y un arco cada uno. Un sentimiento que oscilaba entre alegría y nervios, recorría las filas enemigas.

Rasllew pudo escuchar un fragmento de conversación entre Soker y uno de sus súbditos cuando pasaron a su lado para ir a encabezar la expedición.

— ¿Tienes a tus hombres bien situados?

— Sí, mi rey.

— Eso espero, porque no quiero fallos. La idea es que nos divirtamos y que estos despojos terminen alimentado el pasto.

— No se preocupe señor, he colocado hombres…

Ya no logró entender nada más de la conversación debido a que unos ladridos comenzaban a elevarse por encima del alboroto.

Rasllew tardó unos segundos en asociar que el sonido de unos ladridos de perros no era coherente con el planeta donde estaba.

— ¿Tienen perros? —no preguntó a nadie en particular.

— ¿Perros? No, tienen rastreadores —contestó Ly.

Entre la multitud se adivinaba a ver un revuelto de patas y hocicos que cada vez estaban más cerca. Un Sephal era casi arrastrado por una manada de perros gigantes.

Los animales estaban atados por el cuello, pero aun así tiraban con fuerza mientras ladraban y enseñaban unos enormes colmillos.

Si Rasllew hubiese tenido que catalogar esa raza en la tierra habría dicho que era una mezcla de doberman, pitbull y rottweiler, con la altura de un gran danés. Su pelaje era negro como el carbón y sus ojos poseían el mismo color rojizo que el de los Sephal. Rasllew lo atribuyó a la influencia maligna de la que le acababa de hablar Ly.

Su cuidador guió a la manada hasta donde estaban los Yelou y los mantuvo a escasos metros de ellos. Las bestias gruñían y ladraban enfervorizadamente porque detectaban la sangre caliente de sus presas.

— Están asimilando nuestro olor. Para escapar tendremos que despistar a estas bestias —susurró Ly.

Un salivazo del rastreador más cercano cayó en el pantalón de Rasllew, que en ese momento se preguntó si los rastreadores, además de rastrear, mataban.

Cuando el cuidador creyó que los perros ya reconocían el olor de sus presas, se alejó del lugar y la marcha comenzó.

La ciudad entera salía a despedir a los valientes que iban a cazar y a tirar fruta podrida a sus presas. A ambos lados de las calles la multitud insultaba y escupía a los Yelou. Un grupo de niños pequeños la emprendió a tirar piedras contra ellos.

Cuando por fin salieron de la ciudad, el panorama que se les presentó no fue mucho mejor.

Los Sephal cabalgaban sus Trionex a la vez que los Yelou corrían tras ellos como en el viaje de ida. Sólo que está vez la marcha era más rápida.

Al poco de comenzar el itinerario, y pese a haber estado unas horas libres de grilletes, las rozaduras volvieron a aparecer allí donde el metal rozaba con la carne.

El camino atravesaba una zona despejada colindante a la ciudad Sephal, para bordear una montaña y adentrarse en un valle. Ahora la espesura los rodeaba. Los árboles y arbustos teñidos de negro daban a ese bosque una tétrica apariencia. Los Sephal redujeron el ritmo de la marcha hasta casi detenerse.

— ¿Te has fijado en el valle cuando el camino ha alcanzado el punto más alto? —susurró Ly.

Rasllew negó.

— He podido ver hombres al otro lado del valle. Los puntos de acceso y salida por los cuales podríamos escapar están vigilados. Es una trampa mortal.

Finalmente, la partida de caza se detuvo en un claro cercano. Los hombres hicieron avanzar a los Yelou hasta que llegaron junto al grupo de cabeza.

Rasllew se fijó en Soker. Sus dientes eran puntiagudos como los de una rata. Sus cejas curvadas le hacían mantener una cara de continuo enfado. Sus enormes ojeras eran de un negro rojizo y su pelo era negro como el carbón. Parecía un demonio.

— Estas son las reglas del juego. Este es el punto de salida, os daremos una pequeña ventaja para hacer esto más entretenido, luego saldremos a por vosotros guiados por los rastreadores y, si os cogemos, os matamos. No podréis escapar puesto que hemos cercado el valle —al decir eso se rió—. Pero no penséis que somos tan malas personas. ¡Dadles las armas! —ordenó, y al momento un Sephal volcó un saco a sus pies. El choque de los metales al caer al suelo inundó el valle por unos instantes, eran sus espadas—. El tiempo empieza a correr ¡Ya! —dijo al fin Soker.

Los Yelou se precipitaron sobre las espadas y, después de una lluvia de empujones, Rasllew consiguió hacerse con la suya. Sólo la había visto unos minutos, pero no podía olvidarla. Y así, con espada y grilletes en las extremidades, echó a correr al lado de Ly.

Corrieron cuanto pudieron hasta los primeros árboles del linde del claro y se internaron bosque adentro. Cada Yelou había tomado la dirección que había creído conveniente, de modo que, después de los primeros minutos de huida comprobaron que estaban solos.

— Iremos hacia el norte, allí hay un barranco y quizá tengamos posibilidades de escalarlo —dijo Ly sin aliento—. No creo que lo tengan vigilado por que es muy abrupto.

Cada vez les faltaba más aire y encima los grilletes de los pies hacían que sus zancadas fuesen cortas. Corrieron y corrieron cuanto pudieron hasta que al cabo de unos minutos se detuvieron. No oían nada a su alrededor. Los demás se habían dispersado tanto que no escucharon ningún ruido lejano advirtiendo de su presencia. Se tomaron un respiro y continuaron.

Rasllew intentaba coger el aire por la nariz y tirarlo por la boca para respirar mejor. Ly también estaba cansado, pero no se quejaba.

Llegaron a una zona rocosa donde era muy difícil avanzar. Pensaron que eso retrasaría a los Sephal y a sus Trionex, así que decidieron cruzarla.

Unas veces tenían que escalar y otras podían avanzar a trompicones. Al llegar a una zona alta volvieron a detenerse.

Rasllew se tumbó en la hierba extenuado, mientras Ly escudriñaba el bosque más abajo. A lo lejos entre los árboles se veía a los Sephal que ya los estaban buscando.

— No podemos pararnos, ya están cerca y van en Trionex. ¡Nos cogerán! —de un fuerte tirón puso en pie a su rey.

— Si no descanso un poco no podré continuar y nos cogerán igualmente.

— Tenemos dos opciones; correr hasta que las fuerzas nos abandonen o esperar escondidos y atacar. Así que hemos de tomar una decisión y rápido —razonó Ly.

— Está bien, correremos. Nosotros dos solos no tenemos ninguna posibilidad contra un grupo tan numeroso.

— Es cierto —se detuvo unos instantes antes de continuar hablando. Cuando lo hizo su voz sonó firme—. Le dije a tu padre que te protegería con mi vida. No puedo faltar a mí promesa. Continúa corriendo en aquella dirección y llegarás al barranco. Yo los detendré.

— ¿Y qué pasará contigo?

— No te preocupes por mí, se cuidar de mí mismo. Iré detrás tuya en cuanto pueda. ¡Corre!

Rasllew comprendió que su amigo estaba sacrificando su vida porque él tuviese alguna posibilidad de escapar. Se dijo a sí mismo que aquello no iba a ser en vano.

Corrió todo lo que pudo, hasta el límite de sus fuerzas. Los latidos de su corazón eran tan fuertes que no le permitían oír nada más.

Al cabo de unos minutos llegó al pie del barranco.

Tal y como le había dicho su amigo, la montaña era tan abrupta que no había guardias vigilando aquella zona. Las enormes piedras negras sobresalían del escarpado contorno.

Tras comprobar detenidamente su entorno y comprobar que efectivamente no había ningún enemigo acechando, Rasllew comenzó la escalada.

Durante su estancia en la tierra, jamás había tenido que realizar un ascenso como ese. Dudaba que un ascenso de esa magnitud fuese seguro sin una cuerda de seguridad, pero lo que le esperaba si no subía era peor que la propia caída.

La operación ya hubiese sido bastante complicada sin grilletes, pero con ellos era casi imposible. En más de una ocasión, y limitado por la largaría de las cadenas, estuvo a punto de caer al vacío. No obstante se dijo a sí mismo que iba a escalar ese barranco por Ly.

Cuando le faltaban apenas unos metros para alcanzar la cima, escuchó una voz a sus pies.

— ¡Mira! Ese intenta huir escalando.

Volvió la cabeza para comprobar que dos Sephal lo habían descubierto y que ya estaban colocando flechas en sus arcos. Segundos después una de ellas pasó silbando por encima de su cabeza y la otra estuvo a centímetros de atravesarle el brazo.

El miedo hizo que las fuerzas le retornasen y consiguió escalar el último tramo de barranco sin mayores problemas. Una vez allí se cercioró de que no había ningún enemigo en la cima y se volvió para ver qué hacían los dos Sephal de abajo.

Uno de ellos sopló un cuerno, que resonó por todo el valle, para alertar a sus aliados de que alguien había escapado. El otro estaba manos a la obra escalando el barranco.

Unos instantes le bastaron para darse cuenta de que no tardaría demasiado en llegar a la cima. El Sephal era bastante mejor escalador que él, con el añadido de que su enemigo no cargaba con los grilletes.

Sin pensarlo dos veces, corrió todo lo que pudo en dirección contraria al barranco y se internó en un bosque cercano.

Pero aquel no era un bosque normal. Los árboles que lo componían llegaban a tocar el cielo, como si de repente se hubiese trasladado un mundo de gigantes. Al nivel del suelo las enormes raíces entraban y salían de la oscura tierra, convirtiéndose a veces en obstáculos insalvables.

Rasllew miró hacia arriba para comprobar que efectivamente serían de altos como rascacielos. Sus troncos, retorcidos y desmesurados, estaban cubiertos de nudos y recovecos.

Sin pensárselo dos veces escaló a uno de los árboles más cercano. Para su satisfacción, la escalada era muy sencilla. Aquellos vegetales eran tan grandes y estaban tan retorcidos que, en lugar de trepar, lo único que debía hacer era subir una pendiente.

Subió por la cara contraria al linde del bosque para que sus enemigos no lo viesen. Cuando decidió que había alcanzado una altura considerable buscó una grieta en el tejido del tronco, lo suficientemente amplia como para que cupiese una persona dentro, y se escondió.

Intentó calmar su respiración mientras que los latidos del corazón le atenazaban las sienes. Apoyó la cabeza en el tronco y cerró los ojos. Pensaba que era imposible que sus perseguidores lo encontrasen. Aquel laberinto de ramas, raíces y hojas gigantescas aumentaba considerablemente sus opciones de escapar. Pasó un rato, en el que casi se quedó dormido, hasta que oyó unas voces.

— Mierda, ha llegado a Bosque Grande, seguro que se ha subido a algún árbol —la voz hablaba desde el nivel del suelo—. Vuelve con el resto y trae a un rastreador, yo me quedaré a inspeccionar.

Rasllew palideció al escuchar las últimas palabras. No había caído en la cuenta de que si el rastreador seguía su olor, lo encontrarían. No se podía quedar ahí donde estaba. Subiría lo más alto posible, hasta el cielo si hacía falta. Iba a vender muy cara su derrota.

Con movimientos suaves, para que las cadenas no tintineasen mucho, salió de su escondite. Se inclinó un poco hacia abajo para comprobar que su enemigo estaba exactamente bajo de él. Se intentó tranquilizar un poco y retomó el ascenso.

Ahora la escalada era mucho más lenta. Sus movimientos debían de ser suaves y firmes si quería alcanzar una buena altura antes de que llegasen los refuerzos. Un par de veces, deslizó un pie por donde no debía y estuvo a punto de caer. En esos instantes, tenía que agarrar las cadenas para que no resonasen en el bosque.

Cuando alcanzó una altura que consideró apropiada para que el Sephal de abajo no escuchase sus movimientos, se lanzó de nuevo como una fiera a la escalada. Se decía a si mismo que debía de llegar más alto, "Si me quedo aquí me cogerán", así que subió y subió hasta que llegó a las ramas más altas.

Allí, el tronco había reducido de forma considerable su tamaño. Unos metros por encima de su cabeza las ramas eran tan finas como las de cualquier árbol de la tierra.

Se tumbó boca abajo en una rama y miró hacia el suelo. Distinguió perfectamente a unos seis Sephal acompañados de dos rastreadores.

Los animales tiraban con fuerza de sus dueños y los encaminaban al tronco por el que había subido Rasllew. Con una mano en la espada y otra en la correa de los rastreadores, los Sephal comenzaron un trabajoso ascenso.

Rasllew giró sobre sí mismo para quedar tumbado boca arriba. Una vez en esa posición, buscó una ruta por la que llegar a otro árbol. Era imposible. A aquella altura las ramas eran tan frágiles que se romperían si las sometía a su peso.

Miraba en todas direcciones buscando una salida, tenía los nervios a flor de piel. Volvió a tumbarse en el suelo para ver el avance de sus enemigos mientras debatía internamente qué manera era mejor para morir; saltar al vacío o ser atravesado por una espada.

Los Sephal habían recorrido una cuarta parte del camino. Los ladridos de los rastreadores llegaban con más claridad y se podían entender las conversaciones de los cazadores.

— Estad atentos. Puede estar en cualquier rama.

Rasllew comprendió que iba a morir. Volvió a tumbarse boca arriba y extendió los brazos abatido. Un nudo le atenazaba el estómago mientras rezaba porque algo lo salvase.

Al parecer sus rezos fueron escuchados, porque instantes después una gota cayó en su frente. En un principio notó una sensación fresca, pero al momento, un picor acalambrado, lo recorrió allí por donde había pasado la gota.

Tras la primera gota, otra más cayó en su mejilla y la siguiente de nuevo en su frente. Pese al dolor, dio las gracias por esa lluvia.

Un fuerte trueno resonó por todo el bosque instantes después de que un rayo iluminase el cielo. Ahora ya caía una fuerte tormenta.

Rasllew espió como bajaban corriendo sus captores mientras la lluvia quemaba ligeramente su suave piel. Los Sephal corrían árbol abajo como si el demonio los persiguiese.

Se quedó así unos momentos más. Disfrutaba de su recuperada libertad y celebraba su suerte por la lluvia, cuando las gotas empezaron a escocerle de verdad. Ahora sí quemaban a rabiar. A su cabeza llegó la imagen de los Sephal corriendo despavoridos y entonces entendió de qué huían.

Las gotas, provenientes de la tormenta, quemaban de tal forma que pensó que se le derretiría la cara si no encontraba un refugio pronto. Sin más dilación, comenzó el descenso.

Mientras bajaba, procuraba que las cadenas de los pies no le jugasen una mala pasada que lo hiciese precipitarse al vacío. Los primeros compases del recorrido fueron lentos y seguros, pero la lluvia cada vez quemaba más y él quería bajar más rápido.

El dolor era ya insoportable cuando se deslizaba tronco abajo. Se dejaba caer por los nudos como si fuesen toboganes y aterrizaba en las anchas ramas. Se jugaba la vida en cada acción pero no tenía otra posibilidad de salir con vida.

Hubo un momento que ya no lo soportó más y supo que no podría continuar. Había llegado a la mitad del descenso pero no se sentía con ganas para terminar. Estaba en una rama que se extendía sinuosa hasta casi tocar el siguiente árbol. De pronto, una de las enormes hojas aferradas a la rama acaparó su atención. Corrió hacia ella, la arrancó y se cubrió.

El alivio que sintió fue instantáneo. La hoja, en la que se podían cubrir dos personas, hacía perfectamente de lámina impermeabilizante. Sentía algo de claustrofobia al estar tapado completamente, pero no le importó. Las gotas, que repicaban en la parte externa de la hoja, ayudaron a que el sueño lo venciera.

No supo cuánto tiempo había dormido, pero sí que supo que cuando se despertó la lluvia había cesado. Salió de su improvisada cabaña y vio como algunas gotas caían de las hojas, el tronco estaba mojado y todo estaba impregnado de ese olor a humedad tan característico después de una tormenta.

A unos veinte metros por encima suyo, una figura lo vigilaba. Pero esta vez no era ningún monstruo, ni ningún enemigo, ni nada parecido. Sino que era una preciosa joven que lo miraba con curiosidad y temor al mismo tiempo.

Rasllew se preguntó cómo habría llegado hasta allí y fue entonces cuando las vio. Unas formidables alas, como las de un ángel, colgaban de su espalda.

La chica era guapa, de ojos azules y pelo rubio platino. Vestía una túnica blanca que dejaba a la vista sus rosados brazos. Era la criatura más pura y bella que jamás había visto. Se preguntó si en Bastur los ángeles vivían al nivel del suelo.

— Hola —Rasllew rompió el silencio.

La joven se sobresaltó al escucharlo hablar. No obstante, mostró una tímida sonrisa. Parecía morirse de la vergüenza. Acto seguido batió las alas y echó a volar.

— ¡Espera! —gritó.

La joven se alejó, pero no estaba dispuesto a perderla de vista. Tenía algo que lo había hechizado. Corrió por una rama que se unía a otra rama del árbol contiguo y la siguió. La chica se volvió y pareció divertida ante la posibilidad de que intentasen alcanzarla. Voló más allá.

Sin embargo Rasllew no se daba por vencido, se las ingenió para volver a acercase. La risa de la joven era ahora descarada. Parecían jugar al gato y al ratón. De modo que voló aún más lejos.

Un empeñado Rasllew se jugó la crisma deslizándose por las ramas mojadas para intentar seguirla.

— ¡Detente! No creas que voy a estar así mucho tiempo.

La joven se detuvo y logró acercarse a unos pocos metros. Era preciosa. Sus facciones parecían talladas en piedra. Sus ojos, su nariz y su boca, estaban en perfecta sintonía con la forma de su cara. Su cuerpo era esbelto y firme. Por la curvatura de su túnica se podían adivinar unos voluminosos senos.

Cuando Rasllew pensó que se detendría para poder hablar, la chica volvió a volar. Se posó a una distancia considerable.

— Esto es una pérdida de tiempo. No voy a lograr llegar hasta allí —se dijo.

Abandonó la persecución y comenzó el descenso hasta el suelo. El tronco del árbol resbalaba, así que bajaba con mucho cuidado. Ahora toda su atención estaba puesta en no caerse. Por eso se sobresaltó cuando sintió una presencia a su lado. Se volvió para comprobar que era el ángel al que había perseguido.

Durante unos momentos permanecieron inmóviles, simplemente se estudiaban con la mirada. La chica ladeó la cabeza con curiosidad y sonrió.

— No eres un Sephal. ¿Verdad?

El sonido de su voz era una melodía suave y agradable. Rasllew se quedó sin palabras por unos instantes, boquiabierto.

— No —pudo decir.

La joven se acercó más a él, sus rostros estaban separados por apenas medio metro. Ella extendió el brazo y rozó la cara del rey Yelou. Rasllew soltó un grito ahogado al notar las secuelas de la lluvia. La chica estudió sus heridas y dijo:

— Espera aquí —su voz lo atontaba.

La chica extendió las alas de nuevo y voló. Su vuelo era ligero y seguía trazos al compás de una música que sólo los oídos de Rasllew escuchaban. Instantes después se perdió entre la espesura.

Confundido e hipnotizado, se quedó mirando el lugar por donde ella había desaparecido. Momentos después, y con la mente más fresca, pudo pensar con claridad. Pronto los Sephal volverían a buscarlo, y cuando lo hiciesen, sería mejor que estuviese lo más lejos posible de aquel bosque gigantesco.

Decidió desobedecer a la chica, así que bajó del árbol y comenzó a caminar en dirección al este. Su tío le había dicho que era en esa dirección en la que se encontraba su pueblo, así que era la opción más lógica.

Apenas quedaban unas pocas horas de sol, pero había decidido no detenerse aunque la noche se le echase encima. Avanzó todo lo que pudo hasta que llegó al borde de Bosque Grande. Salió a campo abierto y se sintió aún más libre. Le agradaba la sensación de caminar en pos de su pueblo. No obstante, una pesadez atenazó su corazón cuando miró de nuevo aquellos asquerosos grilletes.

— Por fin te encuentro —casi le da un infarto al escuchar una voz, creía que estaba solo. Una vez se hubo recompuesto, comprobó que era la chica de unas horas antes—. Deja que te cure.

Traía en las manos un cuenco con una pasta blanca. Con movimientos gráciles y ligeros tomó un poco del ungüento y se lo extendió por la cara.

Rasllew notó un alivio instantáneo. Sentía el aire fresco allí por donde la chica extendía la pasta. Mientras lo frotaba, él la miraba atontado.

La joven, al sentirse observada, bajó la mirada. Sus ojos se encontraron, sus cuerpos estaban demasiado cerca. Él inclinó la cabeza ligeramente hacia delante y ella cerró los ojos.

Instantes después se fundieron en un tímido beso. Cuando sus bocas se separaron, Rasllew pensó que no había nada más dulce en todo Bastur. Notó como la cara de la chica se iba poniendo más roja a cada instante, hasta que el rubor hizo que pareciese a punto de estallarle la cabeza.

— Tengo que irme —se apartó de su lado con un brusco movimiento y emprendió el vuelo.

— ¡Espera! ¿Cómo te llamas?

La joven no escuchó o no quiso escuchar la pregunta, porque ni siquiera se volvió para contemplarlo por última vez. En cambio, Rasllew no dejó de mirar en la dirección por la que se había marchado. Resignado, continuó su viaje mientras se preguntaba si volvería a ver a aquel ángel.

Ya estaba bien entrada la noche cuando encontró una cueva donde dormir.

Estaba helado de frío, los grilletes le rozaban, le dolía la carne allí donde Soker lo había cortado y la cara, pese al ungüento, todavía le dolía. Sin embargo, el recuerdo de una chica con alas le ayudó a dormir con una sonrisa en los labios.

Al día siguiente, se levantó con mucha hambre, pues el día había sido tan ajetreado que no había tenido tiempo de pensar en comer. Salió al exterior de la cueva y la luz de un tímido sol bañó su cara. Buscó y recolectó algunos alimentos antes de volver a ponerse en marcha.

Los Sephal debían de haber organizado una partida de caza y si no se movía con celeridad, pronto caerían sobre él.

Caminaba por un terreno al descubierto, sólo había césped y malas hierbas, ningún árbol. De vez en cuando miraba hacia atrás para comprobar que no tenía enemigos cerca. El sol estaba en lo más alto mientras continuaba avanzando por aquellos terrenos libres de árboles. Parecían enormes campos de golf que no terminaban nunca.

Al llegar la tarde, vio un bosque en la lejanía y se acercó lo más rápido que pudo. Se sintió mejor al estar protegido por la maleza. Para su sorpresa, descubrió que había árboles con algunas de las frutas que Ly le había ofrecido al llegar a Bastur. Ese bosque era su salvación. Comió con avaricia hasta que el cuerpo se lo permitió, después se guardó toda la fruta que pudo en los bolsillos y continuó caminando con la esperanza de encontrar una cueva donde pasar la noche.

A lo lejos vio una montaña, para llegar hasta ella debía alejarse un poco de su camino, pero sabía que era su única oportunidad de dormir bajo techo.

Ya casi había llegado la noche, el sol ya se había escondido pero, aún se podía ver con claridad cuando llegó al pie de la montaña. La rodeó y vio la entrada de una cueva. Aunque más que la entrada a una cueva parecía la entrada a una madriguera. La abertura era minúscula y cuando la tuvo delante comprobó que no sobrepasaba la altura de su cintura.

Se agachó y entró casi a rastras. Un estrecho y largo túnel lo recibió una vez traspasado el umbral. La cueva había sido tallada por el hombre, era artificial. Se preguntó cuántos años haría que nadie la utilizaba y cuál había sido el propósito de aquella cueva.

Continuó avanzando mientras rozaba con las paredes y techo. Verdaderamente parecía la madriguera de un conejo, pero de un conejo bastante grande.

Decidió que no quería llegar hasta el final de ese agujero. Si algún animal había decidido instalarse allí, él no quería encontrárselo.

Se acurrucó y tomó un poco de la fruta que había reservado. En esos días debía de haber adelgazado mucho, se sentía desnutrido. Al acabar de comer se durmió.

Pocas horas después se despertó entre empujones y gritos. Un miedo se apoderó de su cuerpo al pensar que los Sephal lo habían descubierto.

Al abrir los ojos, vio que unos enormes pies se alzaban ante sí. Esos pies parecían estar hechos de piedra. Se incorporó todo lo que pudo y vio que el ser que lo había despertado parecía un enano. Su tamaño era justo para entrar de pie en la cueva sin dar con la cabeza en el techo. Sus brazos eran anchos y cortos, su tronco era pequeño y robusto, y su cabeza era ancha y no daba señales de estar de buen humor.

En efecto el ser era de piedra y tenía vida propia. Rasllew no se sorprendió, después de los Trionex, las puertas que conducían a otros mundos y árboles descomunales, ese planeta ya no lo podría sorprender en mucho tiempo.

— ¿Quién es aquel que se atreve a entrar en mi morada? — preguntó con voz grave y enfadada.

— Soy Rasllew y no te quiero hacer daño— dijo.

— ¿Un hombre hacerme daño a mí? ¡Ja! —el ser estaba todavía más enfadado.

— No quería decir eso, lo que quería decir es que soy un viajero perdido y que no quería molestarte —intentó salvar la situación.

— ¿Con que eres un viajero perdido? Hace años que no hay viajeros en estas tierras, ¡Esos malditos Sephal! Dime la verdad ¿Quién eres? y ¿Qué quieres? —el ser estaba en guardia y preparado para atacar.

Pensó que, siendo de roca, sus golpes deberían de ser muy dolorosos. Resolvió decirle la verdad, pues había mostrado su rechazo hacia los Sephal.

— Soy Rasllew, rey Yelou y lo único quiero es comer un poco y recuperarme.

— ¡Un Yelou! Gracias a Bastur, creía que ya se habían extinguido definitivamente. Hacía lustros que no me cruzaba con uno —su cara cambió radicalmente y ahora una sonrisa se esbozaba en ella.

— ¿Eres amigo de los Yelou? —preguntó Rasllew todavía dubitativo.

— Por supuesto. Pero pasa, ningún Yelou se quedará a las puertas de mi hogar mientras yo esté cerca, serás mi invitado —dijo mientras daba media vuelta y se encaminaba hacia el fondo de la cueva con paso lento—. El rey de los Yelou —murmuraba para sí mismo mientras se alejaba.

Rasllew lo siguió. Tras unos diez metros de distancia se toparon con una puerta. El ser de roca la abrió, se apartó a un lado e hizo una señal para que pasase. Cuando lo hizo, vio una mesa, una cama, un baúl y tres sillas. Era igual de alta que el túnel que daba acceso a ella, pero no era tan húmeda. Las paredes eran lisas y rectas, y estaban pintadas de blanco. Un par de antorchas iluminaban la estancia.

El ser de piedra se sentó en una de las sillas y Rasllew hizo lo propio en la que estaba a su lado. Al sentarse, la silla crujió y pensó que se iba a romper.

— Hace mucho que no mantengo contacto con alguien del exterior. Cuéntame tu historia muchacho, ardo en deseos de saber las nuevas que traes —su semblante reflejaba curiosidad y amabilidad.

— Me gustaría hacerlo, pero sospecho que un grupo de Sephal andan tras mis pasos. Como puedes comprobar me he escapado —Rasllew le mostró los grilletes que lo oprimían—. Logré escapar gracias a la lluvia, pero creo que estarán siguiendo mi rastro.

— Si lo que dices es cierto hemos de actuar de inmediato. Si no lo hacemos, tus pasos los conducirán hasta aquí —se levantó de un salto y se encaminó hacia la puerta—. Sígueme.

Recorrieron el túnel y salieron al exterior. La noche era cerrada sobre Bastur. El ser de roca continuó caminando y se internó en el bosque. Sus pasos eran cortos pero rápidos. Limitado por la cadena que ataba sus pies, a Rasllew le estaba costando seguirlo.

Al cabo de un rato llegaron a un arroyo. Aunque la noche era cerrada, el sonido del agua al correr se escuchaba perfectamente.

— Dame tus ropas y lávate en el rio. Tu ropa está impregnada de tu olor, si hacemos que sigan su rastro podremos despistarlos.

Rasllew dudó unos instantes, pero obedeció y se desnudó. Tuvo que romper con la espada las prendas, ya que en sus extremidades portaba los grilletes. Finalmente le acercó la ropa hecha girones al pequeño ser.

Sólo los calzoncillos cubrían su cuerpo cuando las heladas aguas del rio lo recibieron.

— Frótate con esto por todo el cuerpo —el ser de piedra le extendió una planta que emanaba un fuerte olor dulzón.

Mientras se frotaba, escuchó como su compañero emitía un extraño silbido. Poco después un Trionex acudió a su encuentro. El ser ató las ropas unas con otras y estas a su vez alrededor del cuello del animal. Una vez terminado el proceso palmeo su lomo para que corriera lejos de allí.

— Ahora deberían de seguir el rastro del Trionex y no el tuyo. Sal ya del arroyo y volvamos a mi casa. Allí te proporcionaré algo con lo que taparte.

Cuando Rasllew salió del agua agradeció al ser todo lo que había hecho por él.

Retornaron a la cueva y su compañero le proporcionó una manta con la que secarse y cubrirse. Estaba helado pero ya comenzaba a entrar en calor. Le reconfortó pensar que se había librado definitivamente de los Sephal

Con aquel andar tan particular, se acercó al baúl, lo abrió y rebuscó hasta que encontró lo que quería. Se volvió hacia Rasllew con una enorme cizalla en la mano.

— Ahora estate quieto, vamos a quitarte esos grilletes de una vez por todas.

Con mucha fuerza y una precisión milimétrica, consiguió desembarazar a Rasllew de los grilletes. Una sensación de libertad se apoderó de él y el cansancio de los últimos días lo venció.

— Descansa ahora. Estos últimos días deben de haber sido terribles. Mañana me pondrás al día de todo lo que sucede en Bastur.

Rasllew se tumbó en la cama, los pies le sobresalían pero eso no le importó porque por fin estaba a salvo y podía descansar en paz.

Cuando se despertó al día siguiente, le dolían todos los huesos. Tenía agujetas en todos los músculos además de decenas de moratones. Comprobó que su amigo no estaba en la sala. Sobre la mesa estaba preparado el desayuno.

Mientras saboreaba los manjares, la puerta se abrió dejando paso a su compañero.

— Por fin te has despertado. Ya es casi medio día, pero no te preocupes por nada. Hace unas horas hemos recibido la visita de nuestros amigos los Sephal, pero sólo se han detenido unos momentos. Han proseguido su camino en dirección al río. Parece que nos hemos librado de ellos. Ahora siéntate a mi vera e ilumíname con tus palabras.

Rasllew le contó todo lo que le había pasado desde que llegó Bastur, le explicó quién era él y quien era su padre. El ser de piedra parecía muy interesado en todo lo que escuchaba y cuando llegó a la parte en la que habían sido capturados, blasfemaba cada vez que escuchaba una fechoría de los Sephal. Relató la historia hasta el momento en que decidió dormir en la entrada de la casa de su interlocutor. Una vez terminada la exposición, ambos quedaron en silencio.

— Mi nombre es Wuk y me ha parecido muy interesante tu relato. Ahora te contaré yo a ti otro que también te resultará interesante.

Tras unos instantes de silencio comenzó a hablar.

— Hace ya tantos años que ya apenas lo recuerdo, los Yelou vivían en paz. Todavía no había señales de Sephal. En aquella época los Yelou, los Roken y los Furtin vivían en armonía. Esas eran las tres razas principales de Bastur. Los Roken controlábamos las piedras, las rocas y las montañas. Nuestros cuerpos están hechos de roca y ese es nuestro elemento. Vivíamos bajo tierra, en cuevas como esta. Los Furtin controlaban la vegetación, los árboles, arbustos y bosques. Son una especie muy parecida a los Yelou, pero poseen alas para moverse con libertad. Ellos vivían en las copas de los árboles en Bosque Grande —Rasllew recordó con nostalgia a la chica con la que se había encontrado unos días antes—. Los Yelou controlaban las criaturas vivas. Y vivían en casas de piedra y paja. Pese a que eran la raza más importante, trataban a las otras razas con respeto y las relaciones entre ellas eran excelentes. Pero apareció el primero de los Sephal, un Yelou codicioso y tan malvado como el veneno. Se distanció de los Yelou y formó su propia tribu. Muchas veces pienso que debimos cortar esa insubordinación desde el primer momento. Sin embargo lo dejamos pasar y los Sephal procrearon. Se hicieron tan numerosos que al final la guerra estalló. Los Roken se juntaron con los Yelou para combatir pero fue en vano —explicó Wuk.

— ¿Ni las dos razas juntas pudieron acabar con los Sephal? —preguntó.

— No solo luchábamos los Yelou y los Roken, también lucharon los Furtin. Los Yelou eran muy queridos por todos y las otras razas no dudamos en ayudarles. Pero los Sephal tampoco estaban solos. Una fuerza maligna los dotó de un extraño poder, un poder para controlar las mentes. La cifra de muertos aumentó en nuestras filas de una manera increíble. Los guerreros se mataban entre ellos dentro de su propio bando, e incluso se suicidaban. La locura se adueñó del campo de batalla aquella mañana. Finalmente, los pocos que sobrevivimos, nos batimos en retirada. Creo que yo soy el único Roken que queda en Bastur y pienso que los Furtin se han extinguido completamente. Tras la guerra, los Sephal construyeron su castillo cerca de aquí. Sus muros están hechos con restos de Roken, amigos míos que cayeron durante la guerra. Yo me trasladé aquí después de la guerra y excavé mi propio hogar. Los Roken vivimos por siempre, sólo morimos si nos hieren con algún arma, nunca por el paso del tiempo —dio por terminado su relato.

Una tristeza se había apoderado de él mientras describía su historia.

— Si te sirve de consuelo, te diré que no todos los Furtin se extinguieron. Hace unos días me topé con una de ellos.

— Verdaderamente esa es una buena noticia. Me alegra saber que nuestros hermanos no desaparecieron del todo.

Durante el resto de la tarde, Rasllew durmió un poco más. Su amigo Wuk aprovechó para tejerle unas ropas a su medida.

Poco a poco, cayó la noche y llegó la hora de cenar. Durante la comida no hablaron mucho. Rasllew observaba a su amigo atentamente. Éste movía los enormes brazos con mucha agilidad, sus movimientos no eran bruscos pese a estar hecho de piedra.

Su piel y sus músculos estaban formados por una roca elástica. Su cara era muy parecida a la de los hombres. Tenía nariz, boca, dos ojos y dos oídos. Cada mano estaba compuesta por cuatro dedos, y era bastante habilidoso con ellos, pelaba la fruta con una destreza increíble.

— Agradezco tu hospitalidad y me alegro de haberte conocido, pero mi pueblo me espera. Partiré mañana con la primera luz de alba —dijo rompiendo la calma.

— De acuerdo —asintió—. Duerme esta noche mientras yo termino de tejerte unos ropajes. Mañana por la mañana los tendré listos y podrás partir.

Rasllew le agradeció todo lo que estaba haciendo por él y se fue a la cama.

Cuando despertó se sentía muy bien. La tripa, al contrario que los últimos días, ya no le rugía. Los cardenales y las heridas se estaban recuperando, a la vez que su ánimo.

Se vistió con las ropas que le había confeccionado el Roken. Eran de lana gruesa y le acomodaban bastante bien. Después desayunaron juntos.

Wuk le ofreció una mochila con provisiones que agradeció gustosamente. A continuación salieron de la cueva para despedirse.

— Te deseo lo mejor en el viaje que te espera hasta reunirte con los tuyos. Que tus pasos sean certeros y que tu peso sea liviano.

— Gracias por todo, Wuk —se volvió para mirar al horizonte—. Ojala estuviese aquí mi Trionex —dijo Rasllew con un suspiro.

— ¿Por qué no lo llamas? ¿Ha muerto? —preguntó.

— No creo que haya muerto, escapó cuando los Sephal cayeron sobre nosotros.

— Llámalo pues.

— No sé cómo hacerlo, no sé su nombre.

— No hace falta ponerle nombre. Cuando encuentras un Trionex y ya lo montas, se crea un vínculo entre los dos. Simplemente desea que venga, y el acudirá a tu llamada. Además, no creo que él esté lejos. Los Trionex se preocupan por sus amos —dijo.

Rasllew concentró sus pensamientos en el animal. Deseó con todas sus fuerzas que estuviese allí.

Unos momentos después, escuchó el trote de un animal que se acercaba, sin duda sonaban a Trionex. El sonido de los pasos llegó cada vez más fuerte, y al fin, vieron asomar la cabeza del Trionex por encima de un pequeño arbusto. Era el Trionex de Rasllew.

Con un enérgico salto, se lanzó sobre su dueño y le lamió la cara en señal de amistad. El animal estaba igual que cuando había escapado días atrás. Su color blanco no había perdido el brillo, y aquella mancha azul abanderaba su hombro.

Se montó en él e intercambió unas últimas palabras con Wuk.

— Si alguna vez vas a enfrentarte a los Sephal pasa por aquí y te acompañaré con mucho gusto —dijo.

— De acuerdo, pero ¿Vosotros los Roken, que armas usáis?

— Las antibas —como esa respuesta no produjo ningún cambio en la cara de su interlocutor, prosiguió hablando—. Son como espadas pero más anchas y tienen dos mangos, uno en cada extremo. Los Roken somos muy habilidosos con esas armas, aunque también sabemos utilizar otras muchas. Pero ya no te entretengo más, pues tu viaje debe de ser largo y fatigoso. Así que espero que tengas mucha suerte y que no te encuentres con ningún Sephal. Aunque si te encuentras con alguno, hazlo pedazos por mí, por los Yelou, por los Roken, por los Furtin y por todos los que han muerto a manos de algún Sephal.

Dicho esto, se despidió y esperó a que el Yelou desapareciese en el horizonte para volver a entrar en su refugio.

El Trionex, movido por la alegría del reencuentro, corrió todo lo que pudo en las primeras horas pero conforme avanzaba el día iba disminuyendo la velocidad progresivamente.

Aun así avanzaban muy rápido. El animal era extremadamente habilidoso en esquivar todos los arbustos, árboles, piedras y montículos. Sus pisadas resonaban sobre la tierra húmeda del bosque en que se acababan de internar.

Cabalgó hasta casi entrada la noche. Buscaba un sitio para dormir, cuando de repente no podía creer lo que sus ojos veían.

En el suelo, había un hombre tirado. Sus ropas estaban manchadas y rotas, parecía que había recibido una paliza. Su cuerpo inmóvil estaba apoyado en un árbol.

Nada más verlo, Rasllew se detuvo y desmontó. Puso la mano derecha en el mango de su espada por precaución, mientras intentaba adivinar que hacía allí ese hombre.

Se acercó poco a poco. Las hojas secas, caídas de los árboles, crujían bajo sus zapatillas. Se fijó en el hombre y vio que todavía respiraba. Instantáneamente soltó la mano de la empuñadura de la espada y corrió a ayudarle, se agachó e intentó que reaccionase. Parecía estar muerto, pero le tocó en el cuello y comprobó que todavía tenía pulso. Notaba un ligero latido de corazón. Lo agitó para que se despertara, pero el hombre no reaccionó. Lo volvió a agitar de nuevo con más fuerza. Entonces comenzó a moverse mínimamente, estaba pálido. Por su aspecto se podría decir que no había comido en varios días.

Rasllew corrió hacia su mochila y sacó una pieza de fruta bastante grande. A continuación, la hizo a rodajas pequeñas e intentó que el hombre se la comiese. Al principio, tuvo que moverle la mandíbula, pero poco después ya masticaba por sí mismo.

Fue entonces cuando abrió por primera vez sus penetrantes ojos negros. Rasllew lanzó un suspiro de alivio al darse cuenta de que no era un Sephal. Si lo hubiese sido, sus ojos serían rojos y unas ojeras los envolverían.

El hombre se terminó la primera pieza de fruta. Seguidamente, Rasllew fue a buscar otra y repitió la operación. Parecía haber recobrado fuerzas, pero todavía le faltaba mucho para estar bien del todo. Caía ya la noche cuando se puso a temblar de frío.

La humedad y el frío estaban muy presentes en aquella zona. Poco tiempo después era Rasllew quien también temblaba. Dejó a su Trionex con el hombre y se dedicó a buscar una cueva o refugio donde pasar la noche. Al cabo de una media hora de búsqueda, se conformó con una erosión al pie de una montaña cercana. No les daría el mismo cobijo que una cueva, pero era lo mejor que había encontrado.

Volvió a la zona donde había dejado al hombre y lo montó en el Trionex. Con cuidado lo condujo hasta el refugio y lo bajó de la montura. Lo tumbó en el suelo con suavidad y esperó hasta que se durmiese.

El Trionex se quedó con ellos en el refugio a pasar la noche.

Rasllew se sentó cerca del hombre y su animal se acurrucó a su lado. Pensó que había obrado bien ayudando al hombre, no podía dejar que alguien se muriera en un bosque. Se detuvo un momento a contemplar su rostro. No era ninguno de los Yelou que lo habían acompañado, pero tampoco era un Sephal. Su instinto le decía que no era peligroso, pero no se fiaba demasiado.

No podía conciliar el sueño, así que miró su reloj. Eran las once de la noche y sus parpados continuaban abiertos de par en par. La noche era oscura y a él le dolía el trasero de dormir al raso. Llevaba dos días durmiendo en una mullida cama y se había malacostumbrado. Tardó pero al final se durmió, aunque lo hizo con una mano en la espada.

A la mañana siguiente se despertó con los primeros rayos de sol. Volvió a mirar su reloj y se dio cuenta de que la noche sólo había durado cinco horas. Tenía sueño pero aún le quedaba un largo día por delante hasta volver a descansar.

Se levantó y miró a su alrededor. El hombre seguía durmiendo pero el Trionex ya no estaba. Lo despertó con un suave balanceo y abrió los ojos. Tenía mejor aspecto que la noche anterior.

De repente, abrió en exceso los ojos en señal de alarma. Se acababa de dar cuenta de que no estaba donde creía estar y que encima tenía compañía. No obstante seguía sin decir nada. Rasllew lo atribuyó a que todavía se sentiría muy débil.

Salió fuera del refugio para ver donde estaba su Trionex. Se dio cuenta de que el bosque parecía distinto, las tonalidades eran cada vez menos negruzcas. Eso significaba que se estaba alejando de sus enemigos, sintió una profunda alegría. Los pájaros cantaban con la llegada de los primeros rayos de sol y el viento mecía levemente las copas de los árboles.

Rasllew vio a su Trionex unos metros más allá, en el interior del bosque, bebiendo agua en un charco. Al notar la presencia de su amo, levantó la cabeza en su dirección y corrió hacia él. El rey Yelou lo acarició, y le tocó el cuerno que, ya era visiblemente más grande que cuando lo encontró. Rememoró ese día. Se acordó de la primera impresión que le había causado Ly y de todo lo que le había contado en esos días. En ese preciso instante se acordó de su cola, con el ajetreo de las anteriores jornadas no se había acordado de ella.

Palpó la zona de la rabadilla y la sintió. Debía de medir unos cuatro dedos más o menos. Ly le advirtió de que le crecería, pero no le previno de que lo haría tan rápido. Pensó que dentro de poco tendría que hacer un agujero en el pantalón, como tenían los otros Yelou, para que saliera al aire libre.

Montó al hombre en el Trionex y después se montó él. Durante todo el día cabalgaron y sólo se detuvieron para comer. El hombre no abrió la boca en toda la jornada.

Pasado el mediodía llegaron a una zona rocosa. Se encontraban en mitad de unas enormes montañas rocosas, con su color plateado libre de la influencia Sephal.

El Trionex escalaba de maravilla por aquellos terrenos, aunque a partir de ese momento redujo la velocidad de su marcha. Durante el camino vieron algunas cuevas, pero lamentablemente no era la hora de dormir. La suerte les sonrió cuando, al caer la noche, encontraron un buen agujero donde descansar.

Rasllew ya estaba hecho todo un experto en encontrar cuevas, parecía una obsesión que se había apoderado de él. A todas horas estaba buscando cuevas donde refugiarse. El instinto de supervivencia había aflorado en él.

La noche pasó como el día anterior, el hombre dormía como un tronco mientras reponía fuerzas y a Rasllew le costaba conciliar el sueño. Su protegido estaba visiblemente mejor que la jornada anterior y definitivamente le había comido la lengua un gato.

Ya asomaba el sol en el horizonte cuando Rasllew se despertó. Se encontraba en plena forma, no tenía hambre y había dormido lo suficiente para aguantar el día entero cabalgando.

Nada más abrir los ojos, vio que se encontraba solo en la cueva. No había rastro ni del Trionex ni del hombre por ninguna parte. No se preocupó por el Trionex, sabía que no se alejaría mucho, pero el hombre... ya estaba recuperado, pero ni siquiera le había agradecido que lo salvase. Salió a la intemperie pero sólo vio árboles, no encontró a ninguno de los dos. Fue entonces cuando cayó en la cuenta.

El hombre le habría robado a su Trionex y se había marchado. Se dejó caer de rodillas al suelo. Había sido un tonto. No obstante, aún existía la esperanza, se puso en pie, tragó saliva y pensó en su Trionex lo más fuerte que pudo mientras gritaba.

— ¡Trionex ven! —el grito resonó por toda la montaña.

Miró en todas direcciones pero no vio al Trionex por ninguna parte. Ese hombre le había engañado, se había aprovechado de su buena fe y le había robado.

De pronto, escuchó unos pasos que se acercaban. Era el trote de un animal pesado. Sin duda era su Trionex. Corrió en dirección hacia donde se escuchaban los pasos y allí lo vio, corriendo hacia su dueño. Esbozó una sonrisa mientras lo acariciaba. Por suerte ya había perdido la costumbre de lanzársele encima.

Le pareció que había juzgado mal al hombre, se había ido sin avisar, pero no le había robado. Pensó que podría haber intentado comunicarse con él, pero se dijo a sí mismo que había hecho más que suficiente por aquel desconocido.

Recogió todo y se puso en marcha. Ya montado en su Trionex miró hacia el este y vio una tremenda neblina a lo lejos.

Cabalgó toda la mañana y al mediodía ya había llegado a la zona de niebla. No veía nada a más de un metro de distancia. El Trionex ahora caminaba despacio y con paso vacilante, estaba atento al suelo por lo que pudiera aparecer.

La niebla era espesa y estaba húmeda. Al cabo de un rato Rasllew estaba completamente empapado. El sudor le caía por el pelo y la cara, y la ropa se le pegaba al cuerpo. Notaba cada vez más una sensación de asfixia, le faltaba el aire y el camino a través de la niebla parecía hacerse interminable.

El Trionex también lo notaba, pues su cuerpo se resbalaba en la piel del animal. Llegó un momento en que ya no podía más, si no tomaba aire fresco se asfixiaría. Coceó al Trionex para que corriese. Obedeció rápidamente pero no corrió al máximo de sus posibilidades, tenía miedo de caerse o tropezarse.

Finalmente llegaron a un sitio donde la niebla ya no tenía casi presencia. El Trionex cabalgó un poco más rápido, había sido muy valiente al correr sin percibir lo que se le podía venir encima.

Se tumbaron un rato al sol para descansar. El sudor ya no los agobiaba y poco a poco las ropas se iban secando. Después retomaron la marcha hasta que llegó la noche. Rasllew pensó que ya debían de estar cerca del poblado Yelou.

Por primera vez en todo el camino, no encontró ninguna cueva ni ningún refugio. Le tocó dormir a la intemperie. Se lamentó de que los árboles no fuesen como los de Bosque Grande, si fuese así, se hubiese cubierto con una gran hoja y hubiese dormido perfectamente. Aunque precisamente esa no era una de las noches de más frío. Se encontraba bastante bien durmiendo al descubierto.

Al día siguiente, con los primeros rayos de sol, se despertó y se puso en marcha tan pronto como pudo. La comida ya empezaba a escasear, no podría aguantar mucho tiempo más si no recogía alimentos.

Se internaron en una zona diferente a todas las demás. Todo allí era de un verde intenso. Los colores vivos recorrían el paisaje, la hierba era alta, los árboles frutales abundaban y cientos de pájaros volaban sobre la zona.

Se internó en el bosque en dirección este y vio muchos más animales nuevos. Pero sobretodo había una especie que era de la que más ejemplares veía. Su pelaje era anaranjado y aunque era de pequeño tamaño, se movía con rapidez. Tenía el pelo bastante largo y caminaba a cuatro patas, era como un zorro pequeño y naranja. Su forma de caminar era muy graciosa.

Pasado un rato se dio cuenta de que cuando los animales lo veían corrían despavoridos hacia el sur. Era un extraño comportamiento. Supuso que en esa dirección tendrían la madriguera y que tendrían miedo de él.

Aminoró la marcha porque creyó haber oído algo en la espesura, sin duda había algo a su alrededor y no era un animalillo. Mientras pensaba todo aquello, con la mano derecha agarraba el mango de su espada, estaba preparado para desenvainar en cualquier momento.

Unos pocos metros más adelante, el ruido de pisadas era ya evidente, así que sacó la espada de la vaina y se preparó para defenderse.

— ¿Así es como recibe a un vasallo su rey? —una voz conocida lo sobresaltó.

Se giró y vio que era Ly. Estaba montado en su Trionex negro y le sonreía.

— ¡Ly! ¡Estas vivo! ¿Cómo escapaste? Me alegro de volver a verte —no sabía qué preguntar, quería saber tantas cosas que las palabras se apelotonaban en su mente.

— Esas preguntas tienen una respuesta, pero será mejor que te las responda de camino al poblado. Tu gente está deseando conocerte —dijo—. ¡Sígueme!

Dicho eso enfiló dirección hacia el sur. Rasllew lo siguió al trote.

— ¿Cómo lograste escapar? Te quedaste cubriéndome la retaguardia, me parece increíble que estés vivo.

— Escapé gracias a la lluvia. Cuando te marchaste sabía que debía retrasarlos todo lo que pudiese, de modo que hice valer la posición en la que me encontraba. Los Sephal me flanqueaban desde la parte de abajo de las rocas, si lograban escalar estaba perdido. Así que defendí mi posición lanzando piedras. Una vez comprobaron que era imposible acercarse a mí escalando, soltaron a dos rastreadores para que me devorasen. En esos momentos agradecí que nos devolviesen las espadas. Aún con las manos atadas por los grilletes, esos animales no son rival para una persona armada. Mientras, los Sephal me lanzaban flechas. Una me alcanzó en el costado pero por suerte no tocó ningún órgano vital. El sonido de un cuerno hizo que varios de ellos se marchasen. Cuando las piedras empezaron a escasear pensé que ya no los podría detener más tiempo. Fue entonces cuando comenzó a llover. Los Sephal corrieron a refugiarse pero yo sabía que debía de aprovechar el momento para huir. Encontré la corteza de un tronzo y la sostuve sobre mí para que no se me quemase la cara. Aun así las manos quedaban a la intemperie —mostró las quemaduras que le habían producido las gotas de lluvia. El agua se las había quemado dejándolas en carne viva pero ahora ya las tenía algo mejor—. Te busqué por todas partes pero no te encontré. Cuando la lluvia cesó pensé que los Sephal seguirían mi rastro y me encontrarían, así que regresé al poblado lo más rápido que pude. De camino aquí, en uno de los refugios secretos de los Yelou, me encontré con Duiga. Sólo él, tu y yo, conseguimos escapar de aquel infierno —su rostro se ensombreció al pensar en sus amigos caídos—. Pero cuéntame dónde has estado, cómo te las has apañado para llegar hasta aquí y de dónde has sacado esas ropas.

— Es una historia muy larga de contar, he tenido tres encuentros de lo más interesantes en mi viaje. Te lo contaré más tarde, cuando tengamos más tiempo.

— De acuerdo.

Continuaron la marcha. Trotaban el uno al lado del otro y se sentían felices de haberse reencontrado. Rasllew le debía la vida a Ly, sentía una deuda muy grande con él.

— Cuéntame. ¿Cómo me has encontrado?

Ly se sonrió ante aquella pregunta mientras negaba con la cabeza. Aquella sonrisa decía "Te queda mucho por aprender"

— Los animales me lo dijeron. En esta zona la influencia Sephal es nula, de modo que los animales obedecen a los verdaderos dueños de Bastur.

— Los animales a los Yelou, los árboles a los Furtin y, la tierra y las piedras, a los Roken —se recordó a sí mismo.

— ¿Cómo sabes tú eso?

— Un amigo me lo dijo.

— Todo eso tienes que contármelo.

Ambos rieron. Avanzaron durante unos veinte minutos. Ese bosque era más acogedor que todos con los que se había cruzado antes. Era la primera vez que veía animales vivos correteando. En los bosques de influencia Sephal no se veía ni un insecto.

Mientras subían una pequeña ladera cubierta de césped, comenzaron a ver las copas de los árboles que había tras de ella. Cuando llegaron al punto más alto, pudieron ver el poblado a sus pies.

En un extenso y desigual prado en mitad del bosque, se situaba toda la actividad de los Yelou. Los niños jugaban, los aldeanos hablaban y los animales domésticos corrían entre los pies. Entre todo el barullo, Rasllew consiguió ver a Fergiten. El herrero había logrado escapar junto a Iriogero y había llegado allí con vida. Estaba forjando una espada y a su alrededor había varios tipos de armas y de armaduras. El fuego de la forja salía de la misma tierra y no desprendía humo alguno. No consiguió identificar ni a Iriogero ni a Duiga entre la multitud. Observó que todos tenían cola y se sintió un extraño por no tenerla. Instintivamente llevó su mano allí donde debía estar su cola y midió su tamaño por encima del pantalón.

Poco a poco la gente se fue dando cuenta de su presencia y volvían las cabezas para mirarlo. En unos instantes el pueblo entero tenía la vista en su nuevo rey.

— Ven Rasllew, te presentaré ante el pueblo —dijo Ly.

Rasllew lo acompañó, nervioso. No sabía si tendría una buena aceptación por parte de toda aquella gente. Se sentía incómodo ante la perspectiva de ostentar su nuevo cargo ante unos desconocidos. Llegaba siendo su nuevo rey, ¿Y si no lo aceptaban?

Esa pregunta también le había atormentado antes de conocer al grupo de guerreros Yelou y, a excepción de Iriogero, todos lo habían acogido.

Llegaron al mismo centro del poblado.

— ¡Prestar atención por favor! —dijo Ly haciendo callar a los suyos.

Las miradas escudriñaban a Rasllew y hacían que le temblase la barbilla. Estaba comenzando a sudar, una extraña sensación le recorrió el cuerpo de pies a cabeza. Un miedo escénico lo atenazaba ante tantas personas.

— Este es Rasllew hijo de Nézago. Como ya sabéis, hace unos días, un grupo de guerreros fuimos a recibirlo a la puerta de conexión con la tierra. Desafortunadamente los Sephal nos siguieron la pista y nos tendieron una emboscada. Nos capturaron y apenas cinco de los once componentes de aquella expedición hemos podido regresar con vida. Hubo momentos en los que temimos por la vida de nuestro nuevo rey. El pesar de haberle fallado a Nézago y la incapacidad de poder proteger a su propio hijo atenazaba nuestros corazones. No obstante, nuestro nuevo rey ha demostrado ser hijo de quien es y ha regresado con vida. ¡Saludad a nuestro nuevo rey! —al decir esto todos se inclinaron ante un Rasllew al que se le alegró la cara y perdió el miedo, se empezó a encontrar a gusto sabiendo que todos lo querían.

Por entre la multitud, Fergiten se había acercado hasta colocarse a pocos pasos de su rey. Tenía entre sus manos el papel que le había dado al principio del viaje para que escribiera el alma de su espada.

— Toma mi rey. Pensé que no te lo podría dar nunca —dijo.

Extendió la mano y se lo entregó.

Sin sacar la espada de la vaina, Rasllew desenroscó el tapón y metió el papel enrollado dentro del mango. Sintió cómo la espada se calentó hasta el punto en que casi quemaba a través de la vaina.

— ¡Quema! —advirtió a Fergiten.

— Eso es porque has elegido una acción buena. Si hubieras escogido una mala acción estaría fría como el hielo.

Al decir esto, se retiró a un segundo plano canturreando y contento.

—Rasllew ven conmigo —era la voz de Ly.

Dio media vuelta y caminó en pos de su amigo mientras la multitud volvía poco a poco a sus tareas.

Avanzaron a través del poblado. Los Yelou no tenían casas como tales. A diferencia de los Sephal, éstos vivían en agujeros en el suelo. Las entradas a las casas estaban compuestas por perfectos rectángulos moldeados en el prado y daban paso a unas escaleras que conducían a la vivienda en sí. No existía ninguna construcción que advirtiese de la situación del poblado.

Ly se encaminó hacia la entrada de uno de aquellos agujeros. Cuando llegó se detuvo y lo miró con un semblante serio.

— Pasa, Iriogero te espera. Quiere que habléis vosotros dos solos.

Se quedó en la entrada mientras su amigo bajaba los escalones que daban acceso al lugar.

Nada más entrar, Ly tapó la entrada con una especie de lona. La oscuridad había sumido el lugar. Sus ojos tardaron un poco en acostumbrarse al cambio de luz, pero cuando lo hicieron, vio que más adelante chisporroteaba un fuego. La cueva era pequeña al principio pero luego se ensanchaba. Ese diseño la hacía mejor para resguardarse del frío.

El fuego que había delante suya, era como el que había visto en la fragua de Fergiten. No había leña que lo alimentase, ni tampoco tiraba humo, era cosa de magia. Comprendió que si el fuego hubiese emitido humo se habrían asfixiado, ya que el lugar no tenía ventanas ni ningún tipo de ventilación.

Miró a su alrededor y vio una mesa, cuatro sillas, unos sacos amontonados y un par de camas. Los Yelou, al igual que Wuk el Roken, no tenían muchas comodidades. Iriogero estaba sentado en una silla y le estaba mirando fijamente. Su semblante permanecía serio mientras despedazaba un trozo de carne. Tenía las manos manchadas de grasa de modo que se enjuagó en una vasija para presentarse ante él. Hizo una tosca reverencia antes de hablar.

— Me alegro de que sigas con vida Rasllew. Toma asiento, tenemos que hablar —Rasllew obedeció—. Me gustaría saber tus intenciones. Quiero saber si después de todo lo que has vivido te quedan ganas para quedarte aquí y cumplir el deseo de tu padre. Sé que has vivido una experiencia traumática de modo que si quieres, te acompañaremos a la tierra de nuevo —a Rasllew le pareció que estaba intentando convencerlo para que se fuera.

— Quiero quedarme —dijo rotundamente—. Quiero conocer mejor todo este mundo, pasaré una temporada aquí y luego decidiré. Como quería mi padre.

Para su sorpresa, una media sonrisa apareció en el rostro de Iriogero.

— Te he hecho llamar para que me ayudes. Los aldeanos Yelou no quieren seguir temiendo a los Sephal, están más que hartos de vivir escondiéndose y no quieren que sus hijos vivan en este mundo tampoco. Somos pocos, y las muertes de Werak, Diofas, Damkuw, Guwero, Wiopke y Reyuit han caído como un jarro de agua fría. Sus familias están destrozadas. Hace varios días hubo una reunión en la que pidieron abandonar Bastur e ir a la tierra. Piensan que allí todo es más seguro. Dicen que ya les han dado muchas oportunidades a los reyes Yelou y que no han conseguido nada. Ellos se están preparando para marcharse.

Se quedó perplejo al oír eso. Tanto sufrimiento para nada, su padre murió por ese planeta y todos sus antepasados murieron por ese planeta. En ese momento, Rasllew llegó a la determinación de que no se iba a rendir. Quería luchar, no quería que todo lo que hicieron sus antepasados fuese en vano.

— Pues yo no me voy rendir —dijo lleno de rabia.

— Vamos a esperar a ver cómo reacciona el pueblo ante tu llegada. Quizá sólo haya sido una crisis pasajera y ahora con la figura de un rey, todo vuelva a la normalidad. No te voy a mentir. Te necesitamos para salir de esta. Si les pides que se queden, lo harán. Así que decide, ¿Te vas a quedar con nosotros hasta el final?

Era una decisión muy comprometida, todavía no había decidido si sería capaz de renunciar a su vida en la tierra. ¿De verdad quería vivir como su padre? ¿Realmente sería capaz de dejar atrás la tierra? Sabía que si algún día tenía un hijo, éste se criaría en la tierra. Lejos de él, ¿Era eso lo que quería? Todas aquellas dudas lo asaltaban pero en el fondo de su corazón ya había tomado una decisión.

— Me quedaré con vosotros —aceptó.

Capítulo 4: El regreso

Acordaron nombrarlo rey legitimo al día siguiente en una sencilla ceremonia. Después de aquello, Rasllew sería el rey de los Yelou de pleno derecho. Iriogero era una persona seria y firme, pero miraba por su pueblo antes que por sí mismo. Pensaron que lo mejor sería que Iriogero continuase al mando mientras Rasllew aprendía todo lo que debía de saber sobre Bastur y se entrenaba para el combate.

Salió de la cueva un par de horas después y para su sorpresa, Ly estaba todavía en la puerta esperando.

— ¿Todavía estas aquí?

— Rasllew, tengo que hablar contigo un momento —Ly lo llevó aparte—. He escuchado todo lo que habéis hablado dentro. Sé que mañana serás coronado como rey de los Yelou. Me preguntaba si habías pensado en alguien para que fuese tu escudero.

— ¿Te estás ofreciendo para ocupar el puesto? —hasta ese momento Rasllew ni sabía que tal puesto existía.

— Mi padre fue escudero del rey en otra época y pienso que se sentiría orgulloso de mí. Tu padre me dijo que quería que yo lo fuese. Por eso ordenó expresamente que el último tramo del camino, cuando te recogimos, lo hiciese yo solo.

— Esos son motivos de peso para ocupar el puesto, pero además me has demostrado que darías la vida por mí. Para ser justos creo que debo de ser yo quién te lo pida. Ly ¿Quieres ser mi escudero?

Una chispa de alegría cruzó su rostro.

— Por supuesto que sí. Jamás te arrepentirás de haber tomado esta decisión. Voy a prepararte las estancias de tu padre para que pases la noche en ellas, iniciaré los preparativos de tu coronamiento, le encargaré a Fergiten que te haga una armadura a medida… me voy a encargar de que no te falte de nada.

Rasllew lo vio alejarse y se sintió en paz al haber realizado el sueño de su amigo. Aunque no era justo pensar eso, porque Ly se había ganado el puesto a pulso.

Pasó el resto de la mañana con Fergiten. Éste tomó todo tipo de medidas de su cuerpo para confeccionarle una armadura de su talla.

Ly apareció con la llegada del medio día y lo acompañó hasta la vivienda que había pertenecido a su padre.

La entrada era exactamente igual que la del resto de hogares, pero ya en el interior se podía apreciar que era bastante más grande que la casa de Iriogero. Rasllew pensó que la vivienda del rey debía de ser la más grande de todo el poblado.

Pese a no ser más que un agujero en el suelo, la vivienda tenía todo tipo de lujos. La mesa y las sillas lucían tallados muy ornamentados, las paredes estaban adornadas con cuadros, los muebles eran de buena madera y poseía una estancia aparte para dormir.

— Aquí es donde vivió tu padre. He mandado limpiarla y asearla para que te instales de inmediato. Sé que no es una estancia digna de un rey, pero es lo mejor que tenemos.

— No importa.

— Está todo tal cual lo dejó tu padre. Sus pertenencias ahora son tuyas.

Después de un pequeño vistazo a la vivienda, Ly salió al exterior y retornó con la comida. Era un guiso de patatas y carne que olía delicioso. Ambos se sentaron a la mesa y lo degustaron.

— ¿Por qué los Yelou viven en agujeros en el suelo? —preguntó Rasllew.

— Para escondernos de los Sephal —aclaró Ly—. Si por casualidad un grupo de esos malnacidos se acerca a este asentamiento, los animales del bosque nos avisan de ello, instantes después guardaríamos absolutamente todo lo que está a la vista dentro de las viviendas. Por último tapamos las entradas a las casas con una moqueta verde similar al césped que la rodea. Cuando terminamos, nadie sospecharía que aquí tenemos nuestro poblado, no queda ni rastro.

— Comprendo.

— Una parte de tu aprendizaje consiste en aprender a comunicarte con los animales de Bastur. Pero ahora cuéntame tu historia.

Ly estaba deseoso de conocer la suerte que había corrido su rey una vez se habían separado.

Rasllew le relató lo ocurrido con pelos y señales, su maravilloso encuentro con la chica Furtin, la ayuda que le había prestado Wuk el Roken y, cómo había recogido y ayudado a aquel extraño moribundo.

— Vaya, no sé qué parte me sorprende más de lo que me acabas de contar. Según teníamos entendido los Yelou, los Furtin se habían extinguido. No hay datos de que nadie haya visto ninguno desde la guerra del fin —su cara reflejaba incredulidad—. ¿La chica era tan bella cómo relatan los libros antiguos?

— No sé lo que los libros cuentan de las mujeres Furtin, pero sí sé que era la chica más guapa que he visto en mi vida.

— Es una lástima que los Yelou y los Furtin no puedan estar juntos —rió Ly.

— ¿Por qué no?

— Es imposible procrear entre especies diferentes. Los libros antiguos están repletos de Yelou que se enamoraban perdidamente de algún Furtin. Existen canciones de amor alegres donde cuentan el amor que sienten, pero también las hay otras tristes por no poder estar con el ser amado.

Rasllew se lamentó de oír aquello. Él era uno de esos Yelou que había quedado prendado de la belleza de la dama Furtin.

— Háblame más del hombre al que encontraste.

Rasllew le explicó todos los detalles que recordaba del hombre, así como su comportamiento. Resaltó el hecho de que no lo había escuchado emitir sonido alguno.

— Por lo que me dices, sólo puedo decir que no era un Sephal, pero tampoco ha desaparecido ningún Yelou últimamente. Es extraño.

A continuación pasaron a hablar del Roken y de su hospitalidad, Ly dejó claro que deseaba conocerlo.

— Son seres increíbles y muy fieles. Aunque jamás se te ocurra cabrear a un Roken.

Ly repelaba un hueso de carne mientras su mente parecía encontrarse en otra parte, su mirada estaba fija en la pared. Pasados unos instantes habló por fin.

— ¿No te resulta extraño?

— ¿El qué?

— Apenas llevas unos días en Bastur y te encuentras con un Furtin y un Roken. Algunos Yelou llevan toda la vida recorriendo este mundo y no han visto ninguno. Es como si esos seres te hubiesen ido a buscar. Me resulta imposible pensar que sea casualidad.

Rasllew se encogió de hombros y continuó comiendo sin darle más importancia. Cuando ya habían dado buena cuenta del guiso, Ly se disculpó alegando que tenía mucho que hacer. Instantes después, Rasllew estaba solo.

Recorrió la estancia admirando el tallado a mano que adornaba los diferentes muebles del hogar. Caminaba con respeto por la estancia que había pertenecido a su padre. No quería romper nada. Una vez terminó con la sala principal entró en el dormitorio.

La cama parecía realmente cómoda. Un escalofrío lo recorrió al pensar que dormiría en la misma cama de su padre. Quizá conservase su fragancia, pensó. Al fondo de la estancia descubrió un pesado baúl. Se encaminó hasta él y lo abrió.

Dentro encontró ropas elegantes, botas, cuchillos y puñales, además de otras muchas cosas. Retiró una camisa y descubrió bajo de ésta una colección de libros. Cogió el primero de todos y lo ojeó.

Eran diarios de su padre.

Quería leerlos pero pensaba que haciéndolo, violaría su intimidad. Durante unos instantes sopesó qué hacer, pero finalmente decidió que su padre habría escrito esos diarios para que alguien los leyese después y aprendiese todo lo que él sabía.

Ojeó unas páginas al azar y descubrió que estaban escritas en castellano y no en Bree. En el momento en que las había escrito, su padre estaba en una partida de caza para buscar provisiones para pasar el invierno. Entonces a Rasllew se le ocurrió que entre aquellos diarios podría estar el día de su nacimiento. Podría conocer a su padre a través de esos libros.

En la portada de cada uno se encontraba el tramo de fechas que contenía su interior. Con celeridad, buscó el que pertenecía a la época en que su madre lo había dado a luz. Salió a la otra estancia para leer más cómodamente a la luz del fuego.

"Hoy ha sido el día, ha nacido mi primogénito. Estoy en la habitación de un hospital de la tierra. Mi mujer y el bebé duermen profundamente. Por fortuna ha salido todo bien, mi mujer ha sido muy valiente y el niño ha nacido muy fuerte. Todavía me tiemblan las manos de la felicidad que he sentido al coger a mi hijo en brazos. Es una sensación de satisfacción que no se puede comparar con ninguna otra. Me da mucha pena no poder verlo crecer, él debe de quedarse aquí en la tierra y yo debo regresar con mi pueblo en unos días. Creo que marcharme es lo más difícil que haré jamás, pero soy un rey y no puedo eludir mis obligaciones…"

Una lágrima resbaló por la mejilla de Rasllew. Se sintió fatal por haber sido tan injusto con su padre todos aquellos años. Él lo quería pero no podía estar a su lado. Entendió perfectamente por qué su madre lo defendía y se sintió en deuda con su padre.

Esa noche, un banquete con música y luces, llenó el prado. La gente reía, el vino corría y la comida era abundante. Rasllew se sentaba en la mesa más grande, junto a Ly e Iriogero, y otros comensales a los que no conocía.

Un chico joven, que era el bufón del pueblo, según le explicó Ly, amenizaba la velada con chistes y números malabares. Iriogero sonreía ante el buen ambiente reinante.

Rasllew se fijó en su pueblo, no sabía si era a causa del vino pero, no detectó infelicidad por ningún rincón. Cada vez que su copa se vaciaba, alguien se la rellenaba.

— Ten cuidado, no te vayas a pasar con el vino. Mañana cuando te despiertes podrías lamentarlo.

Rasllew asintió y bebió una copa de un trago a su salud. Quería borrar el sentimiento de culpa hacia su padre con alcohol. Cada vez veía las cosas más borrosas, le costaba reconocer a la gente y la cabeza le empezaba a dar vueltas.

— Gran velada —alguien se sentó a su lado.

Rasllew giró extrañamente la cabeza para reconocer el rostro de Iriogero.

— Parece que todo el mundo se divierte —prosiguió—. Vuelven a tener a alguien sobre el que volcar sus esperanzas.

Le dio dos palmaditas en la espalda y se marchó. Al terminar la velada, Ly acompañó a su rey a la cama. Rasllew podía caminar sólo, pero se tambaleaba un poco si lo hacía. Con esfuerzo, su escudero logró acostarlo antes de marcharse.

Un fuerte martilleo recorría la cabeza de Rasllew a la mañana siguiente. Cuando Ly fue a buscarlo, pensó que no lograría levantarse.

— Vamos despierta —decía Ly—. Hoy es el día de tu coronación.

Por toda respuesta, Rasllew ronroneó desde la cama.

— No me he tomado tantas molestias en preparar la ceremonia para que te la pierdas por haber bebido demasiado. De modo que levántate y pruébate estas ropas, creo que son de tu talla.

Con mucho esfuerzo se levantó y se vistió. Las ropas eran de seda fina y bella. Las mangas le estaban un poco largas, pero por lo demás sí que eran de su talla.

Salió del dormitorio y tomó un ligero desayuno. La comida asentó su estómago e hizo la resaca más llevadera.

Cuando salió fuera de su vivienda, el poblado entero lo esperaba. En lo alto de la colina había dispuesto una mesa sobre la que apoyaba una preciosa corona forjada en oro y ornamentada con diversas joyas. Ante la mesa estaba la persona que oficiaría la ceremonia, además de otras autoridades Yelou. El resto de la gente se amontonaba colina abajo, nadie se quería perder el acontecimiento. Los músicos, que horas antes habían tocado canciones rítmicas para animar la fiesta, tocaban ahora música calmada y melodiosa.

Cuando lo vieron aparecer, todos se volvieron. La multitud se apartó dejando un pasillo en medio por el que tendría que desfilar el nuevo rey.

— Pon la espalda recta, mirada al frente y camina con decisión —le aconsejó Ly con un susurró a su espalda.

Así lo hizo. La gente lo seguía con la mirada, mientras Rasllew rezó porque no se le notasen los nervios. El pasillo humano se le hizo interminable. Cuando por fin llegó ante la mesa, se detuvo.

Durante unos instantes nadie habló. Se escuchaba el sonido de los pájaros, el viento en los árboles, pero no se escuchaba sonido humano alguno en todo el prado. Por fin, la persona que vestía con una larga túnica habló.

— Yelou, nos hemos reunido en el día de hoy para celebrar la coronación de nuestro nuevo rey. Rasllew hijo de Nézago, proviene de nuestro largo linaje…

— Relájate un poco, estás muy tenso —Ly le susurró a su lado.

Intentó relajarse pero no pudo. Todo era muy nuevo para él. Sentía que la situación le sobrepasaba, jamás habría pensado en ser rey de nada. Nunca imaginó que tendría que representar a tantas personas. Se sentía muy presionado.

—…hasta estos aciagos tiempos —concluyó el ceremoniante—. Rasllew, ¿Juras proteger a tu pueblo y conducirlo de una manera responsable?

— Lo juro.

— ¿Juras velar por todos y cada uno de ellos hasta que la muerte te alcance?

— Lo juro.

— ¿Juras hacer todo lo que esté en tus manos por alcanzar la reconquista de Bastur?

Antes de que pudiese contestar, una voz se levantó por encima de todo sonido.

— ¿También juras proteger a los que murieron intentando traerte hasta aquí por capricho de tu padre?

Todos se volvieron a mirar a la persona que había pronunciado aquellas palabras. Era una mujer de mediana edad con el pelo negro azabache.

— Ignórala. Es la mujer de Werak, sólo esta cabreada —susurró Ly—. ¡Lleváosla de aquí!

Rasllew se acordó de Werak, éste había muerto intentando evitar que le hiciesen daño. Pero ahora su mujer era arrastrada lejos del lugar mientras la multitud abucheaba a su rey.

— Prosiga con la ceremonia —ordenó Ly.

— ¿¡Juras hacer todo lo que esté en tus manos por alcanzar la reconquista de Bastur!?

La persona que oficiaba la ceremonia debía de gritar para hacerse oír por encima de los abucheos.

— Lo juro —las palabras de Rasllew apenas se escucharon.

El hombre de la túnica se volvió y cogió la corona entre sus manos. Con mucho cuidado se acercó a Rasllew. El rey se agachó y por fin, entre abucheos, fue coronado rey de los Yelou.

— Por el poder que me ha sido concedido, te corono rey Yelou.

Cuando la ceremonia terminó, Ly lo condujo por entre el pasillo humano de nuevo. La gente gritaba y lo abucheaba.

— ¡Fuera! ¡Ya no queremos sufrir más!

— ¿¡Quién nos devolverá a los seres queridos que hemos perdido!?

Rasllew pensó que le iban a lanzar fruta podrída o algo parecido. No se explicaba cómo la gente podría haber cambiado tanto de opinión de un día para otro.

Se refugiaron en la antigua casa de Nézago. Nada más entrar, Iriogero traspasó el umbral. Los tres se sentaron en la mesa y hablaron.

— La gente está muy disgustada con la coronación. Para ellos es más de lo mismo.

— Pero ayer, en el banquete, no dieron muestras de ello —se defendió Rasllew.

— Ayer, con el vino, la gente estaba entusiasmada. Confiaban en la reconquista. Hoy ya no queda nada de ese optimismo.

— Todo lo ha empezado esa mujer —dijo Rasllew con desprecio.

— "Esa mujer", como dices tú, es la viuda de Werak. Ponte en su lugar.

— Todo el mundo ha perdido a alguien en esta guerra. Yo también he perdido a mi padre.

— Por supuesto que sí. ¿Y cómo está tu madre? —Rasllew no contestó a eso, Iriogero había dado en el clavo—. ¿Le vas a explicar tú al hijo pequeño de Werak donde está su padre? La gente está cansada de malvivir en agujeros cavados en el suelo, de que cada vez que un familiar suyo sale en una misión no regrese y de vivir con miedo a ser descubiertos.

— ¿Y qué debo hacer yo? —preguntó Rasllew resignado.

— De momento nada. Ahora las cosas están muy recientes. Esperaremos a que la gente se calme y veremos qué deciden. Sé que fui yo el primero que pensó que con tu llegada las cosas habían cambiado, pero creo que me equivocaba. Están dispuestos a marcharse a la tierra.

Iriogero salió de la casa para intentar calmar los ánimos. Mientras, el peso de la corona en la cabeza de Rasllew, era cada vez más pesado.

Rey y escudero pasaron toda la mañana encerrados allí, debatiendo sobre lo que había pasado. Por más vueltas que le daban, no atendían a vislumbrar cómo lo que había comenzado siendo un esperanzador día, podía haber terminado tan mal.

A mediodía, Ly salió en busca de comida. Le recomendó a Rasllew que no saliese de la vivienda para que no se armase otra revuelta.

— ¿Por qué lo pagan conmigo?

— No te atormentes —lo calmó su amigo—. No lo pagan contigo, lo pagan con lo que tú representas. Durante años, un rey Yelou representaba la esperanza, pero ahora representa todo lo que ha dicho Iriogero. Esto se veía venir.

— ¿Por qué lo dices?

— ¿Por qué crees que tu padre desafió a Soker a un duelo de una manera tan precipitada? Para intentar evitar todo esto. Durante los últimos días del reinado de tu padre el clima ya era así. De modo que tu padre optó por jugárselo todo a una carta, lamentablemente perdió.

La tarde pasó sin más revuelos, pero al caer la noche, Iriogero se presentó en su casa con malas noticias.

— Los Yelou huyen a la tierra —dijo simplemente.

— Pero... —Rasllew se quedó sin palabras—. ¿Crees que podría intentar disuadirlos?

— Sinceramente no creo que un recién llegado pueda hacerles cambiar de opinión. Los Yelou han tomado una decisión, y yo me voy con ellos.

— ¿Tú? —preguntó incrédulo.

Pensó que algunos guerreros se quedarían a luchar. Que principalmente abandonarían Bastur las mujeres y los niños.

— ¿Qué quieres que haga? Mi mujer y mi hijo se marchan. No quiero pasar la vida lejos de ellos —protestó Iriogero.

Todos callaron. Nadie lo dijo, pero el nombre de Nézago, que había tenido que pasar la vida lejos de su familia, resonó en las mentes de los presentes.

— ¿Y qué hay de tu hijo mayor? —preguntó Ly.

— Sabes que él va por libre. Dejaré una nota dentro de casa explicándole lo que ha pasado y dónde estamos.

— ¿Cuándo os marchareis? —preguntó Rasllew.

— ¿No venís con nosotros?

— No quiero abandonar Bastur a los Sephal.

— Es una locura, vosotros dos no podréis hacer nada contra los Sephal —Iriogero estaba incrédulo.

— Donde no podremos hacer nada contra ellos es en la tierra. Aunque tenga que matarlos uno a uno, voy a acabar con todos los Sephal. Se lo debo a mi padre. Espero que Ly quiera acompañarme.

— Un escudero jamás deja solo a su rey —confirmó Ly.

Momentos después Iriogero abandonó la estancia. Los dos Yelou se miraban pero no se decían nada.

— ¿Crees que es una misión suicida? —rompió el silencio el rey.

— Sí que lo creo, pero te acompañaré —un semblante serio bañaba su cara.

— Entonces, ¿Cuál es el siguiente paso?

— De momento descansar, y mañana me gustaría salir temprano en dirección a la cueva de ese Roken que conociste. No nos vendría mal algo de ayuda.

Hablaron durante unas horas sobre lo que harían para reconquistar Bastur. Se vieron a sí mismos agazapados al borde de los caminos, asaltando a Sephal distraídos. Siendo la sombra en la oscuridad que acabase con los Sephal que se atreviesen a alejarse de su castillo.

Esos pensamientos recorrían la mente de Rasllew cuando el sueño lo alcanzó.

Al día siguiente, Ly lo despertó cuando el amanecer no había roto en la mañana todavía. Llevaba un par de mochilas con provisiones, la espada colgada al cinto y una ligera armadura protegiendo su piel.

— Lo tengo todo preparado.

— Menuda armadura —admiró Rasllew—. ¿Por qué no llevabais armaduras cuando fuisteis a por mí a la puerta?

— Aquella era una misión de sigilo, no de combate. La armadura hace el viaje más pesado y más ruidoso a su portador. Y hablando de armaduras, ayer a última hora fui a hablar con Fergiten para que tuviese la tuya terminada para hoy. Esperemos que así sea.

Rasllew incorporó a la mochila un par de mudas y salieron al exterior. El pueblo entero dormía cuando llegaron a la entrada de la forja. Fergiten había cumplido con su palabra, una ligera armadura protegía el cuerpo de Rasllew momentos después. Le estaba como un guante.

— Siento que todo haya terminado de esta manera —se disculpó Fergiten por el comportamiento de los Yelou.

Rasllew agradeció sus disculpas.

Cuando el primer rayo de sol asomaba por la cima de una lejana montaña, los dos amigos emprendieron su camino.

Rasllew se alegraba mucho de que Ly lo acompañase, él conocía mejor Bastur, además era un buen amigo. Caminaron hasta la hora de comer, todavía cruzaban entre las montañas rocosas, cuando se refugiaron en la loma de una de ellas. Hacía mucho viento. Ambos desmontaron de los Trionex y se repartieron la comida. Permanecieron sentados sobre las rocas mientras disfrutaban de los alimentos.

— Ly, he decidido una cosa —dijo.

— ¿El qué? —respondió prestándole toda su atención.

— He decidido que a partir de ahora caminaremos por los senderos.

— ¿¡Cómo!? —preguntó exclamado.

— Sí, pienso que si queremos tener alguna posibilidad de derrotar a los Sephal, lo primero que debemos de demostrarles es que no les tenemos miedo. Debemos dejar de escondernos si queremos que nos tengan respeto.

— Cuando me lo has dicho me ha parecido una idea descabellada, pero con esos argumentos creo que tienes razón —dijo—. Además, sabes que te seguiría hasta el fin del mundo.

Una vez terminada la conversación se pusieron en marcha de nuevo. Ly los condujo hasta el camino más cercano. Éste era tan ancho que podían circular varios Trionex a la vez en él, serpenteaba entre los árboles hasta el horizonte y se perdía entre montañas.

Avanzaban mucho más rápido que cuando lo hacían campo a través. En una tarde recorrían lo mismo que en toda una jornada.

Cuando la tarde estaba bien entrada, oyeron más adelante el sonido de unos pasos de Trionex. El nerviosismo se apoderó de Rasllew al saber que se enfrentaría a sus primeros enemigos con espada.

Ly se detuvo a escuchar e intercambió una mirada severa con su rey, no estaba nervioso en absoluto. Rasllew también se detuvo, esa vez no los cogerían desprevenidos como en la emboscada, sino que serían ellos los desprevenidos al ser sorprendidos en su propio camino. Ly tenía la mano en el mango de la espada y se estaba poniendo el casco.

Los pasos se acercaban cada vez más, cuando los primeros enemigos asomaron por la curva del camino.

— ¡Sephal! Yo soy Rasllew, rey de Bastur. Estos caminos ya no os pertenecen, así que venid a luchar como hombres —les gritó rompiendo la quietud del lugar.

De pronto una serenidad lo alcanzó, ya no tenía miedo. Sintió una paz espiritual difícil de describir. Sabía que había nacido para lo que estaba a punto de hacer.

Desmontó del Trionex con la confianza de un guerrero experimentado y su escudero lo imitó. Se puso el casco recién forjado y desenvainó. Vio a cinco Sephal que gritaban mientras corrían hacia ellos con las espadas bien altas.

El más avanzado iba directo hacía Rasllew, dispuesto a callar la boca del que había osado desafiarles. Ni se había fijado en su escudero. Pero el rey se quedó firme en su sitio, apretó las manos contra el mango todo lo fuerte que pudo y esperó la embestida rival. Su enemigo cada vez estaba más cerca, pero cuando sólo faltaba un metro para que llegase ante él, Ly se avanzó. Sin que el Sephal pudiese reaccionar, su amigo, le cortó la cabeza de un solo golpe, momentos después, el cuerpo cayó muerto al suelo.

Rasllew se quedó un poco confuso, pero no había tiempo para pensar, detrás del primero venían cuatro enemigos más.

Ly se apartó a un lado y los Sephal se dividieron. Dos para cada uno. Un Sephal venía más adelantado que el otro, Rasllew supo que ese era el momento, no podía titubear o ese sería su fin.

Corrió hacia ellos con la espada en la mano derecha. Justo cuando estuvo a punto de llegar a la altura de sus enemigos, tiró el brazo hacia atrás y descargó un fuerte golpe contra el primero de ellos. Su movimiento había sido rápido, mucho más rápido de lo que habría esperado. La espada cortó al Sephal en dos como si fuera mantequilla. Rasllew se quedó impresionado pero no tuvo mucho tiempo para pensar por que detrás venía el último de sus enemigos.

El Sephal se le echó encima lanzándole un golpe por la derecha. Rasllew, con unos reflejos felinos, puso la espada entre el arma de su rival y su cuerpo. Lo detuvo con facilidad. Le pareció que su rival se movía a cámara lenta, así que aprovechó su oportunidad y le lanzó un golpe de espada recto que le atravesó el pecho. El Sephal cayó al suelo de rodillas. Instantes después, Rasllew sacó la espada del cuerpo sin vida, que cayó al suelo definitivamente.

Se dio la vuelta en dirección hacia donde estaba Ly. En ese momento su escudero le estaba dando el golpe de gracia al último rival.

El sudor, la sangre y la adrenalina llenaban sus cuerpos. Habían derrotado a cinco Sephal entre los dos.

— ¡Tienes una destreza para luchar increíble! —dijo Ly alucinado.

— Ha sido…ha sido…ha sido muy fácil. No debería de ser tan sencillo acabar con la vida de unos seres vivos —dijo Rasllew sintiéndose fatal.

— Rasllew, te voy a dar la misma explicación que me dio mi padre cuando maté a mi primer Sephal, me dijo "Hijo, hay dos elecciones, el bien y el mal. Tú estás con el bien y ellos con el mal, y ahora te hago una pregunta, ¿Crees que el bien podría acabar con el mal sin ninguna muerte? Créeme cuando te digo que si hubiera una posibilidad de acabar con el mal sin ninguna muerte, yo sería el primero que escogería esa posibilidad, pero no la hay" Matar está mal, pero en las guerras, para acabar con el enemigo hay que luchar y matar —dijo con algo de rabia en sus palabras.

Rasllew pensó que su amigo tenía razón, además, los Sephal habían matado a muchos Yelou, y no sólo eso, sino también a muchos de Roken y Furtin.

Después de las palabras de Ly, se sintió mejor.

Se pusieron de nuevo en marcha dejando los cuerpos de sus enemigos ahí tirados, como mensaje al resto de Sephal.

— Ly, es extraño, pero cuando luchaba era como si no fuese yo mismo. ¿Te has dado cuenta de la velocidad a la que me movía? En la tierra, yo era un chico normal, que no destacaba por sus condiciones físicas precisamente.

— Pues la verdad es que no sé por qué. Lo más probable es porque aquí estás bajo la influencia de Bastur que es tu dios. De todas formas, cuando acabe todo esto, si es que sobrevivimos, iremos a visitar al anciano del acantilado, él resolverá tus dudas —dijo Ly.

— Al anciano del acantilado —repitió Rasllew—, ¿Y ese quién es? —hasta ahora había escuchado muchos nombres, pero ese no estaba entre ellos.

— Él es la persona que está allí desde los orígenes del planeta. Algunos dicen que él es Bastur en persona. Existen muchos rumores en torno a él, pero yo no me creo ninguno. El caso es que él sabe la respuesta a casi todas las preguntas que puedas formularle —dijo—. Los Sephal no se atreven a acercarse al acantilado al que vive, le tienen miedo. Él es como un mago.

— ¿Y por qué los Yelou no se refugiaron bajo su protección después de la guerra del fin? —preguntó.

— Se nota que no has hablado nunca con él. Es muy serio y refunfuñón, nunca se lo hemos preguntado, pero creo que no nos dejaría. Es un viejo solitario —aclaró Ly—. Creo que por este día ya hemos hecho bastante, ahora vamos a descansar en una cueva que estoy viendo allí delante. Prepara la espada porque puede que haya algún Sephal, los Yelou nunca hemos usado las cuevas tan cercanas al camino —dijo.

Desmontaron de los Trionex y se acercaron lentamente, intentando no hacer ruido. Si había Sephal en aquella cueva, abrían dejado un vigilante en los alrededores. Dejaron los Trionex en un lugar lejano y se acercaron a reconocer el terreno. Avanzaron hasta que Ly, que iba delante, se detuvo. Se agazaparon detrás de unos matorrales mientras observaban la entrada a la cueva.

— Parece que no hay nadie, todo está en calma —dijo Ly.

Finalmente decidieron salir del escondite y acercarse a la cueva. Cada uno fue por un flanco a la entrada. Cuando estaban escondidos a ambos lados de la entrada, se detuvieron a escuchar. Parecían un equipo de espías. No escucharon nada, la noche estaba tranquila, así que se metieron dentro.

Nada más entrar, vieron unas figuras tumbadas en el suelo. Rasllew se llevó la mano a la empuñadura de su espada dispuesto a utilizarla si era preciso.

Se acercaron lentamente y sin hacer ruido. Cuando estaban cerca de las figuras, vieron que en realidad eran sacos. No sabían nada de su contenido, pero eran sacos.

— ¡Son sacos! —dijo Rasllew riéndose.

Ly se acercó y abrió uno, de repente se echó a reír.

— Este tiene piedras de fuego —descubrió—. Están tan seguros de que los Yelou no nos meteremos en las cuevas que están al lado de los caminos, que dejan provisiones en ellas.

Abrieron más sacos y comprobaron que contenían comida. También encontraron vasijas con agua.

Después de eso, Ly salió al exterior, trajo a los Trionex y los metió dentro de la cueva. Ambos animales parecían haber conectado de maravilla. Ahora se estaban lamiendo el uno al otro.

Rasllew sacó comida mientras Ly encendía un fuego. Colocó varias piedras en el suelo y las frotó unas contra otras. Al instante una llama sin humo brotó de ellas.

Mientras disfrutaban de la cena, reían y contaban situaciones pasadas. La batalla había hecho revivir sus esperanzas.

— ¿Te acuerdas cuando nos atraparon los Sephal y tuvimos que comer hierba para sobrevivir? —dijo Rasllew riéndose.

— Sí, y cuando nos conocimos, si hubieras visto tu cara cuando supiste que yo tenía cola —dijo riéndose él también.

Siempre que se acordaba de la cola, instintivamente llevaba una mano hasta ella para reconocerla.

— Creo que mi cola ya es lo suficientemente grande como para ir por fuera del pantalón, tendré que hacer un agujero —dijo poniendo la mano en la espada.

— No hace falta. Ya deberías de tener la suficiente fuerza en la cola para hacer un agujero con ella. Además si el agujero lo haces con la cola te quedará a la altura y a la medida perfecta —dijo Ly—. La mía ya tiene la suficiente fuerza como para aguantar mi peso.

Rasllew se puso en pie y movió la cola. La sensación le resultó muy extraña porque nunca había probado a moverla. Ahora la notaba como si fuese una extremidad más de su cuerpo. Puso la punta en el sitio del pantalón que quería e hizo toda la fuerza que pudo, la cola atravesó el pantalón con relativa facilidad.

Giró la cabeza todo lo que pudo y ahí estaba su cola. Era peluda, pero sus cabellos eran relucientes. La movió de lado a lado y después de arriba abajo. La podía mover tan rápido que se oía como restallaba el aire. Finalmente se volvió a sentar.

— ¿Cuándo crees que llegaremos a la cueva del Roken? — preguntó a su escudero.

— Si seguimos a este ritmo y por lo que me dijiste de su situación —se detuvo a pensar—, calculo que llegaremos mañana a última hora. Será un valioso aliado, si es verdad lo que se cuenta de ellos. Los libros antiguos dicen que son muy habilidosos con sus antibas. Parecen pesados pero son muy ágiles, se pasan las antibas de una mano a otra y cortan las cabezas más rápido que nadie. Al ser tan pequeños son un blanco difícil, además son muy fuertes y resistentes. Lo que no me llego a explicar es porque en la guerra del fin murieron tantos —bostezó—. Bueno, creo que ya hemos hablado suficiente. Mañana tendremos que cabalgar todo el día, así que será mejor que descansemos —se tumbó en el suelo.

— Una última pregunta Ly —el escudero se incorporó—. ¿Por qué tenéis comunicación con la tierra y no con otros planetas?

— A ver como empiezo —se paró un poco a organizar sus ideas—. ¿Sabes la historia del origen de los Sephal?

— Sí, me la contó Wuk.

Ly asintió.

— Antes de los Sephal, mucho antes, hubo otro Yelou que era maligno. Se separó de los Yelou y se hizo cada vez más fuerte. Hasta que hubo un día que los Yelou ya no lo toleraron más y lo derrotaron. No obstante la muerte no era castigo suficiente a su traición, así que Bastur creó un planeta sin magia para condenar a todos sus descendientes a vivir en él. Bastur les dio un pasado nuevo, ningún humano se acordaría de que habían pertenecido a este mundo. Siempre estarán tan cerca y a la vez tan lejos de sus orígenes. Desde entonces, los descendientes del condenado se han ido multiplicando hasta llegar a poblar prácticamente toda la tierra. Han evolucionado de una manera increíble, sus tecnologías son muy avanzadas y ya no queda casi maldad en ellos, no obstante algunos de ellos continúan en guerra —dijo Ly—. Me parece descabellado que los Yelou sean ahora los que se tienen que refugiar en la tierra.

— ¿Y ahora porqué Bastur no hace lo mismo con los Sephal?

— Los Sephal se hicieron demasiado fuertes y ganaron la guerra del fin, Bastur se los intenta quitar de encima pero no puede, su influencia es muy grande. Antes de todo esto, cuando llovía, el agua no hacía daño. Se dice que Bastur hace que así sea para quitárselos de encima. Alrededor de donde viven los Sephal no hay seres vivos, todos se han ido lejos debido a las lluvias. Si alguna vez los Sephal fueran derrotados, todo volvería a la normalidad —dijo Ly—. Y ahora a dormir —él se tumbó en el suelo y cerró los ojos.

Rasllew también se tumbó y estuvo un rato pensando en el día siguiente, pero al final se durmió.

Era muy temprano cuando se despertó. Volvió la cabeza y vio a su escudero durmiendo. Era la primera vez que se despertaba antes que su compañero. Con un rápido vistazo miró el reloj, eran las seis de la mañana y ya había amanecido. Estuvo un rato tumbado, pero finalmente no aguantó más la incomodidad del suelo y se levantó a dar un pequeño paseo.

Salió fuera de la cueva, miró hacia el este y el sol lo cegó. Hacía calor, al menos más que otros días. Se acercó al camino para comprobar que no había enemigos al acecho. Estaba vacío.

El día anterior había sido la primera vez que se había enfrentado a un enemigo con la espada, se quedó mirando fijamente al horizonte mientras recordaba exactamente lo ocurrido.

Cuando volvió en sí ya eran las siete, de modo que volvió a la cueva. Ly todavía no se había despertado, al igual que los Trionex, que descansaba plácidamente. Rasllew pensó que de repente se había vuelto incansable, dormía poco y se levantaba con fuerzas suficientes para mover el mundo. O quizá lo que pasaba es que su escudero estaba demasiado cansado.

En vista de que no se despertaba nadie, cogió su armadura y salió fuera de nuevo. Buscó un sitio donde la sombra de los árboles lo protegiese del calor y se la empezó a colocar. Por primera vez, miraba detenidamente la armadura. Sin duda Fergiten había hecho un buen trabajo, sus cantos estaban perfectamente redondeados en la parte del tronco y también en la de los brazos. La parte que protegía el tronco también cubría una gran parte de la espalda. La parte trasera se dividía en dos piezas que se unían con un enganche para hacer más sencilla su colocación. La parte que salvaguardaba sus extremidades superiores, le cubría sólo la zona exterior de los brazos. Esa parte la formaba una concatenación de piezas para dejar moverse a las articulaciones. Por otra parte, Fertigen también lo había provisto de unos guantes, a los que, hasta ese momento, no les había prestado mucha atención. Ni siquiera los había llevado puestos en el combate del día anterior. Estos eran negros, pero la parte que cubría los nudillos estaba recubierta de metal. Y por último se encontraba el casco. A Rasllew le había gustado mucho porque no era muy aparatoso y tampoco le recortaba campo de visión. Toda la armadura no pesaría más de dos kilos, era muy liviana. Debía de estar compuesta de un material duro y ligero que en la tierra no existía.

Se puso la armadura entera y sacó la espada. Empezó a dar golpes a diestro y siniestro. Enseguida comprobó que era mucho más rápido de lo que había sido en la tierra. Quería probar la maniobrabilidad de la armadura, de modo que rodó varias veces por el suelo y probó a hacer fintas rápidas. Le pareció que no llevaba armadura alguna. Al cabo de un rato se detuvo porque escuchó a alguien a sus espaldas que le aplaudía. Se giró y vio a Ly.

— ¡Bravo! Es verdad lo que dicen, un rey Yelou nace sabiendo manejar una espada —apuntó su escudero—. Eres rápido como el viento, aunque eso no es de extrañar, ya que vienes de un linaje de guerreros muy dotados. Lo llevas en la sangre.

Rasllew se sentía algo cansado, el sudor le recorría la cara por debajo del casco. El corazón le iba a cien pulsaciones por minuto y notaba que la armadura lo oprimía en el pecho cada vez que tomaba aire.

Después de tomar un abundante desayuno, financiado por los Sephal, se pusieron en camino.

Rasllew no se quitó la armadura para cabalgar, sólo el casco, ya que era la pieza que se hacía más incómoda de llevar. Si se encontraban de nuevo con un grupo de Sephal quería estar lo mejor preparado posible.

Todo fue bastante tranquilo durante el día. Ya a la tarde vieron en el horizonte los árboles que llegaban hasta el cielo y se confundían entre las nubes, aquello era Bosque Grande.

— Mira Ly —señaló Rasllew—, allí en Bosque Grande, fue donde me sorprendió la lluvia. Tuve que taparme con una hoja en la rama de un árbol, para protegerme y esperar a que escampase la tormenta.

— ¿Estabas tapado con una hoja en lo alto de un árbol de Bosque Grande? Y yo pretendía encontrarte en mitad de la tormenta —rio su amigo.

— Creo que ahora nos tendremos que desviar al norte para encontrar la cueva de Wuk. Debemos de desviarnos del camino e internarnos en el bosque —razonó el rey.

Siguiendo las instrucciones, salieron del camino. Por entre la maleza era más difícil avanzar, pero los Trionex eran muy habilidosos y estaban acostumbrados a ese terreno. Rey y escudero no hablaron durante el viaje, ya que cabalgaban uno detrás de otro y se hacía difícil la comunicación.

Bajaron por un húmedo valle donde recibieron la visita de los mosquitos. Se les metían en la boca, en las orejas y en los ojos. Por más que los intentaron espantar con las manos, los insectos prosiguieron incordiándoles. Hicieron que sus Trionex apretasen el paso para dejar atrás aquel valle.

Atravesaron luego un bosque en el que no había animales. La influencia Sephal se empezaba a palpar. Cuando lo dejaron atrás, Rasllew reconoció a lo lejos la montaña donde había pasado dos noches en la casa de un Roken. Unos veinte minutos después, ya estaban delante ella.

Al llegar al pie de la montaña, desmontaron de los Trionex. Con paso lento, la bordearon hasta que Rasllew descubrió por segunda vez la entrada a la cueva.

— ¡Wuk sal, soy Rasllew! —gritó ante la entrada de la cueva.

Se hizo el silencio durante unos momentos, pero enseguida se escuchó movimiento dentro de la cueva. Se oyeron unos pasos lentos y pesados.

Rasllew miró a Ly, y descubrió que tenía los ojos clavados en la entrada de la cueva. Se dio cuenta de que su amigo, hasta el momento en que lo viese con sus propios ojos, no se terminaría de creer que había encontrado un Roken.

Al fin asomó en la entrada de la cueva una figura. Era pequeña, tenía los pies grandes y entre su piel de roca se veían unos ojos que permanecían clavados en Ly.

— ¿Quién es él? —preguntó Wuk antes siquiera de saludar.

— Es Ly, mi fiel escudero. Ya he sido oficialmente nombrado rey de los Yelou.

— ¿Y con qué motivo ha venido el rey de los Yelou hasta la puerta de mi morada? —el Roken continuaba sintiéndose extraño ante la presencia de Ly.

— Me dijiste que si alguna vez me decidía a enfrentarme a los Sephal, que podía contar contigo. Y aquí estoy.

El Roken recorrió con la mirada a Rasllew de arriba abajo.

— ¿Dónde está tu ejercito?

— Sólo estamos él y yo —señaló.

— ¿Vosotros dos solos? —Wuk estalló en carcajadas—. Es una locura.

Wuk continuaba riéndose pero ninguno de los dos Yelou llegó siquiera a sonreír.

— Lucharemos contra ellos poco a poco. Desgranaremos sus filas con paciencia. No descansaremos hasta que el último de los Sephal haya caído.

— Sigue siendo una locura, pero me apunto —dicho eso, se puso serio y, se colocó a un metro de Rasllew e hincó la rodilla derecha en el suelo—.Yo Wuk, de la antigua raza de los Roken me inclino ante ti, Rasllew, rey Yelou e hijo de Nézago y te juro lealtad hasta el fin de mis días.

— Gracias —Rasllew se sonrojó; pasados unos segundos, el Roken no se levantaba —. Puedes ponerte en pie.

Wuk se levantó con ligereza y se sacudió el polvo de la rodilla. Era ya tarde y el sol se estaba poniendo, el cielo estaba anaranjado y ya se podía ver la luna.

— Pasad majestad, dentro hablaremos, comeremos y dormiremos —habló dirigiéndose a un Rasllew, que no pasó inadvertido que había comenzado a tratarle de usted.

Se dio la vuelta y se encaminó hacia la entrada. Los dos Yelou lo siguieron casi arrodillados por el pasadizo. Al llegar a la sala amplia vieron que el Roken ya se había sentado en una silla y que los esperaba para hablar. Los Yelou hicieron lo propio en dos sillas que permanecían juntas.

— Antes de empezar a hacer lo que habéis dicho ahí fuera hay que trazar las bases de una buena estrategia, saber cómo y dónde vais a atacar, los medios de que disponeis para ello... — llegado a ese punto se detuvo— ¿Habéis luchado alguna vez con espada?

— Sí, viniendo hacía aquí, por el camino nos encontramos con cinco Sephal. Luchamos y los vencimos.

— ¿¡Por el camino habéis dicho!? —se sorprendió—. Pero si está plagado de Sephal, es un suicidio.

— Ya lo sé, pero… —el Roken escuchaba con mucha atención sus palabras— Si nuestra misión final es matar a Soker, debemos de atrevernos a circular por caminos donde sólo hay Sephal inferiores a él. Primero tendré que demostrarme a mí mismo que puedo acabar con sus súbditos, sino jamás podría vencer a Soker.

— Sus palabras no están exentas de razón, no obstante, ese no es el modo. Debemos enfrentarnos a los Sephal, pero utilizando la mejor arma que tenemos —se señaló la cabeza—. El acecho y las emboscadas son las mejores bazas de las que disponemos.

Después de las palabras del Roken, a Rasllew le pareció una locura el haber recorrido el camino durante todo el día. Si se hubiesen topado con un grupo numeroso de Sephal, ahora podrían estar muertos. Las ideas de Wuk eran más realistas.

— Tienes razón —asintió.

— Sois joven. A vuestra edad el ímpetu puede más que la lógica. Todavía no estáis preparado para enfrentaros a vuestro enemigo. Deberíamos de usar los próximos días para optimizar vuestras habilidades en el combate.

Todos estuvieron de acuerdo en que Rasllew necesitaba un entrenamiento básico. La prisa que los había atenazado en los días anteriores ya no les oprimía. Las palabras de Wuk les habían hecho pensar que no debían de precipitarse con el enemigo.

Finalmente todos se fueron a dormir. Wuk le ofreció de nuevo su cama a Rasllew, de modo que, él y Ly durmieron en el suelo. El rey trató de negarse, pero sabía que no conseguiría que el Roken cambiase de idea.

Cuando sus compañeros ya estaban durmiendo, Rasllew todavía permanecía despierto. No sabía qué le pasaba esos días, se dormía el último y se levantaba el primero, y sin embargo no estaba cansado. Pasó un buen rato pensando en el poderoso aliado que había ganado en ese día. Ly se había mostrado muy esperanzado ante las habilidades del Roken en el campo de batalla. El día siguiente sería un buen momento para comprobarlo.

Cuando ya había pasado un buen rato desde que los otros se habían dormido, pensó que ya sería la hora de que durmiera él también.

A la mañana siguiente se despertó y comprobó que esa vez, había sido el último en despertar. No obstante se había levantado pronto y no tenía necesidad de descansar más. Se levantó de la cama y dio buena cuenta de la fruta que sus amigos habían dejado en la mesa para que desayunara. Se sentó en la silla y desayunó tranquilamente.

Una vez estuvo lleno, buscó su armadura pero no estaba donde la había dejado el día anterior. Salió fuera para ver dónde estaban los demás.

Al final del pasadizo vio una tenue luz que le indicó que estaba amaneciendo. Cuando por fin llegó fuera, vio que Ly y Wuk habían estado atareados. Colgando de la rama de un árbol, mediante una larga cuerda, habían colocado un saco lleno de piedras. En el suelo, cerca de allí, descubrió su armadura. Al verlo, Ly y Wuk se miraron. Parecía que, después de trabajar juntos, habían congeniado mejor.

— Te has levantado antes de lo que pensábamos —apuntó Ly.

Ambos continuaron a sus tareas. Mientras tanto, Rasllew decidió calentar para no empezar el entrenamiento en frío. Estiró todos los músculos, como le habían enseñado en el colegio y después corrió un poco al trote. Salió del claro a una velocidad constante y cuando le pareció, dio la vuelta y volvió.

Cuando llegó comprobó que le habían colocado su armadura al saco. Ambos se miraban satisfechos mientras esperaban al rey.

— ¿Qué es lo primero que tengo que hacer? —les preguntó a la vez que sacaba la espada de la vaina.

— Lo Primero es soltar tu espada, utilizarás una de madera para luchar contra el pelele —lo corrigió Ly.

Sacó su espada y se la tendió a su escudero, éste le entregó una que había tallado esa misma mañana en madera.

— Colocaos aquí —indicó Wuk para que se colocase al lado del saco—. Lo primero que practicaremos serán las fintas y otros movimientos del cuerpo.

Se situó donde le habían dicho. El Roken agarró el saco, tiró de él y lo soltó.

— ¡Esquivadlo!

Rasllew tuvo que echarse a un lado para que el saco no lo alcanzase. Momentos después se giró para esquivarlo de nuevo. El saco se movió con los movimientos de un péndulo a su alrededor.

— Cuando lo esquives, atácalo.

Se apartó del camino del saco y, obedeciendo a su escudero, trató de golpearlo. El golpe acertó en plena armadura. Momentos después Wuk detuvo el saco y Ly le habló.

— No está mal, pero trata de que tus golpes vayan dirigidos a partes del cuerpo libres de la armadura —lo aconsejó—. También debes de hacer bascular mejor tu cuerpo cuando esquives un ataque. Mira, debes de apoyar todo tu peso sobre la pierna que inicia el movimiento —mientras hablaba le mostraba como se hacía.

Pasó toda la mañana practicando. Jamás hubiese pensado que la lucha con espada requiriese de tanta técnica. Cuando vivía en la tierra y veía las películas de la edad media, le parecía que simplemente se dedicaban a golpearse los unos a los otros.

Con la llegada del medio día, hicieron un inciso en el entreno. Durante la comida, tanto Wuk como Ly, le dieron consejos para mejorar. No obstante ambos opinaban que ya luchaba increíblemente bien.

Durante la tarde prosiguió con el mismo ejercicio. Sentía que sus movimientos eran ahora más eficaces que al principio de la mañana. Cuando ya caía la noche, en lugar de estar cansado, le parecía que el saco se movía más lento.

El entrenamiento del día siguiente fue muy diferente. Ese día practicaron el sigilo. Delimitaron una zona del bosque por la que realizarían un sencillo juego. Wuk y Ly pasearían por entre los árboles intentando descubrir la posición de Rasllew, como harían unos Sephal circulando por un camino, éste a su vez, debía de sorprender a sus amigos.

Ese día fue un entrenamiento duro. Rasllew trataba de caminar apoyando solamente las puntas de los pies para hacer menos ruido. Le frustró no avanzar tan rápido en aquella disciplina como en las fintas. Pero al final del día el progreso había sido notable. En algunas ocasiones lograba que no lo detectasen, sin embargo en otras muchas eran sus amigos los que lo avisaban de que lo habían visto.

El tercer día, el entrenamiento cambió por completo. Rasllew se despertó y comprobó que volvía a estar sólo en la cueva. Salió al exterior y notó que sus amigos lo miraban de una forma extraña.

Sin previo aviso sacaron sus armas de madera y lo atacaron. Ly llevaba un espada, pero Wuk llevaba una antiba. Se lanzaron sobre él sin mediar palabra. Su escudero lo intentó golpear, pero lo esquivó con un rápido movimiento.

Wuk llevaba la antiba cogida con las dos manos cuando se acercó a su posición, pero sus pasos eran cortos. De modo que Rasllew tuvo tiempo de atacarlo primero, pero el Roken era más habilidoso de lo que parecía y detuvo el golpe. Entonces Ly se recompuso y lo atacó por la espalda, sin piedad.

Ahora lo atacaban los dos a la vez, pudo parar el golpe a media altura de Wuk pero Ly lo golpeó en la cara. La madera le acertó en el pómulo derecho con una fuerza tal que casi hace que caiga al suelo. Se tocó allí donde lo habían golpeado y notó el calor de la sangre entre sus dedos.

En esos momentos una rabia desmesurada se apoderó de su cuerpo. Volvió a sentir que no era él, el dueño de sus actos. Era como una película grabada en primera persona. Se revolvió y lanzó un golpe de arriba abajo con todas su fuerzas sobre Wuk. El Roken puso su antiba en el camino de su espada para no ser golpeado. Al chocar las dos armas se escuchó un crujido, la espada del rey se había partido en dos.

Rasllew miró el triste pedazo de madera que sostenían sus manos. Aunque no pudo entretenerse demasiado tiempo porque sus amigos se le echaron encima. Y lo rodearon. Pensó que el combate había acabado y que sus compañeros no lo atacarían más, pero se equivocaba.

La antiba de Wuk hizo restallar el aire con un tremendo golpe que quiso alcanzar la cara de Rasllew. Éste se agachó con la agilidad de un felino y consiguió esquivar el golpe. Después, con un giro de ciento ochenta grados lanzó una patada baja a Ly, que se encontraba a su espalda. Su escudero no se esperaba el golpe y cayó al suelo con estrepito, mientras la espada se le resbalaba de la manos. Sin tiempo para pensar, Rasllew rodó por el suelo y se hizo con el arma de Ly.

Se enfrentó a Wuk y con unos rápidos movimientos lo consiguió desarmar. Ahora sostenía la espada en la mano derecha y la antiba en la izquierda. Cada arma apuntaba en la dirección de su dueño.

— ¿Os rendís? —los retó.

Sus dos amigos, desarmados y resignados, no tuvieron más remedio que reconocer su derrota.

— Tú ganas —reconoció Ly.

— Jamás había conocido una destreza tal en un principiante —Wuk estaba anonadado.

— Ya te dije que los reyes Yelou nacían sabiendo luchar. Es el influjo de Bastur —explicó Ly.

— He conocido otros reyes Yelou, y es cierto que su manejo de la espada era bueno desde el primer día, pero nunca habían vencido a un Roken experimentado con tanta facilidad —se volvió hacia Rasllew—. Me rindo a vuestros pies majestad.

Rasllew reconoció que el mérito no era suyo, que luchaba así de bien desde que había llegado a Bastur, pero Wuk lo miraba con una grandísima admiración.

Pasaron el resto del día simulando combates cuerpo a cuerpo, pero uno contra uno. Cada dos por tres, tanto Wuk como Ly, detenían el enfrentamiento para corregir posiciones y movimientos. Cuando la noche los sorprendió se refugiaron dentro de la cueva.

— ¿Qué os parece si mañana nos escondemos a un lado del camino, esperamos a que pasen algunos Sephal y les tendemos una emboscada? —preguntó Ly.

— Es una buena idea amigo mío —respondió Wuk—. Además, creo que ya no tenemos nada más que enseñarle a su majestad.

— Mañana comenzará la venganza de los Yelou —apuntó Rasllew.

Se acostaron cada cual en su sitio. La intranquilidad reinaba en el ambiente. Todos sabían que el día que les esperaba iba a marcar un antes y un después. Por fin iban a vengarse de sus enemigos. Gota a gota, la sangre de los Sephal correría por todo Bastur.

Capítulo 5: El rescate

El día siguiente no fue como habían imaginado. Se despertaron muy temprano y se prepararon para asaltar a cualquier Sephal que cabalgase por el camino.

Eligieron una curva cerrada del camino para preparar su emboscada. Allí, la visibilidad desde el camino era muy reducida, además, en aquel lugar la senda era más estrecha.

Esperaron agazapados tras unos arbustos a que sus enemigos hiciesen su aparición, no obstante, pasó la mañana entera y nadie apareció. Volvieron a la cueva, resignados, a comer algo. Les dolían los músculos de estar tantas horas agazapados y en tensión.

Una vez repusieron fuerzas, volvieron al mismo punto del camino para ver si tenían más suerte por la tarde.

Rasllew se mantenía atento por si escuchaba acercarse algo por el camino. De vez en cuando paseaba la mano por la empuñadura de su espada. Estaba impaciente por volver a blandirla. Tenía muchas ganas de poner en práctica lo que le habían enseñado. Desafortunadamente, el día terminó igual que empezó. Así que decidieron volver cuando el sol se ponía en el horizonte.

— Hoy no ha sido un gran día para la reconquista de Bastur —Rasllew negaba con la cabeza.

— La paciencia debe de ser una de nuestras armas, majestad —apuntó Wuk—. Si dejamos que los nervios se impongan a la paciencia, empezaremos a perder la batalla con los Sephal. De modo que, si sois paciente, hoy sí que ha sido un gran día para la reconquista de Bastur.

Rasllew trató de asimilar las palabras de su vasallo. Apreciaba mucho sus consejos y se sentía muy agradecido de poder contar con un aliado tan sabio.

Llegaron a la cueva de Wuk y cenaron. Mientras lo hacían, puntualizaban cada vez más cuales serían sus estrategias a la hora de asaltar a los grupos de Sephal.

Pocas horas después, los tres estaban durmiendo.

Amaneció el nuevo día y Rasllew se encontraba con ganas de comerse el mundo. Se dijo a sí mismo que ese día sí se toparían con rivales.

Decidieron colocarse en el mismo lugar que el día anterior y allí esperaron con una paciencia innata.

Era ya media mañana cuando escucharon sonidos por el camino. Los tres aguzaron el oído. Los sonidos provenían de la parte contraria al castillo Sephal.

Supusieron que eran Sephal que volvían de una patrulla de reconocimiento. Sus rivales llevarían días fuera de su hogar y estarían cansados.

Cuando por fin sus enemigos entraron en su campo de visión, no podían creer lo que veían. Junto con los Sephal, marchaban todos los Yelou que habían decidido huir a la tierra.

Los Trionex tiraban de carros cargados con provisiones, mientras los Yelou caminaban apenados tras ellos. Niños, mujeres, ancianos y hombres estaban atados unos a otros con fuertes cuerdas. Rasllew reconoció a Iriogero entre ellos.

Los Sephal flanqueaban al grupo de Yelou por ambos lados del camino, además de por vanguardia y retaguardia.

Cuando estaban a punto de llegar a la altura donde se encontraban, Rasllew echó mano a la empuñadura de la espada y se dispuso a salir de su escondite.

— No, Rasllew —Ly le agarró de la camisa—. Pondríamos en peligro la vida de muchos Yelou.

Rasllew comprendió.

— ¿Y qué pretendes que hagamos?

— Debemos utilizar el factor sorpresa. Ellos no saben que estamos aquí, esa será nuestra ventaja. Los dejaremos pasar mientras trazamos y coordinamos un plan.

Los Sephal avanzaron junto con sus prisioneros Yelou y se perdieron en la siguiente curva del camino.

Aproximadamente una hora después, dos Yelou más se agregaron a la lista de prisioneros. Pero estos no eran unos Yelou cualquiera, estos estaban armados y habían pasado a formar parte del grupo de prisioneros por voluntad propia.

Rasllew y Ly, habían aprovechado un descuido de los Sephal para rodar desde unos arbustos colindantes al camino, hasta el grupo de Yelou capturados. Una vez allí, habían agachado las cabezas y arrastrado los pies, al igual que el resto de prisioneros. Para no llamar la atención, no portaban espadas, sino que escondidas entre sus ropas, tenían unos pequeños cuchillos.

Caminaban con el resto de Yelou y nadie se fijaba en ellos. Ni los Sephal, ni los propios Yelou se habían dado cuenta de la intrusión de sus dos nuevos huéspedes.

Poco a poco, los dos infiltrados se dejaron avanzar por sus compatriotas, hasta que llegaron a la retaguardia del grupo. Durante esta acción, un niño había reparado en Rasllew, pero este le había hecho una seña con el dedo para que no dijese nada y el niño había comprendido. Rasllew le lanzó una sonrisa antes de continuar.

Una vez en la retaguardia, Rasllew y Ly se repartieron a los enemigos. Había cinco Sephal vigilando esa posición.

De repente, los dos Yelou se detuvieron en seco. Los Sephal ni siquiera tuvieron tiempo de darse cuenta de que aquellos prisioneros no estaban atados.

Rasllew extrajo dos cuchillos, de sus ropas, y los clavó en las gargantas de los dos Sephal que tenía más cerca. Ly hizo lo propio con los dos que estaban más cerca de su posición. Acto seguido, y antes de que el último Sephal diese la voz de alarma, Rasllew extrajo los cuchillos de las gargantas de sus enemigos y le desgarró el cuello.

Los cuerpos de los Sephal apenas tocaron el suelo, cuando Rasllew y Ly los lanzaron hábilmente a un lado del camino. Allí, Wuk los escondió entre los matorrales.

Terminada la primera parte del plan, los infiltrados, miraron a su alrededor para ver si el resto de Sephal se habían dado cuenta de algo. Para su satisfacción, el ruido de tantas personas caminando, había amortiguados el sonido de su acción.

Algunos Yelou se habían dado cuenta de lo que pasaba y avisaban a los compañeros que tuviesen más cerca para contarles lo que estaba sucediendo.

Rasllew y Ly intercambiaron una mirada rápida. Si no terminaban la faena con celeridad, los Sephal se darían cuenta de lo que ocurría.

Avanzaron un poco entre el grupo. Se camuflaban entre los Yelou capturados hasta que llegaban a la altura de un Sephal, era entonces cuando se acercaban a los flancos para ejecutarlo por la espalda. Una vez muerto, tiraban el cadáver detrás del arbusto más cercano.

Avanzaron y mataron a todos los enemigos que pudieron. Los Yelou habían contemplado sus acciones, sus rostros reflejaban alegría y nerviosismo. Apenas quedaban cuatro Sephal al frente de la expedición, cuando Rasllew y Ly abandonaron el grupo, y se internaron en el bosque.

Lejos de la vista de los Sephal, recorrieron toda la distancia que pudieron adelantando al grupo de los captores. Wuk se había unido a ellos y corría con paso decidido. Cuando llegaron a una distancia prudencial, volvieron a salir al camino a esperar a que la comitiva Sephal llegase a su altura.

Había sido idea de Ly, el hacer una puesta en escena delante de todos los Yelou para que creyesen en su nuevo rey y recapacitasen sobre la idea de huir a la tierra.

Esperaron agazapados detrás de unos arbustos mientras veían como los Sephal se acercaban. Cuando llegaron a su altura, Rasllew dio un salto y se colocó en medio del camino.

Los Sephal se sobresaltaron.

— ¿Quién eres? —preguntó el que iba al frente.

— Soy Rasllew, rey Yelou, y he venido a liberar a mi pueblo. Durante años, los Sephal han perseguido a los Yelou y los han asesinado. Probablemente todos mis antepasados hayan muerto a manos de algún Sephal, no tenéis corazón, pero ahora he llegado yo y conmigo vuestra sentencia. Voy a hacer que Bastur sea un planeta seguro, ningún Sephal quedará sin castigo —pronunció con rabia un discurso improvisado.

Los Sephal se rieron a carcajadas.

— ¿Tú sólo?

En ese momento Ly y Wuk salieron de detrás del arbusto, Wuk llevaba su antiba en la mano y Ly su espada.

— Y yo Ly, escudero del rey Rasllew le ayudaré.

— Y yo Wuk, de la tribu de los Roken y también servidor suyo, le ayudaré.

La puesta en escena había sido espectacular.

Los Sephal al ver a Wuk se quedaron un poco impresionados, pero bajaron de sus Trionex y desenvainaron.

— Hoy es un buen día para matar Yelou —en ese momento se volvió para reafirmar sus palabras con el resto de sus compañeros Sephal y comprobó que no estaban. Cuando volvió la cabeza, sus tres rivales sonreían. Con un sonoro grito se lanzó al ataque, lleno de rabia. Sus compañeros lo imitaron.

El Sephal que había hablado fue corriendo hacia Rasllew con la espada en posición de ataque. Pero, antes de que lo golpease de arriba abajo, el rey, le clavó la espada en su corazón con un movimiento sobrehumano.

Los demás Sephal se quedaron petrificados ante tal acción, pero Ly y Wuk se lanzaron sobre ellos. Rasllew sólo pudo abatir a un rival más, le cortó el cuello y la cabeza rodó por el suelo.

Una vez finalizada la lucha, los tres, comenzaron a liberar prisioneros. Los Yelou lanzaban palabras de agradecimiento a sus salvadores, y clamaban a favor del rey Rasllew.

Después, algunos Yelou se pusieron a apartar los cuerpos de los Sephal del camino. Las mujeres agarraron entre sus brazos a los niños, en sus caras se leía que no se podían creer que habían sido liberadas.

Iriogero se acercó a Rasllew y se arrodilló ante él.

— Rasllew me has demostrado que tienes suficiente astucia y valor para reinar sobre los Yelou. Yo Iriogero, que antes no confié en tus posibilidades, me inclino ante ti pidiendo perdón —dijo Iriogero, estaba casi llorando, desolado.

— Te perdono Iriogero, y pienso que tu acción fue buena y que sólo pensabas en el buen provecho de los Yelou. Las buenas intenciones no tienen que pedir perdón, porque buenas intenciones son.

— De verdad te lo agradezco rey Rasllew y quiero que sepas que a partir de ahora te serviré tan bien como Ly o el Roken —pronunció Iriogero secándose las lágrimas.

— Y yo también —Rasllew escuchó una voz, se giró y vio que era Fergiten.

— ¿Ahora qué hacemos, majestad? En mi cueva no caben todos —apuntó Wuk.

Rasllew se puso a pensar, su pueblo necesitaba un lugar donde pasar la noche.

— Iremos a Bosque Grande, allí podremos dormir todos, ya que encima de los árboles hay mucho espacio. Podemos resguardarnos del frío tapándonos con hojas por la noche, y además es un lugar fácil de defender. Ya que contamos con la ventaja de la altura —dijo.

Todos parecían estar de acuerdo. Los Yelou llamaron a sus Trionex, y al cabo del rato vinieron. Wuk montó uno de los que había pertenecido a los Sephal. A pesar de lo pequeño que era, tenía experiencia en montar en Trionex. Subió como si lo hubiese estado haciendo durante toda su vida.

Una vez que todos estuvieron montados, salieron del camino. Cabalgaban por la espesura en manada, y hablaban a voces. No tenían miedo a ser descubiertos por los Sephal, al parecer, se sentían seguros bajo la protección de Rasllew.

Los Yelou cantaban canciones de victoria en voz alta cerca del territorio Sephal, eso era algo que no se veía en muchos años.

Al ir en dirección a Bosque Grande, se encontraron con un bosque que tenía mucha fruta, así que, llenaron los sacos de comida y continuaron la marcha.

Ya habían cesado de cantar, el ambiente se había enfriado y una niebla cubría la parte baja de los árboles de Bosque Grande.

Se dividieron en grupos para acampar; las mujeres y los niños se repartieron en dos árboles, y los hombres se resguardaron en otro para planear sus siguientes pasos.

Escalaron hasta una altura considerable, el sol ya se estaba poniendo, y llegaron a un lugar donde podían caber todos sentados. Formaron un círculo y hablaron.

— Creo que hablo en nombre de todos los Yelou cuando digo que, estamos muy agradecidos por haber sido liberados —era Irigero el que había comenzado a hablar—. Desde este momento estamos en deuda contigo rey Rasllew. Te seguiremos hasta el final.

— Lo mejor sería que volvieseis al poblado, allí estaréis más seguros —Rasllew hablaba pausadamente.

— ¿Quién quiere volver al poblado? —Iriogero se puso en pie—. ¡Nosotros queremos luchar!

El resto de Yelou acompañó sus palabras con un grito de guerra. Rasllew, Ly y Wuk intercambiaron miradas. Aquello lo cambiaba todo.

— Nuestro plan era asaltar a los Sephal poco a poco mediante emboscadas, pero conforme han ido las cosas, tendremos que hacer un cambio de planes —Ly había tomado la palabra.

— Ahora somos más. Yo voto por plantarnos delante del castillo y entrar a la fuerza, nosotros nos podríamos ocupar de los Sephal y si aparece Soker que luchase contra el rey Rasllew —dijo Fergiten.

— Lo mejor sería elaborar una estrategia para que nosotros, que contamos con menor número de guerreros, tengamos más posibilidades de ganar —razonó Iriogero—. Podríamos poner a unos cuantos de los nuestros como cebo delante de la puerta. Los Sephal serían tan estúpidos que saldrían detrás de ellos, eso nos dejaría el camino libre para entrar y acabar con los Sephal que queden dentro. Eso dividiría su número de unidades, pero los que se pongan de cebo podrían resultar heridos o morir.

Al decir esto, hubo división de opiniones; algunos apoyaban la idea de Ly de emboscar poco a poco, otros la de Fergiten y otros el plan de Iriogero.

— ¡Los Yelou nunca se han valido de estrategias para acabar con sus enemigos! ¡Los verdaderos Yelou atacan de frente, haciendo retroceder a sus enemigos! —dijo un hombre al que Rasllew no conocía.

— Eso es verdad, pero si atacamos de frente acabarán con nosotros. Nos superan en número, por lo menos son diez a uno —le replicó Iriogero.

— Cada uno de nosotros puede con diez Sephal o más, y si el rey Rasllew acaba con Soker la victoria es nuestra —expuso el hombre que había hablado antes—. Además, esos Sephal cada vez son más débiles, con el paso de los años se han visto tan superiores que apuesto a que ya ni entrenan. Sin duda ésta es la mejor oportunidad para acabar con ellos.

Todos gritaban y berreaban pero nadie le había pedido opinión al rey. Entre todo el alboroto, Rasllew sacó su espada y la clavó en medio del círculo, en ese momento todos callaron de golpe y lo miraron, expectantes.

— Escuchadme, creo que lo mejor será que votemos —todos parecieron de acuerdo con su idea—. Los que estén a favor de Iriogero que levanten la mano —un grupo de unas diez personas levantó la mano—. Y ahora los que estén a favor de este caballero, al que todavía no he tenido el gusto de conocer, que levanten la mano —el resto del grupo levantó la mano. Rasllew no se lo podía creer, preferían enfrentarse a todos los Sephal de frente que faltar a la forma de atacar de sus antepasados—. La diferencia es clara, en los próximos días cogeremos nuestras espadas, nuestras armaduras y atacaremos de frente el castillo Sephal sin previo aviso, que Bastur esté con nosotros.

Los ánimos estaban muy alterados entre los Yelou, hacía años que no se vivía nada igual.

Poco a poco, todos se fueron a por hojas para dormir. Iriogero y los que le habían votado se quedaron para hablar de lo que había ocurrido. Wuk, Ly y Rasllew subieron un poco más para dormir apartados de los demás, ahora eran la comitiva del rey. Esa noche habría mucha tensión entre los que habían votado a favor de una cosa y los que habían votado otra.

Wuk fue a por hojas para sus dos compañeros. Cuando volvía, parecía que a las hojas les hubiesen crecido patas.

— ¡Qué bien! Una batalla como las de antaño. Aunque perezca en el campo de batalla, moriré con una sonrisa en la boca.

Prefiero morir luchando que quedarme toda la vida encerrado en mi cueva —Wuk tenía una gran sonrisa en el rostro.

— Wuk, ¿Qué utilizaron los Sephal para acabar con los de tu especie? —preguntó Ly.

— ¿Que utilizaron? —Wuk se paró un momento, estaba como reviviendo la batalla—. Cuando los Sephal se separaron de los Yelou nadie les hizo caso, todas las demás especies éramos muy fuertes y si intentaban atacar, acabaríamos con ellos enseguida. Pero parece que se aliaron con algún poder maligno, algún poder fuera de nuestro alcance. Nadie sabe con quién, ni cómo pero se hicieron poderosos y fuertes en muy poco tiempo. Estaban conquistando mucho territorio en poco tiempo, las demás razas hicimos una reunión y decidimos atacarles. Todos los miembros de todas las especies fueron llamados para luchar, incluso todos los Yelou, que entonces eran millones. Nuestro ejército era tan grande que cuando la vanguardia estuvo en la puerta del castillo Sephal, la retaguardia todavía se perdía en el horizonte. Cercamos el castillo y tiramos la puerta abajo, al entrar todo fue un caos. Los Yelou caían a decenas, se clavaban las espadas a ellos mismos y entre compañeros. Los Furtin volaban muy alto y disparaban flechas con sus tui. Los tui eran unas armas muy poderosas, eran arcos, pero también servían como espadas. Pero los Furtin eran derribados y caían con estrepito contra el suelo —hizo una pausa—. Y también los Roken cayeron. Los Sephal tiraron un líquido que nos derretía. Por suerte, yo avanzaba cerca de la retaguardia y pude huir. Toda mi vida me he estado culpando por huir, falté a mis compañeros.

Al decir eso le cayeron un par de lágrimas por las mejillas. Wuk se echó al suelo y se tapó la cara.

— Wuk, no te tienes que sentir un cobarde por haber huido. Si huiste es porque ese no era tu destino. Quizá tu destino sea luchar en la próxima batalla. Tal vez si no hubieras huido, hubieses sido un cuerpo más entre todos aquellos Roken y te hubieran utilizado para reforzar los muros del castillo —Wuk levantó la cabeza y miró a Rasllew—. Pero sin embargo, ahora estas aquí y vas a luchar por todos los de tu raza que murieron en aquel combate. Así que ahora levántate, porque dentro de unos días saldarás la deuda que tienes con tu especie —se levantó de un salto, se secó las lágrimas y lo abrazó.

— Rasllew, rey Yelou, sois estupendo —dijo Wuk.

Poco después, se envolvieron en las hojas que había traído Wuk e intentaron dormir. Rasllew apoyó su oreja contra la rama del árbol, estaba húmedo y sucio. Se quedó sumido en sus pensamientos.

Más abajo se oía como los Yelou rememoraban la liberación de ese día y como hacían planes para la batalla.

Se quedó un rato más despierto, preocupado por lo que pasaría en el combate, pero al final se dijo "Que más da lo que pase, por preocuparme no voy a cambiar el futuro, lo que tenga que pasar, pasará." Y con estas palabras de confianza, que él mismo se había dado, se durmió con un sueño profundo.

Al día siguiente se despertó y al abrir los ojos vio que aún era de noche, y que todos estaban todavía durmiendo. Wuk dormía con unos ronquidos que hubieran llamado la atención de cualquier Sephal que se encontrase a menos de un kilómetro.

Hacía un poco de frío y el cielo estaba nublado, o al menos eso era lo que parecía por que todo estaba demasiado oscuro. Rasllew decidió bajar para estirar un poco las piernas.

Se agarró al tronco para bajar cuando vio que debajo de las hojas de Ly no había nada. Pensó que seguramente habría ido a estirar las piernas o a hacer sus necesidades. Bajó y comprobó que todos los demás estaban durmiendo, estaban apelotonados unos contra otros debajo de las hojas. Miró alrededor, había un poco de niebla pero se podía ver con relativa claridad. Anduvo un poco en dirección al poblado Sephal, cuando se quiso dar cuenta ya se veía el borde del bosque.

Se acercó y a lo lejos vio el barranco por el que había escapado de la cacería. Revivió por un momento la escena y pensó que si hubiera sabido antes que luchaba tan bien, se habría enfrentado a ellos con Ly, aún atado de pies y manos. Pensó que eso habría cambiado mucho las cosas, probablemente no habría conocido a Wuk y tampoco habría ayudado a aquel hombre. Y por supuesto no habría recibido un beso de una preciosa Furtin.

— Rasllew —escuchó una voz que lo llamaba, se giró y vio a Ly—. Me he despertado temprano y no he conseguido volver a dormir. La verdad que estoy un poco nervioso con todo lo que pasó ayer. Al empezar el día, sólo éramos tres locos con la intención de construir una montaña granito a granito. Al terminar el día, teníamos un ejército para atacar de frente a nuestros enemigos, ¿Crees que esta batalla puede ser la definitiva?

— Opino que esa debe de ser nuestra mentalidad. Todos y cada uno de los Yelou debemos ir al campo de batalla pensando que si luchamos con todas nuestras ganas, reconquistaremos Bastur.

Ambos callaron unos momentos. Ly asimilaba las palabras de su rey, mientras que Rasllew repasaba todo lo vivido en tan poco periodo de tiempo.

— No dejo de pensar en el hombre que encontré malherido —rompió el silencio—. Si no era un Sephal, ni un Yelou, ¿quién era?

— Yo también he estado pensando en ello, y tengo una teoría. Puede que ese hombre sea verdaderamente un Sephal y que todo fuese una estratagema para descubrir donde nos escondíamos los Yelou. Una vez se enteró de la zona donde vivíamos, se escapó y avisó a los suyos. Y unos días después, le hicieron una visita a nuestro asentamiento, pero al descubrir que no quedaba nadie, siguieron las huellas y dieron con los Yelou —dijo Ly llevándose la mano a la boca—. Todo encaja.

— No estoy de acuerdo —negó Rasllew—. Primero; si como tú dices era una estratagema, ¿Cómo pudo dar ese hombre conmigo? Wuk despistó a los Sephal que me seguían la pista. Y segundo; cuando liberamos a los Yelou apresados, no vi a ese hombre entre los Sephal —razonó.

Ly estaba un poco decepcionado porque su amigo había tirado por tierra su teoría.

— De todas formas, más vale que mantengamos esto en secreto. Por lo menos hasta que sepamos toda la verdad. Si es que la sabemos algún día —dijo Ly.

— He estado pensando en algo durante toda la noche —dijo Rasllew.

— ¿En qué has estado pensado? —preguntó Ly.

— Si muero en la batalla… la saga de reyes Yelou acabará. Todavía no he tenido descendientes —dijo—. Todo acabará conmigo.

— Por eso no te preocupes —sonrió Ly—, la magia resolverá ese asunto. Con un solo pelo tuyo, podremos hacer un descendiente. No es la primera vez que algo así ocurre —explicó.

— Esta bien, arráncame un pelo —dijo mientras inclinaba la cabeza.

— No hace falta, la primera noche que pasamos juntos ya lo hice.

Y los dos comenzaron a reír. Rasllew se sentó en una raíz y se quedó pensativo.

— Te encuentro muy extraño esta mañana. ¿Qué te pasa? —preguntó Ly.

— Hay una lucha en mi interior, por una parte quiero quedarme a luchar. Pero por otra, no me siento parte de este mundo. Parece que los Yelou por fin me han aceptado, pero hace sólo unos días me abucheaban. No sé, todo está pasando muy deprisa. Cuando mi tío me informó sobre la existencia de Bastur y vine, me tomé esto como una excursión. No sabía que todo esto iba tan enserio. Quizá debería haber meditado todo un poco antes de tomar la decisión de quedarme. Ahora tengo que cargar con las consecuencias, y mi pueblo espera que luche. No me puedo echar atrás —se desahogó.

— Te entiendo. Para mí es mucho más fácil. Estoy haciendo lo que siempre he querido hacer. Soy el escudero del rey y estoy luchando por liberar a mi pueblo. Pero tú acabas de llegar. Hasta hace sólo unas semanas ni siquiera sabías de la existencia de Bastur, ni de la situación de los Yelou. Pero como bien has dicho, ya no te puedes echar atrás, has dado tu palabra. No deberías tener esa lucha en tu interior —dijo Ly.

— Ese es el problema, creo que si tuviese la oportunidad de echarme atrás, no lo haría, pero como no la tengo la quiero.

— Con eso no te puedo ayudar. Las luchas internas las debe de solucionar la persona que las tiene. Sólo te puedo decir que, si te hubieses podido relacionar más con los Yelou, ahora sí que tendrías buenos motivos para luchar por ellos. Sé que ahora mismo no te sientes parte de todo esto porque no has nacido aquí. Pero es precisamente por eso que eres lo más importante para los Yelou. Eres el tesoro que hemos guardado en una caja fuerte para que nadie pudiese ponerle la mano encima —dijo.

— Gracias por tus palabras —respondió Rasllew—. Será mejor que volvamos, está empezando a amanecer. Además sólo tienen un rey y seguro que se dan cuenta de que no está.

Ly se echó a reír.

Al volver junto al resto de sus compañeros, vieron que todos se estaban preparando para el combate.

Un nervioso Fergiten se les acercó nada más verlos y les dijo que había mandado cinco hombres para que los buscasen.

Las mujeres también estaban trabajando. Cosían y zurcían las ropas para que estuviesen listas. Los niños corrían de un lado a otro, eran los mensajeros improvisados. Cuando alguien necesitaba algo de otra persona que estaba lejos, enviaba a un niño a hacer el recado. Éstos, lo cumplían con celeridad.

Los preparativos del combate andaban muy bien. Fergiten, al ser el herrero, era el que más faena tenía. Por suerte los Sephal no se habían deshecho de las armaduras y espadas de los Yelou cuando los capturaron, de modo que habían podido recuperarlas.

A última hora se reunieron todos y terminaron de puntualizar los últimos detalles. Las mujeres y los niños iniciarían el camino de vuelta al poblado acompañados de cinco guerreros Yelou, que garantizarían su protección. El resto, acudiría a primera hora a la puerta de la ciudad Sephal clamando venganza. Todos quedaron conformes cuando se fueron a dormir. El día siguiente se determinaría el destino de su raza.

Cuando el sol aún no había roto la mañana, Ly y Rasllew se estaban colocando las armaduras. Wuk no llevaba ningún tipo de armadura, aunque tampoco la necesitaba, sólo su antiba.

A Rasllew le había mejorado un poco el ánimo, pero todavía estaba sumido en sus pensamientos. Al bajar del árbol, una mujer se le acercó. Traía consigo una capa blanca con bordados de color oro. Le hizo una seña a Rasllew para que se girase y se la colocó.

Se miró a sí mismo y se sintió esperanzado, ahora sí que parecía un rey.

— Tenemos muchas esperanzas en vos, no nos falléis —la chica le habló con dulzura.

— Haré lo que pueda. No conozco la fuerza de mi rival y por lo tanto no sé a lo que me enfrento, pero créeme si te digo que pondré toda mi alma en esta batalla —contestó.

— Gracias rey Rasllew, sois tan bueno como vuestro padre Nézago. Que en paz descanse —la chica se fue y continuó con su faena.

Rasllew se acercó a Ly. A éste le habían puesto una capa roja, aunque no tenía ningún bordado, pero se lo veía satisfecho.

— Ly, ¿Por qué nuestras capas son diferentes a las de los demás? —le preguntó, al darse cuenta que las capas del resto de guerreros eran marrones, negras y grises.

— La capa del rey debe de ser la más ornamentada de todas, y la de su escudero debe de ser identificable entre todas las demás, por si el rey necesita saber durante la batalla donde está —explicó.

Cuando ya estaban todos listos, los hombres se despidieron de sus mujeres e hijos y al fin partieron hacia la batalla. El grupo no se podía considerar un ejército debido a su tamaño reducido. Los soldados se empezaban a dar cuenta de la locura que estaban a punto de cometer y los ánimos comenzaban a decaer. Los hombres iban con las cabezas agachadas y la marcha era lenta. En la retaguardia iba Rasllew acompañado de Ly y Wuk.

Los tres estaban sumidos en sus pensamientos, cuando Iriogero se acercó al rey. Su cara mostraba el mismo enfado de siempre.

— Rey Rasllew, deberías hacer algo para subir el ánimo a los guerreros, unas palabras, un discurso o algo parecido —aconsejó—. Ten en cuenta que la mayoría se acaban de despedir de sus familias y creen que no volverán a verlas.

Rasllew no había planeado un discurso, así que tardó un rato en pensarlo, pero al final mandó parar la marcha. Se subió a una gran piedra en el lateral del camino y comenzó a hablar.

— Como todos ya sabéis, no he nacido aquí, no os conocía hasta hace una semana escasa, pero vuestras caras, vuestra esperanza y sobre todo vuestra fe en mí, me han dado fuerzas para superar todo lo vivido. Durante siglos los Yelou se han tenido que esconder de los Sephal, nuestros antepasados vivían escondiéndose y vosotros vivíais escondidos hasta hace bien poco. Pero las cosas han empezado a cambiar, nosotros podemos hacer que el sueño de nuestros antepasados se cumpla. Hoy escribimos el destino de los Yelou con tinta de sangre Sephal. Así que levantar las cabezas y sacar pecho, porque les vamos a demostrar a esos Sephal la verdadera fuerza de los Yelou —terminó su discurso casi gritando.

Una vez lo pronunció, todos los Yelou gritaron al unísono. Rasllew mandó que continuara la marcha, ahora iban más deprisa. Las palabras de su rey habían subido la moral de los guerreros.

— Ha sido un buen discurso, los guerreros están más animados y motivados para la lucha —dijo Ly—. Rasllew voy a decirte algo porque sé que quizá esta es la última oportunidad de decírtelo. Eres un buen rey y un amigo estupendo, estos días a tu lado han sido los mejores de mi vida. Que me importa morir ahora si por fin he conocido la felicidad —dijo muy emocionado.

— Ly, hablas como si ya no hubiera nada que te salvase de morir en el campo de batalla —apuntó Rasllew.

— Es que no hay nada, siento que mi alma se va a quedar allí —dijo.

— Eres un buen luchador, te he visto y sé lo que eres capaz de hacer. Esa es la razón por la que no vas a morir.

— La verdad no lo sé, pero ya no quiero hablar más sobre el tema, Rasllew. Así que no hablemos más, por favor —dijo Ly.

Rasllew pensó que eran los nervios antes de una gran batalla. Los guerreros sentían dudas antes de jugarse la vida en un combate a muerte. Era algo normal. De hecho le sorprendía que él mismo estuviese tan calmado.

Dedicó sus siguientes pensamientos a su madre y su tío. Pensó en lo felices que serían si lograban vencer ese día en el campo de batalla. De pronto sus pensamientos se bloquearon porque ya se veía al fondo el castillo Sephal. Su color negro mate apenas resaltaba en una atmósfera tan negruzca y deprimente. Wuk se detuvo, reviviendo la guerra del fin.

Un par de cabezas se asomaron por la almenas del castillo y descubrieron a los enemigos que se les echaban encima. Momentos después, un cuerno resonó en el interior de la muralla. Poco a poco, más cabezas se asomaban al exterior con los ojos clavados en los Yelou.

La comitiva Yelou se detuvo delante de la puerta, pero a una distancia prudencial. Por unos momentos nadie dijo nada, ni nadie se movió. La espera se hizo interminable, los segundos parecían horas. Los Yelou clavaban sus miradas en la puerta.

Una flecha silbó en el aire, rompiendo la quietud, y fue a caer a unos metros por delante del primer Yelou. Todos dieron un respingo pero nadie se inmutó. Momentos después, una lluvia de flechas cubrió el cielo. Afortunadamente, los Yelou habían calculado bien la distancia y ninguna alcanzó su objetivo, ya que se quedaban cortas de fuerza.

A esa batida de flechas le siguieron unos instantes muy tensos, hasta que al fin se abrió la puerta de la ciudad Sephal. Una horda de Sephal salía corriendo y vociferando, la gran batalla había comenzado.

— Sabía que no podrían aguantar mucho tiempo esperándonos —dijo Ly con una medio sonrisa en la cara.

Capítulo 6: La Batalla

Rasllew se quedó en la retaguardia, como habían planeado el día anterior. Desde allí tenía una buena perspectiva de todo lo que ocurría en la batalla.

Los Sephal atacaban sin control, ni formación alguna, la furia los movía. En ese momento parecían más unos animales, que personas. Sin embargo, los Yelou los esperaban en formación. Éstos eran notablemente más fuertes, y más hábiles en el manejo de la espada.

Poco a poco, los Yelou ganaban terreno conforme acababan con los Sephal que se encontraban a su paso.

Por unos segundos, la mirada de Rasllew se alejó del campo de batalla. En el castillo Sephal, en la ventana más alta de una de las torres, vio a un anciano. Llevaba una larga barba blanca y un gran bastón de color marrón. La cabeza la llevaba cubierta por un gran sombrero de ala ancha, también marrón. El anciano clavó su mirada en el rey Yelou. Por un momento sus mentes parecieron comunicarse. Rasllew sintió un mareo y tuvo que retirar la mirada de la del anciano. Cuando lo volvió a mirar estaba sonriendo. Momentos después desapareció de la ventana.

Rasllew se quedó pensando en aquel anciano, parecía que lo quería dañar simplemente usando su mente. ¿Quién demonios sería aquel anciano?

Unos gritos cercanos lo sacaron de sus pensamientos.

— ¡Que viene Soker! ¡Rasllew, que viene Soker! —escuchó gritar a Ly.

Alzó la mirada y allí lo vio. Parecía fuerte, poderoso e inmortal, y su mirada era arrogante. Llevaba una armadura de color negro y una capa de color negro. Era la viva imagen del mal.

Rasllew pensó que por fin había llegado su momento. Debía vencer a Soker para dañar seriamente las líneas enemigas. Como bien había dicho Iriogero el día anterior, "Hay que descabezar a la serpiente antes de despellejar su piel."

De forma instintiva, en medio del combate se abrió un pasillo para que los dos reyes se pudiesen encontrar, pero sin dejar de lado sus respectivas luchas.

Rasllew puso la mano sobre la empuñadura de su espada, le temblaba como nunca lo había hecho. Su enemigo levantó la mano y, de forma amenazadora con el dedo índice, le hizo una señal para que fuese hasta donde él estaba.

Intentó no parecer nervioso, tragó saliva y se puso a caminar entre toda la batalla. A su alrededor se oían chocar espadas y crujir huesos. El camino hasta su destino se le hizo eterno.

— ¿Estás preparado para morir rey Yelou? —los ojos de Soker reflejaban ira—. ¡Vamos a comprobarlo!

En ese momento desenvainó la espada, con un movimiento tan ágil, que cogió desprevenido a Rasllew. De modo que, fue Soker el que dio el primer golpe.

El rey Yelou lo detuvo como pudo, pero enseguida llegó otro, y otro y otro y otro más. Soker era rapidísimo, y mucho más fuerte de lo que aparentaban sus músculos.

Rasllew detenía los golpes cómo buenamente podía, pero eran demasiado fuertes para aguantar mucho rato, de modo que, retrocedió unos pasos. Pudo descansar durante unas fracciones de segundo, pero su enemigo volvió a la carga. Esta vez sus golpes fueron más fuertes todavía. En cada choque de espadas, la de Rasllew salía despedida hacia atrás y apenas le daba tiempo a ponerla otra vez para detener el siguiente golpe.

En esos momentos pensó que todo aquello había sido una locura. Pensó que podía acabar con algunos Sephal pero no con su rey. Su padre tampoco pudo. Al pensar en su padre la rabia le dio fuerzas. Y cuando Soker le lanzó el siguiente golpe, lo esquivó. Su rival no se esperaba esa reacción, de modo que se desestabilizó. A Rasllew le dio tiempo a herirlo en el costado izquierdo con un fuerte mandoble. Su golpe de espada había conseguido atravesar la armadura de su enemigo.

El rey de los Sephal retrocedió unos pasos y se llevó la mano a la herida. Rasllew había conseguido herirlo, pero no tenía que perder el tiempo. Su rival estaba herido y debía aprovechar la circunstancia.

Con un grito de guerra se abalanzó sobre Soker. Esa vez era el Sephal quien paraba los golpes. Rasllew lo golpeaba con toda la fuerza que podía. Poco a poco, lo fue haciendo retroceder, hasta que se alejaron del resto de la batalla, dejando a la espalda de Soker el castillo Sephal.

Rasllew lanzaba unos golpes tan tremendos, que su rival a duras penas podía contrarrestar. En ese momento, cometió un error que sabía que iba a pagar con creces.

Una figura se asomó a la ventana donde había estado el anciano y Rasllew miró por si se trataba de éste. Apenas fueron unas milésimas de segundo pero eso en una batalla era mucho tiempo. Soker tuvo tiempo de darle un golpe en el brazo izquierdo, a la altura del hombro.

Su espada atravesó la armadura del rey Yelou, y éste, notó como se clavaba en su piel. El dolor fue agudo y tan fuerte que le hizo estirar el brazo. Pero Soker no se detuvo y continuó atacando. Afortunadamente, Rasllew era diestro. De modo que con el brazo derecho intentó parar los golpes, pero con una sola mano era imposible detener aquellos tremendos mandobles.

Su rival lo golpeó tan fuerte que lo derribó. El suelo estaba mojado, así que se manchó de barro. Giró la cabeza y vio que su enemigo se dirigía hacia él con la espada en alto, preparado para dar el golpe de gracia. Rasllew quería rendirse y que todo se acabase, pero algo dentro de él le decía que tenía que continuar, que todavía tenía que cumplir algún papel en aquella historia.

Sacó fuerzas de donde no las tenía, se dio la vuelta, y lanzó su espada en punta contra su rival. Soker intentó frenarse, pero no lo consiguió. La espada de Rasllew aprovechó la fuerza con la que venía su enemigo para clavarse dentro de su pecho. La espada quedó enterrada en una herida profunda.

Soker, con la espada de Rasllew todavía dentro de su pecho, soltó su propia espada y cayó al suelo. Rasllew se levantó a duras penas, y con una sola mano, cogió la espada de su rival. Se acercó tambaleando y se la puso en la garganta. Su respiración estaba muy acelerada. El Sephal intentó sacar la espada de su pecho para atacar al Yelou, pero se quemó y no la pudo coger. Rasllew recordó lo que había escrito en el alma de su espada y sonrió. "Haz el bien y no el mal"

— Por fin —le dijo—. Ha sido un buen combate, y tú un duro rival. Pero finalmente voy a conseguir vengar la muerte de mi padre y liberar Bastur.

Rasllew se sentía contento, había conseguido vencer a Soker. El esfuerzo de todos los Yelou que estaban luchando a las puertas de la ciudad había sido recompensado.

Levantó la espada en pos de asestar el golpe de gracia a su enemigo pero se detuvo. Una voz resonaba en su interior ordenándole que no lo hiciera. Se dijo a sí mismo que él sí que quería acabar con su enemigo pero lo voz le repitió que no lo hiciese. Intentó bajar el brazo pero no pudo, intentó mover alguna otra parte de su cuerpo pero tampoco pudo. No podía ser, estaba totalmente paralizado. Otra vez sonó esa voz en su interior que decía "No lo hagas, no quieres hacerlo", no podía creérselo, era la voz de Soker, reconoció al fin.

Entonces cayó en la cuenta, le habían dicho que Soker tenía un poder especial para controlar las mentes.

No obstante, continuó insistiendo en que quería acabar con él, así que se preparó para una última embestida. Sacó todas las fuerzas que le quedaban, su mano comenzó a moverse, pero se detuvo instantes después. Siguió intentándolo pero no podía, era imposible moverse.

Al poco tiempo estaba sudando como nunca, pero no había conseguido moverse ni un centímetro. "Es inútil que lo intentes. No te vas a poder mover, ya controlo gran parte de tu mente y ahora tu cuerpo obedece mis órdenes".

No quería creerlo, tan cerca como había estado de derrotar a su rival, y ahora él lo dominaba.

Soker se levantó despacio. El cuerpo de Rasllew se acercó a él, le quitó la espada del pecho y la guardó en la vaina. Rasllew era un espectador de lujo que contemplaba como su cuerpo en vez de acabar con su enemigo le devolvía su espada. Quería negarse pero no podía, esperaba que llegasen Ly, Wuk o Iriogero para salvarlo pero no ocurrió nada de eso.

Su cuerpo se arrodilló poco a poco y vio que Soker levantaba su espada. Sentía su propia espada en la vaina, quería desenvainar y acabar con él, pero su cuerpo no obedecía.

Soker lanzó una mirada de lastima antes de asestar el golpe final. Lo último que recordaba Rasllew es que unas manos lo agarraron y se lo llevaron volando en el momento en que el Sephal lanzaba su último golpe. Intentó mirar a quien lo había salvado pero su cuerpo continuaba sin responder.

***

Abrió los ojos y se incorporó poco a poco, le molestaban todos los huesos. La herida del hombro todavía le dolía. Miró a su alrededor, estaba en un lugar maravilloso.

La cama en la que estaba tumbado era enorme, más grande que una de matrimonio. Allí, todo era blanco. A su derecha había una piscina de unos cuatro metros de largo por dos de ancho. El cuarto en el que estaba, sólo poseía una puerta y tenía los techos altos.

Todo estaba envuelto por una suave neblina parecida a la que componía las nubes. ¿Estaría muerto y había llegado al cielo?

Se levantó de la cama, fue poco a poco hacía la puerta, y la abrió. Al otro lado había un largo pasillo, con puertas a ambos lados. Se acercó a la primera puerta de la derecha y la abrió. Al asomarse al interior se dio cuenta de que sólo era un cuarto de baño.

La siguiente era una cocina y la siguiente era una sala muy peculiar. Tenía un círculo de color rojo pintado en el centro, y ya no había nada más.

Volvió a la sala donde se había despertado. No lo podía creer, ¿Cómo había llegado hasta allí? ¿Qué había pasado con la batalla? ¿Quién habría ganado? Pensó que si se quedaba allí no podría encontrar respuesta a ninguna de aquellas preguntas.

Intentó desenvainar su espada pero no la tenía. Recordaba que Soker le había ordenado a su cuerpo que la enfundase, de modo que debería tenerla.

Sentía que debía estar combatiendo con los Yelou y no encerrado en aquel lugar. Tenía que salir de allí aunque fuese a golpes. Corrió y golpeó con el hombro la pared, pero no pasó nada. Cogió carrerilla y otra vez se lanzó contra la pared. Repitió la acción varias veces. Si aquello era un sueño, quería despertar y regresar con los Yelou.

De pronto, escuchó una risa detrás suya.

Se dio la vuelta y enseguida reconoció al hombre que se había reído. Era el mismo hombre al que había rescatado hacía varios días en mitad del bosque, y que antes de llegar al poblado Yelou, huyó.

— Sí, estás en lo cierto —dijo, ante la cara de incredulidad de Rasllew—. Soy el mismo hombre al que rescataste en el bosque. Y antes de que me lo preguntes te voy a decir que puedo leer la mente.

— ¿Por qué me has traído hasta aquí? —preguntó—. ¿Qué ha pasado con los Yelou?

— Te he traído hasta aquí para salvarte la vida. En cuanto a los Yelou, los que han sobrevivido, se han marchado a la tierra.

— ¿Por qué? No entiendo nada.

— Rasllew, desde que te fuiste, los Yelou te han dado por muerto y, tú eras el único que les trajo la esperanza.

— Pero sigo vivo, por favor, llévame hasta donde están.

— No es tan fácil Rasllew, si vuelves ahora morirás —dijo.

— ¿Quién eres tú? ¿Cómo me has traído hasta aquí?

— Sé que son muchas las preguntas que se apelotonan en tu mente, pero todas tienen su respuesta. Cálmate y resolveré todas tus dudas —su voz relajaba a Rasllew—. Te advierto que debes de tener una mente muy abierta para comprender lo que te voy a confiar ahora.

Rasllew asintió.

— Soy Bastur, el dios de los Yelou —afirmó.

La boca de Rasllew se abrió de forma desmesurada.

— ¿Me estás tomando el pelo?

— Recuerda que debes de tener la mente abierta —miraba a Rasllew igual que un padre a su hijo.

— Está bien, supongamos que eres Bastur. ¿Por qué me has salvado de morir a manos de Soker? Ly nunca me ha dicho que algo así se haya producido nunca.

— Tienes razón, nunca un dios había salvado a un humano.

— Entonces, ¿Por qué lo hiciste? —preguntó intrigado.

— Porque ese no era tu destino.

— Esa es una respuesta muy ambigua. Luché contra Soker y perdí, mi destino era morir allí. Vamos, respóndeme. ¿Por qué me salvaste?

Bastur miró a los ojos a Rasllew y asintió.

— Eres demasiado importante para morir tan joven.

Rasllew supo que era lo máximo que le diría sobre aquel tema.

— ¿Dónde estoy?

— Como bien has imaginado, estás en el cielo de Bastur.

— Si eres Bastur, ¿Por qué te encontré tirado en el bosque y malherido?

— Como bien sabes, los Sephal están acabando con los Yelou. Cada vez su influencia en Bastur es mayor. Yo vivo de la influencia que los Yelou tienen sobre Bastur. En aquellos momentos, los Yelou todavía no te habían coronado rey y su influencia era más bien escasa. Cometí el error de bajar al mundo terrenal cuando mis fuerzas eran tan escasas. La lluvia, movida por la influencia Sephal, me sorprendió. Te puedes imaginar que todo lo que tenga que ver con los Sephal me debilita de sobremanera. Te doy las gracias por haberme recogido y haber cuidado de mí en aquellos días.

Bastur esperaba la siguiente pregunta, pero Rasllew se mantuvo unos momentos en silencio, asimilando toda la nueva información. Trataba de mantener la mente abierta, pero todo aquello era demasiado sub-realista.

— Y, ¿Cuál es el siguiente paso?

— Te vas a entrenar. Debes de potenciar tus habilidades para poder vencer a tu enemigo.

— Pero si esta vez casi lo venzo, sólo consiguió ganarme gracias a sus poderes mentales.

— Cuando hayas terminado tu entrenamiento, estarás muy por encima de Soker. Su poder no hará mella en ti —dijo.

— Si es así, quiero empezar hoy mismo con mi entrenamiento —afirmó Rasllew convencido.

— Todavía estás débil de la batalla. Será mejor que duermas unas horas, cuando despiertes te estaré esperando y podrás comenzar tu entrenamiento.

Rasllew asintió y se tumbó en la cama. Ni siquiera se dio cuenta de si Bastur salió de la habitación, porque se durmió nada más tocar la almohada.

Cuando despertó, se encontraba solo de nuevo en la habitación. Salió en busca de Bastur y lo encontró en la habitación del círculo en el suelo.

— Por fin te has despertado. Has dormido más de lo que pensaba —una sonrisa recorrió su rostro.

Después de decir eso, Rasllew notó como la vaina le pesaba más que unos instantes antes. Dirigió la mirada hacia ella y comprobó que su espada estaba ahí.

— Colócate en el centro del círculo, por favor —dijo Bastur—. ¿Estás preparado?

— ¿Preparado para qué? —preguntó Rasllew nervioso mientras obedecía.

— Para tu entrenamiento con el Señor Chiflú —Bastur dijo eso último casi chillando porque un zumbido había llenado la sala.

— Pensaba que me iba a entrenar contigo...

Sin que Rasllew pudiese decir nada más, una luz brillante lo rodeó y lo cegó por unos momentos.

Capítulo 7: El Señor Chiflú

Los ojos le escocían, los cerró apretando fuertemente los párpados. Cuando los volvió a abrir, ya no estaba en la sala con Bastur, sino en mitad de un camino. Estaba en mitad de un bosque, los árboles y las montañas lo rodeaban. Pensó que aquello era una ilusión óptica.

Confuso, sacó la espada y se preparó para un ataque enemigo. Pasaron unos minutos en los que estuvo en tensión. Cada pequeño ruido lo alteraba, pero finalmente no se topó con nadie.

Sin soltar la espada, comenzó a caminar siguiendo el sendero. Decidió que iría pendiente abajo, siempre era mejor andar cuesta abajo. Llevaba unos pocos minutos caminando, no paraba de preguntarse si esa sería la dirección correcta, cuando vio una cabaña.

Una valla de madera cercaba la cabaña. La parcela era muy grande, y poseía árboles frutales y campos de cultivo. La cabaña estaba bien proporcionada con la parcela, de modo que también era enorme. Sus paredes estaban formadas a partir de troncos de madera, la homogeneidad de los cuales sólo era rota para dejar paso a unas amplias ventanas de cristal. El techo estaba recubierto de paja, y unos agujeros anunciaban descuido por parte del dueño de la propiedad, que sin duda originarían goteras. En la puerta principal había tallado un enorme dragón.

Rasllew llegó a la altura de la valla, la entrada estaba cerrada, pero logró saltarla con facilidad. Con cautela, se acercó a la puerta de la cabaña y llamó con los nudillos a la puerta. Esperó unos minutos, pero nadie respondió, de modo que rodeó la cabaña buscando otra entrada. Cuando giró la esquina de la casa, algo o alguien, apareció de la nada y le puso una espada de madera en el cuello.

— Primera lección: Debes estar siempre alerta —escuchó la voz de un hombre mayor.

Retiró la espada de su cuello y la envainó. Rasllew se dio la vuelta y vio que, efectivamente, era un anciano. Tenía una gran barba blanca muy tupida. También se fijó en que llevaba una capa marrón y muy sucia. A simple vista no sabría determinar su edad, calculó que tendría unos noventa años o más.

— Permitidme que me presente alteza —hizo una exagerada reverencia—. Me llamo Pascalo Chiflú, aunque soy más conocido como el Señor Chiflú. Y voy a ser tu entrenador. Bastur me avisó de tu llegada, ya me ha puesto al corriente de todo lo referente a tu persona —hizo una pausa—. El saludo de hace un momento, ha sido pura cortesía, desde ahora en adelante tú serás para mí un aprendiz. Tu título de rey aquí no vale nada. ¿Entendido? —su voz era ahora mucho más severa.

Rasllew hizo una mueca, con la que dejaba claro que no estaba de acuerdo con su dureza.

— Perdone Señor Chiflú —comenzó—, pero creo que un maestro debe de ser más fuerte que un aprendiz, y a simple vista se puede observar que yo lo derrotaría fácilmente.

— ¿A si? Pues te reto a un combate —parecía divertirse con todo aquello—, pero con unas condiciones. Si ganas tú, te buscaré un entrenador mejor, pero si gano yo, me obedecerás en todo lo que te mande y harás todo lo que te diga. ¿Trato hecho?

— ¿Usted luchará con la espada de madera?

— Por supuesto, no me hace falta nada más.

Rasllew sintió algún reparo pensando que podría dañar a su rival, pero finalmente aceptó.

— Trato hecho —dijo.

Acto seguido, sacó su espada de la vaina, preparado para la lucha. Pero el anciano con un movimiento veloz, lo golpeó duramente en la muñeca. Sin duda su rival sabía lo que se hacía, porque el latigazo le alcanzó un tendón que hizo que la mano de Rasllew se abriese y su espada cayera al suelo. Un instante después, tenía la espada de madera del Señor Chiflú en el cuello.

— ¿Te convences ya? —dijo cabreado.

Pero Rasllew no se dio por vencido. Se sentía humillado al haber sido derrotado de aquella forma tan vulgar. De modo que apartó la espada de su cuello con la mano derecha y rodó por el suelo para hacerse con la suya.

Instantes después, se levantó y se lanzó con furia sobre su rival. Le haría pagar cara la humillación. La acometida era brutal, pero el anciano se retiró a un lado con un ágil movimiento e hizo que el golpe de Rasllew fuese en vano. Entretanto, golpeó la nuez del rey Yelou con la espada.

Rasllew cayó de bruces al suelo. Dejo de lado su espada y se echó las manos al cuello, estaba sin respiración. El Señor Chiflú recogió su espada y puso un pie sobre su espalda, obligándolo a tumbarse boca abajo.

— Eres joven y atacas sin pensar en las consecuencias. Ha sido muy sencillo derrotarte, ahora me obedecerás en todo — dijo riéndose—. Y por cierto, no hay nadie mejor que yo a la hora de entrenar.

Rasllew, resignado y tirado en el suelo bajo la mirada orgullosa del Señor Chiflú, seguía intentando respirar. Cuando se
recuperó, el anciano lo ayudó a ponerse en pie y lo acompañó
al interior de la cabaña.

La primera sala que encontraron poseía cuatro largas mesas,
todas ellas con sus respectivas sillas. Rasllew pensó que allí habría sitio para unas cuarenta personas. La sala también poseía
una chimenea, en la que había una enorme olla colgada de una
barra metálica.

El Señor Chiflú lo invitó a que se sentase en una de las sillas
de la mesa más cercana.

— Antes de empezar quiero dejar claro que aquí el interesado en aprender eres tú y que, por lo tanto, no quiero ver caras
largas durante el entrenamiento. Si no estás interesado en entrenar, eres libre de marcharte para no volver. No aceptaré más
indisciplinas como la de hace un momento. También quiero
que quede constancia de que no tengo ninguna obligación de
enseñarte, lo único que me hace estar aquí hablando contigo
en este momento es una promesa que le he hecho a un amigo.
No obstante, si no te comportas como es debido, no tendré
más remedio que romper esa promesa —su voz sonaba muy
grave y hacía eco en la estancia; Rasllew sintió culpa por lo que
acababa de hacer—. Lo que acaba de pasar queda olvidado,
pero espero que en el futuro no se repita nada parecido. Durante tu entrenamiento vivirás en mi casa y por lo tanto espero
que cumplas las reglas básicas de comportamiento. También
deseo que respetes mi intimidad. Te mostraré dónde vas a dormir a partir de ahora. Sígueme.

Las palabras que acababa de decir hicieron efecto en Rasllew, a partir de ese momento pensaba esforzarse al máximo
en el entrenamiento. También había aprendido una dura lección, nunca subestimar a un rival.

Salieron por una puerta lateral y llegaron a otra sala llena de
literas. Todas ellas estaban vacías.

— Instálate en la que quieras. A día de hoy, eres mi único alumno —dijo con nostalgia—. Bastur me ha informado de que llegas con lo puesto. En los próximos días trataré de conseguirte ropa.

Recorrieron la sala en silencio. Rasllew pensó que en otros tiempos aquellas literas habían estado llenas de jóvenes con ganas de aprender. ¿Qué habría pasado para que en ese momento no fuese así?

Salieron por una puerta situada al otro extremo de la habitación y llegaron a una pequeña biblioteca. La habitación era mucho más pequeña que el resto, pero a la vez más acogedora. El suelo estaba cubierto por una espesa alfombra roja con bordados oscuros. Las paredes estaban recubiertas por altas estanterías abarrotadas de libros. Ese mar de estanterías sólo era roto por una chimenea encendida. El fuego caldeaba el ambiente. En el centro de la estancia había una mesa y cuatro sillas.

Una de las sillas estaba ocupada por un hombre joven, era rubio y el pelo lo llevaba bastante corto, a diferencia de las personas con las que había topado hasta el momento. No era muy alto y tampoco muy robusto. Sus ojos azules estaban paseando por las páginas de un antiguo libro.

Cuando maestro y aprendiz hicieron su entrada en la sala, su mirada se retiró de la lectura.

— ¿Ya le has dado la primera bronca al chaval? —dijo riéndose—. Os he escuchado afuera.

— Será mejor que no hables mucho, el primer día también te llevaste una buena —le recriminó el anciano.

— Tranquilo chaval —el hombre rubio hablaba ahora dirigiéndose a Rasllew—, no es tan malo como parece. Al final seréis muy buenos amigos, ya lo verás —la sonrisa no desaparecía de su cara; a Rasllew le pareció que estaba contento de que el Señor Chiflú tuviera un nuevo alumno—. ¿Cómo te llamas?

— Rasllew —respondió después de carraspear.

— Mañana tú y yo nos pasaremos todo el día en el jardín —hizo una pausa para guiñar un ojo—, y te enseñaré técnicas básicas de manejo de la espada. Verás lo bien que te lo vas a pasar.

— Ruzil, el chico no está aquí para pasárselo bien —le regañó el Señor Chiflú—. Tiene mucho que aprender y un reino que recuperar, y no puede perder el tiempo —Ruzil ya no sonreía—. Mañana empezaremos el día muy temprano, a primera hora comenzarás con tus clases de Bree, eso te ayudará a estudiar la historia de Geo. Sus continentes, sus razas, sus océanos...

— ¿Cómo me va a ayudar el hecho de aprender Bree y conocer que es Geo, a reconquistar mi pueblo? —le recriminó Rasllew airadamente.

El Señor Chiflú le lanzó una mirada cargada de odio.

— Un guerrero debe de entrenar la mente a la vez que el cuerpo para completarse a sí mismo. Y, ¿No habíamos quedado en que no replicarías ninguna de mis órdenes?

Rasllew agachó la cabeza arrepentido.

— Por la tarde —continuó el anciano—, pasaremos al entrenamiento físico. En él, te enseñaré a usar tus cualidades para defender y atacar a cualquier enemigo. Potenciaré tus habilidades y tu fuerza, además de dotarte de poderes mágicos.

— Poderes mágicos —repitió Rasllew boquiabierto.

— Sí, los Yelou sois un pueblo con escaso poder mágico. No obstante, todo ser de Geo puede hacer uso de la magia que fluye a su alrededor, en mayor o menor medida.

— ¿Qué es Geo?

El hombre rubio miró al Señor Chiflú pidiendo explicaciones.

— Se ha criado en un universo paralelo —le explicó, el hombre rubio movió la cabeza en un gesto de asentimiento—. Geo es el planeta en el que nos encontramos —ahora hablaba a Rasllew—. Los Yelou son una especie que ha vivido encerrada en la isla de Bastur, ajena al mundo que lo rodea. Es irónico pensar que los habitantes de una isla sean tan temerosos de adentrarse mar adentro. No obstante, si me pides mi opinión, creo que la lucha interna con los Sephal es la que ha derivado en su desconocimiento del mundo exterior —Rasllew permanecía perplejo—. Te estarás preguntando cómo sé yo todo eso.

El Señor Chiflú levantó las cejas esperando una respuesta, la piel de su frente se arrugó.

— La verdad es que sí —afirmó.

— Sé todo lo que sé, porque he estudiado la historia de Geo. Estos libros contienen mucha sabiduría, aunque no te miento si te digo que tuve que buscar mucho para encontrar referencias a los Yelou. ¿Comprendes ahora la necesidad de estudiar? El conocimiento es poder.

A Rasllew le pareció que el Señor Chiflú era un hombre muy sabio. Comenzó a sentir un gran respeto hacia su persona.

El Señor Chiflú pidió a Rasllew que le contase la historia de cómo había llegado hasta allí. Ya la conocía de labios del propio Bastur, pero ahora la quería escuchar de labios de su protagonista. Ruzil se quedó a escuchar también.

La salida de la luna los sorprendió todavía en la biblioteca. Rasllew estaba terminando de relatar su historia, cuando llamaron a la puerta de la biblioteca. La cabeza de una mujer, con el pelo recogido en una coleta, asomó.

— Siento interrumpir Señor Chiflú —hablaba con mucho respeto—, pero la cena ya está lista. He contado con una persona más como me pidió.

— Rasllew, esta es Nanita —se puso en pie para presentarlos—. Ella se encarga de preparar la comida, hacer las camas y mantener limpia la casa.

Rasllew resumió en su mente todo aquello en una sola palabra "Criada".

— Mucho gusto en conocerlo, señorito Rasllew —ella abrió la puerta del todo e hizo una reverencia.

Cuando la puerta se abrió el cuerpo de una mujer de mediana edad y bastante regordeta quedó a la vista de los presentes. Vestía ropas simples y mantenía la vista fija en el suelo cuando le hablaban.

— Encantado —devolvió la reverencia.

— Me muero de hambre —decía Ruzil mientras todos se encaminaban a la sala de las cuatro mesas.

Cuando llegaron, vieron que en una de las mesas estaba todo preparado para que cenasen. La comida se compuso de un estofado con ricas patatas. Una vez finalizó, Nanita recogió la mesa y el Señor Chiflú le mandó que preparase un baño.

Poco tiempo después, Rasllew estaba sumergido en agua caliente y se frotaba la suciedad de varios días. Cuando terminó se sintió muy cansado. Así que rápidamente se fue a la cama.

Entró en el cuarto de las literas y eligió la primera de la izquierda. Se acostó en la cama de abajo y segundos después ya estaba dormido.

El sol apenas entraba por las ventanas cuando el Señor Chiflú, que portaba ropa limpia, entró a despertarlo. Rasllew se enfundó su nueva ropa y siguió a su maestro hasta el comedor. Después de un buen desayuno, pusieron rumbo a la biblioteca.

Pasaron toda la mañana estudiando Bree. Usaban de base un libro que contenía cuentos infantiles. Éste, contenía una escritura muy simple y dibujos que explicaban lo que ocurría. De ese modo fue más sencillo para Rasllew ir desentrañando lo que en él había escrito. El Señor Chiflú le daba las pautas y lo regañaba cuando se equivocaba. Pero en general se podía decir que era un profesor paciente.

Para Rasllew, la mañana se hizo muy larga. Nunca fue buen estudiante de idiomas, además, no dejaba de pensar en el entrenamiento que le esperaba por la tarde.

Cuando la cabeza de Nanita asomó por la puerta para anunciar la hora de la comida, Rasllew tuvo ganas de tirar el libro al suelo de la alegría.

En el comedor se encontraron con Ruzil, al cual no habían visto en toda la mañana.

— ¿Estás listo para empezar con tu verdadero entrenamiento? —palmeó la espalda del rey Yelou.

Rasllew afirmó, muy ilusionado.

La comida de ese día olía de maravilla, consistía en carne bañada con una salsa muy especiada. La sorpresa llegó cuando a Rasllew le sirvieron un cuenco con sopa. Miró a ambos lados de la mesa, donde tanto el Señor Chiflú como Ruzil, habían recibido su plato de carne.

— ¿Por qué yo no tengo carne para comer?

— Es mejor para tu entrenamiento que tomes esa sopa —dijo simplemente el anciano.

— Pero yo quiero carne —protestó Rasllew.

El Señor Chiflú dejó su cubierto en la mesa, lo miró y suspiró.

— Vas a comerte esa sopa porque potencia tus músculos y hace que se desarrollen más rápidamente, y la tomas ahora porque el efecto es mayor si lo haces justo antes de entrenar el físico. Pero ahora te voy a decir una cosa, deja de protestar, preguntar o poner en entredicho mis palabras. Si te digo que es mejor para tu entrenamiento, lo asumes y te la tomas. Ya me estoy cansando de tus indisciplinas.

El señor Chiflú estaba visiblemente enfadado. Rasllew miró a Ruzil intentando que éste le diese alguna pista para salir del atolladero, pero el hombre rubio permanecía con la vista fija en el plato desentendiéndose de la situación.

— Está bien. A partir de ahora aceptaré tus órdenes sin rechistar —respondió sumiso.

La sopa sabía mejor de lo que esperaba, pero cuando terminó de tomarla no se sintió para nada satisfecho. Su estómago le recriminó la falta de alimentos, pero Rasllew se mantuvo firme en la convicción de no rechistar. De modo que no dijo nada.

Una vez hubieron terminado sus platos, y después de reposar la comida, salieron al exterior. Eligieron la explanada que había entre la cabaña y los campos de cultivo, como lugar de entrenamiento. Rasllew intentó echar mano de su espada y recordó que esa mañana no la había cogido, ya que habían ido a la biblioteca. Se sintió desnudo.

— Voy dentro, me he dejado la espada —caminaba hacia la puerta de la cabaña.

— No te va hacer falta —replicó el Señor Chiflú.

Rasllew se contuvo de decirle "¿Cómo voy a entrenar sin espada?". Pero se lo pensó dos veces y se calló.

Con semblante serio, el Señor Chiflú se le acercó y lo tomó de la mano. El rey Yelou se dejó hacer. El anciano rodeó fuertemente su muñeca derecha con la mano, y poco a poco, Rasllew fue notando un calor en aquella zona, hasta que casi le quemaba. Recordó como su espada se había puesto caliente después de incorporarle el alma, y que Fergiten le había dicho que si quemaba, era porque había elegido una buena acción. Se relajó después de ese pensamiento.

Por fin, el anciano retiró la mano de su muñeca. Se apartó un par de pasos y observó.

— ¿Qué tal?

Rasllew no notaba ningún cambio aparente en esa parte de su cuerpo, sin embargo cuando intentó mover la mano, descubrió lo que había hecho su maestro. La muñeca le pesaba como si llevase un yunque atado a ella. Trató de moverla con gestos rápidos pero pesaba mucho.

— Dios mío, como pesa —exclamó.

— Debes fortalecer los músculos —el anciano lo miró con aprobación; se había fijado en que su aprendiz no había protestado ni preguntado—. Cuando te lo quite, serás mucho más rápido y fuerte.

El maestro repitió la acción en la otra muñeca, luego en los codos, en los hombros, en los tobillos, rodillas, cintura, cuello y pecho. Una vez finalizada la faena, Rasllew se movía con dificultad.

— Siento que peso dos toneladas —intentaba moverse, pero le costaba horrores—. ¿Qué es lo que tengo que hacer ahora?

— ¿Ves aquellos árboles frutales de allí? —señaló el anciano un campo enorme.

— ¿Quieres que vaya corriendo hasta allí?

— No, quiero que recojas sus frutos y los guardes en el granero.

Rasllew no daba crédito a lo que acababa de escuchar, su cara era un poema. Jamás hubiese imaginado que esa tarea formase parte de ningún entrenamiento de combate. Sin embargo, no protestó, sino que asintió con convicción.

— Sígueme y te mostraré el granero y el cesto que deberás usar para la tarea —el Señor Chiflú se puso en marcha.

Pasó toda la tarde recogiendo frutos de los árboles. La tarea era muy costosa, ya que además del peso adicional que su maestro le había puesto, la fruta estaba distribuida uniformemente por los árboles. Lo mismo tenía que auparse para recoger las más altas, que tenía que estar agachado para recoger las más bajas.

Unas horas después, cuando el sol se empezaba a esconder detrás de las montañas y el Señor Chiflú le advirtió que el entrenamiento había finalizado por ese día, se sentía tan cansado como nunca lo había estado en su vida.

— Bien, quítame esto de una vez. Voy a cenar y a dormir, que estoy muy cansado.

Su maestro miró sonriente a un Rasllew que a duras penas se tenía en pie.

— No voy a quitártelo. El conjuro de peso se lleva desde el primer hasta el último día de entrenamiento.

— ¿Quieres decir que tengo que comer, dormir y estudiar con esto? —el anciano afirmó.

Durante la cena, Rasllew apenas habló. Le pesaban hasta los párpados. Una vez terminada, se fue derecho a la cama. Esa noche le costó mucho dormir de lo cansado que estaba. Daba vueltas y vueltas en la cama sin pegar ojo. Varias horas después, al fin lo consiguió.

Ese día, cuando el Señor Chiflú fue a buscarlo, se encontró con que apenas podía moverse. Tenía agujetas en todos los músculos de su cuerpo. Cada vez que movía una extremidad, millones de agujas se le clavaban en el cuerpo haciéndole sentir un dolor atroz.

— No me puedo levantar —anunció Rasllew desde la cama.

— Claro que puedes. Puedes y debes. Venga arriba.

Rasllew sacó fuerzas de flaqueza de donde no las tenía y se incorporó. Al hacerlo, los abdominales le pincharon como nunca. Le costó mucho esfuerzo vestirse, pero unos minutos después, ya se encontraba en el comedor listo para desayunar.

— ¿Estás cansado? —preguntó Ruzil, aunque más bien sonó como una afirmación—. Los primeros días son los peores.

El hombre rubio suspiró mientras recordaba sus tiempos de aprendiz bajo ese techo. Rasllew le lanzó una mirada llena de resentimiento.

Cuando llegó Nanita con la bandeja del desayuno, traía de nuevo una sopa para Rasllew. Éste se la bebió sin decir ni mu.

El Señor Chiflú lo miraba de reojo, divertido.

— Esa sopa te ayudará a sentirte un poco mejor —explicó.

Efectivamente, unos minutos después se encontraba algo mejor, y eso provocó que pudiese aguantar perfectamente la mañana de estudio sin mayores consecuencias.

A la hora de comer, se tomó la misma sopa que el día anterior y después continuó con la recolección de fruta. Al terminar el día, ya había recolectado aproximadamente la mitad del campo.

Durante la faena, sus músculos se desentumecieron y se calentaron. Gracias a ello, el dolor desapareció casi por completo. Cuando llegó el Señor Chiflú para anunciarle que ya era la hora de cenar, se sentía satisfecho consigo mismo de lo bien que había aguantado.

Durante la cena, Rasllew sonreía. Se movía con gracilidad y no le molestaba ningún músculo. Pero pronto llegó Ruzil para arrancarle aquella sonrisa.

— Espero que estés preparado, las agujetas del segundo día son las peores —Rasllew lo miró estupefacto—. Sí, ahora tus músculos se han calentado, pero cuando se enfríen te saldrán unas agujetas mayores que las de hoy.

— ¿Eso es cierto? —preguntó el rey Yelou mirando al Señor Chiflú.

Éste, afirmó con un gesto de cabeza. Rasllew dejó caer su cabeza encima de la mesa.

Al día siguiente comprobó que Ruzil no se equivocaba. Comparadas con las agujetas de ese día, el anterior le parecía un cuento de hadas. Esa vez, ni la sopa del desayuno consiguió que remitiera el dolor. El día se le hizo muy, pero que muy largo.

Capítulo 8: El entrenamiento

Ya llevaba una semana en la cabaña del Señor Chiflú y podría decir que se había acostumbrado a vivir allí. La rutina de esa semana había sido siempre la misma. Por la mañana estudiaba Bree, que era la lengua de Geo, y por la tarde recolectaba fruta.

Sus progresos en los estudios eran considerables. Ya conseguía leer los textos de los cuentos infantiles casi de carrerilla. Su maestro se mostraba muy orgulloso de sus progresos en ese ámbito.

Sin embargo, el entrenamiento de la tarde minaba mucho la moral del Yelou. Era cierto que había superado las agujetas, ahora simplemente se despertaba algo dolorido, pero esa tarea lo frustraba mucho.

Cuando Bastur le dijo que se entrenaría, imaginó un entrenamiento como al que lo habían sometido Ly y Wuk. Un entrenamiento en el que la espada era el principal atractivo. Sin embargo, sentía que, recolectado fruta, solo perdía el tiempo.

Afortunadamente, el día anterior había terminado el último de los campos de cultivo cuando ya caía la noche. Se ponía contento de pensar que al día siguiente haría algo con la espada.

Al día siguiente se despertó con fuerzas renovadas. Cuando el Señor Chiflú fue a buscarlo, ya estaba despierto, vestido y a punto para comenzar el nuevo día.

— Vaya, hoy te veo de buen humor —apuntó.

Rasllew simplemente asintió y se encaminó hacia el comedor. Después de desayunar lo mismo de todos los días, retomaron el estudio en la biblioteca.

Las horas pasaron muy despacio. El Señor Chiflú tuvo que reñirlo en más de una ocasión, exigiéndole que se esforzase un poco más y que prestase más atención. Finalmente Nanita les avisó de que había llegado la hora de comer.

Rasllew terminó su sopa y esperó pacientemente a que sus amigos terminasen sus platos. Después de una larga espera, el Señor Chiflú encabezó la marcha hasta el exterior.

Durante la última semana, había aprendido a tratar a su mentor. Era una persona muy seria y que amaba la disciplina por encima de todo. No soportaba ninguna palabra fuera de lugar, le encantaba tener todo bajo control. Rasllew había conseguido amoldarse a todo aquello y por eso, cuando le anunció cuál sería su siguiente cometido, lo aceptó sin más.

— Ya has terminado de recoger todos los frutos de los campos de cultivo —era lo más parecido a unas palabras de ánimo que le había escuchado—. Acompáñame y te mostraré tu siguiente tarea.

A Rasllew no le gustó cómo había sonado esa última frase, pero no tenía otra opción que acompañarlo.

Avanzaron entre los campos de cultivo hasta que llegaron al granero. Una vez allí, cruzaron la puerta de entrada. Rasllew observó orgulloso toda la fruta que había recolectado en esos días, pero aun así deseó no tener que volver a hacerlo.

Finalmente, el Señor Chiflú se agachó y cogió un objeto que estaba depositado en el suelo. Se volvió y se lo tendió.

Rasllew lo sostuvo en sus manos. No lo podía creer, era un hacha.

— ¿Me va a enseñar a luchar con hacha? —preguntó sorprendido.

— Nada más lejos de la realidad, muchacho. Vayamos fuera —salieron del granero y se dirigieron a uno de los extremos de la cerca—. Mira esos árboles de allí, hace años que nadie limpia estos montes. Los árboles están demasiado próximos a mi propiedad. No es nada seguro tener el bosque tan cercano. Quiero que los cortes, además así tendremos leña para resguardarnos del invierno.

No era lo que Rasllew había esperado pero, como conocía a su maestro, se puso a la faena. La tarea era más pesada que la de recoger frutos. Necesitaba imprimir fuerza en cada golpe con el hacha para conseguir que se clavase. A los pocos minutos ya estaba sudando.

Cuando consiguió derribar el primer árbol, se irguió y lo miró con satisfacción. Su maestro lo miraba atentamente.

— Ahora trocéalo —le ordenó.

Rasllew se mordió la lengua y no le contestó. Momentos después, pensó que tenía lógica lo de trocear el tronco si iba a servir para alimentar la chimenea.

Lo primero que hizo a continuación fue liberar al tronco de todas las ramas. A continuación, buscó una piedra y apoyó allí el tronco. Momentos después ya estaba troceándolo.

Cuando cayó la noche, no sabía decir cuántos árboles había derribado. Pero si sabía decir que había fabricado mucha leña y que estaba muy cansado.

Durante los nueve días siguientes, continuó con su faena de leñador. La leña la guardaban fuera del granero porque dentro ya no cabía.

En los estudios había progresado mucho. Ya había dejado de leer cuentos infantiles, para comenzar a leer la historia de un caballero de un reino llamado Etadoy. Se sentía muy identificado con el caballero porque contaba sus dudas y nervios en primera persona.

Ese día, mientras troceaba uno de aquellos árboles, su maestro se le acercó y le preguntó.

— ¿Crees que ya has hecho suficiente leña?

Rasllew lo miró extrañado, sabía que era una pregunta trampa. Clavó sus ojos en los de su mentor, intentando desentrañar lo que quería de él.

— Haré leña hasta que mi maestro me pida que pare.

No era la respuesta que el Señor Chiflú esperaba.

— Repito, ¿Crees que has hecho suficiente leña?

— Sí —dijo firmemente.

— Si es una respuesta muy vaga. ¿Por qué crees que sí?

Rasllew se estaba cansando ya de ese juego. Y en ese momento lo entendió, su maestro nunca hacía una pregunta vacía. Todo tenía un porqué.

— No sé si he hecho leña suficiente. No sé cuánto dura aquí el invierno, ni sé cuántas personas habitarán en la casa en esa época, ni tampoco sé cuánto consume una chimenea.

— Voy a dejar la elección en tus manos. Cuando tú creas que has hecho suficiente leña como para pasar el invierno, entonces podrás dar por finalizada la tarea y empezarás tu entrenamiento con la espada —Rasllew asintió—. Pero has de tener una cosa en cuenta. Si no tenemos leña suficiente para pasar el invierno, es probable que nos congelemos.

— ¿Y tengo que decidirlo yo? Ya te he dicho que no se cuanta leña hace falta.

— Los reyes deben de tomar decisiones. Muchas veces son decisiones en las que está en juego la vida de otras personas, y no creas que siempre toman la decisión sabiendo todos los datos ni las consecuencias de sus actos —lo miró fríamente—. Con esto quiero que aprendas a tomar decisiones con la cabeza. Quiero saber si eres una persona prudente, si eres inteligente o si dejas las cosas al azar. En tus manos está.

Rasllew continuó partiendo leña el resto de la tarde. Antes de que terminase el día, se acercó al granero y dio un vistazo a toda la leña que había generado esos días. Y no supo dar una respuesta a la pregunta de su maestro.

Durante la cena, no dejó de darle vueltas al asunto. Miró una y otra vez la chimenea encendida, pero no se atrevía a aventurar con rotundidad una respuesta. Y de repente se le ocurrió. Cogió un tronco y lo metió en la chimenea. A continuación miró su reloj. Controló el tiempo que tardó en quemarse el tronco y a continuación echó otro más pequeño.

Después de aquellos ensayos, ya tenía controlado más o menos el tiempo de quemado de un tronco. Salió de la estancia en dirección a la biblioteca, allí encontró papel y una pluma para escribir, justo lo que necesitaba.

Trabajó sobre la hipótesis más desfavorable que se le ocurrió. Imaginó que el invierno duraba seis meses y que dos chimeneas permanecían encendidas las veinticuatro horas en aquella época. Después de unas cuantas operaciones, tuvo un numero de troncos aproximado con el que podrían sobrevivir al invierno.

Al día siguiente, cuando llegó la hora de cortar leña, Rasllew se acercó al granero y contó todos los troncos meticulosamente. Contó tanto los de dentro, como los de fuera del granero. Cuando terminó, una sonrisa marcaba su rostro. Había cortado más del doble de troncos de los que había previsto. Sin duda podrían pasar el invierno con aquella leña.

— Ya he cortado suficiente leña como para pasar el invierno —afirmó.

— ¿En qué te basas para poder hacer esa afirmación?

Rasllew le contó cómo había llegado a esa conclusión y el Señor Chiflú quedó gratamente sorprendido.

— Vaya, no sabía que en la tierra enseñasen a trabajar la ciencia de los números con tal eficiencia. Aunque sin duda, tu mejor baza para llegar a esa conclusión ha sido tu reloj pulsera —señaló su reloj—. Sea como fuere, me has demostrado que eres una persona inteligente y resolutiva. Te has ganado el derecho a pasar a la segunda parte de tu entrenamiento. Aunque de todas formas debes de saber que si me quedo sin leña, siempre puedo usar piedras de fuego —su maestro lo miró con una sonrisa.

Ambos se dirigieron hasta la explanada frente a la cabaña. El Señor Chiflú caminaba muy resuelto.

— Espera aquí —sin siquiera volverse, entró en la cabaña.

Unos minutos después, salió llevando consigo un pelele blanco. El muñeco mediría cerca de los dos metros de altura, y a Rasllew le recordó a los "Dummys" que se usan para simular personas en las pruebas de accidentes de vehículos. En su mano derecha llevaba una espada hecha del mismo material que el resto de su cuerpo.

Su maestro colocó el muñeco en el claro y le sacudió el polvo.

— Hacía muchos años que no se usaba —sonrió con nostalgia.

Con destreza, colocó las manos alrededor de la cabeza del pelele y las mantuvo allí unos minutos. El Señor Chiflú permanecía concentrado y con los ojos cerrados. Momentos después se retiró un par de pasos y el muñeco se quedó en pie por sí solo.

— Este es un muñeco de entrenamiento, hace años los chicos lo llamaban Crasst —anunció—. Funciona mediante palabras mágicas y está diseñado para simular daños. Esto quiere decir, que no podrá matarte —se acercó a su aprendiz y le susurró al oído—. *Auphus Sirón*. Repítelo en voz alta.

— *Auphus Sirón…* —repitió Rasllew extrañado.

Instantáneamente el pelele alzó la cabeza y unos brillantes ojos rojos iluminaron su rostro. Comenzó a moverse en dirección a Rasllew con la espada en alto. El Señor Chiflú se apresuró a quitarse de en medio.

Cuando llegó a la posición donde el rey Yelou se encontraba, lanzó un rápido golpe a media altura. Rasllew tuvo que agacharse y rodar por el suelo para esquivarlo. No obstante, no llegó muy lejos porque el muñeco se giró con una agilidad increíble y lo golpeó.

La espada del pelele lo alcanzó en el brazo, pero no sintió el golpe. Sino que sintió una descarga eléctrica que lo hizo retorcerse de dolor. Rasllew soltó un sonoro grito.

— Habías dicho que no podría dañarme —advirtió a su mentor.

— Dije que simulaba daños y que no podría matarte. Nunca dije que no podría hacerte sentir dolor. Debes de prestar más atención —lo regañó.

— Está bien —aceptó Rasllew—. Me ha cogido desprevenido, voy a por mi espada y me enfrentaré a él en igualdad de condiciones.

— No tan deprisa muchacho —su maestro lo detuvo—. Cuando quiera que cojas tu espada te lo haré saber. Este entrenamiento es de agilidad, debes de aprender a esquivar los ataques de tu rival sin necesidad de detenerlos con la espada.

Rasllew lo miró dubitativo, pero sabía que lo único que conseguiría rebatiendo a su mentor era que lo regañasen más. Se giró con determinación hacia el pelele y adoptó una posición defensiva.

— *Auphus Sirón* —dijo en tono desafiante.

El muñeco se abalanzó sobre él con unos golpes rápidos, pero Rasllew aplicó lo que le habían enseñado Wuk y Ly. Y balanceó su peso haciendo fintas y cambios de dirección.

Unos ataques después, el pelele volvió a alcanzarlo. La descarga eléctrica volvió a sacudir su cuerpo. Pensó que nunca se acostumbraría a ella, pero también afirmó que era mejor un calambre que la muerte que hubiese encontrado de haberse visto envuelto en un combate real en aquellas condiciones.

Pasó el resto de la tarde defendiéndose del muñeco bajo la atenta mirada del Señor Chiflú. Su maestro permaneció de pie durante todo el entrenamiento. Su mirada paciente estudiaba los movimientos de su aprendiz.

Finalmente llegó la hora de cenar, de modo que entraron en la cabaña. Después de haber comido, Rasllew tomó un buen baño y acudió directo a la cama.

Pensó que una vez allí se dormiría enseguida, ya que estaba muy cansado y se sentía dolorido, pero no fue así. Dio vueltas y más vueltas entre las sabanas pero el sueño no lo vencía.

Después de tantas vueltas, decidió que iría a la biblioteca a aprovechar el tiempo. En aquellos días estaba inmerso en la lectura de un libro de leyendas que lo tenía fascinado. Pensó que encendería la chimenea, se sentaría en una silla y se taparía con una manta. Si el sueño lo alcanzaba, siempre podía volver a la cama.

Caminó a oscuras por la habitación de las literas intentando no golpearse con nada. Cuando por fin alcanzó la puerta que comunicaba con la biblioteca, escuchó una voz que provenía de su interior. Extrañado, puso la oreja en la puerta. Ahora ya distinguía la voz con claridad, era la del Señor Chiflú.

— Tú no has estado presente en su entrenamiento, su progresión es increíble.

— Tampoco creo que sea para tanto —la voz de Ruzil lo acompañaba.

— Sí que es para tanto. Está recortando los tiempos de los entrenamientos a marchas forzadas. Si sigue a este ritmo, en pocas semanas estará preparado.

— ¿Tan pronto? —se sorprendió Ruzil—. Los alumnos más avanzados pasaban aquí un mínimo de dos años.

— Veo que no te das cuenta de lo que tengo entre manos —la voz de su maestro sonaba muy alegre—. Dale un vistazo a este libro a ver si encuentras alguna coincidencia.

Se escuchó cómo un libro golpeaba sobre la mesa.

— ¿Me estás tomando el pelo? —la voz de Ruzil sonó muy seria—. No puede ser.

— Puede y es.

— Esto es increíble, jamás pensé que lo vería. ¿Cuándo lo averiguaste?

— El primer día ya intuí algo, pero no quise lanzar las campanas al vuelo. Ahora ya estoy seguro —hizo una pausa—. Quiero que lo sigas tratando igual, como si no ocurriese nada. Si no manejamos el asunto con cuidado, podría estallarnos en las narices.

— Lo entiendo —dijo Ruzil.

— ¿Te apetece un trago para celebrarlo? —ofreció el Señor Chiflú.

— Pero si tú nunca bebes.

Se escuchó el tintineo de unas copas, luego el descorchado de una botella y a continuación un líquido cayendo a un recipiente.

— Sé que no suelo beber, pero estarás de acuerdo conmigo en que ésta es una ocasión muy especial.

— Brindemos pues —las dos copas chocaron.

— Por el destino de Geo —dijeron al unísono.

Rasllew despegó la oreja de la puerta. Sabía que habían estado hablando de él, y se moría de curiosidad por darle un vistazo al libro del que habían hablado. La idea de que podría ser un libro de profecías llenó su mente. Se imaginó una gran profecía que pronosticase la llegada de un gran guerrero, pero de pronto otros pensamientos enturbiaron su mente. También podría tratarse de un libro de criaturas extrañas o algo parecido. Desechó esa idea de su mente, y se dijo a sí mismo que averiguaría de qué se trataba.

Volvió a pegar la oreja a la puerta pero la conversación ya no giraba en torno a él.

— Giathos se está defendiendo muy bien últimamente, no tendrán problemas para mantenerse...

Se retiró de la puerta y se encaminó hacia su cama. Una vez en ella, trató de dormirse pero no dejaba de pensar en la conversación que acababa de escuchar furtivamente.

Cuando llegó el nuevo día, apenas había dormido unas pocas horas. El Señor Chiflú fue a despertarlo como todas las mañanas y lo apremió para que se levantase.

— Puedes ir a desayunar, ahora enseguida voy yo —intentó desembarazarse de él.

— De acuerdo —su maestro se marchó al comedor.

Rasllew se vistió todo lo rápido que pudo y se acercó de puntillas a la biblioteca. Abrió la puerta con mucho cuidado, pero cuando asomó la cabeza en su interior se llevó una decepción. Sobre la mesa no había ningún libro, estaba vacía. Había pensado que tal vez por descuido se lo habrían dejado, pero no fue así.

Entró en la estancia y buscó pistas sobre el libro. Quería encontrar algún indicio, un libro mal colocado, algo que no encajase.

— ¿Estás buscando algo? —la voz de su maestro lo sobresaltó.

Rasllew estaba agachado ante una de las estanterías; se quedó petrificado.

— No...es que... —no sabía cómo salir airoso de aquella situación.

— Parece que te gusta escuchar las conversaciones ajenas —la voz de su mentor sonaba firme.

— Lo siento —Rasllew agachó la cabeza avergonzado.

— Te dije el primer día que respetases mi intimidad —Rasllew pensó que le iba a soltar una buena reprimenda pero, en vez de eso, se acercó a una estantería lateral y extrajo un ejemplar—. Éste es el libro que estabas buscando —se fijó en la cubierta; sobre un volcán en erupción se alzaba un cielo azul celeste. En medio de ese paisaje, luchaban un dragón contra una espada que caía del cielo.

Rasllew se esforzó al máximo y consiguió descifrar el título de aquel libro "La danza del bien y el mal".

— Es muy pronto para que lo leas. Lo guardaré lejos de tus manos hasta que estés preparado para hacerlo.

Sin una palabra más, desapareció de su vista. Se sentía muy culpable por haber fallado a su maestro, había violado su intimidad, pero también sentía unos deseos terribles de leer el contenido de aquel libro.

Durante el desayuno, la tensión se podía cortar con un cuchillo. El Señor Chiflú ni siquiera miraba a su aprendiz. Ruzil estaba en medio de los dos sin entender muy bien lo que pasaba.

Más tarde, cuando volvieron a entrar en la biblioteca para continuar con sus lecciones de Bree, el Señor Chiflú se comportó como si nada hubiese ocurrido. Aleccionó a Rasllew igual que todas las mañanas hasta la hora de la comida.

Por la tarde, Rasllew tuvo que volver a vérselas con el pelele. La mayoría de las veces conseguía anticipar sus movimientos pero, al final, el muñeco lograba alcanzarlo haciéndole sentir una dolorosa descarga.

Pasaron diez días más hasta que su maestro le cambió la rutina de entrenamiento.

La mañana de ese día era muy luminosa, por las ventanas entraba una claridad estupenda. Como cada jornada, el Señor Chiflú fue a despertar a Rasllew. Éste se levantó y comenzó a vestirse. No obstante esa mañana notó que la ropa se le ceñía mucho más al cuerpo, casi no le entraba. Le apretaba en el pecho y también en los hombros.

— Creo que esta ropa ha encogido —le mostró el resultado a su maestro—. Habrá que decirle a Nanita que cuando lave…

— La ropa no ha encogido —no lo dejó terminar—. Eres tú el que se ha ensanchado.

Rasllew se quitó la camiseta y miró su cuerpo. No entendía como había pasado por alto un cambio tan drástico en su aspecto. Hacía menos de un mes había llegado a la cabaña del Señor Chiflú siendo un muchacho delgado y algo enclenque, sin embargo ahora sus músculos eran grandes y bien definidos. Se miró los bíceps con sorprendente orgullo.

— ¿Cómo ha podido ocurrir? —miró a su mentor, atónito—. Es cierto que entreno el cuerpo todas las tardes, pero son muchos cambios en tan poco tiempo.

— ¿Acaso has olvidado el conjuro de peso que llevas puesto en todas tus articulaciones? ¿Crees que las sopas que tomas a la hora de comer no te hacen ningún efecto?

— Ya lo sé, pero no esperaba un resultado tan rápido.

— Avisaré a Nanita para que te confeccione unas ropas nuevas más grandes —refunfuñó mientras se dirigía hacia el comedor.

Rasllew se quedó solo en el cuarto de las literas. No dejaba de mirarse los nuevos músculos. Nunca había sido un obsesionado de su cuerpo pero le gustaba el cambio.

Después de desayunar fueron directos a la biblioteca a continuar con las lecciones.

Ese mismo día, después de comer, el Señor Chiflú rompió con su rutina diaria. Se levantó de su sitio antes de lo previsto y se perdió por una de las puertas laterales del comedor. Unos minutos después volvió a aparecer en la sala, llevaba consigo la espada de Rasllew.

El rey Yelou sonrió al verla, sabía lo que aquello significaba.

— Has progresado mucho con la agilidad de tu cuerpo, te has ganado esto —le entregó espada y vaina, con un gesto solemne.

Rasllew se puso en pie y se la ató a la cintura. Puso la mano en la empuñadura y desenvainó. Al hacerlo sintió que un calor agradable llenaba su cuerpo poco a poco. Algo fluía en su interior haciéndole sentir en paz consigo mismo, era una sensación muy placentera.

Un poco después, maestro y aprendiz salieron a la explanada. Donde les estaba esperando el pelele.

— A partir de ahora podrás defenderte de Crasst —señaló al muñeco—. Las reglas siguen siendo las mismas. Pronuncia las palabras mágicas para ponerlo en funcionamiento, el pelele se detendrá en caso de que logré golpearte y en caso de que tú lo golpees. ¿Queda claro?

— Clarísimo —se moría de ganas por blandir la espada contra lo que fuese—. *¡Auphus Sirón!*

Crasst se puso en marcha en cuanto pronunció aquellas palabras, corrió hasta el muchacho y lanzó una terrible estocada. Pero Rasllew lo estaba esperando, con un ágil movimiento esquivó el golpe y clavó la punta de su espada en el cuerpo de su rival. Instantáneamente el pelele perdió la vida.

— ¡Vaya! —exclamó su maestro—. No me esperaba que lo vencieses tan rápido. Prueba de nuevo.

Rasllew pronunció las palabras mágicas y el muñeco volvió a la carga. Unos segundos después, el rey Yelou contemplaba satisfecho a un Crasst sin vida.

— Parece que este pelele no es rival para ti —el Señor Chiflú permanecía pensativo—. Esta tarde continua con el ejercicio, mañana pasaremos a la siguiente fase del entrenamiento.

Se marchó dentro de la cabaña dejando a Rasllew con el muñeco. Al aprendiz le pareció que aquello había trastocado los planes de su maestro, y que por eso se marchaba algo malhumorado.

Estuvo toda la tarde enfrentándose a Crasst, pero ni en una sola ocasión volvió a sentir la horrible descarga eléctrica en su cuerpo. Se mantuvo concentrado todo el tiempo y se dijo a sí mismo que ya no volvería a sentir aquella desagradable sensación nunca más.

Más tarde, Ruzil, Rasllew y el Señor Chiflú estaban reunidos en el comedor disfrutando de una agradable cena. El ambiente era distendido y la conversación versaba sobre la llegada del invierno. De repente, el anciano cambió el tercio de la conversación.

— Mañana irás a las colinas de Gotur —mientras hablaba miraba a Rasllew—. Deberás traer una piedra Gotur.

— ¡A las colinas Gotur, pero tú estás loco! —estalló Ruzil—. No está preparado, sólo es un muchacho.

— Mañana irá a las colinas y no se hable más —le lanzó una mirada amenazante a Ruzil— ¿Está claro?

— Chiflú, sabes que nunca te he faltado el respeto pero —dijo Ruzil en tono conciliador—, es que estas mal de la cabeza. ¿Cómo lo vas a mandar allí solo? Es muy peligroso.

— Por favor Rasllew ¿Puedes retirarte?—el rey Yelou asintió.

Hasta que no salió de la estancia, los dos hombres no retomaron la discusión. En aquella ocasión Rasllew no quería escuchar la conversación pero, debido a la acalorada discusión y la proximidad de su cama con el comedor, la escuchó.

— Que sea la última vez que me desacreditas delante del muchacho —espetó el maestro.

— Chiflú, me sigue pareciendo una locura. Podría morir.

— Si es quien… —se detuvo y bajo la voz, tanto que apenas fue un susurro. Rasllew tuvo que esforzarse por escuchar lo que decía— Si es quien parece ser, sobrevivirá.

— ¿Estarías dispuesto a arriesgarlo todo? —dijo Ruzil—. No quiero formar parte de esto.

— A lo largo de su vida tendrá que enfrentarse a desafíos mucho peores. Confía en mí.

Sus voces sonaban más calmadas ahora que la discusión se iba enfriando.

Rasllew se durmió enseguida, no por el esfuerzo que había hecho a lo largo de todo el día, sino porque tenía el presentimiento de que el día siguiente iba a ser un día agotador. Además la experiencia le decía que en ese mundo si tenía un rato para descansar, no debía desaprovecharlo.

— Vale arriba mi aprendiz —gritó el Señor Chiflú a primera hora.

Dicho eso, se marchó y cerró la puerta. Rasllew se levantó y salió de la sala mientras se ataba el cinturón con la espada.

Se sentó en la mesa de siempre y se bebió la sopa de un trago en compañía de Ruzil y su mentor. Una vez todos terminaron de desayunar, el Señor Chiflú acompañó a su aprendiz al exterior.

—Lo que tienes que hacer hoy es muy sencillo, ¿Ves aquella montaña de allí? —señaló una montaña lejana—. Pues en ella hay unas piedras llamadas piedras Gotur. Lo que debes de hacer es coger una, la que más te guste. Esas piedras poseen un poder que te enseñaré cuando me traigas la tuya. Mira la montaña, tiene un cráter del que sale una luz roja. ¿Lo ves? —Rasllew asintió con la cabeza—. Pues allí están las piedras. Eso es todo lo que has de hacer.

— Y si eso es todo, ¿Por qué discutisteis Ruzil y tú sobre el peligro de ir allí? —a su maestro no pareció gustarle mucho la pregunta porque tardó en contestarla.

— Las piedras Gotur reciben ese nombre porque están vigiladas por un pequeño dragón llamado así. Debes ir con cuidado de que no te descubra.

— Nunca he visto un dragón —reconoció el aprendiz algo asustado—. ¿Escupen fuego?

— No puedo desmigarte la tarea de hoy, se trata de un ejercicio de supervivencia. Será mejor que te pongas en camino y que utilices todos tus sentidos a lo largo del día —el Señor Chiflú ya lo despedía cuando recordó algo—. En el comedor te he dejado una bolsa con algo de comida.

Rasllew entró en la estancia y vio la bolsa. Se agachó y la cogió, sólo tenía un asa pero era bastante cómoda de llevar. Se despidió con el brazo del Señor Chiflú y siguió el camino que parecía ir en dirección a la montaña.

No llevaba andados ni veinte minutos cuando Ruzil lo alcanzó.

— Rasllew —lo llamó.

— ¿Qué haces aquí?

— He venido a hablar contigo. Yo también fui al monte Gotur durante mi entrenamiento y quiero darte unos consejos. El monte está gobernado por un dragón algo pequeño comparado con los de su especie, pero sigue siendo un dragón. Ese dragón ha quemado el bosque que rodea al monte para poder proteger mejor sus piedras de los enemigos. Te diré lo que vas a hacer, seguirás este camino hasta que veas una roca grande y negra a la parte derecha del camino. Reconocerás la roca porque tiene forma de huevo. En cuanto la veas, te desvías hacia la izquierda y te internas por mitad del bosque en dirección a la montaña. Si continuases por este camino, en el que nos encontramos ahora, acabarías en una de las trampas del dragón. Continúa por el bosque hasta que veas que los árboles tienen restos de ceniza. Restriega esa ceniza por tus ropas y tu piel para camuflarte mejor con el entorno. A partir de ese momento deberás avanzar tumbado, arrastrándote por el suelo —hizo una pausa—. Los dragones no tienen una buena visión, así que si te camuflas y te tumbas, pasarás más desapercibido. Tus movimientos deben de ser más pausados conforme te acerques a tu objetivo. Después deberás escalar la montaña, pero no cojas ninguna piedra hasta que el dragón no se vaya. Una vez tengas lo que has ido a buscar, baja la montaña con el mismo sigilo y recorre el camino a la inversa. ¿Lo tienes todo claro? —Rasllew asintió con la cabeza—. Pues ponte en camino y no le digas a Chiflú que te he ayudado.

Se despidió de Ruzil y siguió el camino. Ese hombre le había caído bien desde el primer día, y además se preocupaba por su seguridad.

Las primeras gotas de sudor recorrían su frente, cuando vio la piedra negra. Parecía una piedra volcánica, tal y como le había dicho Ruzil y tenía forma de huevo. No era una piedra típica de ese paisaje, alguien debería haberla llevado hasta allí. Giró a la izquierda en dirección a la montaña, a través del bosque.

Continuó andando hasta que llegó a la zona quemada. Miró al cielo, pero no había señales del dragón. Así que se tumbó y se bañó en ceniza. Llenó de tizne sus ropas, y también su cara y sus manos. No tenía ningún espejo cerca pero pensó que ya no le quedaban más zonas por camuflar.

Comenzó a arrastrase, pero de pronto escuchó un zumbido a lo lejos. Levantó la cabeza y vio al dragón volando encima suya.

Era negro y tenía unas grandes alas. Su cola era visiblemente más grande que su cuerpo y de su boca salía humo negro. De pronto, clavó sus ojos en el rey Yelou y comenzó a bajar en picado.

Rasllew sintió como la adrenalina estallaba en su interior. Se levantó y echó a correr hacía la parte verde del bosque todo lo rápido que pudo. Pensó que no había corrido tan rápido en toda su vida. A unos metros de llegar al bosque, notó un calor en la espalda que le indicó que el dragón andaba pisándole los talones.

Supo que ya no podía apurar ni un instante más, así que se tiró detrás de la piedra más grande que vio. El dragón no podía entrar en el bosque por que se le enganchaban las alas en los árboles, pero sí que pudo lanzar una gran llamarada antes de irse.

Por un pelo no le quemó. Se acurrucó detrás de la piedra y notó el asfixiante calor al otro lado. Unos segundos después, levantó la cabeza y vio que el dragón daba vueltas en círculos por el cielo, vigilante. Decidió esperar a que volviese a cuidar sus piedras o, por lo menos, se fuese algo más lejos.

Esperó como una media hora, el dragón había vuelto a la cima del monte a cuidar sus piedras. Rasllew sabía que a partir de ese momento, tenía que ir con mucho cuidado ya que el dragón estaría esperándolo, receloso.

Se tumbó en el suelo y fue arrastrándose muy despacio, avanzaba metro a metro. Cada poco tiempo se detenía y buscaba al dragón para comprobar que continuaba vigilando sus preciadas piedras.

Por fin llegó al pie de la montaña. "El peor tramo ya lo he pasado" pensó, pero estaba equivocado. La montaña era más difícil de escalar de lo que le había parecido a simple vista. Las rocas eran afiladas y la mayoría de ellas estaban sueltas, fue un ascenso muy complicado. Se sentía desprotegido en la cara de la montaña, si el dragón lo hubiese detectado, no habría tenido posibilidad de escapar.

Cuando ya casi estaba en la cima, solo le restaban unos cuatro metros para alcanzarla, se agarró con la mano derecha a una gran roca y esta se desprendió causando un gran estruendo. Rezó para que el dragón no lo hubiera oído, pero en lo alto de la montaña ya se oían batir sus alas.

Rasllew sabía que si lo encontraba allí sería su fin. De repente, una idea asaltó su cabeza. Era un tanto descabellada y no sabía si le daría tiempo ni si funcionaría, pero debía de intentarlo. Con toda la agilidad que pudo se quitó la camiseta, la hizo un una pelota en su mano y la lanzó todo lo lejos que pudo, montaña abajo. Se quedó quieto, petrificado, intentando pasar desapercibido, mientras la camiseta se desplegaba en el aire y bajaba lentamente.

El dragón salió de su escondrijo para ver qué había producido ese ruido. Rasllew tembló de arriba abajo cuando escuchó encima suya el batir de sus alas. Por unos instantes pensó que había sido descubierto, pero permaneció inmóvil.

Antes de que pudiera darse cuenta, el dragón se lanzó en picado a por la camiseta. Le tembló todo el cuerpo cuando notó la corriente de aire que produjo en su espalda al pasar a su lado. Entonces pensó, ahora o nunca, y escaló a la cima de la montaña todo lo deprisa que pudo. Allí contempló el cráter y los tesoros que escondía.

Las piedras Gotur eran bellísimas, parecían grandes diamantes rojos, del color de la sangre. Cada piedra parecía tener su propia luz, un gran resplandor rojo iluminaba todo el cráter.

El cráter era perfectamente redondo y estaba rodeado por rocas gigantes, que formaban un cuenco para las piedras Gotur. Allí debía de haber como un millar de aquellas piedras.

Rápidamente, Rasllew se escondió detrás de una de aquellas rocas gigantes. Se agazapó todo lo que pudo y esperó a que el dragón regresara. Mientras lo hacía, se quedó embobado mirando las piedras. Poseían algo que inducía a mirarlas y que paralizaban al que lo hacía.

El dragón volvió después dar unas cuantas vueltas por la zona, y se tumbó a descansar en el centro del cráter, encima de las piedras.

Rasllew esperó pacientemente detrás de las rocas a que se fuera, pero ya caía la noche y el dragón no se había movido de su posición.

El dragón estaba durmiendo, pero después de estar tanto tiempo esperando, Rasllew comenzó a imaginarse que lo estaba esperando. Que se estaba haciendo el dormido para que saliese de su escondrijo a recoger una piedra, y que entonces lo calcinaría. Incluso una vez le pareció que abría un ojo. Pero eran imaginaciones suyas.

De una vez por todas se decidió a salir, la noche estaba llegando y no quiso que lo encontrase en aquel lugar. Sus movimientos eran lentos, poco a poco se fue incorporando hasta que estuvo de pie. Mientras permanecía agachado, se dispuso a salir de detrás de la piedra en la que se había escondido. Tomó aire y se dejó ver. Se detuvo unos instantes para comprobar si se había producido algún cambio en el dragón, pero parecía seguir durmiendo.

Así que dejó su escondite definitivamente y se dispuso a caminar. Fue entonces cuando el dragón se despertó y se incorporó.

Rasllew se quedó inmóvil y notó como le temblaban las piernas. Iba a sacar la espada cuando el dragón emitió un grito de rabia y echó fuego por la boca, aquello le dio miedo. Hizo batir sus alas y se dispuso a atacar.

Ya no había otra salida así que desenvainó la espada y gritó:

— Ven dragón, que aquí te espero —después de todo era el rey Yelou y además si el Señor Chiflú le había mandado a aquel lugar, era porque sabía que podría derrotarlo.

El dragón voló hacia él con una velocidad tremenda, tal era que Rasllew dudó de si podría detener su primera envestida. Estaba preparado para el golpe, sus músculos se pusieron en tensión para recibir a su atacante. Su sorpresa llegó cuando el dragón pasó volando por encima suya sin prestarle atención.

Rasllew se quedó perplejo, tenía la espada en la mano derecha, pero no la tuvo que utilizar. Reaccionó enseguida y la guardó. Después dio un gran salto y cayó en el interior del cráter. Allí se puso a buscar entre todas las piedras, buscaba la más grande, la mejor. Al principio cogió una que le pareció la más bonita y grande de todas, pero cuando se disponía a salir de allí, vio otra que le pareció mejor, y cuando la tuvo en la mano, al otro lado del cráter vio una enorme. Estuvo así un buen rato. No lograba decidirse por ninguna piedra, cuando cogía una entre sus manos, el resto lo llamaban.

Finalmente se decidió por una piedra tan grande como un balón de fútbol, se dijo que si no salía de allí pronto, el dragón lo encontraría y lo mataría. Con toda la agilidad que pudo, volvió a esconderse detrás de la gran roca, como había hecho minutos antes.

Por fin ya tenía la piedra y el dragón no estaba, solo le restaba huir y ya se habría librado de aquella pesadilla. Estuvo dudando unos minutos entre salir y no hacerlo, pero le frenaba la idea de que el dragón podría volver en cualquier momento.

Pasaron los minutos y el dragón no volvía, la idea de irse cogía fuerza en su mente. Sin pensárselo dos veces, salió de su escondite. Con mucho cuidado puso la piedra en la mochila, que ahora se encontraba vacía después de comerse el pan que el Señor Chiflú le había dado para reponer fuerzas, y se dispuso a iniciar el descenso.

Se acercó al borde de la montaña y miró abajo. Era bastante difícil bajar por aquel extremo, pero no tenía tiempo para estar buscando el sitio perfecto para descender.

De pronto, el sonido del batir de unas alas le llegó por la espalda. Se volvió lentamente y con el rabillo del ojo vio la pequeña cabeza del dragón. Eso le bastó para lanzarse detrás de la roca de nuevo. Al caer, se raspó el pecho descubierto, pero no le importó.

Se hizo un ovillo y se quedó mirando hacia arriba. Vio como el dragón se posó sobre la roca tras la que estaba escondido y emitió un rugido impresionante. Esta vez sí que le tocaría luchar.

Poco a poco, Rasllew se levantó, bajo la atenta mirada del dragón. Apenas los separaban medio metro de distancia, si le lanzaba una llamarada estaría perdido, además necesitaba tiempo para sacar la espada. Sin más preámbulos, respiró hondo y lo embistió con todas sus fuerzas.

El dragón no se esperaba esa reacción, por que salió despedido y cayó encima de sus amadas piedras.

Aquello debió de cabrearlo mucho, porque se levantó y lanzó una gran llamarada hacía la persona que había osado desafiarlo. Rasllew saltó hacía un lado y se escondió detrás de otra roca. Pudo notar como la llamarada hacía subir la temperatura de la piedra sobre la que tenía apoyada la espalda.

El dragón se alzó en el aire y voló hasta la roca tras la que se había escondido su presa. Pero el rey Yelou se movió muy rápido, corrió agazapado y se escondió detrás de una roca situada a unos metros. Rezó para que el dragón no se hubiese dado cuenta. Contuvo la respiración mientras Gotur se asomaba tras la roca en la que había estado momentos antes. El dragón se sorprendió al comprobar que allí no había nadie.

Rasllew aprovechó aquellos momentos de confusión de su rival para escabullirse por detrás de las rocas y colocarse al otro extremo del cráter. Una vez allí, pensó en cómo podría vencerlo. Se le ocurrió que debía provocar una situación similar a la anterior y aprovechar el despiste del dragón para atacar. No obstante debía tener mucho cuidado en que no lo quemase con su fuego porque aquello sería su fin.

Ese plan le parecía muy arriesgado, de modo que intentó pensar todo lo rápido que pudo en otra solución. Momentos después decidió probar algo.

Apoyó la espalda contra la roca, tras la que estaba escondido, recogió una piedra del suelo y la lanzó unos metros a su derecha. La piedra cayó con estrépito y rompió el silencio reinante. Instantáneamente se escuchó el batir de unas alas, Rasllew no pudo evitar sonreírse al pensar que el dragón había picado.

Continuó detrás de su escondrijo hasta que vio cómo su enemigo se alzaba sobre una roca para comprobar de dónde había llegado aquel ruido. No se lo pensó dos veces y se abalanzó sobre él. Cogió todo el impulso que pudo y dio un potente salto mientras desenvainaba la espada. Un instante antes de hundir la espada en su cuello, el dragón giró instintivamente la cabeza en dirección al Yelou. Pero su reacción llegó tarde porque la espada le atravesó el cuello.

Rasllew cayó al suelo desarmado, no había podido volver a sacar la espada del cuello de su enemigo. Extenuado, dio media vuelta, y el miedo recorrió su cuerpo cuando comprobó que el dragón no había muerto, todavía se movía. Las piernas le temblaron cuando echó a correr de una parte de la cima de la montaña a la otra. Justo un instante antes de lanzarse montaña abajo, se percató de que el dragón no lo perseguía.

Se giró y esbozó una sonrisa al ver que estaba muerto. Su cuerpo yacía en el suelo inerte mientras su espada continuaba clavada allí donde la había dejado.

Aún se acercó con miedo a recoger su espada. La tomó y la envainó. De repente escuchó un ruido que parecía estar muy lejano, pero se dio cuenta de que venía del dragón. En breves momentos, el dragón se cubrió de un color rojo brillante y poco a poco su tamaño se fue reduciendo hasta que ya no quedó ni rastro de él.

La figura roja se fue encogiendo hasta que se hizo del tamaño de un puño. Ante su sorpresa, el dragón se convirtió en una piedra como lo había echo Werak al morir en el castillo Soker.

Rasllew se fijó en que la piedra era muy similar al resto de piedras Gotur. Pero ésta tenía un brillo que la diferenciaba a las demás. Recordó que cuando un Sephal había tocado la piedra de Werak, ésta se fundió en él, y pensó que no quería que le sucediese lo mismo con la piedra del dragón. De modo que metió la piedra en la mochila sin llegar a tocarla con los dedos. Ahora tenía dos piedras en la mochila

Una vez lo tuvo todo listo, bajó la montaña con esfuerzo y cogió su camiseta. Estaba manchada de polvo, eso en cualquier otro momento le hubiera importado pero en ese momento estaba tan contento de haber acabado con el dragón que la espolsó un poco y se la puso.

Durante todo el camino de vuelta, no paraba de pensar en la cara que pondrían el Señor Chiflú y Ruzil cuando les enseñase las dos piedras. Y más aún Ruzil, al que le parecía tan arriesgado aquel viaje.

Rasllew estaba tan sumido en sus pensamientos que el camino se le hizo corto. Aun así, ya era de noche cuando llegó a la cabaña.

Una luz tenue salía de la ventana, reconoció dos figuras en el interior, que supuso que eran el Señor Chiflú y Ruzil.

Abrió la puerta de golpe y entró mientras se quitaba la mochila de la espalda. La cara de alivio que puso Ruzil al verlo fue evidente. Por otro lado, el Señor Chiflú permanecía serio e inexpresivo como siempre.

— He traído la piedra y otra cosa —anunció el aprendiz.

El Señor Chiflú no parecía prestarle mucha atención, pero Ruzil se interesó mucho.

— ¿Y qué es esa otra cosa? —preguntó intrigado.

Rasllew volcó la mochila sobre una de las mesas del comedor, dejando su contenido a vista de todos.

— He matado al dragón, y luego se ha convertido en esta piedra —señaló a la piedra que más brillaba—. No he querido tocarla por si acaso, he preferido esperar para saber que tengo que hacer con ella.

De pronto el Señor Chiflú se levantó de la silla en la que estaba sentado y se acercó con renovado interés.

— ¿Has matado al dragón dices? —su voz no mostró alegría alguna—. Y veo que también has traído la piedra Gotur. Buen trabajo.

— Gracias —se sonrojó Rasllew.

Tanto el Señor Chiflú como Ruzil, miraban con interés la piedra. La analizaban desde diferentes ángulos, pero ninguno de los dos la tocó en ningún momento.

— Esta piedra contiene el alma del dragón al que has matado. La guardaré hasta que llegue el momento oportuno de hacer uso de ella. Ahora deberías cenar y acostarte, mañana te despertaré a la hora de siempre.

Rasllew cenó bajo la atenta mirada de sus compañeros. Se sentía muy cansado de modo que apuró la cena y se fue a dormir.

Ya en su cuarto, se tumbó en la cama boca arriba, estaba destrozado y le dolían todas las partes del cuerpo. Sin saber muy bien porqué sus pensamientos se fueron centrando en los Yelou, en Ly, Fergiten, Iriogero, su madre, su tío y en todos los demás. Comenzó a darse cuenta del dolor y el sufrimiento que deberían tener en aquel momento, sin rey, sin casa, solos y sin un líder que los abanderase. Pensó que si Iriogero había sobrevivido, habría sido él quien habría asumido el mando. Mientras dormitaba, se imaginó delante de todos los Yelou venciendo a Soker, la alegría explotaba y Bastur volvía a ser un lugar seguro.

Abrió los ojos, le parecía haber dormido una eternidad. Se acercó a la ventana y la abrió, para su sorpresa todavía era de noche, no había ni rastro del amanecer. Dudaba entre si era demasiado pronto y no había dormido casi, o si era demasiado tarde y el Señor Chiflú lo había dejado dormir hasta el día siguiente. Descartó la segunda opción.

Se tumbó de nuevo en la cama y unas voces llegaron a sus oídos. Aquellas voces provenían del comedor. Reconoció perfectamente los tonos del Señor Chiflú y Ruzil. Prestó atención para saber lo que decían.

— Es increíble, ha matado al dragón —la voz de Ruzil sonaba impresionada; una sonrisa esbozó en el rostro de Rasllew al escucharlo.

— Deberías de confiar más en mí, pero sobretodo deberías de confiar más en él —la voz grave de su maestro retumbaba en las paredes.

— Somos unos afortunados por estar viviendo esto. Me da esperanzas el saber que puede haber un mundo mejor.

— En toda mi existencia he vivido muchas cosas, y ésta es una de las que más me emociona.

A Rasllew se le aceleró el pecho, cada vez estaba más convencido de que tanto el Señor Chiflú como Ruzil, sabían algo de él. Deseó poder leer el libro que su maestro había escondido.

Cuando volvió a prestar atención, la conversación ya viajaba por otros derroteros.

— ¿Y ahora quién defenderá el monte Gotur? —preguntó Ruzil.

— Por eso no te preocupes.

— ¿Por qué no debería preocuparme? Ahora mismo podrían estar robando las piedras, cualquiera podría tener magia sin necesidad de demostrar su valor.

— La magia sabe quién es digno y quién no, además no creo que pase mucho tiempo hasta que otro dragón ocupe el lugar dejado por Gotur —respondió el anciano.

— ¿Quieres decir que dentro de poco tendremos otro dragón rondando por aquí? Y si es… —no terminó la frase.

— No creo que venga por aquí, pero si lo hace, le estaré esperando.

— No me gustaría perderte.

— Algún día me perderás, y ese día te verás obligado a hacer lo que llevas evitando tanto tiempo.

Hubo unos momentos de silencio.

— No creo que pueda hacerlo nunca —replicó Ruzil.

— Ya he tenido esta charla contigo antes y no pienso perder el tiempo de nuevo, será mejor que nos vayamos a dormir.

Un par de sillas se arrastraron por el suelo, luego se escucharon unos pasos y finalmente el abrir y cerrar de una puerta. Ambos se marcharon sin mediar palabra.

Capítulo 9: La danza del bien y el mal

— A despertarse —anunció el Señor Chiflú a primera hora de la mañana—. El desayuno está listo, hoy no será un día tan pesado como el de ayer, pero deberás estar concentrado.

Rasllew se asomó a la ventana, parecía que el día iba a ser espléndido porque no se veía ni una sola nube en el cielo. Respiró hondo el aire puro de las montañas y se vistió con ropas nuevas. Lo hizo con un pantalón gris y una camiseta negra con un dragón bordado en color amarillo en la espalda.

Entró en el comedor rápidamente y se unió a Ruzil y al Señor Chiflú, que estaban sentados a la mesa tomándose un té. Hablaban de algo pero se interrumpieron ante la entrada del Yelou.

Al otro extremo de la mesa había una taza de la que salía vapor. Rasllew supuso que esa era su taza, así que se sentó y bebió un sorbo. Cuando el Señor Chiflú hubo acabado con su té, se acercó a un armario y extrajo la piedra Gotur de él.

Se volvió a sentar en su sitio y comenzó a hablar.

— Rasllew, lo primero de todo es felicitarte por conseguir esta piedra —se detuvo para estrechar la mano a su aprendiz, no parecía muy contento pero lo intentaba disimular—. Con ella te has ganado el derecho a tener tu propia magia. Se dice que las piedras Gotur son objetos de los dioses y que por eso la magia que albergan en su interior es tan pura. No se ha podido comprobar si en efecto estas piedras son objetos celestiales, lo que sí sabemos es que los dragones las recolectan y las protegen con su propia vida. Los libros cuentan historias sobre la conexión entre los dragones y la magia, pero todo son elucubraciones. El caso es que fusionando tu esencia con la de ésta piedra —palmeó el objeto—, obtendrás magia y podrás usarla a tu antojo.

— ¿Y qué significa eso?

— Significa que pasarás a ser un mago —explicó el anciano—. Durante la mañana de hoy te explicaré las implicaciones que ello conlleva y luego decidirás si quieres hacerlo.

Terminaron el desayuno y se fueron directamente a la biblioteca. Rasllew estaba impaciente por las lecciones de aquel día. Por fin iban a comenzar las clases realmente útiles.

En la biblioteca, una chimenea encendida los estaba esperando, ambos se sentaron alrededor de la mesa y el anciano comenzó sus lecciones.

— Desde el principio, en Geo siempre ha fluido la magia. La magia es el origen de todas las cosas, creó las montañas, creó los árboles y creó a todos los seres vivos. No obstante, no toda la magia es igual. Existe la magia blanca y la magia negra, la una no puede existir sin la otra y viceversa. La magia influye sobre todas las cosas, por eso un poblado en el que prevalece la magia negra, es malvado. En un poblado así, hasta los árboles y la hierba que los rodean se ven afectados por la magia negra.

— Eso es exactamente lo que pasa en Bastur —lo interrumpió el rey Yelou.

— Eso es exactamente lo que pasa en todo Geo —lo corrigió su maestro—. Pero a su vez, allí donde hay magia negra, existe la misma cantidad de magia blanca. Ambas se mantienen siempre en equilibrio. En todo Geo la cantidad de magia blanca y negra es la misma. Si la magia blanca aumenta, la magia negra también lo hace. Durante el paso de los siglos siempre ha sido así, ambas magias se han visto envueltas en una danza que las ha mantenido en equilibrio. La danza del bien y el mal.

Rasllew recordó que ese era el título del libro que su maestro había escondido para que no lo leyese. El Señor Chiflú descubrió en su mirada que así había sido y por eso dijo.

— No te voy a mostrar ese libro.

Rasllew se mostró decepcionado.

— Lo que me acabas de explicar, significa que, ¿Si hoy me convierto en un mago de magia blanca, otro mago de magia negra se creará en otro lugar de Geo?

— O quizá te conviertas en un mago de magia blanca por que otro mago de magia negra se creó ayer. Eso no se puede saber. De hecho no podemos saber ni siquiera si es cierto que ambas magias se mantienen en equilibrio instantáneamente. Existen muchas teorías dedicadas a ello, el gran filósofo Bartaglu decía que el equilibrio de las magias se produce cada mil años. Defendía que durante ese tiempo podía haber una magia dominadora, pero que como mucho en mil años, las fuerzas se igualaban. En lo que sí coinciden todas las teorías es en que los dos tipos de magia se equilibran.

— ¿Y cómo sabemos si mi magia es blanca o negra? —preguntó el alumno.

— Cuando seas mago aprenderás a ver la esencia de las personas. Yo veo en ti a una buena persona, noble y que se sacrificaría por los demás. Sin duda, tu magia será blanca.

El Señor Chiflú estuvo toda la mañana aleccionándolo sobre magia. Le explicó más teoría y le enseñó muchas de las cosas que podría hacer una vez se convirtiese en un mago. La magia se podía aplicar a la vida cotidiana y también se podía aplicar en combate. Llegados a ese punto Rasllew preguntó:

— ¿Se podría utilizar la magia negra para controlar la mente de un rival?

— Esa es una de las cualidades de la magia negra, no obstante un escudo de protección creado con magia blanca haría inútil esa técnica —respondió el anciano—. Hace ya muchos años que no se usan ese tipo de técnicas porque son inútiles ante cualquier escudo de protección.

— Quiero que me enseñes a usar ese escudo de protección —Rasllew se puso en pie—. El rey de los Sephal controló mi mente para vencerme, me gustaría que la próxima vez luchásemos en igualdad de condiciones.

El mediodía los encontró hablando sobre magia. El Señor Chiflú le había mostrado un libro con las utilidades de la magia en combate, y Rasllew estaba deseoso por convertirse en mago y poder aplicarlas.

Comió lo más rápido que pudo y esperó con impaciencia a que su maestro terminase su plato. Cada pocos segundos lo miraba, mientras movía la pierna con un tembleque nervioso, para controlar que había terminado de comer.

— ¿Estas impaciente? —le preguntó el anciano.

— Por supuesto que sí, quiero convertirme en mago.

— La impaciencia no es una virtud, y menos en un guerrero. Debes de aprender a ser paciente, todo llega a su tiempo.

Rasllew asintió y se intentó tranquilizar. Se intentó distraer pensando en todas las técnicas que había visto en aquel libro.

Por fin, el Señor Chiflú se levantó de su asiento. Para sorpresa de su aprendiz, no fue a la despensa a buscar la piedra Gotur, sino que salió al exterior.

Una vez allí, se detuvo en la explanada que había junto a la entrada a la cabaña y miró a su aprendiz antes de hablar.

— Ves ese artefacto de ahí —señaló una caja colgada de la rama del árbol más cercano—. Cada cierto tiempo deja caer una pluma de su interior. Lo que debes de hacer es cortar esa pluma en pleno vuelo con tu espada.

— ¿Pero no me ibas a convertir en mago? —replicó Rasllew.

— Esa era la idea inicial, pero prefiero que aprendas a esperar. Un guerrero impaciente, es un guerrero que muere rápido.

El anciano lanzó una mirada dura a su aprendiz. Éste supo que no debía de volver a replicar o lo haría enfadar de verdad. De modo que miró al suelo, justo debajo de donde estaba la caja, y vio que estaba todo plagado de plumas blancas. Se extrañó por no haberse fijado antes en ese objeto, había pasado muchas veces por delante de aquel árbol. Pensó que la prueba parecía fácil a simple vista y que además no entrañaba ningún peligro físico.

— ¿Cuando empiezo? —intentó que su voz no sonase decepcionada.

— Ahora mismo —respondió el anciano, que se acercó al árbol y pronunció unas palabras mágicas—. Es todo tuyo.

Dicho esto, se alejó un poco, dejando a su aprendiz solo.

Rasllew desenvainó la espada y esperó pacientemente a que hiciese su aparición la primera pluma. Al cabo de unos instantes cayó.

Su movimiento era oscilante, el Yelou seguía su trayectoria con la mirada y cuando la pluma llegó a la altura de sus ojos, lanzó un golpe de espada contra la pluma.

El golpe ni siquiera la rozó, la inalterable pluma siguió con su movimiento hasta llegar al suelo.

— Debes de ser más rápido —gritó el Señor Chiflú desde la otra punta del jardín.

Rasllew miró hacia arriba y vio que una segunda pluma caía. Intentó en vano golpearla.

— Fíjate en su trayectoria —volvió a gritar el Señor Chiflú.

Así pasó toda la tarde. El Yelou no logró siquiera rozar la pluma con su espada. Mientras, el Señor Chiflú, lo corregía con frases como " Concéntrate", "Estate atento", " Ha de ser un golpe seco", " Relaja los músculos", "Métete en la pluma, sé ella"

Pero no sirvieron de nada sus consejos. Y la tarde siguiente no deparó diferente destino.

Al caer la noche el Señor Chiflú le dijo que finalizase el ejercicio, que al día siguiente continuaría. Esa noche, mientras cenaban, Ruzil y el Señor Chiflú hablaron con él.

— ¿Te está pareciendo difícil el nuevo ejercicio? —preguntó el Señor Chiflú.

— Sí, pero estoy seguro de que mañana lo conseguiré —dijo Rasllew confiado—. Es que hoy he estado algo desconcentrado, pero mañana me relajaré, me concentraré y la cortaré por la mitad.

— Eres bueno, pero no tanto —dijo Ruzil riéndose

— ¿Por qué dices eso? —preguntó el Yelou algo cabreado.

Ruzil se dio cuenta de su enfado y rápidamente dijo:

— Nadie ha cortado la pluma al tercer día. Es más, hasta los primeros seis meses nadie consigue tocarla con la espada dos veces seguidas.

— ¿Tú cuanto tardaste? —le preguntó.

— Yo, un año, dos meses y once días en golpear a pluma con cierta frecuencia y siete meses y nueve días después la conseguí partir por la mitad. Pero el tiempo que tardes no influye en lo bueno que serás después, yo tarde demasiado en relación a los otros aprendices y sin embargo ahora los podría vencer perfectamente en un combate.

— Eso es cierto, llegué a preguntarme si algún día lo conseguiría, pero al final ese día llegó —dijo el Señor Chiflú mirando a Ruzil orgullosamente—. Y ahora es uno de los mejores guerreros que conozco. Es más, una vez tuve un alumno que pasado un mes cortó la pluma por la mitad, suerte supongo. El caso es que era muy vanidoso y ya no lo quiso intentar más, porque decía que cuando se llega a la perfección, si se practica más, lo único que se puede hacer es empeorar. Así que con un terrible ego, comenzó a pelear y a retar a otros guerreros, se hizo muy famoso por estas tierras. Pero un día quiso matar al dragón que vigilaba las piedras Gotur y murió —hizo una pausa y miró a Rasllew—. Te cuento esto porque ya sé que tú sí has conseguido matar al dragón, pero no creas que por un golpe de suerte eres el mejor guerrero de todos. Así que espero que sigas trabajando como hasta ahora y afrontes ese triunfo con humildad.

Rasllew asintió.

— No te preocupes, seguro que pronto pasas la prueba de la pluma —Ruzil intentó quitarle hierro a la situación.

Poco después, cada cual se fue a su cama para descansar.

Durante las dos semanas siguientes, Rasllew había estado intentando cortar la pluma todas las tardes, pero los intentos fueron en vano. Por las noches hablaba con el Señor Chiflú y Ruzil, siempre le explicaban cosas interesantes o le contaban viejas anécdotas de alumnos anteriores.

Esa noche, el rey Yelou no podía dormir. El entrenamiento era difícil y frustrante pero no agotaba sus músculos, así que poco a poco fue perdiendo el sueño. Sin embargo las tripas le gruñeron indicándole que tenía hambre. Se levantó de la cama y salió al comedor para ver si podía conseguir algo de comida.

Al abrir la puerta descubrió que todo estaba en penumbras, de modo que sus ojos tardaron en acostumbrarse a la oscuridad. Como se sabía dónde estaba todo, avanzó por la estancia a oscuras, pero tropezó con una silla que estaba muy apartada de la mesa. Intentó moverla para volver a colocarla en su sitio y notó que pesaba mucho, había una persona sentada en ella.

— ¿Qué pretendes muchacho? —escuchó la grave voz del Señor Chiflú.

— ¿Señor Chiflú? ¿Qué hace aquí? —preguntó algo confuso.

— Sabía que algún día me descubrirías, no sabía cuándo pero lo harías, y yo me vería obligado a contarte la verdad. Toma asiento por favor.

Rasllew notó que estaba bebido. Hasta su nariz llegó el fuerte olor a vino que emanaba el aliento de su anciano entrenador. No obstante, lo obedeció y se sentó. Nada más hacerlo, y sin más preámbulos, el anciano comenzó el relato.

— Llegado de una familia de dragones, el más bello y poderoso de la estirpe de los dragones pedía todo lo que quería y sus súbditos se lo concedían. Pero un día su codicia llegó demasiado lejos y quiso desposarse con una hechicera. Los demás dragones se negaron a cumplir ese deseo y la mayoría fue aniquilada por ello. El vello dragón, por su cuenta buscó una hechicera, para desposarse con ella, pero lo único que encontró fue una bruja. Creyendo que era una hechicera el dragón se casó con ella. Todo fue bien desde entonces, hasta que decidieron tener un hijo. El dragón quería un hijo dragón para que siguiera la estirpe de dragones, pero la bruja quiso un hombre, para que se hiciera un gran guerrero y hechicero. Al no ponerse de acuerdo llegaron a la decisión de tener un hijo dragón y un hijo humano. Con aquella decisión, el poder que debería tener el primogénito se dividiría en dos. Pero toda magia conlleva su consecuencia. De modo que si alguno de los dos hijos quería hacerse con todo el poder, debía de matar a su hermano, de esa forma se determinaría cuál de las dos razas era la más fuerte. Tiempo después, el dragón y la bruja se mataron el uno al otro. Se odiaban mutuamente por la condena que les habían cargado a sus hijos —hizo una pausa—. Rasllew, yo soy el hijo que nació humano y mi hermano dragón me anda buscando para quedarse con todo el poder. Debido a que le falta mi parte de poder, no puede ver la luz del día, así que por las noches se dedica a buscarme. Sin embargo yo no puedo salir de noche. El dragón pintado en la puerta es un encantamiento para que si mi hermano me encuentra, la primera vez que venga no pueda entrar. Pero sólo me protege la primera vez, así que he de estar preparado porque si viene tendré que hacerle frente y que sea el destino quién elija. Esa es la razón por la que no puedo dormir, y por la que todas las noches se me hacen eternas.

Rasllew estaba perplejo ante el arrebato de sinceridad de su maestro. Sin duda, el alcohol había ayudado.

— No tenía ni idea de tu problema, quiero que sepas que si el dragón viene puedes contar con mi apoyo. Y que lucharé a tu lado hasta la muerte. Me has enseñado mucho y no has pedido nada a cambio, te lo debo —se sinceró el Yelou.

—Gracias, pero este es un problema que he de resolver yo solo —hizo una pausa y se mojó los labios—. Pero de todas formas te repito que muchas gracias.

El maestro se levantó y le dio un abrazo. Rasllew estaba algo confuso, no sabía qué decir ni qué hacer. Su mentor no parecía tener ganas de soltarlo y había comenzado a llorar. Cada momento que pasaba lo apretaba más y más fuerte.

— Debe ser realmente duro tener una existencia tan terrible —consiguió decir al cabo de un buen rato, rompiendo el silencio—. Tranquilo, mientras que yo esté aquí te haré compañía todas las noches.

— Y cuando tú no estés, ¿Qué pasará? —dijo entre lágrimas.

Rasllew jamás pensó que vería al anciano en aquel estado.

— ¿Se lo has contado a Ruzil? Él podría hacerte compañía.

— ¿Ruzil? Lo sabe de sobra, pero es un miedoso. Tiene miedo hasta de su propia sombra, ¿Porque crees que el día que fuiste al monte Gotur te esperó en el camino para decirte cómo hacer la misión? Porque él temía al dragón y también teme a muchas otras cosas, es muy buen guerrero pero le faltan agallas.

— ¿Cómo sabes que Ruzil y yo hablamos aquel día? ¿Te lo contó? —preguntó extrañado.

— No creerías en serio que te iba a enviar allí a ti solo —dijo el Señor Chiflú, que ya había parado de llorar y que ahora parecía el mismo hombre serio que había sido hasta unos momentos antes—. Te seguí durante toda tu aventura, vi cómo te ocultaste, vi como subiste la montaña y despistaste al dragón con la camiseta, vi como mataste al dragón... Sin duda alguna eres un gran guerrero. Pero no creas que lo eres por todo lo que te esfuerzas, no, lo eres porque...

Se calló. Sin duda, pese a su estado de embriaguez, había conseguido morderse la lengua.

— ¿Por qué? Vamos dímelo. ¿Qué es lo que me ocultas con tanto afán? —estalló Rasllew.

— No puedo decirlo.

— ¿Por qué?

— ¡Porque es mejor así! —gritó el Señor Chiflú—. Ni siquiera te das cuenta de lo importante que eres, no sabes nada.

Ante aquello, el Yelou se quedó petrificado.

— Supongo que debo confiar en ti, como he hecho hasta ahora. No pedir ninguna explicación porque no me la vas a dar.

— Sé que es difícil para ti, pero confía en mí.

— De acuerdo.

— Hazme un favor. No vuelvas a intentar averiguar nada sobre este tema, déjalo correr. Vive tu vida, pero sobretodo haz una cosa.

— ¿El qué? —preguntó Rasllew al ver que su maestro no continuaba.

— Lucha. Lucha siempre que puedas, lucha siempre que veas una injusticia, lucha siempre que haya algo por lo que luchar. ¿Harías eso por mí?

— Por supuesto.

— No me vale, quiero que lo jures. Quiero que jures que nunca dejarás de luchar contra la magia negra.

— Juro que nunca dejaré de luchar contra la magia negra —dijo Rasllew solemnemente.

— Espero que cumplas tu palabra.

— Me voy a mi habitación —dijo secamente el Yelou.

Durante todo el día siguiente no habló con el Señor Chiflú, tampoco el anciano intentó hablar con su aprendiz. Se limitó a servirle el desayuno y entregarle un libro para leer. Por la tarde, conectó la máquina de las plumas y se marchó.

A Rasllew le relajó practicar el ejercicio con la pluma sin tener al Señor Chiflú todo el tiempo a su lado para decirle lo mal que lo estaba haciendo.

Por su parte, Ruzil notó el ambiente que había entre maestro y aprendiz, y se mantuvo al margen durante todo el día. Rasllew lo observó entre pluma y pluma. Ya no le parecía el hombre fuerte y poderoso que le pareció al principio. Después de las declaraciones del Señor Chiflú la noche anterior sobre su cobardía, sentía como si lo hubiese decepcionado. Esperaba verlo luchar contra alguna criatura increíble, valiente y fuerte. Pero después de lo de la noche anterior le parecía un gallina.

Pasó otra semana y Rasllew no conseguía siquiera rozar la pluma. Por otro lado, sus relaciones con el Señor Chiflú habían mejorado, pero su opinión sobre Ruzil no había cambiado mucho. En todo el tiempo que llevaba allí, no lo había visto tocar la espada.

El ánimo del Yelou iba cayendo en picado por la frustración de no progresar en el ejercicio de la pluma. Cada día le costaba más levantarse para intentar golpear la maldita pluma.

— ¡Vamos a despertarse! —escuchó gritar al Señor Chiflú.

— No, hoy no estoy de humor —dijo tajantemente, y se echó las mantas por encima de la cabeza.

Escuchó como el Señor Chiflú se acercaba a la cama y se sentaba en ella.

— Está bien, cuéntame lo que te pasa —dijo comprensiva-
mente—. No hemos hablado de ello desde entonces, pero espero que no sea por lo que te dije aquella noche.

— No, no es por eso —respondió sin destaparse el aprendiz.

— Entonces ¿Por qué es?

— No lo sé realmente —confesó—. Solo sé que no me apetece levantarme para intentar golpear a esa pluma que sé que
nunca golpearé.

— Nunca digas nunca —dijo riendo, pero se detuvo al ver
que su aprendiz no lo hacía—. Ese no es el motivo ¿Verdad?

— Sí, sí que lo es. ¿Por qué motivo iba a ser sino?

El Señor Chiflú se detuvo unos instantes, pensativo.

— Este parece un caso típico en que el alumno se siente
desmotivado por estar lejos de su tierra natal y de los suyos, y
por la incertidumbre de no saber qué será de él al acabar el entrenamiento. Es una pérdida de las creencias que hace que baje
la moral. ¿Verdad que voy mejor encaminado?

— Sí, es cierto— dijo Rasllew confesándoselo a sí mismo—.
¿Pero cómo lo puedo superar?

— Eso no te lo puedo decir, muchacho. Tómate el tiempo
que necesites pero quiero que cuando acudas a mí de nuevo,
estés con la moral por las nubes y decidido a cortar por la mitad
la pluma, ¿Está claro? —dijo el Señor Chiflú en tono amena-
zador.

— Sí, lo intentaré —dijo el Yelou.

— Puedes empezar por destaparte la cara —al decir esto
salió del cuarto.

Rasllew se sentía realmente mal, había llegado a una situación en la que se preguntaba, ¿Porque estaba allí?, ¿Todo aquello tenía sentido?, por primera vez desde que partió desde la
tierra estaba comenzando a asimilar lo que había pasado.

Recapacitó sobre todo lo ocurrido desde aquel día. Su rápida e imprudente decisión de atacar a Soker teniendo en cuenta su poca experiencia en combate. Le entró un escalofrío en el cuerpo al pensar que realmente se había jugado la vida, intentó recordar cómo había llegado hasta el cielo en los brazos de Bastur.

Estuvo toda la mañana pensando y reviviendo aquellos momentos, sopesando los pros y contras sobre seguir hasta el final o quedarse en ese punto y regresar a la tierra.

Decidió que había llegado muy lejos para echarse atrás. Además, le gustaba mucho luchar. Por primera vez en su vida había descubierto algo que le apasionaba de verdad.

— Rasllew —escuchó que lo llamaba Ruzil—. ¿Vas a comer?

— Sí ahora voy, pero...— dudó unos instantes—. Ven, acércate.

La figura de Ruzil se acercó a la cama en la que seguía tumbado Rasllew.

— ¿Qué quieres? —preguntó.

— ¿Puedes acercarte? Por favor —Ruzil se acercó un poco más y se sentó al borde de la cama.

— ¿Qué te pasa? ¿De qué quieres hablar? —dijo rascándose la barba.

— No lo sé, no sé qué me pasa. Es como si ya nada tuviera sentido, en mi estancia en la tierra esto hubiera sido un bajón moral y ya está. Pero aquí no tengo una familia en la que apoyarme, se me quitan las ganas de levantarme.

— Así que lo que necesitas es algo de cariño, o algo conocido que te devuelva la esperanza —dijo Ruzil pensativo—. ¡Ya lo tengo! Te regalaré un Trionex para que no te sientas solo —una sonrisa se dibujó en su rostro, se detuvo, esperando una respuesta.

— Ya tengo un Trionex —dijo sin darle mayor importancia.

— ¿Tienes uno? ¿Y porque no lo llamas?

— ¿Crees que sabría llegar desde Bastur aquí?

— No, Bastur es una isla, tu Trionex no te puede haber seguido, ni puede venir si lo llamas. Pero tengo otra cosa para ti —se detuvo un momento pensativo, y dijo en voz baja—. Pero no le digas nada al Señor Chiflú, vamos a usar su piedra Kru.

— ¿Una piedra Kru? —dijo el Yelou— ¿Qué es eso?

— Baja un poco la voz —se llevó el dedo índice a los labios, en señal de silencio—. Una piedra Kru es una piedra que te enseña el pasado, presente y futuro. Lamentablemente no te enseña el futuro propiamente dicho, sino algo que puede, ser o no ser, el futuro. Por ejemplo si la cogiésemos ahora, le podríamos preguntar qué pasará contigo en tu batalla contra el rey Sephal. La piedra te podría mostrar imágenes en las que sales victorioso, pero llegado el momento de la verdad, podrías perder. Pero usaremos la piedra para que nos muestre el presente.

— Bien, veré dónde y cómo están viviendo las personas de mi poblado —dijo Rasllew cortante.

— ¡No! Solo te voy a enseñar la suerte que ha corrido tu Trionex —dijo en tono severo.

— Pero... ¿Por qué? —preguntó realmente extrañado.

— Porque si muchos de los Yelou que conoces han fallecido, lo que verás serán sus cadáveres, y además de causarte mucha impresión, eso podría desmotivarte más aún. Por eso solo te voy a enseñar tu Trionex, pero con una condición. Ahora mismo vas a comer algo y después vas a cortar la maldita pluma por la mitad de un solo golpe ¿Está claro?

— Acepto —dijo el Yelou alegre ante la posibilidad de saber algo de Bastur, aunque fuese de su Trionex.

Después de esa charla con Ruzil se sentía con ganas de afrontar cualquier cosa y notaba que no había estado en mejor forma nunca antes. Lamentablemente ese día no logró golpear la pluma, pero cada vez sus golpes de espada se iban acercando más. Incluso llegaba a pasar rozándola.

Dos días después, y aprovechando que el Señor Chiflú había salido de la propiedad, Ruzil le enseño la piedra Kru.

Al verla le entró un escalofrío, la piedra resultó ser un enorme pedrusco que había en el jardín. Era completamente negra, pero parecía tener vida propia, no se movió ni un ápice pero la piedra Kru le dio mala espina desde el primer momento. Era como si emitiese fuerza oscura.

Ruzil pronunció unas palabras y la piedra se hizo transparente. Una niebla negra y azul apareció en su interior.

— Tócala y pídele que te enseñe el presente de tu Trionex —dijo Ruzil tragando saliva, a él también le daba mala espina la piedra.

— Enséñame el presente de mi Trionex —dijo Rasllew con la voz algo temblorosa.

La niebla que había en el interior de la piedra comenzó a moverse y, poco a poco, se fue distinguiendo una figura en su interior. Su Trionex blanco apareció en el interior de la piedra, con su mancha azul en el hombro, sin dudarlo ese era su Trionex. Parecía estar al margen de todo lo que había pasado, comía hierba, en una pradera al sol en mitad de algún lugar de Bastur.

— Ya es suficiente —dijo Ruzil retirando las manos del Rasllew de la esfera, y la piedra fue volviendo a su forma natural—. Las piedras Kru son objetos peligrosos si se usan a la ligera, cuanto menos la usemos mejor.

— Bien, estoy de acuerdo —dijo con una sonrisa en la cara.

Instantes después, volvió a sus intentos de golpear la pluma. Ruzil no lo sabía, pero esa imagen le había revelado más de lo que él pensaba.

Su Trionex estaba al sol, lo cual quería decir que todavía había zonas de Bastur que los Sephal no habían conquistado.

Porque de haberlo hecho, el cielo estaría cubierto de nubes. Eso quería decir que, o ganaron los Yelou la batalla, cosa que era improbable, porque se lo había dicho el propio Bastur, o que si ganaron los Sephal, había algo que les impedía conquistar todo Bastur. Quizá una pequeña facción Yelou se oponía a la reconquista total de Bastur.

Fuera como fuese, eso eran puntos a favor de los Yelou. Si los Sephal lo hubieran conquistado todo y hubieran acabado con todos los Yelou, la reconquista sería muy difícil. De ese modo, Rasllew tendría algunos aliados y más posibilidades de ganar.

Dejándose llevar por la alegría, soltó un golpe de espada demasiado fuerte y lleno de vida. Su cuerpo se torció de la inercia y casi se cayó al suelo.

— ¡Rasllew! —gritó Ruzil mientras corría hacia él—. ¡Lo has conseguido!

Se dio la vuelta tan deprisa como pudo, y comprobó que era cierto. La pluma, ahora partida en dos, caía lentamente ondulando con las ráfagas de aire. De repente, su balanceo le pareció encantador y no pudo evitar esbozar una sonrisa al ver llegar las dos partes de la pluma al suelo.

— Muy bien, ahora tranquilízate —Ruzil había recorrido la distancia que los separaba a grandes zancadas—. Quiero que te concentres y repitas la misma operación que has llevado a cabo al cortar esta pluma.

Su voz parecía calmada, pero sus manos lo delataban, estaba tan nervioso como el rey Yelou o más. Sus manos temblaban vacilantes al indicar calma.

Rasllew se concentró en la siguiente pluma, que mientras Ruzil le hablaba había comenzado a caer. Se preparó para golpearla, decidió que esa vez intentaría realizar un movimiento más fino que la vez anterior.

Respiró profundamente y preparó su gran golpe, se concentró en la pluma y cuando estuvo a su altura, soltó su golpe. Esa vez, pudo ver como la pluma se partía en dos partes iguales al paso de su espada.

Antes de que Rasllew pudiera reaccionar, Ruzil se adelantó y recogió los dos trozos de la pluma con habilidad antes de que tocaran el suelo, los examinó un rato y después lo miró incrédulo.

— ¡Son dos partes exactamente iguales! La has cortado exactamente por la mitad. Esto es increíble. ¿Cómo lo has hecho? —Ruzil estaba impresionadísimo.

— Creo que ya he encontrado la clave. Debo concentrarme, mi mirada debe de seguir la pluma, pero mi mente debe de fijarse en mi espada y en cómo voy a dar el golpe para adaptarlo al balanceo de la pluma.

— Es alucinante —no salía de su asombro mientras negaba con la cabeza—, lo rápido y sencillo que haces que parezca todo. Hasta ahora no te lo había dicho pero...— hizo una pausa para tragar saliva— Rasllew, es como si una esfera te rodease, como si estuvieras por encima de todo y de todos. El más difícil de los retos, para ti es la más fácil de las tareas.

— Gracias —dijo sonriendo, se le subieron los colores con tantas abalanzas; pero como le había dicho el Señor Chiflú, debía tomarse los triunfos con humildad—, pero creo que solo es suerte.

— ¿Pero cómo va a ser suerte? No lo entiendes, eres el elegido para liberar a tu pueblo —ahora parecía estar algo enfadado.

— ¿Mi pueblo? ¿Sabes qué me diferencia de mi pueblo? —hizo una pausa y sin dejar que Ruzil contestase continuó— Que yo estoy vivo.

En ese momento se hizo un silencio incómodo, no se atrevían a mirarse a los ojos por temor a saber que veían los ojos del otro.

— Ruzil —habló por fin—, en estos últimos días he tenido mucho tiempo para pensar, y me he preguntado:¿Qué soy realmente?, ¿Quiero ser lo que soy?, ¿Cuál es mi meta en la vida?, ¿En qué valores está basada mi actitud?, ¿Debería cambiarlos?, ¿Debería enfrentarme a la oscuridad eterna por los Yelou? La verdad Ruzil, hazte estas preguntas y descubrirás muchas más cosas sobre ti, sobre los que te rodean y sobre lo que quieres.

— Quizá tengas razón Rasllew, pero es que nunca había visto tanto potencial en una persona y me he dejado llevar. Solo te pido una cosa —se detuvo unos instantes y agachó la cabeza; a Rasllew le recordó la escena de unos días atrás con el Señor Chiflú— No lo malgastes, no dejes que los Yelou desaparezcan, no cometas el error que cometí yo.

Al decir eso se echó a llorar. Sus lágrimas caían a la tierra humedeciéndola, eran unas lágrimas que llevaban mucho tiempo esperando salir.

— ¿Qué pasó Ruzil? —le preguntó lo más suavemente posible. Pero su pregunta no obtuvo respuesta, y sus palabras se perdieron con el viento— Está bien, si no quieres hablar de ello, lo entiendo.

Rasllew aferró la espada con ambas manos y esperó a que la siguiente pluma cayera. En unos instantes hizo su aparición, siguió su movimiento con la mirada, frotó sus manos sudorosas con el mango de la espada y cuando estaba a punto de asestar el golpe, Ruzil habló.

— No, espera —escuchó la voz a su espalda—. Te lo contaré, necesito sacarlo.

El Yelou se dio la vuelta. Le impresionó mucho volver a ver lágrimas cayendo de un hombre tan fuerte y robusto.

— ¿Quieres que entremos? —preguntó Rasllew.

Él asintió con la cabeza y se dirigió a la casa secándose las lágrimas con el puño de la camisa. La puerta de la casa chirrió al abrirse, entraron y se sentaron.

— Quieres que te cuente mi historia ¿verdad? Está bien. Todo empezó cuando el reino de Krazaba tuvo su primer rey hace ya tanto tiempo que nadie lo recuerda. La sangre de ese rey se fue transfiriendo de generación en generación, dando con ella lugar a grandes, fuertes y valientes reyes. Así la estirpe llegó a mi padre, quien tuvo una existencia pacífica. Durante ese tiempo se casó con mi madre y me tuvo a mí. Yo era como tú, Rasllew. El más fuerte, el más ágil, el más rápido, el mejor en todos los aspectos. Ni el más viejo del reino recordaba el nacimiento de un niño con mejores cualidades que yo, la gente esperaba grandes cosas de mí. Al llegar a la pubertad fui enviado aquí para que el Señor Chiflú me entrenara y así aumentar mis habilidades. Terminado el entrenamiento regresé a casa, estaba preparado para reinar. Pero un día, alguien le plantó cara a mi padre, las murallas no resistieron y ese alguien entró en el castillo. Mi padre nos protegía a mi madre y a mí ante cualquier enemigo que osara entrar en la sala real —hizo una pausa y pareció como si las siguientes palabras se negaran a salir de su boca—. Hasta que él entró. Mi padre nos puso detrás de él. Yo hubiera podido ayudar a mi padre, y ahora no estaría muerto, pero fui demasiado cobarde. Él mató a mi padre. Durante la pelea, la sala se había llenado de guerreros de mi pueblo, pero ninguno ayudó a mi padre. Se quedaron mirando como aquella encapuchada figura negra, sin dejar ver su rostro, mataba a su rey. Al hundir su espada en el pecho de mi padre se giró hacia mí y me miró, en su mirada solo pude ver odio y ganas de sangre. Eso hizo que me entrase aún más miedo. Yo era sólo un muchacho, pero recuerdo perfectamente lo que gritaba mi madre "Vamos Ruzil, haz uso de lo que has aprendido con el Señor Chiflú y venga a tu padre, vamos, tienes que hacerlo" en su voz noté pánico y miedo, le temblaba la barbilla. Pero no pude enfrentarme a ese ser, hasta el último momento hubo una lucha entre mi alma y mi mente, pero no lo pude resistir y me fui de allí corriendo. Llegué aquí y el Señor Chiflú me dio cobijo sin preguntarme nada, con el tiempo me construí una casa no muy lejos de aquí. Desde entonces ayudé al Señor Chiflú a entrenar a sus aprendices. Él nunca me lo ha dicho, pero creo que sabe lo que pasó, que lo sabía desde el principio.

Al acabar de contar la historia, Rasllew sintió pena por él. Pero después de pensar con claridad se dio cuenta de que no era merecedor de su pena, sino que debería merecer un castigo. No podía dejar la muerte de su padre sin vengar, en su mano estaba la posibilidad de hacerlo. Además había dejado a los habitantes de la ciudad con un enemigo del rey.

Pero no manifestó esos sentimientos ante Ruzil, lo único que hizo fue levantarse sin mediar palabra y dirigirse a la puerta para continuar con su entrenamiento.

Aquel gesto le dolió a Ruzil más que cualquier otra cosa que hubiese podido decir.

— Sé lo que piensas —dijo entre sollozos—. Que soy un cobarde. Pues sí que lo soy y por eso mismo no voy a dejar que tú lo seas, así que durante el tiempo que estés aquí, voy a ayudarte a entrenar lo más duro posible para que recuperes tu reino.

Su rostro había cambiado, había dejado de llorar. Miró a Rasllew esperando consuelo, pero no lo encontró.

— ¿Cómo va a enseñar alguien que no ha aprendido la lección? —preguntó fríamente—. Primero recupera tu reino, después hablaremos. *Cobarde*—sus palabras, aunque duras, le harían mucho bien en el futuro.

Las lágrimas volvieron a su rostro, se echó la mano a la cara para tapárselas y se fue corriendo herido por las últimas palabras. Rasllew se sentía decepcionado por su amigo. Mientras él había luchado por liberar Bastur de los Yelou, Ruzil no había movido un dedo ni por su pueblo, ni tampoco por su padre.

Rasllew continuó con su entrenamiento, sus resultados al acabar la tarde lo sorprendieron. Desde la primera vez que cortó la pluma no volvió a fallar ninguna y cada vez necesitaba concentrarse menos para conseguirlo. Estaba deseando que llegara el Señor Chiflú para que viese sus avances de aquella tarde. Pero no regresó hasta casi la hora de cenar.

Nanita había servido la cena y Rasllew estaba dando buena cuenta de ella, cuando el Señor Chiflú entró. Lo miró a los ojos mientras dejaba en la despensa un saco. Se acercó a su aprendiz lentamente y se sentó en la silla que había a su lado.

— Lo has conseguido ¿Verdad? —preguntó con una medio sonrisa en la cara que mostraba orgullo.

— ¿El qué? —le preguntó, aunque esa no era la pregunta que rondaba por su mente, su mente le decía "¿Cómo lo ha averiguado?".

— Pues que por fin has cortado la pluma, lo veo en tus ojos y lo siento en tu sonrisa —explicó—. Por cierto —miró a su alrededor— ¿Dónde está Ruzil?

— Bueno —dijo dubitativo—, él y yo hemos tenido unas palabras esta tarde y se ha ido a su casa a pensar en lo que le he dicho.

Para su sorpresa, su maestro no se enfadó por aquello.

— Eso está fuera de mis límites. No puedo extraer de tu cara el porqué de ese enfado entre Ruzil y tú —dijo mientras examinaba a su aprendiz con sus ojos negros—. En fin, qué se le va a hacer. Descansa bien esta noche que mañana me vas a tener que enseñar cómo cortas las plumas —le lanzó una sonrisa de complicidad a su aprendiz.

Esa noche le costó dormir, se sentía mal por lo que le había dicho a Ruzil. Se había pasado con él. Pensó que en cuanto lo viese al día siguiente se disculparía.

Le daba mucha rabia saber que alguien que había podido hacer algo por salvar la vida de su padre, no lo hubiese hecho. A él ni siquiera le habían dado esa posibilidad.

Las lecciones de las mañanas habían pasado a un terreno más práctico. Rasllew se dedicaba ahora a explorar los planos de Geo. No le sorprendió descubrir que Bastur era una pequeña isla situada muy lejos de cualquier otro lugar. Descubrió, que en ese momento, se encontraba a miles y miles de kilómetros de su casa. Al otro extremo del planeta.

Cuando llegó el mediodía comieron sin Ruzil. El Señor Chiflú le preguntó a Nanita si lo había visto, pero ésta negó con la cabeza. Después de comer, se levantaron y se encaminaron hacia la puerta de salida.

Ya en el exterior, Rasllew se posicionó un metro a la izquierda de donde caían las plumas y espero a que su maestro pusiese en marcha el proceso. Cogió el mango de su espada, la desenvainó y se colocó debajo del lugar donde caían las plumas.

Mientras esperaba a la primera pluma, movió los hombros, el cuello y las piernas para desentumecerlos.

Por fin, la pluma comenzó a caer. Su movimiento era oscilante y caía lentamente. El Yelou se preparó, frotó sus manos frías contra el mango de la espada y cuando la pluma llegó a una altura considerable, soltó su golpe de espada.

Su golpe era seco y ya no se giraba por la inercia, así que pudo ver de frente cómo la espada cortaba la pluma por la mitad.

Rápidamente miró al Señor Chiflú esperando ver en su rostro alguna sonrisa o notar en sus ojos que estaba impresionado, pero no notó nada. Su rostro permaneció impasible ante aquel hecho.

De modo que Rasllew continuó con el proceso. Cortó otras treinta plumas seguidas hasta que por fin su maestro lo interrumpió.

— Bien, esta fase de tu entrenamiento ha sido superada — su voz permanecía tan seria como su cara—. Ahora te voy a mostrar los conocimientos que has adquirido al superar esta prueba. Espera aquí.

Lentamente pero con paso firme, se alejó y se metió en el granero. Al momento salió con Crasst, el pelele, en sus brazos. Se colocó debajo de la caja de donde salían las plumas y al decir unas palabras dejaron de caer. Se acercó a su aprendiz y colocó al pelele a unos metros de él.

— ¿Para qué es esto? —preguntó extrañado— ¿No habíamos terminado ya con Crasst?

— Todo a su tiempo mi aprendiz —le reprochó—. Todo llega al que sabe esperar.

Después de eso, pronunció otras palabras y el muñeco se puso en pie por sí solo. Se quedó recto y firme. El anciano se acercó al pelele y con el dedo índice le hizo una marca en el cuello.

— Ahora lucharás contra Crasst, pero sólo se desactivará si lo tocas exactamente en este lugar, que acabo de marcar. Adelante.

Rasllew se colocó en posición de defensa y dijo las palabras mágicas. *Auphus Sirón.*

El muñeco se lanzó al ataque igual que lo había hecho más de un mes atrás. El cuerpo de Rasllew agradeció un poco de acción después de tanta espera.

Al principio no consiguió acertar en el lugar exacto que había marcado su maestro, pero aun así, el pelele no llegó a alcanzarlo en ningún momento. Cuando ya se encontraba muy avanzada la tarde, lograba desarmar a Crasst en un par de movimientos.

Durante la cena el Señor Chiflú lo observó como si fuera la primera vez que lo veía. Aprovechaba cada sorbo de sopa para mirarlo a los ojos distraídamente.

— Mañana te convertirás en un mago y habrá terminado tu entrenamiento.

— ¿Tan pronto? —aquellas palabras lo dejaron anonadado.

— Ya no tengo mucho más que enseñarte muchacho.

— ¿Pero sólo le dedicaremos un día a la magia?

— La magia no se enseña, se vive. Podría darte muchos consejos sobre cómo controlar la magia, pero cuando te conviertas en un mago descubrirás que ese es un tema muy personal. Cada persona maneja su magia de manera diferente.

— Entonces, ¿Pasado mañana regresaré a Bastur?

— No, primero quiero que vayas a Giathos. Es una ciudad que no está lejos de aquí. Su rey fue aprendiz mío y te recibirá con los brazos abiertos. Durante mi ausencia en el día de ayer me enteré que esperan un ataque enemigo próximamente. Tú estarás en la defensa contra ese ataque. Cuando eso acabe, estarás preparado para marcharte a tu tierra. Y al igual que tú me prometiste enfrentarte a mi hermano mientras estuvieras aquí, yo te prometo que cuando acabes tu entrenamiento iré contigo a ayudarte a recuperar tu reino.

—Eso es... —las palabras no le salían de la boca; el serio y disciplinado Señor Chiflú le acababa de abrir su corazón y le había hecho la mejor promesa que le habían hecho hasta ese momento—. ¡Tú sí que eres increíble!

Sintieron que entre ellos se había creado un lazo que iba ser difícil de romper.

Durante gran parte de la noche, el Señor Chiflú estuvo contando las aventuras que había vivido. Rasllew pensó que después de todo, no era tan serio y aburrido como le había parecido en un primer momento.

Mientras hablaba, su aprendiz lo miraba fascinado, era como si ahora fuera una persona nueva, le pareció tan fuerte, tan perfecto y tan disciplinado.

Después de una noche de cháchara donde el ambiente había sido distendido, el Señor Chiflú le recomendó que se fuera a dormir. Así que se fue emocionado, pensando lo que iba a vivir a partir del día siguiente. Se tumbó en la cama, se tapó con las mantas y cayó en un sueño corto pero profundo.

— ¡A levantarse! —escuchó gritar al Señor Chiflú—. El desayuno está listo, para variar tienes lo mismo de todos los días —dijo con sarcasmo.

Sin pensarlo mucho, se vistió todo de blanco y salió al comedor a desayunar. No le sorprendió que Ruzil no se encontrase allí. No lo había vuelto a ver desde la discusión.

Lo que sí que le sorprendió fue que el Señor Chiflú no lo encaminaba a la biblioteca después de desayunar.

— ¿No vamos a entrenar la mente?

— Ya has aprendido todo lo que un guerrero debe de saber. En el futuro puedes continuar con tus estudios si decides convertirte en un erudito. Hoy realizaremos un entrenamiento muy suave.

— Perfecto —contestó.

El maestro sacó la mochila que contenía las dos piedras que su aprendiz había traído del monte Gotur, y salió al exterior. Una vez allí, volcó la bolsa y su contenido cayó al suelo. Ambas piedras rodaron un poco hasta que finalmente se detuvieron.

Rasllew las miró atónito. Ambas poseían un brillo especial que le impedía dejar de mirarlas. Sentía tal atracción hacia aquellas piedras, que pensó que podría llegar a matar por ellas.

— La primera piedra que utilizaremos es la piedra que contiene el alma del dragón —señaló dicha piedra—. Hiciste muy bien en no tocarla con las manos, si lo hubieses echo, habrías absorbido el poder del dragón en tu cuerpo.

— En Bastur vi cómo un Yelou moría y un Sephal absorbía su alma —dijo Rasllew por toda respuesta.

El Señor Chiflú asintió.

— Pocas personas llegan a absorber el alma de un dragón, si lo haces, el poder del fuego recorrerá tu cuerpo. Los dragones controlan el fuego, lo manejan a su antojo. No obstante, también existe una pega. Un dragón es una criatura muy superior a un humano, además de ser esencialmente una criatura de magia negra. Si fusionas tu alma con la de un dragón, éste podría corromperte y controlarte. Él es más poderoso que tú.

El rey Yelou se quedó perplejo ante esas últimas afirmaciones.

— ¿Qué debería hacer? —miró a su maestro buscando una respuesta.

— También existe otra posibilidad —en ese momento señaló a su vaina—. Que sea tu espada la que absorba el alma del dragón. En ese caso, tu espada pasaría a ser un objeto mágico, tendría poderes relacionados con el fuego. Pero al ser un objeto inanimado, no podría dejarse dominar por el alma del dragón.

— Resumiendo, tengo dos opciones; absorber el alma del dragón en mi propio cuerpo, con lo que me expondría a que el dragón me controle o me corrompa; o que sea mi espada la que absorba el alma y que sea una espada mágica.

— Exactamente.

— ¿Tú qué harías? —preguntó el alumno.

— Debes de tener mucho cuidado al absorber las almas de los caídos bajo el filo de tu espada, porque aunque sea un humano el caído, si absorbes su alma en tu cuerpo, una parte de esa persona vivirá dentro de ti. Generalmente, esa persona no se manifestará, pero los guerreros que han absorbido muchas almas, finalmente han dejado de tener el control de su cuerpo.

— ¿Crees que el alma de dragón controlará mi alma?

— No lo sé —la respuesta fue franca—. Jamás he visto un caso similar. Los libros antiguos sí que hablan de guerreros que mataron dragones, pero no hacen referencia a la absorción de sus almas. Lo único que te puedo decir es que es peligroso.

— De acuerdo, entonces que sea mi espada la que absorba el alma del dragón.

— ¿Es tu decisión? —Rasllew asintió—. Desenvaina y coloca la punta de tu espada en la piedra que contiene el alma del dragón.

El Yelou obedeció, extrajo la espada de la vaina y colocó su frío acero sobre la piedra. Momentos después, la piedra se iluminó y comenzó el proceso de absorción. El destello cegó unos instantes a Rasllew, que parpadeó durante unos segundos. Cuando volvió a mirar, la piedra ya no estaba. Se había convertido en un líquido que recorría la hoja de su espada.

De pronto, sintió que el mango estaba helado. Frío, tan frío como un bloque de hielo. Miró su espada, que ya había terminado de absorber el alma del dragón, estaba exactamente igual que unos momentos antes, pero a la vez, ya no era la misma.

— He sentido frío —explicó a su maestro.

— Pese a que los dragones son criaturas que dominan el fuego, también son criaturas de magia negra. Que tus sentidos no te engañen, la magia negra es fría como el hielo, mientras que la magia blanca es cálida como el sol.

— Y ahora, ¿Cómo afecta esto a mi espada? ¿Podré quemar enemigos? ¿Qué podré hacer?

— Como ya te he explicado, la magia reacciona diferente con cada persona. Esta magia venía de Gotur, tiene su esencia. Poco a poco descubrirás qué puede hacer y qué no puede.

— Entiendo, digamos que la magia no es una ciencia exacta.

— Correcto, y ahora guarda la espada. Ha llegado el momento de que te conviertas en un mago.

— Estoy preparado.

Su maestro lo miró duramente y dijo:

— Te advierto que la sensación no es agradable.

— ¿Cómo dices?

— En unos momentos lo entenderás —dijo su mentor por toda respuesta—. Recoge la piedra Gotur y sostenla fuertemente con las dos manos —su aprendiz obedeció—, levántala un poco más, hasta la altura de tu cabeza —Rasllew así lo hizo—. Ahora repite estas palabras: *Jab Traulis*.

— *Jab Traulis* —repitió el Yelou.

En el momento en que terminó de pronunciar las palabras, una ráfaga de aire lo sacudió. Poco a poco, la ráfaga de aire se convirtió en un huracán. Intentó sostener la piedra entre sus manos, pero se le resbaló entre los dedos debido al fuerte viento.

Miró al Señor Chiflú, éste permanecía quieto y sosegado, en el mismo lugar donde había estado momentos antes. El huracán sólo parecía afectar al Yelou.

Y fue entonces cuando lo comprendió, aquello no era un huracán, sino la magia que quería fluir a través de su cuerpo. Rasllew intentaba mantenerse en pie, pero la violencia de la magia lo hizo caer de rodillas al suelo. Sentía que una gran fuerza estaba intentando comprimir su cuerpo, como si un gigante lo estuviese aplastando en la palma de su mano.

De pronto, la presión cesó y la magia se coló dentro de su cuerpo. Un torrente de algo intangible lo recorrió, notó como recorría cada centímetro de su cuerpo.

— ¡Deja que fluya! ¡No te opongas! —escucha a su mentor gritar.

Pero Rasllew no sabía cómo se hacía eso, su cuerpo no aceptaba la intrusión de la magia e intentaba desterrarla al exterior. Una sensación atroz se clavó en su estómago, y antes de que pudiese reaccionar, estaba vomitando en el suelo.

Un hilillo de baba le colgaba del labio inferior, cuando no pudo resistirlo más y se dejó caer al suelo definitivamente. Estaba tumbado boca abajo, y esa sensación extraña no lo dejaba pensar con claridad.

De repente, se vio a sí mismo desde fuera de su cuerpo. Aquello lo asustó en sobremanera, pensó que había muerto. Su cuerpo estaba tirado, inerte, mientras su maestro se acercaba y le decía algo al oído.

— ¿Te encuentras bien? —la voz llegó a su oído, sin embargo se encontraba flotando a varios metros de la escena.

Su mente pareció darse cuenta de que no estaba donde debería, porque una vez pestañeó, ya volvía a estar dentro de su propio cuerpo.

— ¿Estás bien, muchacho?

Quiso responder que sí, pero las palabras no llegaron a su boca. Su respiración era fuerte y sus sentidos estaban trastocados; su vista estaba nublada; escuchaba un agudo pitido en sus oídos; sentía como si todo su cuerpo estuviese dormido.

— Tómate todo el tiempo que necesites hasta que te acostumbres —giró la cabeza y vio a su maestro a su lado.

Volvió a intentar responder, pero no pudo. Decidió que se concentraría en respirar y que dejaría pasar unos minutos.

Al cabo, de lo que le parecieron cinco minutos, intentó levantarse.

— Espera que te ayudo —el Señor Chiflú pasó el brazo del Yelou alrededor de su espalda y lo ayudó—. Lo peor ya ha pasado, vamos dentro.

Con torpeza, Rasllew logró alcanzar la puerta de la cabaña con la ayuda de su maestro. Una vez dentro, se sentó en una silla.

— Toma, bebe algo de agua.

Su mentor le acercó un cuenco a los labios, y Rasllew bebió. Poco a poco fue recuperando la compostura, y finalmente se encontró lo suficientemente bien como para hablar.

— Gracias —balbuceó.

— De nada. La sensación es muy desagradable al principio, pero date cuenta de que un poder mucho mayor que cualquier cosa que hayas sentido, fluye ahora en tu interior. Tu cuerpo lo rechaza de partida, pero poco a poco te irás encontrando mejor.

Rasllew pestañeó y notó que su vista era más clara que antes. Miró a su maestro y descubrió algo con lo que no contaba.

Notó su poder, en esencia seguía siendo el anciano que se había encontrado al llegar allí el primer día pero, no sabía cómo explicarlo, ahora veía lo poderoso que era, lo sentía. Un gran aura lo envolvía, le pareció que era un ser superior atrapado en un cuerpo diminuto.

— Te veo de otra manera —le dijo.

— Eso es porque ahora puedes ver el verdadero poder mágico.

Le fascinaba su nueva forma de ver las cosas, sentía la magia fluyendo por la habitación. Distinguía perfectamente los objetos que había sido alterados mágicamente y los que no. Miró el fuego y sintió que era una creación mágica, no era madera lo que se quemaba, sino magia. Por eso no producía humo.

— Esto es increíble —se puso de pie.

— No vayas tan deprisa, todavía estarás un poco mareado.

Haciendo caso omiso a su maestro, abrió la puerta de la cabaña y salió al exterior. Una vez fuera, se detuvo a admirar lo que veían sus ojos.

Toda la propiedad estaba protegida por unos muros mágicos, eran paredes invisibles, pero ahora podía sentir que estaban ahí. Miró la cabaña y descubrió una verdadera fortaleza. La acumulación de magia que la protegía, hizo tambalearse al Yelou.

— Y yo que pensaba que aquí estábamos desprotegidos —dijo mientras se giraba hacia su maestro, que lo había seguido.

— Debo de proteger a los míos, además de protegerme a mí mismo de mi hermano.

Después de aquello, Rasllew fue a ver la caja que dejaba caer las plumas, y al pelele llamado Crasst. Todo le parecía fascinante. Miraba al mundo con unos nuevos ojos.

Sin apenas darse cuenta, transcurrió todo el día y llegó la hora de la cena. Se sentaron a la mesa alumno y maestro, ellos dos solos.

Durante el trascurso de ésta, el Señor Chiflú le explicó que ahora la magia formaba parte de él. Que siempre que se sintiese amenazado, la magia reaccionaría y lo intentaría proteger.

— Funciona igual que un párpado instantes antes de recibir un golpe, se cierra y protege al ojo sin que la persona se dé cuenta siquiera de lo que está pasando.

— ¿Podré utilizar la magia para proteger objetos o edificios, como has hecho tú?

— Me temo que no —su maestro sonrió—. Yo soy hijo de una bruja, mi poder mágico es superior al de cualquier humano. Y aun así, me ha llevado muchos años perfeccionar estas técnicas. La magia te ayudará, pero será mejor que no dependas de ella.

Con cierta nostalgia, Rasllew se fue a acostar. Aquella era la última noche que pasaría junto al Señor Chiflú. Sentía que no lo había valorado como era debido durante su entrenamiento. Ahora que lo veía con ojos de mago, sabía lo poderoso que era, y el gran favor que le estaba haciendo al ensuciarse las manos para enseñar a un mocoso como él.

— A levantarse —el despertar llegó como cualquier otro día—. Te espero en el comedor.

Rasllew no se había dado cuenta, pero su maestro había traído unas ropas consigo y las había dejado a los pies de la cama. Con cierta extrañeza, el Yelou las desplegó y las miró.

La camisa y el pantalón eran del mismo tono, un color blanco perlado. Ambas llevaban bordado el símbolo del dragón que tanto había visto últimamente, en color negro. La otra prenda era una capa negra con capucha, que le cubría hasta los tobillos.

Se lo puso todo, cogió su espada y echó un último vistazo a la que había sido su habitación. Le daba pena pensar que años atrás, aquellas literas habían estado abarrotadas de alumnos. Sintió envidia por aquellos alumnos que habían podido apoyarse los unos en los otros para superar el día a día. Finalmente, salió de la estancia y entró en el comedor.

Al verlo con aquellas ropas, el Señor Chiflú se quedó petrificado, y los ojos se le cubrieron de lágrimas pero no dejó caer ni una sola.

— Esas son las ropas oficiales de los graduados en mi escuela. Rasllew, estoy orgulloso de ti —dijo y lo abrazó—. Llegaste aquí como un enclenque y vanidoso muchacho, y te vas siendo un robusto y valeroso guerrero —puso su mano en el hombro de su aprendiz y repitió—. Estoy orgulloso de ti.

— Gracias, Señor Chiflú por todo lo que has hecho por mí y por todo lo que me has ayudado.

El Señor Chiflú le volvió a prometer que lo acompañaría a reconquistar su reino.

Después, durante el desayuno, su maestro le explicó en qué consistía la última prueba.

— Hoy es la última vez que pisarás el suelo de esta casa, pero aún te queda afrontar la prueba más difícil. Debes de ayudar a otras personas en la defensa de la ciudad de Giathos. Debes de poner en práctica todo lo que has aprendido aquí.

— De acuerdo ¿Y cómo llego hasta allí?

— Giathos está a tres días de camino desde aquí. Es una ciudad que guarda un gran poder entre sus muros, un poder enorme. Enemigos de todas partes de Geo vienen a conseguirlo. Es una ciudad que está continuamente en guerra.

— ¿Y por qué no se deshacen de ese poder? Así acabarían con las guerras.

— Ojalá fuera tan fácil, pero ese poder no se puede destruir y si cayera en malas manos sería terrible. Al igual que los dragones protegen las piedras Gotur, la ciudad de Giathos protege ese poder. No sería bueno que el poder circulase libremente, al igual que no lo es que la magia circule libremente. Si ese poder cayese en malas manos, muchas cosas cambiarían. Por eso llegan guerreros de todas partes para unirse a su causa. Así que para acabar con tu entrenamiento y poner a prueba en un campo de batalla real tus conocimientos, tendrás que pasar una semana allí.

— Ya entiendo —dijo el Yelou.

Mientras desayunaban, el Señor Chiflú no dejó de mirarlo ni un solo momento. Y sólo se movió para recoger las tazas del desayuno.

— Ha llegado la hora de que nos despidamos —dijo con una sonrisa forzada en los labios, pero que progresivamente se convirtió en un rostro que expresaba tristeza—. Espero que te vaya bien, y quiero que me prometas una cosa.

— ¿Cuál? —preguntó Rasllew intrigado.

— Prométeme que volverás —dijo tristemente.

— Pues claro que volveré, tengo que pasar por aquí para regresar a Bastur.

— No, lo que quiero que me prometas es que no morirás allí donde te estoy enviando.

— Creo que eso no te lo puedo prometer, no sé si moriré allí. Pueden ocurrir muchas cosas mientras me encuentre allí.

— Pues entonces quiero que me prometas que no te dejarás matar.

— Lucharé con todas mis fuerzas —prometió—. Me va la vida en ello —una sonrisa asomó entre la barba del Señor Chiflú—. Me estoy acordando de una cosa. El primer día que llegué, me dijiste que no estaría preparado hasta no te lograse vencer, y todavía no hemos hecho ese combate.

— Sinceramente, te he visto durante estos meses luchar y te digo que no hace falta que combatamos. Me superas con creces en el campo de batalla. La verdad es que eres el alumno que más ha mejorado y aprendido junto a mí. Por eso estoy tan orgulloso de ti.

— Está bien, creo que ha llegado la hora —dijo Rasllew algo triste.

— Deberías ponerte en camino antes de que se haga tarde. Giathos está muy lejos y tendrás que ir a pie.

— De modo que ya has finalizado tu entrenamiento —una voz lo sobresaltó desde la ventana, era Ruzil; entró en la cabaña y se situó al lado del Yelou—. Ojalá yo fuese como tú.

— Podrías llegar a serlo —lo animó Rasllew—. Tienes el mismo entrenamiento que yo, lo único que te pasa es que no te atreves a luchar. Si le echaras agallas podrías reconquistar tu pueblo.

— No puedo volver —dijo melancólicamente—. No después de lo que pasó.

— Si no vuelves es porque no quieres —dijo Rasllew furioso—. Si vas allí y los liberas de la pesadilla en la que les dejaste, te perdonarán.

Ruzil suspiró, tenía la cabeza agachada y se mostraba pensativo, pero ya no dijo nada más. Rasllew le iba a seguir recriminando cosas pero el Señor Chiflú lo interrumpió.

— Vale Rasllew, ya está bien, déjalo en paz y ocúpate de tus asuntos, no es tan fácil perder el miedo, ¿Sabes? —dijo tajantemente— Ahora recoge tus cosas y ponte en marcha. Para llegar a Giathos deberás seguir el camino hacía el monte Gotur, pero encontrarás un desvío a la derecha. Síguelo y llegarás a un camino ancho, dos días después verás Giathos al final del camino. Si te pierdes, pregunta, pero no te fíes de nadie, hay personas que son muy peligrosas.

Lo acompañó hasta el inicio del camino, al borde de la cabaña, y allí le dio una bolsa con suficiente comida.

— Ten mucho cuidado y sobre todo, al llegar a Giathos di que vas de mi parte, sino, es muy posible que te ataquen. Eso es todo, ya nos veremos cuando regreses. Recuerda que prometí ayudarte a reconquistar Bastur. Adiós y buena suerte.

— Gracias y buena suerte a ti también —dicho eso se dieron un fuerte abrazo y el Yelou emprendió el camino.

No había recorrido ni cinco metros cuando el Señor Chiflú lo llamó, cuando el Yelou se volvió, lo encontró con una sonrisa en los labios.

— ¿No te olvidas de algo?

— ¿A qué te refieres?

—Supongo que querrás que te quite el conjuro de peso, ¿No?

A Rasllew se le iluminó la cara.

—Por supuesto que sí —exclamó.

El anciano se le acercó, colocó las manos en su muñeca y apretó con firmeza. Instantes después, retiró las manos y el Yelou sintió un alivio inmediato. Movió la mano con rapidez y soltura y dijo:

— La siento más ligera que una pluma.

Su maestro repitió la operación hasta que lo liberó de todos los conjuros de peso a los que lo había sometido.

— Ahora ya estás listo para superar la última de las pruebas —mientras pronunciaba esta frase, Rasllew había sacado la espada y estaba haciendo movimientos con ella— Será mejor que partas de inmediato.

El Señor Chiflú no se movió de allí hasta que su alumno no se perdió de vista tras la primera curva del camino.

CAPÍTULO 10: GIATHOS

Rasllew estuvo andando todo el día. El paisaje no había cambiado en todo el trayecto y hasta entonces no se había cruzado con nadie en el camino. Se estaba haciendo ya de noche y comenzó a pensar en buscar un sitio seguro donde pasar la noche.

A lo lejos divisó una colina que parecía el sitio perfecto, desde allí podría ver a los posibles enemigos que se acercasen. Además poseía la ventaja de la altura para poder defenderse.

Llevaba ya un buen rato caminando, la colina estaba más lejos de lo que creía, pero no abandonó su idea inicial de pasar allí la noche, así que se apresuró. Ya era casi de noche cuando consiguió llegar al pie. Unos minutos después, alcanzó la cima con facilidad. Aquella colina no tenía casi pendiente comparada con la colina Gotur.

Al llegar a la cima, se encontró con una figura que estaba sentada encima de una roca. Rasllew sacó su espada y se preparó para el combate.

— ¿Quién eres? —preguntó a la figura.

— ¡Hombre! Por fin —dijo el extraño, contento—. Por un momento creí que no llegaríais.

— ¿Llegaríais? Lo siento pero te estás confundiendo de persona, viajo yo solo.

— No, no me he confundido, tu eres el rey Rasllew de Bastur —dijo mientras le mandó una cálida mirada.

— ¿Cómo lo sabes? —preguntó el Yelou extrañado— ¿Quién te lo ha dicho? ¿Quién eres?

— Lo siento, no me he presentado, soy Dokuro del país de Geo —al decir eso extendió la mano; Rasllew se mostraba receloso, pero algo en su mirada le decía que era buena persona, por eso guardó la espada y le dio la mano.

— Geo es el planeta en el que nos encontramos —lo corrigió.

— El país de Geo no se ha formado todavía —Rasllew lo miró extrañado—. Ese país lo forman todas las regiones donde domina el bien. Es decir, todas las regiones que existen.

— ¿Y porque dices que eres de allí si dices que todavía no se ha formado? —preguntó confuso; le pareció que aquel hombre le estaba tomando el pelo, pero a su vez algo le decía que podía confiar en él.

— Porque vengo del futuro —ahora sí que se quedó perplejo—. Mientras esperamos, será mejor que te cuente la historia. "En esta época en la que nos encontramos, quedaban muchísimas regiones donde reinaba el mal. Existían personas que sufrían bajo la tiranía de los villanos, padres que perdían a sus hijos, madres que eran sacrificadas, familias rotas… pero un día normal y corriente, tal como hoy, dos aprendices con mucho talento se conocieron y comenzaron a luchar juntos. Ambos formaron la pareja perfecta, jamás fueron vencidos en combate. De modo que comenzaron a conquistar todas las regiones malignas hasta acabar con el mal de una vez por todas" O al menos esa es la historia que cuentan los libros. Uno de esos dos guerreros eres tú, Rasllew y el otro es Werfo, al que todavía no conoces. Ambos sois una leyenda.

Rasllew no salía de su asombro.

— ¿Me estás tomando el pelo? —se estaba empezando a enfadar.

— No, no, nada más lejos de la realidad —el hombre se alarmó ante la posibilidad de que el Yelou se enfadase— Vengo del futuro, te lo puedo demostrar. Sé que vienes de entrenarte con el Señor Chiflú, sé que te diriges hacia Giathos a terminar tu entrenamiento, también sé que reconquistarás Bastur y que sentarás las bases de la mayor ciudad de todos los tiempos —se detuvo para comprobar si sus palabras habían calmado a Rasllew, y continuó—. A mí siempre me ha fascinado esta parte de la historia, presenciar el momento en que dos leyendas de Geo se conocen. Así que como soy un hombre muy rico, cuando inventaron los polvos para viajar en el tiempo, pagué una fortuna por venir aquí a ver como os conocíais. Pero llego aquí y me encuentro con que sólo estás tú. ¿Qué crees que ha sucedido?

— Yo que sé, no sé ni siquiera quién es ese Werfo. Lo que creo es que te lo estás inventado todo, y lo que quieres es engatusarme para robarme o algo por el estilo.

— ¡No! ¡No! —Dokuro alzó las manos en señal de rendición—. Yo jamás haría una cosa así.

— Y si vienes del futuro ¿Cómo es que llevas ropas viejas y desgastadas?

— Me las puse para pasar desapercibido aquí—dijo—. Esta época es peligrosa y yo apenas sé luchar.

— No te creo —dijo Rasllew convencido—. ¿Y dónde esta ese otro guerrero que según tú, es mi pareja de combate ideal?

— Ya sé —exclamó—. Tengo algo que hará que me creas —se metió la mano en el bolsillo y sacó un trozo de papel—. Toma —tendió el papel a Rasllew—, es un cromo de la colección grandes guerreros de la historia.

Rasllew lo cogió y lo estudió. Por la parte de delante había una fotografía suya y de otro joven. Los dos mantenían las espadas en posición de combate, de ambas salía fuego. Le dio la vuelta, y por el reverso había unas letras en bree que rezaban "Estos son el rey Rasllew de Bastur y Werfo de Jáliva. El primero era un rey y el segundo era hijo de mendigos, ¿Quién iba a imaginar que de esta combinación tan extraña iba a salir la pareja de guerreros más potente de la historia de Geo?"

— Lo ves, eres famoso. No te he mentido, soy un viajero del tiempo.

El hombre trataba de explicarse con desesperación.

— Esto no tiene ningún sentido —afirmó Rasllew.

— Sí que lo tiene, piénsalo. Tú vienes de la tierra, un lugar donde la tecnología ha avanzado tanto que se consiguen logros impensables cada poco tiempo. Imagina lo que puede avanzar la magia blanca sin el impedimento de luchar contra la magia negra. Los científicos de la magia han conseguido romper la barrera espacio-temporal.

Rasllew se detuvo un momento a analizar sus palabras, lo que decía de la tierra era cierto. Si en la edad media hubiesen visto un televisor funcionando, habrían pensado que era brujería. No se habrían creído su funcionamiento. Y lo mismo se podía decir de los móviles, internet y otros muchos inventos, como los aviones, los satélites, los cohetes espaciales… admitió la posibilidad de que aquel hombre viniese del futuro.

Volvió a fijarse en Dokuro, éste miraba de un lado a otro buscando algo.

— Werfo se suponía que debía de llegar a la vez que tú y todavía no está aquí.

— Si es cierto lo que dices, tranquilo que vendrá —dijo el Yelou mientras se sentaba en el suelo con la espalda apoyada en un árbol.

— ¿Pero cómo puedes estar tan tranquilo? —dijo con voz temblorosa—. ¡Dios mío he cambiado el pasado! ¡Lo he estropeado todo! —dijo tirándose de los pelos—. Me advirtieron que no modificase nada, que no tocase nada, que no hablase con nadie. Me dijeron que cualquier cambio en el pasado alteraba el futuro de una forma inesperada. Es el efecto mariposa.

— Tranquilo, relájate. Te diré lo que haremos, esperaremos un poco más y si no ha llegado, saldremos a buscarlo. ¿Vale? —la voz de Rasllew sonó calmada.

— De acuerdo —respondió.

— Pero ahora deja que descanse un poco, llevo todo el día caminando y estoy cansado —apoyó la cabeza contra el árbol e intentó dormir un poco.

Unas horas después, ya había oscurecido. Escuchó una voz que le hablaba suavemente mientras le daba golpecitos en la cara para que se despertase.

— Despierta, despierta —era Dokuro—. Han pasado dos horas desde que te dormiste y Werfo no ha dado señales de vida.

— Vale —Rasllew se puso en pie—, vamos a buscarlo. Déjame ver otra vez su foto para poder reconocerlo.

— Toma —dijo Dokuro extendiéndole el cromo.

El Yelou lo cogió y se fijó bien en Werfo. Era rubio y el pelo le llegaba hasta los hombros, tenía las cejas rubias y muy pobladas. Era alto y corpulento, y poseía un brillo en su mirada.

— ¿Por dónde empezamos a buscar? —preguntó el viajero del tiempo.

— ¿Y me preguntas a mí? Hasta hace unas horas no sabía ni de su existencia —le reprochó enfadado.

— Tranquilo, tampoco hace falta que te pongas así. Podríamos empezar a buscar en un pequeño perímetro e ir ampliándolo.

— Empecemos —dijo Rasllew decidido.

Comenzaron la búsqueda, pero al poco se dieron cuenta que sería prácticamente imposible encontrar a alguien con tanto terreno que cubrir. Además de que la noche era cerrada y no había buena visibilidad.

— Va a ser imposible encontrarlo —afirmó Rasllew.

— Ya lo sé, pero debemos de intentarlo —dijo Dokuro desesperado—. Si no os encontráis, alteraríamos el futuro, y quién sabe el panorama que me encontraría al regresar. Si Werfo y tú no vencéis el mal, el futuro podría ser un lugar terrible y yo ni siquiera sé luchar. En toda mi vida no he tocado una espada.

— Pues entonces separémonos o no lo encontraremos nunca —apuntó el Yelou.

Después de estar casi tres horas sin saber muy bien lo que buscar, Rasllew encontró entre unos arbustos un cuerpo tirado en el suelo. Se acercó lentamente, las ramitas secas crujían en el suelo al ser pisadas por sus botas.

Al llegar frente a él, se dio cuenta de que ni siquiera respiraba, estaba muerto. El cuerpo estaba tumbado boca abajo y no daba señal de vida alguna. Le dio la vuelta al cuerpo y comprobó que era Werfo, aquel muchacho se parecía mucho al que mostraba el cromo, entonces se acabó de creer la historia de Dokuro.

Examinó el cuerpo de Werfo y vio que había muerto a causa de una horrible herida causada por un golpe de espada que le había rebañado el pecho. Todavía estaba sangrando, así que no debía de haber sido atacado hacía mucho tiempo.

— ¡Dokuro! ¡Dokuro ven! —gritó mientras sacaba la espada por si el asesino de Werfo todavía andaba cerca; además debía de proteger a Dokuro.

Al cabo de un momento apareció Dokuro.

— ¿Lo has encontrado? —preguntó sonriendo.

— Sí, pero… —Rasllew señaló el cuerpo sin vida.

— ¡¿Qué?! —miró hacia el cuerpo ensangrentado de Werfo y se echó a llorar arrodillado a su lado—. ¡Dios mío! ¡Dios mío! ¿Qué he hecho? —gritaba sin cesar— ¡Esto es el fin! ¿Porque he tenido que venir? Ya me avisaron que con mi presencia aquí podía cambiar algo pero como iba yo a saber que Werfo iba a morir por mi culpa —le hablaba al cielo.

De pronto, el Yelou escuchó una risa a sus espaldas y se giró. La persona que reía era un hombre de mediana estatura, tenía el pelo totalmente blanco pese a ser joven todavía, iba vestido con armadura de combate y llevaba una espada en la vaina.

— ¡Tú! ¡Has sido tú! —dijo Dokuro con rabia; parecía haber reconocido al hombre— Burcy te voy a matar —Dokuro echó a correr hacia él con los puños en alto, pero el extraño sacó la espada de la vaina, de modo que se frenó en seco.

— Lo siento Dokuro, pero tú no eres mi objetivo —se giró hacia Rasllew y lo miró—. Mi objetivo es matar a Rasllew y Werfo, para que en el futuro reine el mal y así poder ser el rey de Geo.

— Eres un cobarde —lo amenazó Dokuro; aunque no se atrevió a acercarse al filo de la espada de su enemigo.

— ¿Cobarde yo? Pero si he venido a enfrentarme a los dos más grandes guerreros de la historia de Geo.

— Sí, pero sé porque has venido en este preciso momento de la historia. La primera razón es porque, como Rasllew y Werfo no se habían conocido aún, puedes luchar primero contra uno y luego contra otro. Sabes que juntos son invencibles. La segunda razón es porque en este momento de la historia ninguno de los dos ha concluido su entrenamiento. Por eso repito lo anterior ¡Cobarde!

Ante el último insulto, Burcy se giró hacia Dokuro con la espada en alto.

— Ten cuidado Dokuro —le advirtió—, estás jugando con fuego, y aquí no te pueden proteger ni tus matones ni tu dinero.

— No es a él a quien quieres —interrumpió Rasllew en tono amenazante—. ¿O es que matarías a un hombre desarmado? ¡Cobarde! —lo insultó para cabrearlo más.

— Lamentarás haber nacido —dijo furioso—. ¡En guardia!

Burcy levantó su espada hacia el Yelou y se dispuso a atacar. Pero antes de que pudiera hacer nada, Rasllew desenvainó la espada lleno de rabia. Para su sorpresa, la hoja de su espada ardía en llamas. Su enemigo se quedó algo sorprendido, pero no se iba a echar atrás en aquel momento.

Corrieron el uno hacia otro para recortar la distancia que los separaba. Rasllew aprovechó su velocidad para lanzar un rápido golpe de derecha a izquierda, que su enemigo detuvo sin ninguna dificultad. Pero antes de que reaccionase, le lanzó otro golpe de arriba abajo. Su rival volvió a pararlo, pero Rasllew se dio cuenta de que no era muy rápido, así que le fue lanzando un golpe tras otro. Burcy estaba cada vez más apurado.

Ya casi lo tenía, pero entonces, su enemigo, hizo algo que Rasllew hasta ese momento ni siquiera había pensado hacer en pleno combate. Le dio una patada en el estómago, el Yelou se quedó sin respiración por unos segundos, de modo que su rival comenzó a atacar sin piedad.

Su enemigo era más rápido y habilidoso cuando atacaba, que cuando se defendía. Pero Rasllew era mucho más rápido que él, y le detuvo todos los golpes sin dificultad.

— Tu plan de venir aquí te ha fallado, ¿Sabes por qué? —se permitió el lujo de preguntarle en mitad de la batalla. Y sin que él pudiera hacer nada para impedirlo le clavó la espada en el pecho, atravesándolo de parte a parte—. Porque he prometido combatir el mal.

Al decir eso, puso un pie en el pecho de su rival y con un fuerte tirón, sacó la hoja de su espada. El cuerpo sin vida de su enemigo cayó al suelo ardiendo en llamas, gracias al fuego de Gotur. Después, con un simple pensamiento, logró que el fuego de su espada se apagase y fue a hablar con Dokuro.

—No, no, no —repetía sin cesar—. Esto no puede estar pasando, es como una pesadilla. He destruido el mundo entero por el capricho de ver cómo os conocíais —se puso a llorar.

— Tranquilo —le dijo Rasllew mientras ponía su mano sobre el hombro de Dokuro.

No sabía que más decir, lo cierto era que él también estaba un poco desconcertado al comprobar que la historia era cierta y que ya nunca conocería a Werfo. ¿Hablaría el libro que el Señor Chiflú había escondido sobre Werfo y él?

— ¿Cómo quieres que esté tranquilo? —dijo entre sollozos con voz temblorosa—. Aléjate, no merezco tu presencia.

— Claro que la mereces, no has hecho nada malo. Todo ha sido culpa de Burcy.

— ¡No! ¡Vete! ¡Quiero estar solo! He de reflexionar, además sólo me quedarán unas pocas horas aquí, en el pasado. Más vale que sigas adelante en tu camino para llegar a ser un gran guerrero. Claro que ahora te lo he puesto más difícil, porque lo tienes que hacer todo tú solo —se detuvo para secarse una lágrima que le caía por la mejilla—. Vete y no malgastes el tiempo conmigo. Tengo que reflexionar en todo lo que esto implica.

— La verdad, es que no sé qué decir, no estoy hecho para consolar a las personas.

— Qué más da que no sepas consolar a la gente, eres el mejor guerrero de la historia, y eso es lo que importa. No como yo, que nunca he levantado un espada en mi vida, siempre pensando en mis negocios. Soy un inútil. Menos mal que mi vida va a ser corta.

— ¡¿No estarás pensando en suicidarte?! —exclamó Rasllew.

— No va a hacer falta, en cuanto vuelva al futuro, estará dominado por el mal, y no voy a durar ni medio minuto.

— Podrías al menos intentarlo.

— Pero si no tengo ni espada —dijo Dokuro.

— Eso tiene fácil solución —se acercó a los restos del cuerpo de Burcy y recogió su espada. La agarró por el filo con dos dedos y se la extendió a Dokuro. Él la cogió con sus manos temblorosas—. Ya tienes espada. Sí, ya sé que es la de tu peor enemigo, pero así la empuñarás con más sentimiento. Ahora deberías entrenarte, lo malo es que tienes poco tiempo.

— Si es por el tiempo no te preocupes, puedo llegar a retrasar mi vuelta unos días. ¿Me vas a entrenar? —mientras decía eso, se le iluminaba la cara.

— No, yo no soy un entrenador. Pero conozco a uno muy bueno que estará encantado de recibir un nuevo alumno. Te entrenará mi maestro, el Señor Chiflú, vive a un día de camino en aquella dirección —dijo señalando en la dirección que estaba la cabaña— Di que vas de mi parte y explícale lo ocurrido al Señor Chiflú, él te entrenará encantado. Pero si vas a ir, más te vale que salgas ya. Si sales ahora, llegarás a la noche.

— ¿Me va a entrenar el Señor Chiflú? —exclamó encantado— ¿Cómo puedo agradecerte esto que has hecho por mí? —dijo mientras le daba un abrazo.

— No hace falta que me lo agradezcas, entrénate y sobrevive.

— Creo que aquí se separan nuestros caminos. Tú debes de acabar tu entrenamiento y yo debo de comenzar el mío. Que te vaya muy bien y gracias por todo —al decir eso se puso en marcha.

— ¡Dokuro! —lo llamó gritando cuando ya casi se perdía en la lejanía—. Si ves a un hombre que se llama Ruzil, dile de mi parte que siento todo lo que dije.

Dokuro hizo una seña con el puño cerrado y el dedo gordo hacia arriba como que lo había entendido.

Rasllew volvió a su camino mientras pensaba en todo lo que acababa de ocurrir. Había sido una noche muy movida. Se giró hacia donde unos momentos antes habían estado los cuerpos de Werfo y Burcy, y comprobó que se habían convertido en piedras. Piedras que contenían su alma.

Cogió con ambas manos la piedra de Werfo y dejó que su alma fluyese por el interior de su cuerpo. Si lo que Dokuro y Burcy le habían contado era cierto, no quería que el alma de Werfo se perdiese. Quería que viviese en su cuerpo para disfrutar de las batallas. Cuando el proceso terminó, se sentía exactamente igual que momentos antes.

Por otro lado, la piedra que contenía el alma de Burcy, la recogió con cuidado y evitando el contacto con su piel, y la escondió entre unas rocas. Para que nadie la pudiese encontrar nunca.

Una vez terminado aquello, se volvió a poner en camino.

Ya era hora de comer, esa parte del trayecto se le había hecho corta porque había estado pensando en todo lo sucedido. Todavía le costaba asimilar los hechos, pero sobre todo lo que más se le había quedado gravado era cuando Dokuro le había dicho que sería el guerrero más grande de la historia.

Sabía por el Señor Chiflú, que no debía de subírsele a la cabeza ese título, pero no pudo esconder una medio sonrisa que asomaba entre sus labios.

Se detuvo a comer, pero esa parada no duró mucho. Después emprendió el viaje de nuevo, con más ganas.

La noche ya se le había echado encima y apenas se había dado cuenta, era hora de buscar un sitio donde dormir. La experiencia pasada la noche anterior, le había dejado malos recuerdos sobre pasar la noche en la cima de una montaña, apenas había descansado unas horas, así que esa vez buscó una cueva.

No tardó mucho en encontrar una, era bastante grande y no parecía estar habitada por ninguna criatura, así que se metió dentro y se echó a dormir.

Unas horas después, notó como algo le rozaba su cabello, y eso hizo que se despertase.

Cuando abrió los ojos, se encontró cara a cara con un monstruo enorme y peludo. Pegó un grito y se echó hacia atrás arrastrándose. Para su sorpresa, la cara del monstruo seguía observándolo bien de cerca. Entonces se dio cuenta de que el ser no era enorme, sino que era enano y que estaba subido encima de su cara.

De un manotazo lo tiró al suelo, el monstruito cayó y después siguió rodando hasta que se chocó contra una roca.

— ¡Tampoco hacía falta que fueses tan brusco! —dijo el monstruo mientras se sacudía el polvo del pelo que le recorría todo el cuerpo—. Con decirme que me apartase hubiera sido suficiente.

— ¡Puedes hablar!

— Claro que sí, los Saits lo hacemos. Y ahora págame.

— ¿Que te pague? ¿Por qué? —preguntó extrañado.

— Porque has dormido en mi cueva —dijo el pequeño ser.

— No veo que en ningún lado ponga tu nombre, y además, tú no puedes cobrar por que la gente duerma en un refugio natural.

— Claro que puedo, porque este refugio es mío, yo lo encontré primero y es mío.

— Además, ¿para qué quieres una cueva tan grande? —le recriminó Rasllew—, te sobra sitio.

— Los Saits podemos hacernos diez veces más grandes de lo que somos, si quisiera me transformaría y te aplastaría.

— Está bien —Rasllew no terminaba de creérselo—. Vamos a resolver esto de un modo civilizado. No llevo mucho tiempo en esta región y no tengo ningún dinero con que pagarte.

— No tienes dinero ni joyas ni oro. ¿Y entonces cómo pensabas pagarme? —replicó el monstruito.

— Yo no sabía que tenía que pagar por dormir aquí, ¿No habría otra forma de solucionar este conflicto?

— Pues hay dos formas, la primera es la pelea a muerte —a Rasllew le divirtió esa opción debido al tamaño de su interlocutor, pero había algo en la mirada del monstruito que no le gustaba—, y la segunda es la prueba.

— ¿Qué tipo de prueba?

— Es una prueba que me inventaré yo y que tú has de solucionar. Si la fallas te mataré, pero si por el contrario la aciertas, podrás elegir tú mi destino. ¿Estás de acuerdo con las condiciones?

Rasllew estaba cada vez más nervioso, y ese monstruito le daba muy mala espina, además, si era verdad que se hacía diez veces su tamaño, lo destrozaría en un combate. El monstruo debía de medir unos treinta centímetros, que multiplicado por diez, daba tres metros de altura, eso era una barbaridad.

— De acuerdo, acepto pasar tu prueba —dijo Rasllew algo dubitativo.

— Bien, la prueba es ésta, has de adivinar que piedra de estas dos es mi favorita —extendió los brazos y abrió las manos, en la mano derecha había una piedra blanca y en la izquierda una piedra negra. Las dos parecían ser iguales en tamaño y forma, lo único que las diferenciaba era el color.

— Esta es una prueba con trampa —le increpó Rasllew.

— ¿Me estas llamando tramposo? —dijo el monstruito, y comenzó a hincharse.

— ¡No! ¡No! Solo digo que… —era verdad que podía aumentar su tamaño— ¿Cómo sé que no me vas a engañar? Por ejemplo, si yo dijese la negra, tú podrías decir que es la blanca, aunque en realidad fuese la negra.

— Los Saits nunca mentimos, eso sería romper el código del honor de los Saits. Y ahora elige —lo apremió.

Rasllew estuvo pensando un rato, pero no llegó a ninguna conclusión lógica. Podía ser cualquiera de las dos piedras, así que se decidió por la que más le gustaba a él. Al fin y al cabo, tenía un cincuenta por cien de posibilidades de todos modos. Aunque por si las moscas, antes de decir la solución, se puso en una buena posición para salir corriendo por la entrada de la cueva.

— La blanca —dijo firmemente.

— Esa respuesta es... —hizo una pausa, en la que, por el nerviosismo, Rasllew pensó seriamente en echar a correr—. ¡Correcta!

Respiró profundamente, se había librado por los pelos.

— ¿Qué destino has elegido para mí? —dijo el monstruo algo triste— ¿Vas a matarme?

— No —respondió Rasllew rápidamente; el monstruo no pudo ocultar una sonrisa de alegría—, pero primero dime tu nombre.

— Me llamo Tibo y soy un Sait. Ahora dime cúal va a ser mi destino.

— ¿Conoces el camino hasta Giathos? —preguntó.

— Sí, claro que lo conozco. Me he criado en estas tierras, no estamos lejos de allí, a un día de camino más o menos.

— Si me llevas hasta allí por el camino más rápido y seguro, serás libre —dijo el rey Yelou.

— ¿Libre? ¿Me va a dejar libre solo con que le lleve a Giathos? —no pudo ocultar una sonrisa.

— ¿Por qué ahora me tratas de usted?

— Porque ahora usted es mi amo y debo mostrarle respeto —ese extraño ser, cada vez le parecía más espeluznante—. Así que, quiere ir a Giathos, pero no podré acompañarle hasta la misma puerta. Los habitantes de Giathos odian a los Saits. No me pregunte porqué, es algo que ocurre desde hace muchos años y nadie sabe cómo empezó.

Rasllew comenzaba a sospechar por qué.

— ¿Cuántos años tienes? —preguntó Rasllew curioso.

— Tengo setecientos catorce años —el Yelou se quedó con la boca abierta ante esa aclaración—. No se extrañe, aún hay Saits más viejos que yo. Apenas acabo de pasar la mayoría de edad según los Saits. Si quiere llegar a Giathos antes de que acabe el día, será mejor que nos pongamos en camino.

— Está bien, recoge tus cosas y marchémonos.

A Rasllew no le agradaba la idea de que aquel ser lo acompañara, pero pensó que si iba en su compañía, al menos evitaría los demás peligros.

— No —se rio Tibo—, los Saits no tenemos pertenencias, sino que vivimos de lo que la naturaleza nos da. Así que ya podemos ponernos en camino.

Nada más decir eso, se puso en marcha, sus pasos eran rápidos pero sus patas eran cortas, así que ambos caminaban al mismo ritmo.

Caminaban el uno detrás del otro, la mañana avanzaba y llegaba el medio día. Rasllew sentía curiosidad por el ser que lo acompañaba. ¿Si hubiese elegido mal la piedra, lo habría atacado? Sin duda era un ser extraño.

— Con tu edad seguro que debes de haber aprendido muchas cosas de la vida ¿No? —preguntó el Yelou rompiendo el silencio.

Tibo no respondió, siguió caminando y mirando hacia el frente. Rasllew creyó que esa pregunta lo había molestado, pero se dio cuenta de que, en realidad, lo que estaba haciendo era aumentar su tamaño. Poco a poco, el Sait si iba alargando hasta que tuvo el tamaño del Yelou. Una vez finalizado el proceso, giró la cabeza y lo miró.

— Si vamos a hablar, será mejor que me ponga a su altura para hacer la charla más cómoda.

— ¡No me lo puedo creer! Puedes variar de tamaño —Rasllew no dejaba de sorprenderse con todo lo que encontraba a su paso.

— Claro que sí. Ya se lo había dicho, ya sabe usted que los Saits no mentimos.

— De modo, que es verdad que me vas a acompañar hasta Giathos.

— Sí, lo acompañaré hasta el reino de Giathos, pero no podré acercarme hasta la misma puerta porque las relaciones entre los Giathotitas y los Saits no son buenas, ya sabe.

— ¿Y cómo son los Giathotitas? —le preguntó el Yelou.

— Son prácticamente iguales que usted.

— Y si es así ¿Cómo es que cuando me viste en la cueva no pensaste que yo era un Giathotita?

— Pues porque usted tiene cola y ellos no.

Durante todo el entrenamiento se había olvidado completamente de que tenía cola. Se giró y la miró. Ahora era mucho más larga, ancha y peluda.

Siguieron hablando durante todo el día. Tibo era un ser muy noble que lo trataba con respeto. Le contó las particularidades de su raza, al parecer la tribu de los Saits era muy numerosa y antigua. Eran una raza con unas creencias en la superstición muy arraigada. Esas creencias poco a poco habían hecho que se ganasen mala fama entre las demás razas. Creencias como la de jugarse la vida en un juego como había hecho Tibo hacía unas horas con Rasllew. Los Saits creían que las personas estaban predestinadas, y cada vez que querían saber algo, se lo preguntaban a sus dioses del azar.

Cuando Rasllew le preguntó sobre los Yelou, Tibo no sabía qué raza era, y le pidió que le contara más sobre sus costumbres.

Rasllew no sabía prácticamente nada sobre las costumbres de los Yelou pero le contó su propia historia. El Sait escuchó atentamente y no lo interrumpió ni una sola vez, escuchó pacientemente mientras le contaba las hazañas que había logrado hasta ese momento.

El Yelou se reconoció a sí mismo que le gustaba la compañía que Tibo le ofrecía. Le recordaba en cierto modo a los viajes que había hecho junto a su amigo Ly en Bastur.

Caía ya el atardecer cuando Tibo se detuvo para hablar.

— Ya hemos entrado en las tierras de Giathos. La ciudad se encuentra tras aquella montaña —señaló con una de sus garras—. Los Giathotitas construyeron su pueblo junto a esa montaña y lo rodearon de enormes murallas imposibles de escalar para cualquiera que lo intente. De ese modo se aislaron del mundo exterior, aunque los comprendo porque según dicen son ellos los que guardan el poder de la rapidez.

— ¿El poder de la rapidez? —aquel era el poder del que le había hablado el Señor Chiflú.

— Sí, ¿Es que acaso no sabéis la historia de los poderes? —Rasllew negó con la cabeza—. Si queréis que os la cuente, deberéis de pasar aquí la noche. Nos encontramos muy cerca de Giathos y a partir de este punto deberéis de seguir vos solo. Podéis dormir aquí en compañía mía y mañana por la mañana llegar a primera hora a Giathos.

— De acuerdo, me ha gustado tu compañía, así que busquemos un sitio para dormir y así me podrás contar la historia de los poderes.

Tardaron un poco en encontrar un lugar para dormir, se tuvieron que adentrar bastante en el bosque pero finalmente encontraron una cueva. Era visiblemente grande, aunque un poco húmeda, pero no se podían quejar. Dentro estaba todo a oscuras.

— Se me han terminado las piedras de fuego, tendremos que permanecer a oscuras —dijo Tibo.

— Deja que pruebe algo —Rasllew sacó su espada y se concentró para que se prendiera fuego; se iluminó toda la cueva, podían hablar cuanto quisieran.

— Cuanto más tiempo paso con usted más me sorprende —afirmó Tibo—. Pero bueno, usted quería que le contase la historia de los poderes —hizo una breve pausa antes de comenzar—. "Todo empezó con la creación del mundo que ahora conocemos, al ser creado también se crearon las especies que vivirían en él. En los tiempos modernos no se sabe qué especies son las puras y cuáles nacieron de la mezcla de unas y otras, pero eso no viene al caso. Lo que cuenta la historia es que todas las especies vivían en paz y armonía, hasta que descubrieron que en el mundo había una serie de poderes; el de la rapidez, el de la fuerza, el de la inteligencia, el del salto, el del fuego, el del viento y muchos otros más. Las diferentes razas se dieron cuenta de que si poseían un poder, podrían dominar a las demás. Así que por primera vez, las razas se separaron en dos grupos, las que querían someter al resto y las que querían vivir en paz como hasta ese momento. Esos grupos se pueden resumir entre el bien y el mal. Desde entonces el bien y el mal se intentan robar los poderes los unos a los otros. Existen lugares que están en guerra desde hace cientos de años." No se sabe cómo, los Giathotitas consiguieron el poder de la rapidez, y desde entonces están en guerra. Durante años vienen ejércitos enteros a robarles el poder y hasta ahora nadie lo ha conseguido, pero hasta ellos mismos saben que algún día sus murallas caerán, abatidas por un enemigo superior a ellos, y entonces matarán a toda su gente y les arrebatarán el poder. Entonces se preguntarán, ¿Ha merecido la pena tanto esfuerzo y tantas muertes? Mi opinión es que no.

— Vaya, y entonces ¿Porque mantienen el poder? —preguntó el Yelou

— Pues por la codicia, tener un poder es lo más grande que le puede pasar a un reino, estoy seguro que si se os presenta la oportunidad, usted aceptaría protegerlo.

— No lo sé… —dijo dudoso—. La verdad es que me vendría muy bien un poder para reconquistar mi pueblo.

— ¡Lo ve! Ni siquiera lo ha visto y ya lo desea, parece ser que los Yelou se dejan persuadir muy fácilmente.

— ¿El reino de Giathos pertenece al bien? —preguntó Rasllew de repente.

— Por supuesto que sí. Ellos son los encargados de que el poder no caiga en malas manos.

— Pero no lo entiendo, ¿Por qué ponen en peligro su pueblo? ¿Sólo para proteger el poder?

A Rasllew le parecía una acción muy noble. Un pueblo que se sacrificaba para que el poder no cayese en malas manos, pero no le veía sentido.

— El pueblo poseedor del poder, puede hacer uso de él. Los Giathotitas son los seres más rápidos de este mundo.

La pieza que faltaba en el rompecabezas encajó a la perfección. Esa era la ganancia de los habitantes de Giathos en todo aquello.

Después de eso, continuaron hablando hasta bien entrada la noche y después se fueron dormir.

— Vamos levántese —escuchó la voz de Tibo—. Ya es hora de que se levante y llegue a la ciudad de Giathos.

Rasllew sonrió. Aquella forma de despertarse le recordaba a cómo lo despertaba el Señor Chiflú. Por primera vez en mucho tiempo, había dormido bien y a gusto.

— Entonces ¿Aquí se dividen nuestros caminos? —preguntó para que le confirmara que no había cambiado de opinión.

— Sí, lo siento, no le voy a poder acompañar. Allí no soy bien recibido, así que ésta es nuestra despedida, pero espero verlo algún día. Si algún día quiere verme, acérquese por esas tierras y yo lo encontraré. Ahora será mejor que parta, allí donde va es un lugar peligroso.

— Adiós, espero que nos volvamos a ver algún día.

— Una cosa más —dijo Tibo—. Si alguna vez se vuelve a encontrar con un Sait, dígale que Tibo ya comprobó su destino.

— Gracias.

Después de despedirse, partió en dirección a Giathos. Giró la cabeza en el último momento antes de perder de vista a su amigo gracias al desnivel del terreno, y comprobó que él todavía lo estaba mirando.

Pensó en el ser extraño al que acababa de despedir. Sin duda era peligroso pero, después de pasar la prueba, se había mostrado muy caballeroso. Tenía algo que lo hacía sentirse bien en su compañía.

Se volvió hacia delante y continuó su camino. No sabía lo que le esperaba en Giathos, pero si el Señor Chiflú lo había mandado allí, seguro que sería beneficioso para su entrenamiento.

Tras caminar un rato encontró una senda que bordeaba la montaña, así que la siguió. Suponía que esa senda le llevaría a su destino. La senda era estrecha y estaba húmeda, a su alrededor había césped, que también estaba mojado por el rocío de la mañana. El camino estaba rodeado de árboles robustos y altos, miró hacia arriba y no consiguió ver un haz de luz del sol, debido a la espesura de sus ramas.

— ¡Alto! ¿Quién va? —escuchó mientras cuatro figuras emergían de detrás de unos arbustos y lo tomaban por sorpresa, poniéndole cuatro espadas en el cuello.

Rasllew se asustó, porque le habían cogido por sorpresa y durante unos instantes estuvo un poco confuso. A punto estuvo de sacar la espada en un gesto instintivo pero pensó que podían ser guardias de Giathos y se detuvo, aún así, por si acaso, puso su mano sobre el mango de la espada envainada.

Aquellos tipos se habían movido con una velocidad felina al salir detrás de los arbustos. Sus movimientos no eran propios de humanos.

— Soy Rasllew, rey Yelou y vengo en nombre del Señor Chiflú —anunció, pero sus captores se quedaron un poco extrañados y no retiraron las espadas de su cuello por el momento.

— No tenemos noticias de que el Señor Chiflú tuviera un nuevo aprendiz —dijo uno de ellos en tono amenazante, y continuaron sin bajar las armas.

— Pues sí que tiene un nuevo aprendiz, y soy yo, me ha enviado aquí para terminar mi entrenamiento.

— Y dices que eres un rey Yelou. ¿Yelou? Nunca los había oído nombrar, ¿Cómo se llama su reino? —preguntó receloso.

— Los Yelou son de Bastur —respondió un poco harto y deseando que se acabase ese malentendido.

Los captores se miraron unos a otros sin comprender.

— Sé dónde está Bastur, pero está dominada por el mal. Los Sephal creo que se llamaba la raza que domina esas tierras —apuntó otro de los captores.

— Sí, los Sephal tienen conquistada Bastur —afirmó Rasllew—, pero los Yelou nos oponemos a ellos, y yo soy su rey. Y a propósito ¿Quiénes sois vosotros?

Los captores se relajaron un poco.

— Me llamo Karg y soy teniente de la guardia de Giathos, ellos son el resto de mi patrulla. Y nuestra función es asegurarnos que ningún enemigo se acerque a Giathos.

— Pero yo no soy ningún enemigo, lucho contra el mal como vosotros, así que bajar las armas —al terminar esa frase, hizo un intento por avanzar en dirección a la ciudad.

— ¡Alto! Estate quieto si es que le tienes algún aprecio a tu vida. No me acabo de creer esas mentiras que dices sobre Bastur.

— ¡Mentiras! —exclamó Rasllew enfadado—. Mi reino está en peligro y el tiempo apremia para mi pueblo. No quiero perder más tiempo por culpa de la torpeza de un simple guardia —gritó enfadado.

— ¡Ten cuidado con lo que dices! Estas insultando a la guardia de Giathos, y por ahora no eres más que un intruso.

— ¡Ya estoy harto de ti! —gritó y desenvainó la espada, con un rápido movimiento volteó por el suelo y se alejó un poco de sus captores; estaba preparado para acabar con ese guardia bocazas.

El guardia, apartó con los brazos al resto de la patrulla, en señal de que le dejasen luchar a él.

Rasllew quería sacar las uñas antes de atacar, así que prendió fuego a su espada. Una llamarada enorme salió de ella, la espada parecía estar más enfadada que el propio Yelou.

El guarda al ver el fuego de la espada se acobardó un poco y retrocedió unos pasos hacia atrás.

— Espera un poco —dijo y guardó el arma—. Te llevaré ante el rey, pero deberás dejarnos custodiar tu espada, alberga mucho poder.

A Rasllew le pareció un trato justo, apagó la espada y se la tendió, después de dársela se pusieron en camino. Durante el viaje nadie dijo nada, los guardas lo rodearon todo el tiempo. Mantenían el semblante serio y le lanzaban miradas recelosas.

Finalmente llegaron a la entrada de la ciudad de Giathos, que al igual que la ciudad de los Sephal, estaba rodeada por unas enormes murallas. Era una ciudad muy grande, y sus murallas debían de medir cincuenta metros como mínimo. Rasllew miró aquella fortaleza y pensó que nadie podría asaltarla jamás.

Cuando estaba a unos metros de las grandes puertas, unas cabezas se asomaron por encima de las torretas.

— Karg, ¿Qué nos traes hoy? —preguntó uno de ellos.

— Esta persona dice ser el rey de Bastur y además, también dice que es aprendiz del viejo Señor Chiflú, y quiere ver a nuestro rey.

— Pasa, pero ten cuidado con él —dijo el guarda de la torre—. ¡Abrid las puertas! —gritó desde la torre.

Momentos después, y con gran estruendo, se abrieron las enormes puertas. Por lo menos median cinco metros de alto.

Los guardas que lo habían capturado, lo empujaron en señal de que avanzara dentro de la ciudad. Parecía un prisionero, en vez de un amigo. Deseaba que ese malentendido se arreglase cuanto antes.

Una vez dentro, comprobó que había muchas diferencias con la ciudad de los Sephal. Los habitantes y las calles estaban mucho más limpios, además había más vida en aquella ciudad. La gente sonreía y disfrutaba con los quehaceres diarios, además Giathos era mucho más grande y sus muros eran de un gris más claro, no como los muros negros de los Sephal, hechos de Roken muertos.

Pasaron entre la multitud que habría un pasillo humano ante ellos, y se quedaban mirando a Rasllew. Posiblemente porque se creían que era algún tipo de criminal o enemigo.

Después de abrirse paso entre la gente y recorrer las calles de la enorme ciudad, llegaron a la puerta del castillo donde vivía el rey. La puerta estaba abierta y vigilada por dos guardas apostados a ambos lados.

— ¿A dónde vais? —preguntó uno de los guardas que estaba a la entrada.

— Nos hemos encontrado a este sujeto por nuestra zona de vigilancia, dice ser rey de Bastur y aprendiz del Señor Chiflú.

— ¿Va armado? —preguntó el guarda de la entrada mientras inspeccionaba a Rasllew con la mirada.

— Le hemos quitado la espada, es la única arma que lleva pero… —se acercó al oído del otro guarda y le dijo algo en

voz baja; el guarda se impresionó un poco ante lo que le acababan de decir.

— Dame su espada, a partir de ahora es problema nuestro.
Puedes volver con tu patrulla a tu zona de vigilancia.

— De acuerdo —dijo el guarda, con el que Rasllew había
tenido la disputa, y se marchó con su patrulla.

— Vamos pasa —le dijo el guarda de la puerta, mientras lo
miraba con mala cara.

Esos guardias no lo empujaron, pero lo hicieron seguirles
por todo el castillo. Las salas y los pasillos estaban decorados
con unos ventanales coloridos y armaduras colgadas en las paredes. Subieron por unas escaleras interminables, sin duda estaba subiendo a una de las torres. Por fin llegaron a un pasillo
con una puerta al final. Los guardas llamaron a la puerta y después de un "adelante", la abrieron y lo hicieron pasar.

Eran los aposentos del rey. En el interior de la habitación
había una gran cama vestida con sedas ornamentadas. La estancia también tenía un armario labrado en la mejor madera, y
una mesa y una silla entre otras cosas.

Al entrar en la sala, el rey estaba sentado en la silla, escribiendo con una pluma en un trozo de pergamino.

Al girarse para ver quién había entrado, Rasllew comprobó
que era muy joven. Superaría su edad por unos pocos años.
Vestía una camisa blanca y unos pantalones negros, no muy
elegantes. Aunque no llevaba ningún tipo de armadura, en su
cintura tenía colgada una espada.

Uno de los guardas se acercó a él y le informó de quién era
su acompañante, también le contó el poder que albergaba su
espada.

A Rasllew le pareció que le daban mucha importancia al
poder de su espada, porque también cambió la cara del rey al
escuchar la noticia.

— Está bien —su voz sonó firme—. Dejadnos solos.

Los guardas hicieron una reverencia y se fueron, cerrando la puerta tras de sí.

— Así que dices ser rey Yelou, y además aprendiz del Señor Chiflú —le miró de arriba abajo, parecía no haber terminado de creerse quién era Rasllew—. Te creo —dijo sin más—. Pero entonces no tendrás ningún inconveniente en informarme sobre tu historia y cómo has llegado a parar aquí. Y además me podrías informar de la suerte que han corrido los Yelou últimamente, hace mucho tiempo que no teníamos noticias de ellos, pensábamos que se habían extinguido. Pero parece ser que no, esa es una buena noticia para los que luchamos por el bien.

— ¿Sabíais de la suerte que habían corrido los Yelou con los Sephal? —preguntó, no se lo podía creer.

— Sí, pero hace siglos que no tenemos noticias de ellos. Como buen rey, me gusta estar informado de lo que se mueve en el resto del mundo. Pero reconozco que existe poca información en nuestra biblioteca acerca de los Yelou. Lo poco que sé es que tenéis cola —miró súbitamente la cola de Rasllew—, y que los Sephal os dominaron hace siglos. Y ahora si eres tan amable, acompáñame a el salón para ponernos cómodos y que me expliques tu historia. Por cierto, no me he presentado, soy Zackizo rey de Giathos, aunque prefiero que me llamen Zack.

— Yo me llamo Rasllew y soy el rey de los Yelou.

— Mucho gusto en conocerte —dijo Zack.

Después de las presentaciones, hizo una señal para que fuese hasta la puerta. Él lo siguió y después se puso delante para indicar el camino.

A continuación bajaron un buen tramo de escaleras, y recorrieron un pasillo, giraron a la derecha y se encontraron con un gran salón, con una mesa larga y estrecha, tenía más de treinta sillas a su alrededor. Allí debía de ser donde se reunían los Giathotitas para hablar los temas importantes y para celebrar cenas y comidas.

Zack se sentó en una punta y le dijo que se sentase a su lado. Allí, en una enorme sala medio vacía, le contó lo poco que sabía de la historia de los Yelou. Cuando le llegó el turno, contó su propia historia. Le relató la lucha con Soker, y cómo lo venció con aquel poder tan extraño.

— Ese es el poder de la mente —aclaró Zack.

— ¿El poder de la mente? —preguntó extrañado.

— ¿No conoces la historia de los poderes?

— Sí, me la contó… —Rasllew se paró a tiempo, no quería que se enterase que tenía un amigo Sait—. Un amigo —aclaró.

— Pues entonces sabrás que hay muchos poderes desperdigados por este planeta —se detuvo y Rasllew le indicó con la cabeza que sí—. El poder de la mente, se usaba mucho en la antigüedad pero ahora es prácticamente inofensivo.

— ¿Por qué? —dijo.

— Porque ese poder es bastante débil. Ahora mismo sería inofensivo si lo utilizasen contra ti —Rasllew lo miró sin comprender—. Noto que eres un mago, yo también lo soy. El Señor Chiflú nos hace convertirnos a todos —le lanzó una mirada de complicidad—. Si intentasen utilizar el poder de la mente contra ti, tu magia reaccionaría bloqueando esa intromisión. Lo que hace el poder de la mente es hacer fluir la magia de quién lo posee por dentro de su víctima, de ese modo puede controlarla. Si eso ocurriese ahora mismo, tu magia se rebelaría contra ese control. Como ya te he dicho, no es un poder muy útil en una época en que la magia está tan extendida. Existen otros poderes más eficaces. Yo mismo tengo un poder, y tú también lo tienes, o mejor dicho, lo tiene tu espada, según me han informado. Yo tengo el poder de la rapidez, y tú el poder del fuego.

A Rasllew se le escapó una sonrisa de felicidad. El escuchar a una persona tan seria y con tantos conocimientos diciéndole que podría inutilizar el mejor arma de Soker, lo ponía muy alegre. No sabía si era porque le había dado la mejor noticia desde su marcha de Bastur, pero Zack le empezaba a caer realmente bien.

Después continuaron hablando, el Yelou terminó de contarle toda la historia hasta el punto de su llegada a Giathos. Evitó contarle el encuentro con el Sait, pero incluyó el mal trato recibido por parte de los guardias de Zack.

— Me disculpo en nombre de ellos —afirmó Zack solemnemente—. Pero supongo que un rey comprenderá que cuando se trata de proteger un reino, cualquier medida es poca. Mis guardias están acostumbrados a encontrarse con espías enemigos y fue eso lo que les impulsó a actuar de ese modo. No recibimos muchas visitas amistosas últimamente.

Después de esa disculpa, Zack le contó su historia. Le dijo que tenía veintitrés años y que llevaba reinando desde los quince, le contó que su padre había muerto cuando él tenía ocho años, debido a un ataque por sorpresa a su ciudad, con motivo de quitarles el poder.

— Por eso tengo una vigilancia casi perfecta —le confió—. Tengo un sistema de protección casi impenetrable. En Giathos tenemos, cien guardias dentro del castillo, otros cincuenta patrullando por la ciudad, cien más apostados en las murallas, y para impedir ataques sorpresas, tengo cien guardias desperdigados alrededor del castillo divididos en grupos de cuatro. Aparte tengo por los pueblos de alrededor guardias que vigilan que nadie planee ningún ataque sorpresa. Además cuento con otros tantos soldados descansando dentro de la ciudad. Cada puesto cuenta con dos guardias, para que realicen turnos rotativos y que siempre estén descansados y listos para el combate.

— Veo que lo tienes todo muy bien planeado —apuntó Rasllew felicitándolo por la buena posición de sus soldados en su terreno—. Estoy seguro de que eres un buen estratega y de que has dedicado mucho tiempo a ello.

— Sí, la verdad es que le dedico mucho tiempo a la estrategia. Y prueba de ello es que esta mañana cuando has entrado en mis aposentos, estaba trabajando en una nueva maniobra para un combate. Me fascinan las maniobras de combate. Estudio la historia aprendiendo las mejores maniobras y hazañas en las batallas. Me gusta mucho la idea de saber que una superioridad numérica se puede combatir con una buena estrategia. Pero una buena estrategia no es nada sin unos buenos guerreros que la lleven a cabo. Cuento con un plan de entrenamiento en la sala de la vida para todos ellos.

— ¿La sala de la vida? —preguntó Rasllew extrañado y frunciendo el ceño.

— ¿No sabes lo que es? Creí que el Señor Chiflú te había mandado aquí para entrar en la sala de la vida. ¿Quieres entrar?

— ¿Que hay en ella? —sentía curiosidad.

— Mejor deberías haber preguntado, ¿Qué no hay en ella? Lo que no hay en ella es la muerte. Puedes luchar y herir a alguien tantas veces como quieras que nunca le harás daño. Por eso nos sirve para entrenarnos, es una simulación de combate real.

— Suena interesante, quiero probarla.

Ambos arrastraron las sillas y se pusieron de pie. Mientras iban de camino, el rey de Giathos se volvió y le preguntó:

— ¿Te atreverías a luchar contra mí?

— Por supuesto —Zack lo miró con superioridad y sonrió.

Le pareció que el rey de Giathos estaba muy confiado en que iba a ganar. Probablemente Zack sería el rival más fuerte y rápido de los que se había enfrentado hasta ese momento.

Llegaron ante el hueco de una puerta, verdaderamente era un hueco porque no tenía puerta alguna, solo estaba el agujero de entrada.

— Adelante, sólo si eres puro de corazón podrás entrar.

Rasllew avanzó con cautela, no sabía lo que iba a pasar. Pero cruzó el umbral sin que ocurriera nada. Dentro de la sala sintió una sensación rara, como si mucha fuerza atravesase su cuerpo y lo llenase de vida. Era una sensación similar a la que había sentido al convertirse en un mago, pero ésta era agradable.

La sala tenía forma de cono, sus paredes eran redondeadas y se alzaban por lo menos treinta metros. En el vértice superior, donde se unían las paredes, había una gran abertura en el techo, era grande y de color morado. A Rasllew le recordó a la transparencia de la puerta de entrada a Bastur, sólo que en vez de ser amarilla, era morada.

Al final de la sala, se veía a otros luchadores entrenándose, eran muy rápidos, apenas daba tiempo a ver sus movimientos de espada.

— Son rápidos —afirmó Zack sonriendo mientras los contemplaba—. Pues espera a verme a mí.

Los guerreros que estaban luchando, se dieron cuenta de que el rey había entrado, y abandonaron la sala rápidamente y en silencio.

— Traed la espada de mi invitado —ordenó Zack.

— Sí señor —contestó uno de los guerreros.

Rasllew escuchó voces por encima de su cabeza, miró arriba y vio como en la abertura del cono asomaban varios rostros y se oían murmullos como "El rey va a pelear", "Ya verás que paliza le da al extranjero", y cosas similares.

El Yelou pensó que debía esforzarse al máximo en aquel combate simulado, no quería dejar en mal lugar al Señor Chiflú, pero sabía que debía de tener muy presente que su rival iba a ser duro.

Al rato llegaron dos hombres, uno de ellos portaba la espada de Rasllew. Se le colocó delante, se arrodilló y extendió las manos para que recogiera su espada.

El Yelou agarró la espada por el mango e hizo unos cuantos movimientos para calentar mientras Zack despidió a sus hombres.

— Podéis retiraros —dijo y los hombres se marcharon—. ¿Estás preparado? —preguntó poniéndose en posición de ataque.

Rasllew vio cómo su rival sonreía, parecía no tomarse aquello muy en serio. El Yelou asintió con la cabeza y se puso también en posición de combate, así comenzó la pelea.

El rey de Giathos atacó primero, aunque Rasllew no se dio apenas cuenta de ello. Su velocidad era tal que a duras penas pudo poner la espada para detener su embestida, y después de ese golpe, lanzó otro, y otro, y otro…

Su rival se movía demasiado deprisa para él, era como si de repente se hubiese vuelto muy lento. No tenía tiempo suficiente para atacarle, no le dejaba ni una milésima para coger aliento.

Hasta que en una de esas acometidas le golpeó en el brazo izquierdo. El Yelou estaba a punto de gritar por el dolor, pero cuando la espada de su rival se retiró de su brazo, no tenía ninguna herida, ni resto del golpe.

— ¡No le ha durado nada! —escuchó que exclamaba una voz por encima de su cabeza.

— ¡Callad! —gritó Zack enfadado, mirando al techo—. No he autorizado a nadie para que presencie el combate.

Dicho eso, las cabezas desaparecieron, pero no se fueron del todo porque aún al rato, se seguían escuchando murmullos desde el techo.

— ¿Y tú a qué esperas? —le preguntó al rey Yelou.

— ¿A qué espero? —Rasllew estaba extrañado.

— Sí, ¿No decían que poseías el poder del fuego? —le dijo—. ¿O es que me han mentido mis guardias?

— No, lo poseo de verdad.

— ¡Pues demuéstramelo! —gritó.

Parecía enfadado por no encontrarse delante de un rival de su talla.

Rasllew pensó en el dragón y casi al instante su espada se cubrió de llamas, Zack pareció algo impresionado.

— No te voy a mentir, es la primera vez que veo en una espada el poder del fuego. Úsalo para contrarrestar mi poder de la rapidez. ¡Atácame!

El Yelou no se lo pensó dos veces y se abalanzó sobre él, atestándole unos golpes rápidos y fieros, pero el rey de Giathos los detuvo cómodamente y aún le dio tiempo a atacar de nuevo. Volvían a estar en las mismas, su rival lo atacaba y Rasllew no podía casi defenderse. Finalmente, uno de sus ataques logró atravesar al Yelou de parte a parte del pecho.

Rasllew sintió una sensación extraña, no era dolor, era algo mágico. Sintió un escalofrío cuando su rival retiró la espada de su pecho. Instantes después se palmeó en la zona del golpe para comprobar que todo estaba en su sitio.

— ¿Eso es todo? —dijo Zack incrédulo—. La verdad es que me esperaba más del poder del fuego. Aunque creo que no lo usas como deberías y por eso no es muy efectivo.

— ¿Cómo?

— Sí, tu espada posee el poder del fuego, y la utilizas como una espada normal. Debes de adaptarte a ella.

— ¿Y cómo hago eso? —preguntó Rasllew.

— No lo sé, como he dicho, es la primera vez que veo el poder del fuego en una espada. Vamos a ver —se paró un momento a rascarse la barbilla, pensativo—. ¿De dónde lo sacaste?

— De un dragón —respondió orgulloso.

— Y los dragones escupen fuego, luego tu espada también debería —razonó—. ¿Por qué no pruebas?

— ¿Y cómo lo hago?

— No lo sé, no tengo respuestas para todo, eso lo tendrás que descubrir tú mismo. Puedes probar concentrándote, enfadándote o de cualquier otro modo, lo único que sé es que esa espada tiene más poder del que me acabas de demostrar.

Rasllew pensó en lo que le acababa de decir. Se detuvo unos momentos para concentrarse. Apuntó la espada hacia Zack e hizo todas las fuerzas que pudo para que la espada escupiera fuego, pero lo único que consiguió fue que la llama que cubría la espada se hiciese algo más grande.

— Así no es, desde luego, lo que ha pasado es que la llama se ha hecho más grande, pero eso no te servirá de mucho en un combate. Será mejor que continuemos luchando un rato, dentro de poco me tengo que ir a atender unos asuntos. Mientras, te podrás quedar aquí averiguando más cosas sobre tu espada.

— Pero me vas a ganar, eres mucho más rápido que yo — protestó.

— Eso es cierto, pero para no tener el poder de la rapidez eres uno de los rivales más duros que he tenido. Me ha decepcionado tu espada, sin embargo pienso que tú tienes mucho potencial.

Rasllew no pudo evitar que se le escapara una sonrisa de satisfacción, levantó la espada y se preparó para continuar luchando.

Ese combate estaba más igualado, porque el Yelou se había crecido después de lo que había dicho Zack. Él continuaba atacando pero ahora, Rasllew le detenía mejor los golpes.

Llevaban un rato en el que el rey de Giathos no lo había conseguido golpear. Cada vez la llama de la espada del Yelou era más grande, hasta el punto que le costaba distinguir a Zack a través de ella. Debía de fijarse para ver sus movimientos entre las llamas. De pronto, una gran bola de fuego salió de la punta de su espada, la bola golpeó contra una de las paredes causando un gran estruendo.

— ¿Qué ha sido eso? —preguntó Zack extrañado.

— Ha salido de mi espada, era una bola de fuego —apuntó Rasllew emocionado.

Las cabezas curiosas volvieron a asomar por el hueco del techo, el ruido del estallido de la bola de fuego había atraído su atención.

— Bien, lo has conseguido —dijo alegremente—. ¿Cómo lo has hecho?

— No lo sé muy bien, todo ha venido a raíz de la primera llamarada. Me he concentrado y a partir de ahí, la llama se ha hecho más grande cada vez, hasta que al final se ha liberado la bola de fuego.

— Debes de intentar mejorar eso —dijo Zack mientras envainaba su espada—. Ha sido un placer luchar contigo, pero ahora me tengo que ir, a ver si mañana volvemos a luchar de nuevo. Mi casa es tuya, si hay algo que desees, pídeselo a cualquiera de mis hombres y ellos te lo darán. Voy a ordenar que te acomoden una habitación de invitados, mientras tanto quédate aquí entrenando tu poder o luchando con alguno de mis hombres.

Antes de marcharse, Zack habló con uno de sus hombres y éste se marchó tras él.

Rasllew se volvió y vio que los aprendices regresaban a la sala. Mientras entraban, lo miraban fijamente, pero momentos después, continuaron entrenando.

Parecían un buen grupo de amigos que se entrenaban juntos. A Rasllew le dio envidia ver a esos jóvenes compartiendo el entrenamiento, deseó haber tenido un compañero cuando estaba en la cabaña del Señor Chiflú. Los muchachos se divertían y hablaban entre ellos bromeando.

— ¿Te has enterado que Razuko ha vuelto de Isla laberinto? —preguntó uno de ellos.

Rasllew recordó que durante sus estudios, el Señor Chiflú le había hablado de aquella isla. Según le había explicado, era el lugar donde la lucha entre el bien y el mal era más intensa. Al parecer, allí había una espada legendaria que poseía una gran cantidad de poderes. La lucha por hacerse con ella duraba desde el principio de los tiempos. Según le había contado su maestro, era un lugar horrible, en el que había que luchar día tras día para sobrevivir.

— Sí, dicen que ha vuelto con el rabo entre las piernas — apuntó otro de los aprendices; el resto estallaron en carcajadas.

Durante el resto del día, Rasllew continuó practicando con su poder. El maestro de armas de Zack lo integró en el entrenamiento con los muchachos y le ayudó a entrenar su poder.

A media tarde, no lograba llegar a dominarlo perfectamente, pero le valía para poder usarlo en un combate. Conseguía que la espada se llenara de fuego, pero en el momento de lanzar la bola de fuego, no salía en el momento exacto que quería, sino unos segundos después.

Era ya tarde cuando se dispuso a salir de aquella habitación. En la salida de la sala, un hombre lo interrumpió. Era el hombre con el que Zack había hablado hacía unas horas.

— Hola, me llamo Cet —hizo una reverencia—. El rey Zack me ha encargado ocuparme de usted y acompañarlo en todo momento durante su estancia en el reino. Ahora, si quiere, le acompañaré a su habitación, allí podrá darse un baño con agua caliente y cambiarse de ropa para la cena, esta noche habrá un gran baile.

— De acuerdo, estoy deseando bañarme, me vendrá muy bien —le agradó la idea de relajarse en la bañera.

Siguió a Cet por los pasillos del castillo hasta que llegaron a la segunda planta. Una vez allí, abrió una puerta y le mostró su habitación.

La estancia era enorme, digna de un invitado de alta cuna. La cama era grande y ancha, las sábanas estaban bordadas y todo parecía muy lujoso. El suelo estaba cubierto de alfombras, y de las paredes colgaban preciosos cuadros.

Cet dejó pasar al Yelou y entró tras él. Una vez dentro, se metió por una puerta al fondo de la estancia. Rasllew se tumbó en la cama, creía que se iba a quedar dormido de lo cansado que estaba. Mientras, escuchó el ruido del agua caer, proveniente de la sala a la que había entrado Cet. Después de un rato volvió al cuarto y le dijo que el baño estaba listo.

Rasllew pasó a la otra habitación, era una estancia pequeña, ya que sólo tenía una bañera en el centro llena de agua. De ella emanaba vapor.

Estaba deseando bañarse, se giró y comprobó que Cet aún estaba allí, detrás suya, mirándolo.

— Puedes irte Cet —le dijo mientras se sentía algo incómodo.

— ¿Y quién le dará el baño? —pregunto extrañado.

— Puedo bañarme yo solo, gracias —aclaró Rasllew.

— El rey Zack me ha dicho que usted también es un rey. El rey de Bastur, y por lo tanto debe ser tratado como tal.

— Lo siento, pero me sentiría un poco incómodo si otro hombre me bañase, así que retírate, por favor.

— Soy un criado, desde que era bien pequeño hago estas cosas, no pasa nada —insistió Cet.

— Que te he dicho que me bañaré yo solo —le dijo Rasllew algo cabreado.

— Está bien —dijo agachando la cabeza y caminando de espaldas hacia la puerta.

Rasllew se sintió un poco mal por haberlo tratado así, pero prefería tener intimidad en aquellos momentos, tenía muchas ganas de tumbarse en la bañera y quedarse dormido, o por lo menos dejar que pasasen algunas horas. Además no le atraía la idea de que otro hombre lo frotase, aunque fuese un rey.

Se bañó y le sentó como nunca. Al comenzar a frotarse, el agua salía negra, se restregó todo el cuerpo hasta que se sintió limpio. Después, se tumbó un rato en la bañera hasta que se comenzó a arrugar como una pasa, y entonces salió de ella.

Comprobó que en una silla había unas ropas, supuso que Cet las había puesto allí, de modo que se las puso. Las ropas eran muy elegantes, de color verde y con unos bordados amarillos oro, le gustaban bastante.

Salió de la sala de baño y se encontró con que Cet estaba en la puerta esperándole.

— Señor —dijo agachando la cabeza—. ¿Le dirá al rey Zack que le he dejado bañarse a usted solo?

— No —ahora entendió porque estaba tan preocupado; es que ese era su trabajo y no hacerlo podía traerle grandes problemas—. No te preocupes, no diré nada, además la decisión ha sido mía.

— Gracias —dijo el sirviente muy contento.

— ¿Podrías hacer algo por mí?

— Por supuesto, para eso estoy.

— Limpia las ropas que traía conmigo y déjalas listas para mi partida.

— Ya contaba con hacer eso, señor —sonrió satisfecho—. Y ahora le tengo que llevar a la sala principal para la cena y el baile. Dese prisa, ha estado demasiado tiempo en el baño, no lo quería molestar, pero la cena está a punto de empezar.

Bajaron por las escaleras que conducían a la sala principal, por el sonido, Rasllew se dio cuenta de que efectivamente llegaban tarde.

Cuando divisó la sala principal comprobó que había más de un centenar de invitados. El lujo envolvía cada rincón de la estancia, desde la vestimenta de los invitados hasta las copas donde se servía el vino. Todos los invitados estaban sentados en sus respectivos asientos, pero había un único hueco libre, cuatro asientos a la derecha de Zack.

Cet lo condujo hasta allí y retiró la silla de la mesa para que se sentase. Una vez lo hizo, el sirviente se disculpó y se marchó.

— Si requiere algo de mí, no tiene más que llamarme. Estaré al fondo de la estancia.

— No será necesario, puedes macharte a dormir —pese a ello, Cet lo esperó al fondo de la estancia de todos modos.

— Bienvenido —anunció Zack en voz alta para que lo escuchara el resto de invitados—. Señoras y señores, les presento a Rasllew, el rey de Bastur.

En ese momento todas las cabezas se giraron en dirección al Yelou, que se ruborizó y no pudo hacer otra cosa que sonreír y saludar.

Momentos después, Zack llamó a Cet. Rasllew escuchó como lo culpaba por la tardanza.

— No le reproches a él, Zack —intervino el Yelou—. Ha sido culpa mía, estaba muy cansado y quería relajarme un rato en la bañera. Siento el retraso.

Zack miró desconfiado a Cet y lo dejo marchar. En ese momento empezó a reinar el buen ambiente, todo el mundo hablaba, comía, bebía y se lo pasaba en grande.

El vino corría y la comida era deliciosa.

A la derecha de Rasllew se encontraban dos señoras que no dejaban de hablar de los cotilleos de la ciudad, sin quererlo, se enteró de todo. Las mujeres eran de mediana edad y vestían muchas joyas, sus peinados eran estrafalarios y sus modales demasiado exagerados. Ambas mujeres se mostraban preocupadas porque el rey Zack todavía no había elegido una esposa para ser la reina, y parecía que no tenía mucha prisa por hacerlo.

— ¿Dónde queda Bastur exactamente? —preguntó una de las mujeres —. Nunca había oído hablar de ese reino.

— Es una isla que se encuentra a muchos kilómetros de aquí —aclaró.

— Y vos rey Rasllew ¿Tenéis ya una elegida para ser la reina de Bastur?

— Rosan, no seas descarada —se escandalizó la otra mujer.

— ¿Qué quieres? Quizá le podría interesar mi Sami —en esos momentos habló al oído de la otra mujer, pero sus voces eran tan fuertes que se escuchó todo—. ¿Te imaginas? La reina Sami, de Bastur.

— Cómo eres —se rieron las dos

Parecía que el vino comenzaba a hacer efecto en ellas. Porque a partir de ese momento se estuvieron riendo toda la noche cada vez que miraban a Rasllew.

De repente las puertas principales del castillo se abrieron, todo el mundo calló, incluso las señoras que estaban al lado del Yelou.

Un hombre vestido de guerrero entró al castillo y se apresuró para llegar hasta el rey Zack lo más rápido posible. Se le acercó y le dijo algo al oído. Mientras le hablaba, el semblante del rey Zack cambiaba de sonriente a preocupado. Momentos después, el guerrero se incorporó, se disculpó ante los invitados y se alejó unos pasos. Zack se puso en pie y dijo:

— Caballeros —dijo muy seriamente—. Me acaban de informar de que se dirige hacía aquí un ejército con el objetivo de arrebatarnos nuestro poder. Según me informan, estos guerreros vienen de Isla Laberinto —se escucharon exclamaciones, y se hizo un pequeño silencio—. Quizá sean los peores rivales a los que nos hemos enfrentado en mucho tiempo. Por ello, debemos de comenzar a prepararnos cuanto antes. Se suspende el baile.

Dicho esto, los invitados se levantaron y se dirigieron a la puerta del castillo. Las señoras que estaban al lado de Rasllew se marcharon con cara de preocupación. Sus semblantes eran serios y murmuraban en voz baja, el efecto del vino había desaparecido al instante.

Mientras, Zack le daba órdenes al guerrero que acababa de entrar con la mala noticia.

— Despierta a los generales, cada uno sabe lo que tiene que hacer, diles que entramos en situación de alerta máxima. Manda a unos exploradores necesito saber exactamente el número de enemigos, y si va algún general con ellos, lo quiero saber todo. Convoca a los arqueros para que estén colocados desde este mismo momento en lo alto de las murallas. Vamos, no hay tiempo que perder —decía gritando y nervioso.

El hombre salió otra vez corriendo del castillo. Rasllew aprovechó para acercarse a Zack.

— ¿Qué hago yo? —le preguntó seriamente.

— ¿Tú? —lo miró y suspiró, con el lío se había olvidado de su invitado—. Estás aquí para completar tu entrenamiento, pero no te puedo pedir que luches para defender algo que no es tuyo.

— El Señor Chiflú me ordenó que debía ayudaros a proteger vuestro poder.

— Está bien, me alegro de que te unas a nosotros, nos vendrá muy bien el poder del fuego en este combate.

Recordó que el Señor Chiflú lo había advertido de que la ciudad sería atacada, pero pensó que los Giathotitas estarían al corriente de ello. Se sintió mal por no haber advertido a Zack, pero ya no podía hacer nada para remediarlo.

— Que Cet te acompañe a tu habitación. De momento no puedes ayudar en los preparativos para el combate, cada cual sabe lo que tiene que hacer, tú sólo nos entorpecerías. Sigue entrenándote en la sala de la vida hasta que llegue la hora —dijo y cuando estaba a punto de irse se volvió—. Si te da problemas Cet, házmelo saber, no me termina de gustar ese sirviente.

— Tranquilo, no habrá problema —lo tranquilizó Rasllew.

El rey de Giathos se fue, y Cet acompañó al Yelou a su habitación. Rasllew pensó que no le parecía que fuera tan mal criado, con él se había portado bien hasta el momento.

Tenía mucho sueño, había sido un día duro, de modo que el ruido que venía de fuera del castillo de los soldados preparando el combate, no le impidió dormir tranquilo.

Capítulo 11: La defensa de Giathos

Se despertó y vio como la luz entraba por la ventana. La luz era bastante intensa así que ya hacía rato que había amanecido. Le dolían los brazos, pero había descansado muy bien y se encontraba con ganas de seguir adelante con la protección de Giathos.

Se levantó de la cama y vio que sobre la mesita de noche había una camisa de manga larga, de color blanco y unos pantalones negros. Eran ropas de guerrero. Se las puso y sintió ganas de combatir en ese momento.

Salió de la habitación y vio como Cet se levantó de una silla que había al lado de la puerta. Rasllew pensó en cuánto tiempo llevaba el sirviente esperando con paciencia.

— ¿Son de su agrado las vestimentas? —preguntó.

— Sí —dijo el Yelou sonriente—. ¿Dónde está Zack?

— El rey Zack está preparando la defensa de la ciudad y no podrá atenderle, así que me ha recomendado que le enseñe la ciudad y que si lo desea, lo acompañe a la sala de la vida. Pero primero tendrá que comer algo.

Cet le hizo una seña para que lo siguiera y lo llevó al comedor, donde desayunó. Luego dieron un agradable paseo por la ciudad. La pasividad con la que caminaban contrastaba con las prisas y el ajetreo del resto de habitantes.

Cet parecía que lo sabía todo sobre las personas que vivían allí.

— Ese hombre de pelo rojizo, es Degis el herrero —dijo mirando a un hombre que estaba golpeando un hierro en un yunque—. Su hijo volvió la semana pasada de Isla laberinto, no pudo soportar estar allí más de un mes.

— ¿Qué sabes sobre Isla Laberinto? —preguntó el Yelou con curiosidad.

— Isla Laberinto como su nombre indica es una isla, aunque más bien es una enorme piedra en mitad del mar. En su interior hay millones de túneles, con puertas secretas, pasadizos y muerte, sobre todo mucha muerte. Los guerreros que van a luchar allí no ven el sol, viven una noche eterna. En esa isla el bien y el mal están en continua lucha, día tras día se disputan la posesión de "La espada de Fotsen" —hizo una pausa y al ver que en la cara del Yelou se reflejaba una mueca de desconocimiento, aclaró—. Es la espada definitiva, da a quien la posee todos los poderes que existen sobre este planeta. Fotsen fue un gran guerrero que se dedicó a recorrer el planeta y a recolectar todos los poderes. Dedicó toda su vida a ello, quería que el bien tuviese un arma para combatir al mal. Fue tal el poder de su espada, que fue la espada la que consiguió dominarlo a él. Cuando eso ocurrió, Fotsen estaba realizando una exploración en Isla Laberinto. Por aquel entonces la isla estaba vacía, sin embargo cuando el resto del mundo conoció la noticia de que la espada estaba perdida en aquel lugar, enseguida se llenó se guerreros que deseaban poseerla. Las luchas ya comenzaban a ser el pan de cada día en aquel lugar, incluso antes de encontrar la espada. Un fatídico día, alguien encontró la espada, ese alguien pertenecía al mal. Sin embargo la espada tiene tanto poder que acaba con la vida de aquel que intente blandirla. Desde entonces, sólo un puñado de hombres han conseguido blandirla, y cuando lo han hecho, se han dedicado a luchar dentro de la propia isla. La espada jamás ha conseguido salir de allí. Isla laberinto es el núcleo mismo de la lucha entre el bien y el mal, el bando que salga vencedor de esa lucha, dominará el mundo. Por ello, los reinos mandan a muchos guerreros allí, para reforzar a las fuerzas del bien. Aunque pocos guerreros logran regresar con vida.

— Pero llegará un momento en que la guerra termine.

— Se supone que algún día eso pasará, y esperemos que cuando eso ocurra, sea el bien el vencedor. Según cuentan, aquel lugar es horrible. El ejemplo lo tienes en el hijo del herrero, que quería ir allí aunque sólo era un aprendiz. Volvió cuando sólo llevaba un mes y ahora no sale de casa. No pudo soportar la situación, los embrujos, la guerra, la muerte… el pobre es muy joven. Ahora dice que ya no quiere luchar nunca más.

— ¿Qué clase de embrujos?— Preguntó.

— Durante el paso de generaciones en Isla Laberinto se iban poniendo trampas mediante embrujos a los enemigos. Los bandos ponían trampas para menguar las fuerzas de sus rivales, pero la guerra dura tantos siglos que muchas de esas trampas cayeron en el olvido, y ahora son igual de peligrosas para ambos bandos. Por ejemplo, para acceder a determinadas salas, debes de pasar por unas puertas mágicas que van cambiando de color. Dependiendo del color en el que estén, te conducen a un lugar o a otro, te puede llevar a la base de tu bando, al otro extremo de la isla o a un embrujo. Para sobrevivir allí debes de estar muy mentalizado de que en cualquier momento puedes acabar en un embrujo o dios sabe qué, además del riesgo de poder morir cada día.

Aquel era un lugar espantoso, y desde luego Rasllew no se imaginaba porqué alguien iba a querer ir allí por iniciativa propia. Tan sólo una espada había generado una guerra inacabable.

— ¿Y cómo es que el ejército que nos va a atacar viene de allí? —preguntó—. ¿No deberían de estar allí luchando por la espada de Fotsen?

— Las últimas noticias que tenemos son que, en estos momentos "La espada de Fotsen" está en posesión de los nuestros, del bien —aclaró—, aunque ningún guerrero es lo suficientemente fuerte como para blandirla. Los malignos deben de recurrir al exterior para hacerse con un poder para hacer frente a la espada —cuando Cet nombraba la espada parecía que el pecho se le hinchaba, como si se sintiera orgulloso de ella. Esa espada debería de ser increíble—. Me han dicho esta mañana algunos guardias, que viene el segundo general de Kay, están verdaderamente preocupados —su expresión se tornó sería y agachó la cabeza.

— ¿Quién es Kay?

— Digamos que es el rey de los malignos de Isla Laberinto, pocos son los que lo han visto y han sobrevivido para contarlo, pero dicen que mide más de dos metros. Su piel es gris oscura, tiene dos cuernos en la cabeza y controla a la perfección el poder del fuego. Los que lo han visto dicen que es lo más parecido al diablo —hizo una pausa—. Las fuerzas del mal creen que Kay los liberará, es el mejor guerrero que han tenido en muchos años. Y hacia aquí viene un ejército dirigido por su segundo general, el Taibor más sanguinario que se haya visto nunca en este mundo.

Rasllew estaba impresionado ante los conocimientos de Cet sobre aquellos temas, aunque se estaba perdiendo entre tanta raza y tanto nombre, para él todo era desconocido.

— ¿Qué es un Taibor?

— Los Taibor son una raza del sur, lejos de aquí, que pertenecen a los malignos. Pueden llegar a medir tres metros, son muy anchos de cuerpo y generalmente más tontos que una piedra. Pero éste, dicen que es más listo y fuerte que el resto de su especie, y debe de serlo para haber llegado a ser el segundo de Kay. Pero a mí no me preocupa porque con nosotros está el rey Zack.

Cuando nombró a Zack, Rasllew pensó en preguntarle por qué no tenían buena relación los dos, pero descartó la idea, no deseaba meterse en disputas ajenas. Después de casi un día con Cet, le había demostrado que no era tan mal criado como Zack le había hecho creer en un principio.

Poco después, Cet lo llevó al gran salón a comer. Por supuesto, al igual que en el desayuno, volvió a comer solo porque Zack estaba demasiado preocupado con la defensa de la ciudad como para atenderlo.

Al terminar la comida y después de haberla reposado un poco, fueron a la sala de la vida para que Rasllew se entrenase. Para su sorpresa estaba vacía.

— ¿Dónde están los demás aprendices? —preguntó extrañado.

— Están trabajando en la construcción de las barreras de protección para la defensa de la ciudad, como son jóvenes y tienen mucha energía los usan para eso, ya que así los guerreros consagrados pueden descansar.

Era una lástima, ese día Rasllew quería haber practicado con el fuego de su espada en un combate real contra alguno de ellos.

— ¿Podrías luchar tú conmigo? Es que tengo que preparar el control sobre un poder —le explicó.

— No —dijo aterrado y dando unos pasos hacia atrás—, yo no sé luchar. Desde niño me han educado para ser un buen sirviente, no para ser un guerrero.

— Por favor, pero si no tendrás que moverte, solo quédate quieto mientras yo practico —Cet se quedó pensativo.

— Está bien, el rey Zack me ha ordenado que le obedezca en todo lo que me mande —contestó resignado.

Dicho eso, se acercó y se quedó en el centro de la sala fulminando a Rasllew con la mirada. Sin duda aquello no le hacía ninguna gracia.

Rasllew practicó contra Cet durante casi toda la tarde. Al principio, el sirviente se asustó mucho al ver que la gran llamarada que salía de la espada iba derecha hacia él. Pero después de unas cuantas veces, y de darse cuenta de que no le hacía ningún daño, se quedó quieto todo el tiempo.

Al final del entrenamiento hasta reprimía unos bostezos de vez en cuando. Respecto al avance de su entrenamiento, a Rasllew le costó mucha concentración y entrega, pero consiguió que una espectacular bola de fuego saliese de su espada cuando él quería.

Al acabar el entrenamiento, se dio otro baño. Al caminar por los pasillos, miró por los ventanales hacia el exterior y vio el trabajo de Zack. Sus hombres habían levantado una muralla de madera delante de la propia muralla del castillo, allí habían colocado tiendas de campaña. En esa primera muralla de madera empezaría la defensa del castillo, y si se batían en retirada, aún les quedaban las propias murallas del castillo como segundo intento de retener a sus atacantes.

Después del baño, cenó solo otra vez y se fue directo a su habitación a dormir.

Al despertar al día siguiente, los ruidos y gritos que le llegaban desde la ventana le indicaron que ese era el día en el que llegarían los enemigos.

Se asomó a la ventana y vio mucha gente. Todos corrían de un lado para otro, mujeres asustadas buscando a sus niños, guerreros ataviados con sus armaduras corriendo calle abajo y niños acurrucados en algún rincón.

Uno de los guerreros, estaba tras de una mesa y daba una espada a cada persona que se le acercase.

Rasllew se vistió y al salir de la habitación volvió a ver a Cet sentado en la silla de al lado de la puerta. Su cara mostraba preocupación. El Yelou se preguntó si se debía a que no había dormido vigilando su puerta. Pero entonces se dio cuenta de que llevaba una espada atada al cinturón. Al criado no le hacía ninguna gracia llevarla, era contrario a la violencia. Pero por orden del rey Zack, todo hombre capaz de empuñar una espada debía llevarla. Los sirvientes debían de ir armados por si todas las defensas fallaban. Cet sabía que seguramente no llegaría a usarla, como ya habría pasado otras veces, pero aun así no se sentía cómodo con ella.

Esa vez sí que estaba Zack en el comedor, junto con muchos de sus guerreros. Comían y reían como si la guerra fuese un juego.

— ¡¡¡Rey Rasllew!!! —exclamó al verlo llegar—. Toma asiento, puede que esta sea tu última comida, así que disfrútala —dijo con voz alegre y todos rieron.

Rasllew lo entendió de inmediato, aquella podía ser la última comida de esos guerreros, de modo que debían de disfrutarla. Tomó asiento y se unió a la fiesta. Todos los presentes estaban la mar de contentos, gritaban, comían, bebían… Al poco Zack se levantó y golpeó su copa con una cuchara pequeña para atraer la atención del resto. Inmediatamente, todos callaron y el rey de Giathos se puso en pie.

— En primer lugar me gustaría decirles, camaradas, que pase lo que pase hoy, ha sido un placer luchar a su lado todos estos años —hablaba con respeto—, también me gustaría decir que son todos merecedores del poder de la rapidez y de ser guerreros de la ciudad de Giathos. Sus antepasados deben de estar orgullosos cuando los miren desde el cielo —todos aplaudieron con las emocionadas palabras de Zack—. Y en segundo lugar me gustaría brindar por la victoria que vamos a conseguir en el día de hoy.

— ¡¡¡Por la victoria!!! —gritaron los guerreros al unísono y se bebieron de un trago el contenido de sus copas.

Al terminar el brindis, Zack se levantó y se acercó a la puerta, y los demás lo imitaron. Rasllew los siguió y comprobó que Cet ya no lo acompañaba, sino que se quedó en el comedor. Sus miradas se cruzaron, y el sirviente se despidió de él con un gesto solemne.

La comitiva del rey recorrió la ciudad mientras los habitantes les aplaudían y los saludaban en señal de lealtad.

Salieron de la ciudad, el ambiente que se respiraba en el pequeño campamento era muy diferente. Había arqueros apostados en las murallas y soldados de a pie vigilando cada palmo de la empalizada de madera.

Los generales se dividieron y fueron a dar instrucciones a sus guerreros. Rasllew siguió a Zack, que se dirigió a la tienda más grande de todas. Al verlo, dio media vuelta y le habló.

— Rasllew, voy prepararme para el combate —ordenó a uno de los guardias, que se encontraba protegiendo la entrada de la tienda, que se acercase—. Procura al rey Rasllew una armadura digna y liviana.

— No, gracias —dijo el Yelou extendiendo las palmas de las manos en el aire en señal de rechazo—. El Señor Chiflú me dijo que las armaduras solo eran un estorbo y que no se aprovechaba todo el potencial de un guerrero al portarla.

— El viejo Señor Chiflú dice muchas cosas, pero no todo es como él lo ve. No obstante, se hará como tú quieras —hizo una señal al guarda para que volviera a su puesto—. Pues entonces espérame aquí —se detuvo unos instantes pensativo—. O mejor, ve a aquella tienda de allí y le dices al general Roby que lucharás en su batallón para suplir a su guerrero enfermo.

Dicho eso, se metió en su tienda, Rasllew se dirigió a la tienda que le había indicado y preguntó por el general Roby. Éste salió y se puso muy contento cuando recibió la noticia.

— Muy bien, excelente —aprobó alegremente.

Le dijo que se pusiese a formar con los demás.

Rasllew comprobó que aquello era muy diferente a la guerra que, meses antes, había librado en Bastur. En Giathos todo era más profesional, cada guerrero era una pequeña pieza del gran ejército de Zack.

Se sintió muy cómodo al no tener que llevar la responsabilidad de estar al frente de todo. Le pareció muy extraño, pero disfrutaba del momento y estaba deseando que llegase la batalla. Se preguntó; ¿Me estaré volviendo sanguinario? ¿Cómo podía ser que estuviera deseando que llegara el momento del combate?

Volvió a mirar en su interior para buscar una respuesta y comprobó que era verdad. No tenía nervios ni miedo como había tenido en los anteriores combates, sino euforia ante la perspectiva de nuevos enfrentamientos. Sin duda era una consecuencia del entrenamiento con el Señor Chiflú.

Poco tiempo después, los hicieron salir de la fortaleza que creaban las murallas de madera, a campo abierto.

Ya en la explanada, Rasllew se impresionó de la cantidad de soldados que componían el ejército de Zack. Además tenían arqueros apostados en las murallas cubriéndoles las espaldas.

El Yelou estaba en el batallón que cubría el flanco derecho del rey Zack. Durante unos minutos nadie se movió, era la calma antes de la tempestad. Los Giathotitas estaban expectantes a que llegara el momento de que el primer enemigo saliera del linde del bosque unos doscientos metros más adelante.

El silbido de una flecha anunció el inicio de la batalla, y uno de los arqueros de Giathos cayó hacia atrás, atravesado de parte a parte, la flecha había acabado con su vida. Todos volvieron a girar la cabeza hacia el bosque. Unos fuertes gruñidos salieron de él, pero tardaron unos segundos en empezar a salir enemigos a campo abierto. El primero se asomó mientras corría y gritaba, y le siguieron muchos más. Pero no se abalanzaban sobre los Giathotitas, sino que formaron frente a ellos. Cuando llegó el último, a Rasllew le pareció que el ejército rival los superaba en número.

Nadie hizo ningún movimiento, el Yelou se preguntó porqué. Pero su respuesta llegó un minuto más tarde, cuando una figura enorme, casi tan grande como los árboles que lo habían ocultado, salió a la explanada. Ese debía de ser el segundo de Kay. Era lo más parecido a un monstruo que Rasllew había visto en su vida. Su piel estaba llena de cicatrices y era de color rosa pálido, vestía con ropas rasgadas y desgastadas, y su cara era deforme. Parecía una mezcla entre bestia y hombre.

La verdad era que realmente imponía solo con su presencia, observó durante unos segundos al rival, iba recorriendo con la mirada el ejército de derecha a izquierda.

Cuando sus ojos se cruzaron con los de Rasllew, notó un cosquilleo y no le pudo aguantar la mirada. Momentos después, levantó su enorme espada y soltó un gruñido, todo su ejército empezó a correr hacia el ejército de Zack.

Los batallones del bando de Giathos, avanzaron unos pasos, todos menos el de Zack que se quedó rezagado. Seguramente esperando el momento para que Zack se enfrentase al segundo de Kay.

Rasllew avanzó con ellos y cuando se encontró con el primer rival de frente, le soltó un golpe rápido de derecha a izquierda que no pudo esquivar, pues su cabeza se despegó de su cuerpo y cayó al suelo.

Estaba emocionado, se volvía a sentir vivo de nuevo después de haber abatido a su primer rival, era como el primer día de colegio para un niño pequeño.

La batalla continuó y Rasllew descubrió que los rivales eran mucho más habilidosos que los Sephal, ya habían matado a algunos de los hombres de su batallón.

El segundo rival le opuso más resistencia, pues comenzó atacándolo. Pero el Yelou detuvo su ataque y cuando vio la oportunidad, lanzó un golpe fuerte y rápido. Para su asombro, su rival lo paró, de modo que continuó lanzando ataques. Finalmente consiguió deshacerse de él.

Miró a su alrededor y no encontró ningún peligro inmediato, por lo que se detuvo a ver cómo avanzaba la batalla. Pero sobretodo se detuvo para ver qué hacía el rey Zack, le fastidiaba que fuera él quien se tuviese que enfrentar al enemigo más poderoso del ejército rival. Lo entendía perfectamente, en Bastur había sido el propio Rasllew el que se enfrentase a Soker, rey de los Sephal. Pero en aquel momento deseo ser él quien se enfrentase al segundo de Kay.

Una punzada en la pierna lo sacó de sus pensamientos, pues un enemigo abatido, al caer al suelo, había conseguido clavarle la punta de su espada en el muslo izquierdo. La espada no había sido clavada con suficientemente fuerza, así que cuando su poseedor la soltó, cayó al suelo.

Estaba enfadado consigo mismo, el Señor Chiflú no estaría orgulloso de él si hubiese visto que se había parado a pensar en mitad de una batalla. Su furia se trasladó a su espada, que comenzó a arder.

Comenzó a luchar con rabia y a matar a rivales como si fuera tan sencillo como caminar. La llama de la espada ya no se hizo más grande, porque Rasllew así lo quiso, pero sí más intensa, era de un color rojo vivo y emitía mucho calor.

Un grupo de enemigos quisieron cubrir el hueco que Rasllew acababa de abrir en mitad de sus filas, eran cinco y corrían hacia él con furia.

Rasllew les sonrió justo un momento antes de descargar la bola de fuego de su espada sobre ellos. Los tres enemigos que iban más adelantados, se calcinaron en el momento, pero los otros dos estallaron en llamas. Corrieron de un lado a otro, sin saber qué hacer para apagar el fuego, hasta que cayeron también al suelo.

La última acción del Yelou, atrajo la atención del enemigo, pues por lo menos una veintena de ellos dejaron su lugar en el campo de batalla y se dirigieron hacia él.

El fuego de su espada había desaparecido por completo, pero comenzó a luchar contra sus nuevos rivales sin ningún temor. Eran muchos, y pese a que algunos guerreros del ejército de Zack se habían acercado a ayudarlo, todavía los superaban en número.

Esquivaba y detenía todos los golpes que le lanzaban, le parecieron increíbles los reflejos que él mismo poseía, pues no lo habían conseguido ni siquiera tocar.

En ese momento se mareó un poco de ver tantos brazos y tantas espadas entre el fuego de su espada, que había comenzado de nuevo y era cada vez era más grande, y un golpe encontró su objetivo. Y le golpeó en las costillas. Pese a que le habían alcanzado, logró detener el avance de la hoja por dentro de su piel, deteniéndola con su espada.

La herida no era importante pero tenía que salir de ahí, eran demasiados rivales para una sola persona. Así que se tiró al suelo y rodó hacia el lado contrario de sus rivales. Unos metros más adelante, se levantó y descargó una nueva bola de fuego sobre ellos. Como había pasado la vez anterior, algunos cayeron en el momento, otros corrieron en busca de ayuda que sofocase sus llamas. Pero esta vez eran demasiados, así que el fogonazo no los alcanzó a todos. Rasllew se lanzó a por los que quedaban en pie. Sus enemigos estaban algo confusos por el anterior fogonazo, así que se libró de ellos en poco tiempo.

Levantó la cabeza y giró trescientos sesenta grados, no tenía ningún rival cercano, así que sin riesgo, observó el desarrollo de la batalla a su alrededor. Había guerreros de ambos bandos tirados en el suelo por todas partes, ya no quedaba ningún arquero en la muralla, Rasllew pensó que quedaban en pie más o menos los mismos soldados de cada bando, aunque sus filas habían sido reducidas considerablemente.

Pero su mirada pronto se posó sobre la pelea que mantenían el segundo de Kay y Zack. El rey de Giathos era mucho más rápido, corría alrededor de su rival, mareándolo y buscando el lugar ideal para atacar. El segundo de Kay ya había sido golpeado en alguna ocasión por Zack, pues sangraba desde diferentes partes de su cuerpo. La sangre caía al suelo en grandes cantidades cada vez que este lanzaba uno de sus tremendos golpes contra Zack. Los golpes eran fortísimos pero muy lentos, dada la considerable altura de éste y la velocidad de Zack, parecía que el combate solo tenía un dueño. El rey de Giathos jugaba al gato y al ratón con su rival, estaba cansándolo para poder darle el golpe de gracia. Pero fue en ese preciso instante cuando el segundo de Kay logró golpear a Zack. Por suerte, el rey de Giathos se encontraba muy cerca de su rival, y éste lo golpeó con el puño de la espada y no con el filo. Pero ese golpe, le dio a Zack en la cabeza y lo lanzó unos metros hacia atrás, su cuerpo cayó y rodó. Zack había perdido el conocimiento y su cuerpo estaba tirado a solo unos metros de su rival.

Ante ese hecho, muchos guerreros dejaron de luchar y se pusieron a mirar qué era lo que pasaba en el combate entre sus líderes. Los guerreros contuvieron el aliento.

El segundo de Kay andó pesadamente hacia su enemigo caído mientras se apretaba fuertemente sobre una herida en el costado que le había producido Zack.

Rasllew no se lo pensó dos veces, tenía que intervenir o el rey de Giathos moriría. Corrió hacia él, pero estaba demasiado lejos y no llegaría a tiempo. El cuerpo desmayado de Zack contemplaba como su rival levantaba la espada con ambas manos dispuesto a darle el golpe definitivo.

El Yelou corrió lo más rápido que pudo pero estaba muy lejos de la escena. Intentó correr más rápido, pero tropezó al chafar el brazo de un cadáver y cayó al suelo de morros.

Pensó que había fallado, que Zack moriría sin remedio, pero entonces aguzó la vista. Ante sí, había una espada sin dueño tirada en el suelo, la agarró, se levantó y la lanzó con todas sus fuerzas contra el segundo de Kay.

La espada voló por encima de muchas cabezas con una tremenda velocidad. El arma llegó a tiempo para golpear al segundo de Kay y desviar la trayectoria de su golpe. El golpe fallido del segundo de Kay no alcanzó a Zack de lleno, pero sí que lo alcanzó en el brazo y se lo cortó a la altura del bíceps.

El segundo de Kay levantó la mirada furioso, tenía todavía la espada que le había lanzado clavada en el pecho. Se la arrancó de un tirón y soltó un enorme gruñido que hizo estremecer la ciudad de Giathos al completo.

Pero Rasllew no se iba a acobardar, debía de luchar por la vida de su amigo Zack. Levantó la espada con furia y se acercó para iniciar el combate.

Su rival levantó la espada y preparó uno de sus terribles golpes, Rasllew no pensó en las consecuencias, e instintivamente levantó su espada para detenerlo.

El golpe le dio con tanta fuerza que lo lanzó volando hacia un lado. Cayó al suelo y se revolvió, puesto que su rival ya había preparado otro gran golpe, pero esta vez lo esquivó.

Rasllew se levantó, estaba furioso y de su espada brotaba una gran llamarada. No quería ser el ratón entre las zarpas del gato, así que sin pensárselo dos veces, esquivó el siguiente golpe de su rival y descargó una enorme bola de fuego contra él.

El segundo de Kay se quedó paralizado y ardiendo, las llamas recorrían su enorme cuerpo. Justo cuando Rasllew creía que su cuerpo se iba a desplomar, el monstruo sonrió.

— Eres muy estúpido —su voz era grave y hablaba muy despacio, como si tuviera que pensar cada palabra antes de pronunciarla—. ¿No te has dado cuenta que yo también tengo el poder del fuego? Lo único que has hecho es fortalecerme — al decir eso último rio a carcajadas.

Sin previo aviso, corrió hacia el Yelou, se movía más rápido que momentos antes, y lanzo su primer ataque.

Rasllew había aprendido de su error y esquivó sus golpes. Su rival no se cansaba de lanzarlos y el Yelou tampoco de esquivarlos. Usaba la táctica de Zack, correr alrededor suya para marearlo, pero el segundo de Kay había recuperado todas sus fuerzas y lo intentaba una y otra vez con muchas ganas.

Estuvieron un rato así, y Rasllew pronto se dio cuenta de que no podría aguantar mucho tiempo esquivando los golpes, pues se estaba cansando y tarde o temprano uno de aquellos mandobles lo alcanzaría.

Se alejó unos metros de su rival y apoyó la punta de la espada en el suelo, luego apoyó todo el peso de su cuerpo sobre ella. Ni él mismo sabía qué pretendía hacer con aquella estrategia, lo único que quería era tener un respiro para tomar fuerzas. El segundo de Kay se detuvo a mirarlo mientras lo mataba con la mirada.

— ¿Ya te has cansado? —dijo furioso—. No eres más que un renacuajo con suerte, al igual que tu rey. Después de matarte a ti, acabaré con él.

— No es mi rey —dijo cortante—. Yo tengo mi propio reino, Bastur.

— ¿Te crees que me vas a impresionar con tus mentiras? — rio el monstruo—. El rey de Bastur es Nézago y tú no le llegas ni a la suela de los zapatos.

— ¿Cómo sabes eso? —preguntó, su rabia se había ido y ahora lo llenaba un sentimiento de sorpresa—. Nézago es mi padre.

El segundo de Kay se extrañó y lo miró de arriba abajo.

— Me es igual quién seas, acabaré contigo y cuando vuelva a Isla Laberinto con el poder de la rapidez acabaré con tu padre.

Rasllew no daba crédito a lo que estaba oyendo, ¿Su padre estaba en Isla Laberinto? Aquello era mentira, pero ¿Cómo sabía ese monstruo que su padre había sido rey de Bastur? Sintió deseos de preguntarle más cosas, pero supo que aquel ser no le diría nada más. Se estaba riendo de él, y eso hizo que Rasllew se llenase de rabia. Nadie se reía de su padre.

Así que volvió a levantar la espada y corrió hacia su enemigo. El segundo de Kay levantó la espada y preparó un golpe lateral de derecha a izquierda, pero Rasllew, que corría a toda velocidad, vio su previsible golpe y se agachó. Una vez esquivado ese golpe, su rival estaba desprotegido durante unos instantes, fue entonces cuando agarró con fuerza su espada con las dos manos y la hundió en su cuerpo todo lo que pudo.

Su espada lo atravesó de parte a parte, su cara chocó contra el cuerpo del monstruo, que estaba empapado de sudor. Se quedó así unos instantes, que se le hicieron eternos. Su rival comenzó a mover las extremidades intentando deshacerse de él, pero Rasllew cogió fuerzas y con un salto hacia atrás desclavó su espada y se alejó unos metros.

El segundo de Kay lanzó un grito de dolor que se recordaría en los territorios de Giathos durante años. Miró a Rasllew con odio, levantó la vista y gritó.

— ¡Retirada!

Los malignos que aún quedaban en pie, que eran ya pocos pues los guerreros de Giathos vencían, se dieron media vuelta y corrieron hacia el bosque. Su general lanzó una última mirada de odio a Rasllew, como si no diera crédito a lo que acababa de ocurrir y siguió a sus guerreros, a pasos agigantados, pero convaleciente de la herida producida, y así se perdieron todos por el bosque.

— ¡El rey está herido! —gritó un guerrero en dirección a la empalada de madera.

Poco después salieron de ella cuatro soldados que llevaban una camilla de madera y tela, con mucho cuidado lo subieron a ella. Zack, que comenzaba a recuperar el sentido, gritaba de dolor y no dejaba de mirarse lo que quedaba de su brazo derecho. Los soldados se llevaron la camilla y el brazo, y se perdieron al girar la puerta de entrada a la empalizada.

Rasllew alzó los ojos, pero en el resto de su batallón no encontró ninguna cara de alegría por haber ganado, sino de dolor y tristeza ante la posibilidad de perder a su rey. También encontró ojos de los que emanaban lágrimas para llorar a los compañeros recién caídos.

— ¡Caddor! ¡Noooooo! —gritó un soldado a unos metros de Rasllew con rabia.

El hombre abrazó un cuerpo sin vida que estaba tirado en el suelo. Un par de soldados se acercaron para animarlo y lo intentaron poner en pie, éste se resistía y agarró con más fuerza el cuerpo. Los otros dos, cesaron en su intento por separarlo y se quedaron mirando la escena con tristeza.

A Rasllew también se le contagió esa tristeza, se sentía mal pese a no conocer a ninguno de los presentes. Compartía su dolor. Se dejó caer de rodillas en el suelo y entonces notó que le dolían las costillas. Se llevó la mano allí, pero la retiró al notar que el dolor se agravaba.

De pronto, una mano se posó en su hombro. Era el general Roby.

— Has luchado con valentía, muchacho —dijo mientras le mandaba una mirada de admiración—. Si no hubieses estado aquí, no sé cómo habría acabado el día de hoy —le tendió la mano—. ¿Puedes ponerte en pie? —Rasllew asintió— Dentro de la empalizada te curaran esas heridas.

Agarró su brazo y con esfuerzo se puso en pie. No sabía si era debido al combate o debido al bajón moral que le había producido ver las caras de los guerreros después del combate, pero estaba cansadísimo.

El general Roby lo llevó a una tienda de campaña y le ayudó a tumbarse en una camilla. Dentro de la empalizada, la imagen era muy diferente a la que había visto antes de la batalla. Ahora la explanada estaba llena de mujeres que curaban y cuidaban a los guerreros, corrían de aquí para allá en busca de vendas y demás utensilios para sanar heridas.

— ¿Qué se sabe del rey Zack? —le preguntó al general Roby cuando estaba a punto de salir de la tienda donde lo había dejado.

— No te preocupes por él, se pondrá bien —respondió.

— Pero si le han cortado el brazo, ¿Cómo se va a poner bien?, ya no podrá luchar jamás —dijo con rabia y tristeza mientras pensaba que, si hubiera estado más rápido, lo hubiese podido evitar.

— ¿Que no podrá luchar jamás? Claro que lo podrá hacer, será el primero en ser sumergido en el agua de la vida. Por ser el rey y por ser de los heridos más graves. Tú espera aquí a que te llegue el turno.

Rasllew se quedó perplejo ante aquella afirmación, pero justo cuando iba a preguntar qué era el agua de la vida, el general Roby salió de la tienda.

A los pocos minutos entró una mujer joven. Tenía el pelo moreno y recogido en una coleta y sus ojos eran marrones oscuros. La piel sonrosada de la chica contrastaba con la piel morena y, llena de arañazos y heridas, del Yelou. Era hermosa.

Lo miró y le sonrió, unos hoyuelos se dibujaron en sus mejillas, no debía de tener más de dieciocho años. Todos sus dientes eran blancos y perfectos. Rasllew también sonrió sin querer.

— Usted debe de ser el rey Rasllew del que todo el mundo habla —lo volvió a mirar pero esa vez de arriba abajo—. Dicen los guerreros que le ha salvado la vida al rey Zack —el Yelou sonrió y se sonrojó—. También dicen que si no llega a ser por usted, la batalla hubiera tenido un final muy diferente.

Rasllew no sabía qué decir. Era una paradoja pero después de haberse enfrentado a grandes rivales cuerpo a cuerpo y de haber luchado en dos batallas, todavía le daba miedo hablar con una chica a solas.

Ante el silencio del Yelou, la chica se puso en faena.

— Vamos a ver que heridas tiene nuestro héroe —Rasllew se sonrojó al escuchar la palabra "héroe"—. A simple vista no tiene nada grave.

Se le acercó y el Yelou le señaló las costillas. Ella le levantó la camisa para ver la gravedad de la herida.

— Esto es un hematoma bastante fuerte, pero nada grave, ¿Tiene alguna otra herida?

— Sí, ésta —se atrevió a decir y le señaló el pequeño corte del muslo.

— ¿Eso es una herida para un guerrero? —dijo riendo— Es un corte superficial, me temo que va a tardar en entrar en el agua de la vida porque no tiene ninguna herida grave. Aunque de todas formas debe de entrar para que no se le quede la marca de esas cicatrices.

— ¿Qué es el agua de la vida? —preguntó, ella lo miró a los ojos pero el Yelou apartó la mirada.

— Es un líquido azul que gotea cada cierto tiempo de nuestro poder. Tiene propiedades curativas para todo aquel que se sumerja en él. En Giathos lo hemos estado recolectando durante años, tenemos el suficiente para llenar una bañera grande.

No obstante el líquido sólo cura las heridas superficiales. En el caso del rey Zack, primero tendrán que coserle todos los tendones, arterias y venas, y luego lo sumergirán para que se suelde perfectamente. No es la primera vez que pasa, tenemos expertos que lo dejarán nuevo, pero pobre de él, le van a hacer mucho daño —su cara se había llenado de admiración al hablar del rey—. Cuando le llegue el turno vendré a por usted, puede dormir mientras, porque los guerreros con daños superficiales son los últimos en entrar.

Con unos andares muy gráciles, salió de la tienda.

Rasllew no se conseguía sacar su hermoso rostro de la cabeza, su sonrisa, sus ojos, sin duda era una chica muy guapa. Pero estaba muy cansado y los golpes recibidos en la batalla comenzaban a dolerle, de modo que no tardó en dormirse.

— Rey Rasllew —escuchó que lo llamaba alguien, interrumpiendo su sueño.

Había caído dormido tan profundamente que si no llega a ser por el hecho de que lo habían llamado "Rasllew", hubiera jurado que estaba en la cama de su casa en la tierra. Y que era su madre la que lo llamaba para comenzar el día.

Estaba muy cansado y no tenía ningunas ganas de moverse de allí, así que no hizo caso al llamamiento.

Alguien le puso la mano sobre el hombro y lo movió haciéndole tambalear. Rasllew abrió los ojos, y vio frente a sí a la chica morena.

— Rey Rasllew, ya está bien de dormir, ahora debe dirigirse a el castillo para darse el baño en el agua de la vida luego podrá dormir cuanto desee.

Se levantó con ayuda de la chica. Ella lo agarró por el brazo y así recorrieron la ciudad desde la entrada principal hasta el castillo. La gente se detenía para mirarlo, se situaban a ambos lados de la calle y lo miraban con caras sonrientes. De pronto, un ciudadano Giathotita comenzó a aplaudir y los demás lo siguieron, de repente la calle entera estaba ovacionándolo.

— Esos aplausos son para usted —le dijo la chica alegremente—. La gente está muy agradecida con su actuación en la batalla y le tienen por un héroe.

Los aplausos continuaron mientras atravesaban la calle principal, aquel paseo era muy diferente al que había dado con Cet el día anterior.

Al ver la cara que ponía la gente al aplaudir, Rasllew agachó la cabeza para que no vieran su cara sonrojada de vergüenza.

Entraron en el castillo, allí estaban todos los generales que habían sobrevivido a la batalla. LLa mayoría de ellos ya había pasado por el agua de la vida, porque estaban en perfectas condiciones. Parecía que venían de una buena ducha y que estaban preparados para una gran fiesta.

Al verlo entrar, comenzó otro sonoro aplauso, sus caras derrochaban felicidad. Rasllew también sonrió y se sonrojó más que nunca en su vida. Estaba contento consigo mismo y todo él se llenó de felicidad.

La chica lo guio hasta una sala en los sótanos del castillo. La sala estaba vacía, excepto por la gran bañera que reposaba en el centro. La bañera poseía un líquido azul claro en su interior, pero no era agua.

— Desnúdese y le ayudaré a bañarse —ese último comentario hizo que se le pusieran los pelos de punta, pero no era momento de sentir vergüenza.

Estaba cansado, quería curarse y descansar muchas horas en una cómoda cama. Así que se desnudó y la chica le ayudó a meterse en el líquido.

Una vez dentro, Rasllew notó que no estaba ni caliente ni frío, sino a la temperatura ideal. Su piel sintió lo que creía que debía de sentir la piel de un bebé cuando todavía estaba dentro de su madre. El líquido le proporcionaba una piel suave y una sensación de placer que nunca había experimentado.

— No quisiera ser entrometida, pero ¿Le importaría contarme exactamente qué ha pasado allí fuera en la batalla? —dijo la chica que aún permanecía en la sala y le miraba fijamente—. La gente habla pero lo que cuentan es muy confuso. Algunas versiones se contradicen.

Rasllew accedió y le contó todo con pelos y señales, ella se sorprendía con cada cosa que le decía. Una vez terminada la historia, ella lo miró de arriba abajo y dijo:

— Las heridas ya han sanado completamente —Rasllew se miró y se sorprendió de que sus heridas habían desaparecido de su piel sin dejar ni huella. Era como si en vez de ser heridas hubieran sido manchas que solo necesitaban jabón y una refregada para desaparecer.

— Es increíble, no queda ni un rasguño.

— Ahora quédese de pie dentro de la bañera hasta que todo el líquido vuelva a caer en su interior. Intente que no se desperdicie ni una gota.

Se sentía estúpido allí desnudo esperando a que las gotas cayesen al líquido de nuevo, pero si cada gota era tan valiosa, debía hacerlo. Una vez que la chica decidió que ya era suficiente, lo ayudó a salir de la bañera, le procuró una manta con la que taparse y lo acompañó a su habitación.

Ya en la puerta de la habitación, la muchacha se despidió de él.

— Debo irme ya —dijo la chica desde el otro lado de la puerta, ambos estaban muy cerca.

Miró a la muchacha a los ojos y vio una gota de lujuria en ellos. Acercó su cara a la del Yelou y la ladeó un poco. Rasllew no se lo esperaba, pero también ladeó la cabeza y ambos se fundieron en un beso. Sus labios eran muy dulces y en ese momento le pareció que el tiempo se detenía. De pronto, ella apartó sus labios con un sobresalto.

— Tengo que irme —dijo nerviosa e hizo ademán de salir por el pasillo, pero Rasllew la agarró por el brazo y la volvió besar.

Ese beso fue mucho más intenso, se abrazaron y entraron en la habitación. Con un fuerte empujón, Rasllew la tiró encima de la cama. La chica cayó en la cama boca arriba, jadeaba, su pecho subía y bajaba al ritmo de su respiración entrecortada. El Yelou se tumbó encima de ella, la besó con deseo y allí dieron rienda suelta a la pasión.

Esa noche, Rasllew durmió mejor de lo que había dormido en su vida.

Al día siguiente se levantó más fresco que nunca y con una sonrisa de oreja a oreja. Ella ya no estaba allí, a su lado, en la cama no había nadie. En la silla de al lado de la cama habían ropas nuevas y limpias, se las puso y salió de la habitación.

Cet estaba sentado en la misma silla que los días anteriores, y dio un salto asustado por la fuerza con la que se abrió la puerta.

— ¿Ha descansado bien? —preguntó, pero sin dar tiempo a contestar, continuó hablando—. El rey Zack me pidió que fuera a visitarlo a su dormitorio en cuanto usted se hubiese levantado, vayamos, le acompañaré.

Recorrieron el castillo hasta llegar a la habitación de Zack, ya había visitado esa estancia el día que llegó al castillo, pero esa vez era muy diferente. Había mucha gente dentro, había toallas blancas y material de primeros auxilios por todos los rincones. Los presentes se callaron en cuanto vieron entrar por la puerta al rey Yelou.

— Hola —saludó alegre Zack— ¿Qué tal has descansado rey Rasllew?

— Muy bien —dijo, entonces vio a la chica con que había estado la noche anterior, en la sala. Tenía la cabeza agachada y sus mejillas estaban rojas. Rasllew también sintió vergüenza.

— Por favor, ¿Harían el favor de dejarnos solos a mi invitado y a mí? —dijo Zack.

Las personas que estaban en la habitación salieron, incluida la chica, que fue la que cerró la puerta, antes de hacerlo, lanzó una mirada de complicidad al Yelou y sonrió.

Rasllew se dio la vuelta y contempló a Zack.

— ¿Ha pasado algo entre mi sirvienta y tú? —preguntó Zack, Rasllew se puso muy colorado—. ¿Te la quieres a llevar a tu reino? —al Yelou se le encogió el corazón, no había pensado en hacer nada de eso; al ver que no contestaba, Zack entendió—. Ya veo, entonces se quedará aquí conmigo o quizá la mande a un pueblo de alrededor en un intercambio de razas.

— ¿Intercambio de razas? —preguntó aliviado por quitarse el peso de encima de tener que llevar consigo a una chica que apenas conocía. El resto de Yelou hubiesen pensado que era su prometida. No tenía siquiera valor de presentársela a su madre.

— Sí, lo hacemos con los demás pueblos de alrededor. Sabrás que la mezcla de razas hace que los descendientes sean más fuertes. Por lo tanto, intercambiamos campesinos con los pueblos lejanos —Rasllew asintió con la cabeza en señal de haberlo entendido—. Pero te he hecho llamar por que quisiera darte las gracias por tu gesta de ayer. Los soldados dicen que si no llega a ser por ti, ahora mismo no estaría yo aquí y dios sabe dónde estaría mi ciudad.

— Hice lo que debía de hacer —dijo sonrojado el Yelou.

— Ya lo sé, pero aun así quiero recompensarte —en su cara la sonrisa se hizo más grande aún si cabe—. He pensado en concederte el poder de la rapidez —Rasllew se sobresaltó—. No sé si te he explicado en qué consiste el poder de la rapidez, pero he de advertirte que su nombre lleva a engaño, pues lo que hace no es dar agilidad ni velocidad al que lo tiene, sino que por decirlo de algún modo, le da más tiempo —el rey

Yelou se extrañó y no sabía si lo había comprendido bien, Zack se dio cuenta—. Por ejemplo, para ti un segundo es un segundo, sin embargo, para mí podría ser un segundo y treinta milésimas, por ejemplo. Entonces en el mismo tiempo yo puedo reaccionar antes y moverme más deprisa —Rasllew asintió, ahora ya lo había entendido—. Sé que eso suena genial cuando hablamos de una batalla, pero lo malo es que si te pasas en coger poder de la velocidad, la vida puede hacérsete demasiado lenta. Un guerrero mío se suicidó porque el mundo iba demasiado lento, las personas se movían, hablaban y actuaban demasiado despacio, y él se desesperaba —después de esto rio—. ¿Aceptas?

— Claro —dijo.

Tibo tenía razón, no quería dejar pasar la oportunidad de hacerse con un poder. Si era algo por lo que ejércitos enteros perdían la vida y una ciudad luchaba eternamente, sin duda merecería la pena.

Los dos se quedaron muy contentos, pero poco después Zack lo despidió legando que debía descansar. El brazo se le había soldado bien, pero aún le dolía.

Rasllew pasó todo el día en el castillo, pues la entrega de su nuevo poder se la iban a hacer al día siguiente, en la plaza del pueblo, delante de todo el mundo, como una especie de homenaje.

Esa noche durmió muy bien, pero a solas. El tiempo hasta la entrega del poder lo pasó en compañía de Cet.

Cuando llegó el momento, su sirviente lo acompañó a la plaza de la ciudad. Los habitantes de Giathos atestaban las calles y aplaudían a su paso. Durante la ceremonia, el escritor del pueblo relató la batalla del día anterior. Cuando llegó a la parte en la que Rasllew había salvado la vida de Zack, ambos se intercambiaron una mirada de complicidad. El rey de Giathos le daba las gracias con la mirada.

Ambos estaban situados en un tablao desde el que se apreciaba toda la plaza. Estaban rodeados por toda la ciudad y la gente iba lanzando exclamaciones a la vez que el escritor iba narrando la batalla.

Al acabar la historia, la gente estalló en aplausos y vítores hacia los guerreros que habían vencido. Después, alguien le acercó a Zack una piedra similar a la piedra Gotur.

— Yo, Zackizo rey de Giathos, te concedo el poder de la rapidez por tus méritos en el campo de batalla. Has demostrado ser una persona fiel al reino de Giathos hasta el punto de arriesgar la vida por él. Te debo la vida y siempre estaré en deuda contigo. Que toda la ciudad sea testigo del honor del que hoy te hago entrega.

Zack tendió la piedra a Rasllew, que la agarró con ambas manos y la levantó como si fuera un trofeo, la gente volvió a aplaudir y vitorear.

— Zack, ¿Qué hago ahora para adquirir el poder? —susurró disimuladamente, no quería que la gente que lo estaba aplaudiendo descubrieran lo inepto que era en aquellos temas.

— Apriétalo y desea que forme parte de ti. Él pasará a formar parte de tu cuerpo —dijo también disimuladamente mientras saludaba.

Rasllew hizo lo que le acababa de decir y la gente calló. El poder comenzó a entrar en su cuerpo, era una sensación rara. Poco a poco fue desapareciendo hasta que ya no quedó ni rastro de él. Y la gente volvió a aplaudir.

Había sido un buen homenaje, Zack le dijo que pasase todo el día en Giathos y que partiera al día siguiente por la mañana si lo deseaba.

Esa noche mientras descansaba tumbado en la cama, escuchó como Cet discutía con alguien. Era una voz femenina.

— Necesito verlo —dijo la voz y enseguida reconoció que era la de la sirvienta con la que se había acostado dos noches atrás.

— El rey no debe de ser molestado mientras descansa —dijo Cet cortante.

— Pero yo… —titubeo ella— ¡Rey Rasllew por favor! —gritó.

Escuchó como Cet la ordenaba callar, pero seguía en su intento por verlo. De modo que Rasllew se acercó a la puerta y la abrió.

Cet la sujetaba con fuerza y le había tapado la boca con una mano.

— Esta sirvienta desea verlo señor —dijo señalando con un gesto a la chica—. ¿La dejo entrar?

Rasllew agachó la mirada, no quería compromisos y menos cuando todavía le quedaba la reconquista de su pueblo, que no sabía ni siquiera qué había sido de él. Ella volvió a forcejear con Cet y al ver que el Yelou retiraba la mirada, cesó en su intento. Había entendido que no quería verla y una lágrima resbaló por su mejilla.

Rasllew se dio la vuelta y entró en su cuarto, se sentía muy mal por la pobre chica, la había utilizado y por eso la iban a mandar a otro poblado. Ella se había enamorado de él, pero él simplemente la había utilizado.

Le costó mucho conciliar el sueño, pues el sentimiento de culpa se le atragantaba. Esa noche no descansó, solo dio vueltas y vueltas en la cama. Se sentía un desgraciado, se había comportado mal.

Se levantó de la cama muy pronto, tenía ojeras de no haber dormido nada, pero no se quería quedar más tiempo en la cama, pues estaba seguro que aunque lo hiciera no iba a dormir nada en absoluto.

En la silla de enfrente de su cama estaban las ropas que había traído a Giathos el primer día, estaban planchadas y limpias. Se las puso con mucho gusto y recordó la cara que había puesto el Señor Chiflú al verlo con ellas. De pronto sintió unas

ganas terribles de reencontrarse con su maestro y contarle lo
vivido en Giathos.

Salió de la habitación y comprobó que, como todas las mañanas, Cet le estaba esperando en la misma silla. Pero esa vez,
al verlo, no se alegró, sólo se levantó, incluso se podría decir
que estaba malhumorado.

— Mis últimos momentos aquí —dijo Rasllew alegremente.

— Sí —contestó él con resignación, mantenía la cabeza agachada y la mirada al suelo.

— ¿Qué te pasa?

— Nada... sólo que... —hizo otra pausa— No me pasa
nada —afirmó al fin.

— Vamos cuéntamelo —le insistió.

— Era solo que... —se volvió a detener antes de seguir hablando, pero esa vez levantó la cabeza y miró a los ojos al
Yelou—. Querría pedirle que me llevase con usted —Rasllew
se sobresaltó, la pregunta lo había dejado helado—. Le prometo que si me lleva con usted, le estaré eternamente agradecido, siempre le obedeceré —al ver que Rasllew no
reaccionaba, continuó—. Vamos, por favor, usted es buena
persona, me ha tratado muy bien. No soportaría estar un día
más en este castillo.

— Está bien, podrás venir conmigo —aceptó, y una sonrisa
de satisfacción apareció en su rostro, parecía que se le había
iluminado la cara—. ¿Lo has hablado con Zack? —su cara
cambió de repente, se volvió seria y triste otra vez.

— Esa... esa parte la tendrá que resolver usted. Verá, yo le
debo leal servicio al rey Zack de por vida, pero no nos llevamos
muy bien y no aguanto mi estancia aquí. Al llegar usted, todo
ha cambiado, él lo respeta y yo me siento bien sirviéndole y
acompañándole. Zack jamás daría el visto bueno para dejarme
marchar, pero si se lo pide usted, todo sería diferente. A usted
le debe la vida y no se lo negaría. Le juro que no se lo pediría

sino fuera algo tan importante para mí, además si lo hace, ganará un buen sirviente —se arrodilló en el suelo, entrelazó las manos y las levantó en señal de plegaria—. Por favor.

— Está bien —dijo sonriente—. No hacía falta tanta escena, a mí también me gusta tu compañía.

— Gracias, gracias, gracias —repetía continuamente mientras le daba un abrazo impetuoso—. Perdón —lo soltó y se alejó unos pasos—. Qué falta de respeto acabo de cometer. Lo siento.

— No pasa nada, acompáñame que voy a ir a hablar con Zack.

Cet le guio por el castillo de nuevo hasta la habitación de Zack, ya no se oía tanto revuelo dentro, sino que había calma.

Llamó a la puerta y tras un "Adelante", entró. Zack se alegró de verlo. Estaba de pie al lado de su mesa mirando un mapa.

— Rasllew —exclamó—, estaba intentado diseñar una nueva estrategia para tener una ventaja sobre el rival cuando luchemos en la explanada en frente de la ciudad —lo miró de arriba abajo—. ¿Ya te marchas?

— Sí —respondió.

Zack se le acercó y le dio un abrazo efusivo. Lo tuvo casi un minuto entre sus brazos, notaba su pecho respirando fuertemente contra el suyo, pero no llegó a ser una situación incómoda.

— Rey Rasllew, por más que lo intente, jamás podré saldar la deuda que tengo contigo. Arriesgaste tu vida por mí y eso que apenas eres un aprendiz, aunque ya eres todo un guerrero, y te enfrentaste a uno de los mejores guerreros de Isla Laberinto. Nunca te olvidaré. Siempre que quieras, ya sabes que esta es tu casa.

— La verdad es que sí que puedes hacer algo para saldar tu deuda conmigo —Zack lo miró atento—. Me gustaría que me concedieras a Cet como mi sirviente personal.

El rey Zack titubeo unos segundos, luego resopló.

— ¿Es lo que quieres? —preguntó extrañado y Rasllew asintió—. Pues entonces está hecho.

— Gracias —dijo alegre, Cet se iba a poner muy contento.

— ¿Pero se va a ir ya contigo? —preguntó Zack—. Recuerda que Cet no sabe luchar y si no recuerdo mal, tú tienes un reino que reconquistar —lo miró fijamente; Rasllew no había pensado en eso, no se podía llevar en ese momento a Cet—. Te diré lo que haremos, tú te vas y Cet se queda, sin embargo cuando reconquistes Bastur, yo te mando a Cet junto a algunos campesinos para que te ayuden a reconstruir tu ciudad. Aquí eres todo un héroe, y seguro que muchos habitantes de Giathos estarían encantados de empezar una vida bajo tu protección.

— De acuerdo —ambos se estrecharon la mano para sellar el pacto.

— Siento no poder enviarte a algunos guerreros para que te ayuden en la reconquista, pero después de nuestra última batalla, mis escuadrones han quedado mermados. Ni yo mismo podré luchar hasta dentro de un tiempo, que espero que no sea muy largo, pero me temo que tendré que pedir ayuda a los pueblos vecinos para que me manden refuerzos.

Continuaron hablando unos minutos más sobre Giathos y su protección. Al despedirse, le deseó suerte ante la tarea que le esperaba en su reino y le dijo que ya no lo entretendría más y que debía de irse si quería llegar esa misma noche en Trionex a casa del Señor Chiflú.

Cuando Rasllew salió de la habitación, ya se había olvidado casi por completo de Cet, al verlo se sobresaltó.

— ¿Qué ha ocurrido? —lo asaltó Cet nervioso cuando lo vio asomar por la puerta. Le temblaban las manos y la barbilla.

— Todo ha ido bien, acepta —Cet dio un salto de alegría y soltó una exclamación—. Solo hay una pega, debes de esperar hasta que reconquiste mi reino para poder ir a Bastur. Ahora mismo no es lugar para una persona que no sabe usar la espada. Y con mi llegada las cosas se van a poner más feas.

— Podría correr el riesgo —aventuró.

— Lo siento, ya está decidido —cortó Rasllew—. Ahora llévame a desayunar, tengo que partir pronto.

Cet estaba decepcionado en un principio, pero después parecía que había aceptado quedarse durante un tiempo hasta marcharse a Bastur. Llevaba toda la vida en Giathos, por un poco más no le iba a pasar nada. Además, esperaba que Zack lo tratase de diferente manera, ya que no era sirviente suyo, sino de Rasllew.

Mientras Rasllew desayunaba, su sirviente fue al establo a prepararle un Trionex para el viaje. Luego volvió y lo acompañó hasta allí.

El establo en el que le esperaba el Trionex estaba pegado al castillo. El Trionex era marrón, un ejemplar vulgar, como muchos otros. No obstante ese era más grande que el Trionex que Rasllew tenía en Bastur.

Cet le había preparado el almuerzo, la comida, la merienda, la cena y un posible desayuno más por si se retrasaba en el camino. Le explicó en qué bolsa había metido cada cosa y luego salió del establo para despedirse.

Para sorpresa de Rasllew, todo el pueblo estaba en la calle para despedirlo. La calle principal estaba abarrotada de gente, y en medio se abría un gran pasillo humano para que el Yelou pasase. Los habitantes de Giathos le gritaban palabras de apoyo, aplaudían, lo vitoreaban y se despedían de él.

Sin duda había dejado huella en una ciudad como aquella. El momento fue mágico, se sentía en la cima del mundo. Una lágrima estuvo a punto de resbalar desde su ojo pero pudo contenerse. La despedida que recibía, llena de aplausos y vítores, contrastaba con su entrada a la ciudad, encadenado como un criminal.

Finalmente salió del castillo, echó una última mirada a Giathos, aquella podría ser la última vez que la viese en su vida, así que se detuvo unos minutos memorizando cada centímetro de ella.

Capítulo 12: El brujo y el dragón

Salió a gran velocidad por el camino que Cet le había indicado. Cuando aún no llevaba mucho tramo recorrido, se cruzó con un grupo de exploradores de Giathos, entre ellos iba el hombre que lo había detenido el primer día. Todos le saludaron, pero el guardia con el que había tenido el enfrentamiento, lo hizo más efusivamente que los demás. Quizá sentía culpa por haberlo tratado como lo había hecho, y más aún cuando después Rasllew había salvado a su rey y se había convertido en leyenda viva de su ciudad.

El viaje no se le estaba haciendo largo ni mucho menos, le gustaba mucho montar en Trionex. Además, aquel ejemplar era especialmente rápido, y era tan robusto que le parecía ir montado sobre un tanque.

Cuando notaba que el estómago se lo pedía, paraba para comer un poco, para su alivio, el viaje no tuvo ni un sobresalto. Al contrario que a la ida donde tuvo que luchar contra un maligno del futuro. Aquello le recordó que Dokuro, probablemente, estaría en casa del Señor Chiflú entrenado.

Una sonrisa apareció en sus labios. Tenía ganas de verlo, pero sobretodo quería ver cuánto había progresado. No era un joven pero estaba seguro de que había progresado pese a que había tenido muy poco tiempo para entrenar.

También tenía ganas de ver a Ruzil, quizá las palabras que le había dicho en la última conversación, habían surtido efecto en él y había ido a su reino a intentar la reconquista. Pensó que aquello era poco probable, pero le hubiese gustado que así fuese.

No obstante, al que más ganas tenía de ver, era al Señor Chiflú, enseñarle el poder de la rapidez y contarle su hazaña en Giathos. Estaba impaciente por llegar, sentía que estaba cerca, sin embargo ya la luz del día se había esfumado del todo. El Trionex no avanzaba con tanta seguridad como antes, así que decidió dormir allí mismo, a un lado del camino, tapado con las mantas que Cet le había preparado. Además, sería más agradable llegar con la primera luz del día, interrumpir el entrenamiento de Dokuro y, hablar largo y tendido con los tres.

Al día siguiente, se levantó renovado de energía y con ánimo de reencontrarse con sus amigos. Parecía mentira, pero había descansado mucho mejor que en su última noche en Giathos.

Desayunó y se acordó de lo precavido que había sido Cet al preparar el viaje, era un buen sirviente y le sería de gran ayuda en Bastur.

Se puso en camino y al poco tiempo se dio cuenta de lo cerca que estaba de la casa del Señor Chiflú. Apenas había avanzado unos minutos y ya divisaba el tejado a lo lejos, era como una mancha entre las verdes copas de los árboles. Si el día anterior hubiese apretado un poco más el paso, habría pasado la noche a cubierto.

Todavía montado en el Trionex pasó por la puerta de la valla y entró en los terrenos. Supo que algo iba mal cuando no percibió la magia que protegía los límites de la parcela ni la magia que protegía la cabaña. No veía por ningún lugar ni a Dokuro, ni a Ruzil y menos al Señor Chiflú.

Llegó al árbol donde había estado la caja que dejaba caer las plumas, sin embargo donde unas semanas antes había estado la caja, ahora no había nada.

Desmontó del Trionex y ató las riendas de éste a la valla.

— ¿Hola? —gritó— Señor Chiflú, he regresado.

Sus gritos se perdieron en las montañas. Se aproximó a la puerta, sus botas se empapaban al rozar con el rocío que había en el verde césped a esas horas de la madrugada. Llegó enfrente de la puerta y se detuvo allí, esperando escuchar a alguien dentro. Sin embargo no se produjo sonido alguno, sólo el del viento moviendo las ramas de los árboles.

La puerta estaba rota, algo o alguien la había resquebrajado, y ahora solo quedaba un pequeño trozo de madera colgado de las bisagras. El trozo de madera era pequeño y el dragón que antes había estado tallado en ella, había desparecido.

Una extraña sensación lo llenó y sintió miedo por lo que pudiera encontrar allí adentro. Puso una mano en el mango de su espada, que estaba frío, y la desenvainó, empujó el trozo de madera que quedaba colgado y entró en la casa.

Para su alegría, no había nada extraño dentro, solo estaba Ruzil sentado en una silla, con un brazo encima de la mesa sosteniendo el peso de su cabeza.

Al acercarse más, se dio cuenta de que estaba llorando y por la cara que tenía, llevaba horas haciéndolo. Tenía los ojos rojos y unas ojeras exageradas, además temblaba de arriba abajo.

— No busques al Señor Chiflú porque ya no está —su voz sonó débil y frágil, apenas quebró el silencio que allí reinaba.

Ruzil volvió a girar la cabeza y continuó llorando, envuelto en sí mismo y como si Rasllew no hubiese entrado en la casa.

El Yelou se detuvo un poco antes de hablar y observó a su alrededor. La habitación estaba revuelta, los cristales de las ventanas habían saltado en mil pedazos y ahora estaban esparcidos por toda la habitación. Unas marcas de garras en la madera adornaban ahora las paredes. Las cortinas estaban tiradas en el suelo, y mezclados entre los trozos de cristales, estaban los trozos de madera de la que antes había sido lo puerta principal.

— ¿Qué ha pasado? —le preguntó a Ruzil poniéndole una mano sobre el hombro.

— Se lo ha llevado. Se lo ha llevado y ya no volverá —dijo nervioso y lleno de rabia, su voz se levantaba cada vez más— ¡Lo va a matar Rasllew! —gritó y luego su voz bajó tanto que costo oírlo—. O quizá ya lo ha hecho.

Un escalofrío le recorrió el cuerpo, creía saber lo que había pasado, pero se negaba a creerlo.

— ¿Quién se lo ha llevado? —dijo mientras lo miraba a los ojos con expresión seria; él asintió como si le hubiera leído el pensamiento.

— Ha sido su hermano el dragón —corroboró, y volvió a agachar la cabeza, ya no lloraba pero su cara delataba que volvería a hacerlo—. Vino anteanoche, pero el Señor Chiflú no lo escuchó. Ya sabes que él casi nunca duerme, pero para una vez que lo hace… pobre Señor Chiflú, al día siguiente, ayer, vino y se lo llevó por la fuerza.

— ¿Pero cómo? —dijo confuso—. Erais tres, se lo podríais haber impedido, ¿Dónde está Dokuro? ¿Se lo ha llevado también? ¿Lo ha matado? ¿Y Nanita?

— ¿Dokuro? Es más cobarde que yo, en cuanto vio al dragón se esfumó sin dejar ni rastro. Seguro que volvió al futuro. Allí estará más seguro. Nanita también se ha ido.

— ¿Y tú? Eres un guerrero muy habilidoso, ¿No pudiste impedir que se lo llevara?

Ruzil volvió a agachar la cabeza y lloró a lágrima viva, daba golpes con el puño cerrado encima de la mesa, estaba rojo de rabia.

Entonces, Rasllew entendió que Ruzil podría haber hecho algo para impedir que el dragón se llevara al Señor Chiflú y que sin embargo no lo hizo por cobardía.

— No tuve valor Rasllew —se sinceró—. Como me pasó cuando atacaron mi reino, no pude hacer frente a la situación, me acobardé y salí corriendo. Dejé al Señor Chiflú… —hablaba entre sollozos—, dejé que se lo llevara, después de tanto tiempo juntos, después de todo lo que él ha hecho por mí. Soy un cobarde y esto no me lo perdonaré nunca.

— ¿Sabes dónde se lo ha llevado?

— Supongo que a Refobe, un valle enorme a menos de un día de camino, hacia el norte. Allí hará el sacrificio, seguramente ya lo habrá hecho.

— Yo me voy —dijo el Yelou y dio media vuelta.

— Te deseo lo mejor en tu reino, espero que consigas la reconquista y que todo te vaya bien en esta vida Rasllew. Ha sido un placer haberte conocido.

— No voy a mi reino —cortó—. Voy al valle Refobe.

— Pero ¿Para qué vas allí? —dijo Ruzil sorprendido, se levantó de la silla de un salto—. El Señor Chiflú ya estará muerto.

— Solo hay una forma de comprobarlo. Se lo debo.

— Rasllew —Ruzil lo agarró por el brazo—. No te voy a dejar ir allí.

— ¿Por qué no?

— Porque si vas allí encontrarás una muerte segura.

— El Señor Chiflú hubiera hecho lo mismo por mí —dijo furioso mientras se soltaba— Y por ti —añadió.

— Yo no… —Ruzil se dejó caer de rodillas al suelo—. Yo no puedo ir, sabes que no puedo.

— ¿Por qué no?, ¿Por esa estúpida cobardía tuya? Ya es hora que dejes a un lado la cobardía y la hagas frente con orgullo. Se han llevado a tu mejor amigo y probablemente ahora mismo esté muerto y no has hecho nada. Esta es la última oportunidad que tienes para hacer algo por él. Yo que tú, vendría porque si no, los remordimientos van a acabar contigo antes de que lo haga cualquier criatura viviente.

— Pero, si tienes razón —dijo todavía en el suelo, furioso y secándose las lágrimas—. Pero no puedo ir, el miedo me paraliza.

— No pienso seguir con esta discusión y desperdiciando un tiempo valiosísimo para salvar a un amigo.

Rasllew se dio la vuelta y enfiló el camino hacia la puerta, la cruzó y recorrió el trecho, sobre el césped, hasta su Trionex. Sabía que durante esa caminata, Ruzil no lo iba a detener, ni siquiera lo seguiría, pero en lo más profundo de su ser, quería que lo hiciese. No quería ir solo, dentro de la habitación se había hecho el valiente, pero sabía por lo que le había contado el Señor Chiflú, que él solo no podría vencer al dragón.

Sin embargo Ruzil no dijo nada, ninguno de los intentos de Rasllew por hacerle sentir mal y obligarlo a acompañarlo había dado resultado, lo único que había conseguido era que se sintiera peor.

Se subió al Trionex, lo encaró hacia el norte y lo espoleó para que avanzase rápido. Dejó que el animal avanzase solo, pues no tenía la cabeza puesta en el camino, sino que se había quedado dentro de la casa del Señor Chiflú. Todavía intentaba asimilar lo que le había contado Ruzil. Dokuro en el futuro, el Señor Chiflú capturado por su hermano o muerto. Era una pesadilla, todo lo malo que podría haber ocurrido, lo había hecho.

Avanzó por el camino durante un tiempo, de repente su Trionex giró la cabeza hacia atrás y levantó las orejas. Le estiró de las riendas para que se detuviera, puso su mano en la empuñadura de la espada. Nunca un Trionex había hecho eso mientras lo montaba, ni siquiera cuando los Sephal les tendieron la emboscada. Así que debería de ser un gran peligro.

Dio media vuelta y se quedó de frente a lo que viniese, logró distinguir un ruido de patas trotando entre el sonido del viento, que zarandeaba los árboles.

Una figura montada en un Trionex apareció ante el Yelou. Rasllew no pudo hacer otra cosa sino sonreír al ver a Ruzil montando y cabalgando en dirección al monte Refobe. Pero al llegar a su altura, no se detuvo, pasó de largo.

— He decidido luchar —dijo muy serio, mantenía los ojos fijos en el horizonte—. Siento no detenerme, pero si lo hago puede que no me atreva a reanudar el camino.

Iba vestido con una armadura plateada brillante y llevaba el casco entre las piernas, en él apoyaba los antebrazos mientras llevaba las riendas. Rasllew nunca hubiese imaginado que lo vería vestido de esa manera, si no lo conociese, lo habría tomado por un gran guerrero.

Rasllew lo siguió, avanzaba rápido y decidido, con la mirada al frente y ensimismado en sus pensamientos.

— He pensado en lo que me dijiste y es verdad que no me lo perdonaría nunca —confesó—. Seguro que te preguntarás de donde he sacado el valor para venir. Pues no lo sé, he vuelto a mi casa y en un arrebato derrotista he lanzado contra una pared mi vieja armadura, luego me la he probado y también he cogido mi vieja espada. Una vez lo tenía todo, he suspirado y he salido al jardín. Allí he visto mi Trionex comiendo hierba, me he subido en él, no sé porque, y luego me he preguntado que por qué no tendría valor de cabalgar hacia el valle Refobe, le he dado la orden al Trionex y aquí estoy. Esto es una locura.

— Muy bien, pues ahora es el momento de que pienses hacia dónde vas y piensa por quién vas allí. Pon orgullo en tu corazón y a por ello. Además piensa en quien te acompaña.

Durante todo el trayecto, Ruzil permaneció muy serio, no apartaba la vista del frente y no hablaron durante el resto del camino. Estaba muy tenso y parecía ensimismado en sus pensamientos, Rasllew no lo molestó. Pensaba que en cualquier momento se pararía en seco, daría media vuelta y retornaría a casa, pero no fue así. Desde luego algo había cambiado dentro de él, aunque había tenido que pagar un alto precio por ese cambio.

Mientras, Rasllew también pensaba en lo que se encontrarían al llegar a su destino, según le había dicho el Señor Chiflú, ese dragón era el más fuerte de toda la especie. Se intentó imaginar cómo sería y en su cabeza apareció la imagen de un enorme dragón rojo tirando unos fogonazos impresionantes. Solo la idea lo hizo estremecer. Por su cabeza pasó la idea de preguntar a Ruzil cómo era el dragón, pero desistió cuando recapacitó y pensó que el hecho de recordar el gran peligro contra el que se enfrentarían, le haría echarse atrás.

— Ya estamos casi —dijo Ruzil señalando unas pequeñas colinas—. El valle Refobe está entre esas montañas. Adelante.

Rasllew miró a las montañas, no había signos de vida allí. Ni humo ni ruido ni nada, todo estaba en calma. Algunos pájaros canturreaban desde las ramas de los árboles y jugueteaban entre ellos.

Ruzil estaba decidido a seguir adelante pues iba más rápido que antes, sus ganas de rescatar a su amigo, podían con su cobardía. Se alejaron del camino principal y se adentraron en un sendero que había entre dos montañas.

El paso era ahora más lento puesto que la senda era estrecha y tenían que avanzar en fila india. Ruzil iba delante muy decidido, podía ser que en ese momento, nada del viejo Ruzil quedara dentro de él. Se comportaba como un guerrero valiente, aunque eso se debía de comprobar cuando llegase la hora de la verdad.

Continuaron por el sendero durante unos veinte minutos, hacía calor. Ambos sudaban bastante, sin duda era debido a la humedad de la zona y a que debía de ser la hora del medio día.

En esos precisos momentos, Rasllew se arrepintió de no haber planeado mejor el viaje, debía de haber cogido algo para comer, no sería bueno luchar contra un enorme dragón con el estómago vacío.

Ruzil lo sacó de sus pensamientos cuando se detuvo por completo, parecía expectante.

— Ahora vamos a salir a un claro que hay en mitad del valle, si el dragón está todavía por aquí, ten por seguro que estará en ese claro. Ten la espada preparada —dicho eso, sacó su espada y la blandió fuertemente.

El Yelou sacó su espada y la sostuvo con firmeza, Ruzil asintió y continuó la marcha. Como había dicho su compañero, salieron a un gran claro del bosque, en aquella zona no había ningún árbol y el suelo estaba cubierto de césped. El terreno era desigual.

Rasllew giró la cabeza a ambos lados y no vio ni rastro del dragón, luego miró al cielo, pero tampoco su búsqueda encontró solución.

Estaba nervioso por no ver a su rival, todo estaba muy calmado, pero aun así no se dio cuenta de que Ruzil se alejaba de su lado y se dirigía al centro del claro.

— ¡Ruzil dónde vas! —gritó asustado, allí en medio sería una presa fácil para el dragón que vendría desde el aire— No te alejes.

No le hizo ni caso y continuó su avance. Rasllew temeroso por salir al descubierto lo siguió para protegerlo si era atacado.

— Aquí eres un blanco fácil para el dragón —gritó, no podía dejar de mirar hacia el cielo, esperando un ataque.

— No, ya no —dijo Ruzil desmontando del Trionex.

Entonces vio lo que hasta ese momento no había logrado ver. Era el cuerpo del Señor Chiflú, yacía sentado en el suelo, con la espalda apoyada en un gran poste de madera fuertemente clavado en el suelo.

— El dragón ya ha completado su tarea aquí —afirmó Ruzil.

Rasllew desmontó también del Trionex y llegó hasta donde estaba Ruzil, él permanecía arrodillado en el suelo. Con una mano se tapaba la boca y con la otra se sostenía para no caer de bruces al suelo.

Rasllew se quedó unos minutos a su lado sin decir nada, ni siquiera se movió en todo ese tiempo. Simplemente se quedó allí escuchando los sollozos de un hombre hecho y derecho por un viejo amigo. Le pareció que si hacía algo, si se movía o si hablaba, interrumpiría ese momento tan especial, en que Ruzil no querría que se le molestase.

Apartó la mirada de Ruzil y la dirigió hacia el Señor Chiflú, no había ninguna duda de que estaba muerto. Parecía que alguien le había agarrado todo su cuerpo, lo había estrujado y le había sacado todo lo que había en su interior. Todo él chorreaba sangre, y tenía una expresión de dolor en la cara que Rasllew supo que jamás podría olvidar. Su boca estaba abierta y mantenía una forma que no dejaba dudas de que había muerto gritando, probablemente de dolor. Las facciones de sus ojos estaban bien marcadas y su frente estaba arrugada.

En ese momento recordó que hasta solo hacía una semana había compartido el día a día con ese hombre. Que había conversado con él, que lo había entendido y que había compartido su dolor y miedo ante la idea de que todo esto sucediese. Recordó el miedo que tenía a que su hermano, el dragón, lo encontrase y en ese momento la primera lágrima resbaló por su mejilla. También recordó que aquel anciano había sido su mentor y que gran parte de lo que ahora era, se lo debía a él.

Entonces se dio cuenta que si lograba reconquistar Bastur sería gracias a él y que si lo lograba le haría un monumento para que la gente supiera quien había sido. Y fue en ese momento cuando lo echó de menos, fue en ese momento cuando quería con todo su corazón que estuviera a su lado, quería que se levantase del suelo y que los acompañase a casa, pero eso no sucedió ni sucedería ya nunca.

Entonces soltó la espada, ya ni recordaba que la tenía en la mano y se dejó caer al suelo. Dejó que su cuerpo cayera como si lo hubiesen fulminado, y allí fue donde lloró como un niño.

El césped le rozaba la cara, estaba húmedo, pero no lo notó, pues su cara también lo estaba. Estuvo allí llorando tanto tiempo que la imagen del césped tan cerca de su cara ya formaba parte de su vida, y a partir de entonces siempre que viera una brizna de césped, se acordaría de esa escena.

Escuchó cómo Ruzil se levantó y se le acercó.

— Rasllew —lo llamó suavemente—. Deberíamos cargar con él antes de que se haga más tarde, así podremos enterrarlo en su casa, donde siempre ha querido que se lo entierre, antes de que oscurezca.

Las palabras de Ruzil no hicieron otra cosa que agravar la tristeza y el sentimiento de vacío que sentía el Yelou en su interior, y lloró con más ganas aún que antes. Notó cómo Ruzil lo agarró y lo posó contra su hombro para que llorase sobre él, lo abrazó con fuerza.

Rasllew lloró en ese momento más de lo que había llorado en toda su vida, mientras escuchaba que Ruzil murmuraba para sí mismo "No es más que un niño", "Demasiado sufrimiento" y "Mucha responsabilidad sobre él".

Rasllew sintió que viajar a Geo había sido un error, como decía Ruzil, no era más que un niño. Todo aquello era demasiado para él. Deseó que su madre estuviese allí para poder llorar con todas sus ganas sobre su hombro, en silencio y no que fuese un hombre el que le viese llorar.

Entonces se puso en pie con un movimiento brusco y gritó con todas sus ganas.

— ¡¡Juro que te vengaré!! —las venas de cuello se le habían hinchado, lo notaba.

Ahora el sentimiento de tristeza se había mezclado con el de rabia y todo él era un volcán a punto de entrar en erupción.

Notaba su piel caliente hasta tal punto que pensó que se quemaba. De no ser porque no era posible, hubiese jurado que en algunas partes de su cuerpo salía un ligero fogonazo.

— Nos quedaremos esta noche aquí, estás demasiado alterado. Tranquilízate y descansa, mañana será otro día —dijo Ruzil y lo miró con comprensión.

— ¡Por quien me tomas! —gritó Rasllew exaltado— ¡¿Te crees que porque me has visto llorar soy más débil que tú?! ¡Pues tú eres un cobarde que jamás tendrá valor ni para mirar desde lejos su reino!

Ruzil agachó la cabeza y su cara mostró culpabilidad. Rasllew se preguntó ¿Qué he hecho? No podía pagar su rabia con él. Ruzil lo había consolado y luego había tratado de hacer lo mejor.

— Lo siento —se apresuró a decir—. No debía de haber pagado mi dolor contigo.

— No, tienes razón —dijo Ruzil firmemente—. Pero eso lo voy a cambiar, he tomado la decisión de ir a mi reino. Los he abandonado demasiados años —una mueca de alegría apareció en su rostro—. Es irónico que después de todos los años en los que el Señor Chiflú me intentaba convencer para que regresase a mi reino, haya tenido que ser su muerte la que me lleve a tomar la decisión de ir —levantó la cabeza y miró hacia el cielo—. Durante demasiados años he soñado que viajaba a mi reino y lo reconquistaba, dentro de poco podré saber si mis sueños se harán realidad.

— Estoy seguro de que sí —lo animó Rasllew—. Será mejor que carguemos con su cuerpo y nos marchemos a casa, como tú bien has dicho se nos va hacer de noche aquí —Ruzil asintió y se dispuso a andar hacia el cuerpo, Rasllew lo agarró por el brazo para que se girase— Yo siempre he creído que eras valiente, sólo que te costaba demasiado superar una pequeña barrera. Siento haberme comportado tan mal últimamente, pero es que veía mucho potencial desaprovechado en ti.

— Gracias.

Cargaron el cuerpo en el Trionex de Ruzil. A Rasllew se le hizo muy extraño y espeluznante manejar el cuerpo sin vida de alguien tan cercano a él. Su piel estaba flácida y las extremidades y la cabeza se vencían sin resistencia ante la fuerza de la gravedad.

Se alejaron del lugar sin detenerse y sin echar un último vistazo atrás, el recuerdo de que allí habían pasado las peores horas de sus vidas no los abandonaría.

Esa vez era Ruzil el que iba detrás, el Yelou procuraba que su Trionex no fuese demasiado deprisa. En principio lo hacía porque Ruzil no podía ir muy deprisa con el cadáver del Señor Chiflú, pero la verdadera razón era que no le apetecía nada llegar a la cabaña vacía. Quería que el tiempo pasara lentamente, disfrutar de los animales del bosque, de los caminos, del cielo y de todas las cosas terrenales de las que el Señor Chiflú ya no podía disfrutar.

El transcurso de su recorrido a casa pasó sin ningún sobresalto, ninguno dijo nada, se sentían más cómodos así. Rasllew estaba ensimismado con sus pensamientos, ya no le importaba tanto reconquistar Bastur, sino que lo que le importaba era hacer felices a los Yelou fuese de la manera que fuese.

Al anochecer, llegaron a la que hasta hacia poco había sido la casa del Señor Chiflú, todo parecía más triste en ese momento que cuando esa misma mañana, Rasllew había cruzado la puerta del jardín.

Ataron los Trionex a la valla y llevaron el cuerpo al jardín trasero, Ruzil fue a por dos palas al granero y se pusieron a cavar, tampoco hablaron en ese momento.

Sudaron bastante pero ninguno de los dos se quejó, la tierra era dura y costaba que la pala se hundiese en ella. Tardaron un rato en hacer el hoyo de una medida considerable para que cupiera el cuerpo sin vida del anciano. Luego, entre los dos lo introdujeron dentro.

Antes de empezar a taparlo, Ruzil le dijo que esperase. Se metió en la casa salió unos minutos después, llevaba consigo los objetos personales del Señor Chiflú. Con mucho cuidado los fue poniendo dentro del hoyo, sobre el cuerpo. Luego entre los dos taparon el agujero, no pudieron contener alguna lágrima mientras realizaban esa operación, puesto que enterrarlo suponía aceptar por completo que estaba muerto y que no lo verían nunca más.

Al acabar, entraron en la cabaña. Ruzil se quedó en el salón, sentado sobre la misma silla en la que Rasllew lo había encontrado esa misma mañana, seguramente pensando en todo lo que había cambiado su vida desde entonces. Parecía tener ganas de quedarse a solas y Rasllew también las tenía, necesitaba tiempo para descansar y asimilar lo que en ese día había pasado, así que se dirigió hasta la que hacía poco había sido su cama.

La cama también estaba llena de trocitos de cristales, los fue quitando poco a poco con cuidado para no cortarse y mientras pensaba "¿Qué demonios habría hecho el dragón para causar tanta destrucción?" seguramente era mucho más fuerte de lo que había imaginado.

Se tumbó sobre la cama, a pesar de no tener ventana para detener el aire, no hacía frío en la habitación, aunque tampoco le importaba mucho en esos momentos.

Tardó en conciliar el sueño, ya que había vivido muchas emociones aquel día. Sin saber muy bien porqué, se levantó y se dirigió a la biblioteca. En ella estaba todo igual de destrozado que en el resto de la cabaña. Los restos de cristales crujían bajo sus zapatos. Recorrió la estancia con la mirada y encontró lo que ni siquiera él sabía que buscaba.

Era el libro titulado "La danza del bien y el mal", el supuesto libro que hablaba de él. Lo sostuvo entre sus manos y lo sopesó. Deseaba saber qué había en su interior, pero entonces recordó que el Señor Chiflú no había querido que lo leyese. Sin pensárselo dos veces, tiró el libro al suelo y allí lo dejó. Si su maestro no deseaba que lo leyese, no debía leerlo. El Señor Chiflú siempre había hecho lo mejor para él, y seguro que con ese libro sucedía lo mismo.

Volvió a su cama, ya más tranquilo. Se sintió un poco mejor al pensar que estaba cumpliendo algo que le había dicho su mentor, era como si una parte de él continuase viva.

Intentó dormir, pero bien entrada la madrugada y ya tapado con las mantas echó de menos la ventana, pues estaba helado de frío.

Descansó mucho mejor de lo que había podido esperar, la luz del alba se colaba por su ventana y lo golpeaba en la cara. Entrecerró los ojos y, poco a poco, se fue acostumbrando a tanta luz. Todavía con las legañas adornando su rostro, salió al comedor.

Allí lo esperaba Ruzil, todavía dormido con la cabeza apoyada en la mesa y con una expresión de placer. Rasllew supuso que tal vez estaba soñando con la reconquista de su pueblo.

Le daba lástima despertarlo, pero debía marcharse a Bastur y no podía hacerlo sin despedirse. Así que lo zarandeó y le susurró al oído que se despertase. Con un brinco se despertó, parecía aturdido sobre su paradero, en unos segundos reconoció donde estaba y, seguramente, también se acordó de lo que había pasado el día anterior, pues una cara de seriedad y tristeza lo embargó.

— ¿Ya te marchas? —le preguntó mientras se frotaba la cara.

— Sí, quisiera ver si para la tarde he reunido a lo que queda de mi ejército y así luchamos cuanto antes. Tengo muchas cosas que hacer, se me ocurrieron muchas ideas sobre estrategia cuando estuve en contacto con el rey Zack en Giathos.

— ¿Adónde crees que vas con esas ropas? —dijo Ruzil—. El Señor Chiflú te cosió unas ropas para cuando volvieses a Bastur. Él se habría sentido orgulloso de que las llevases en tu reconquista.

— Las llevaré —dijo tajante antes de que siguiera con el discurso.

— De acuerdo, ahora te las traigo, espero que no hayan sufrido ningún daño —se levantó y recorrió el comedor hasta la otra punta, allí abrió un baúl volcado y saco unas ropas bien dobladas. Volvió y se las extendió—. Toma.

Rasllew las agarró y fue a su habitación a probárselas, los pantalones eran negros oscuros y con un dibujo de un dragón bordado en rojo en el camal derecho. La camisa era de manga larga, muy fina y su color era el blanco, también tenía un dragón bordado en rojo pero lo llevaba en la manga a la altura del hombro y del bíceps. La última prenda era más grande que las otras dos, la extendió y vio que era una capa de color negro oscuro al igual que los pantalones, tenía una enorme capucha negra y le llegaba hasta los tobillos. Cuando se puso todo el conjunto, se puso la capucha y se cubrió con la capa. Pensó que debía de parecerse a la misma parca en aquel momento.

Ruzil se sorprendió un poco al verlo.

— Vaya —dijo entrecortadamente—. Das un poco de miedo con ese aspecto.

— Me encanta —dijo Rasllew muy feliz.

— Él lo haría para que le dieras miedo al rival —dijo sonriéndose—. Pensaba en todo.

El Yelou se quitó la capucha y le dijo a Ruzil que el Trionex era de Giathos, que le diese de comer y que luego lo dejase suelto para que volviese a su casa. Después desayunó y se puso en pie. Ambos se dieron un emotivo abrazo, había llegado el momento de que se separasen.

— He de regresar a Bastur —anunció Rasllew—. Que te vaya bien todo Ruzil y recuerda siempre que el coraje y el orgullo es lo único que tienes.

— Lo recordaré —dijo—. Que te vaya todo bien a ti también rey Rasllew, espero tener noticias tuyas y que sean positivas. Suponiendo que las pueda recibir, porque voy a entrenarme duro y luego iré a reconquistar mi reino.

— Claro que las recibirás, yo confío en ti.

Se dieron otro abrazo y unas sonoras palmadas en la espalda. Rasllew se puso en camino.

Cuando se dirigió caminando en dirección contraria a la que había llegado unos meses atrás, se detuvo a pensar en todo lo que había cambiado su vida desde entonces. Había matado a un dragón, se había entrenado y había mejorado muchísimo, además había luchado contra un enemigo muy fuerte de Isla Laberinto, había defendido una ciudad, se había convertido en un mago… eran tantas cosas que le daba pena marcharse. Allí se había sentido como en casa, pero continuó la marcha hacia su destino.

Anduvo durante un buen y largo rato, pensó en cómo iba a regresar a Bastur. Para llegar hasta allí lo había enviado el propio Bastur, pero para regresar no tenía ni idea de lo que tendría que hacer. Quizá era el propio Señor Chiflú el encargado de usar su magia para devolverlo a su reino.

Le pareció que ya había recorrido más tramo que el que había andado unos meses atrás hasta la cabaña de su maestro. Dudó y sintió por un momento que ya no podría regresar a Bastur. Estaba confuso y desorientado, pensó incluso que se había perdido, pero esa idea desapareció de su cabeza cuando pensó que dando media vuelta y siguiendo el camino se reencontraría con Ruzil. Así que continuó caminando y echó de menos tener un Trionex sobre el que montar.

Llevaba casi dos horas andando y no había ni rastro de Bastur, el camino se extendía hasta allá donde le alcanzaba la vista y no había encontrado ninguna casa, ciudad o persona que lo orientase de dónde estaba.

En ese momento la oscuridad se le echó encima, sintió que caía por un precipicio y le subió la adrenalina por el pecho mientras seguía cayendo. Abrió los ojos y comprobó que no estaba cayendo sino que se encontraba con el dios Bastur, en el lugar en el que ya había estado hacía unos meses.

Sentía un mareo en la cabeza y la habitación daba vueltas. Una figura se le acercó y le extendió su mano. Entrecerró los ojos para intentar distinguir quién era, pero no pudo. Extendió su mano y la figura lo ayudó a levantarse.

— Bienvenido rey Rasllew —dijo la figura borrosa— Has terminado el entrenamiento antes de lo que me esperaba. Pero es mejor así —pareció que en ese momento se dio cuenta de que el Yelou estaba aturdido—. Estás en el cielo, en mi casa, la del Dios de Bastur. Siéntate y se te pasará el mareo, es normal después de un viaje así de largo.

Rasllew estiró la mano hacia atrás y comprobó que una silla había aparecido allí por arte de magia, se sentó y miró hacia el techo. Poco a poco, la vista se le iba aclarando y lograba tener el control sobre su cuerpo, hasta el punto en el que ya se encontraba bien del todo, así que se volvió a poner en pie.

— ¿Ya te encuentras mejor? —dijo Bastur, su voz sonaba celestial.

— Sí —asintió.

— ¿Cómo te ha ido en tu entrenamiento?, espero que el viejo Señor Chiflú no haya sido muy duro contigo —dijo con una sonrisa en los labios.

— No lo fue —dijo Rasllew duramente, le molestaba tener que ser él quien le diera la noticia—. Hay algo que debe saber... —se detuvo unos segundos y vio como Bastur acercaba su cara para prestarle la máxima atención.

— El Señor Chiflú ha muerto —adivinó.

Las palabras que había leído en la mente del Yelou le cayeron como un chorro de agua fría, no preguntó cuándo ni porqué ni quiso saber detalles. Rasllew pensó que ya sabía cómo habría muerto por lo que había leído en su mente. Lo que sí hizo fue hacer aparecer una silla justo detrás suya para sentarse. No había encajado muy bien la noticia.

—Son estos malos tiempos, sin duda —murmuró para sí mismo—. Esta es una muy mala noticia, el Señor Chiflú y yo nos conocíamos desde hacía ya muchos siglos. Ese hombre era más viejo que algunos dioses. Perderlo es cómo perder a un hermano —no dijo nada más en cuanto al Señor Chiflú se refiere—. También son malos tiempos para Bastur, parece que cuando las cosas van mal, van mal en todos los aspectos. Verás Rasllew, has llegado muy pronto pero no sé si en realidad habrás llegado tarde. Prácticamente todo Bastur está dominada por los Sephal, por lo tanto, no consigo ver nada de lo que está sucediendo pero creo que los Yelou ya no están allí.

— Pero… ¿Cómo es eso? ¿Han muerto?

— No, cuando te rescaté, el resto de Yelou, sin su rey en el campo de batalla, huyeron y muy pocos perecieron en la huida. Se han marchado a la tierra para vivir allí en paz. Han renunciado a su tierra, si no vuelven pronto será mi fin. ¿Has progresado mucho con tu entrenamiento? —preguntó muy seriamente, Rasllew asintió—. Porque me temo que tendrás que enfrentarte a los Sephal tú solo. Como ya sabes, los Yelou ya planeaban irse a la tierra a vivir en paz antes de ser capturados. Ahora que ya están allí, me temo que no van a querer regresar para luchar —lo miró muy emocionado—. Sé que lo que te pido es casi un milagro, pero si no lo haces… —hizo una pausa y respiró hondo—. Yo podría llegar a desparecer. Los Sephal han conquistado casi todo Bastur y el dios maligno es ahora el que tiene el control de la Isla. Si se apoderan de Bastur al completo, yo desaparecería.

Rasllew comprendió la situación, era bastante grave y veía al dios Bastur muy afectado. Tenía razón, él era la última oportunidad que le quedaba a los Yelou, si él no vencía a los Sephal, ninguna de las futuras generaciones querría volver a Bastur para morir. El legado de los Yelou desaparecería.

— Está bien —aceptó—, iré y lucharé yo solo —por algo se había entrenado esos últimos meses, además había arriesgado su vida en Giathos, ¿Cómo no lo iba a hacer por Bastur?

— Gracias —dijo Bastur y se arrodilló a sus pies, Rasllew le hizo una seña para que se levantase—. Es un gesto que te honra, te debo la vida Rasllew, y por ello, te voy a hacer un regalo. Voy a dotar a tu Trionex de alas, para que te puedas desplazar por Bastur con comodidad. Actualmente las lluvias azotan la isla y es muy peligroso ir por tierra. Podrás sobrevolar las nubes en tu Trionex.

Se dio media vuelta y se acercó a un bidón blanco que salía del suelo, movió las manos por encima de él y el Trionex de Rasllew se materializó a su lado.

Al verlo, el animal se abalanzó sobre él y lo tiró al suelo, desde luego estaba muy contento de reencontrarse con su dueño. Rasllew observó que se había hecho más grande, su tamaño era parecido al del resto de Trionex adultos. Su color seguía siendo el blanco y tenía la mancha azul en el lomo tan característica suya.

— Este animal es muy inteligente, ha podido sobrevivir gracias a que se ocultaba en una de las pocas zonas donde puedo ejercer mi influencia —el dios agitó las manos en dirección al Trionex, luego estiró los brazos hacia los lados como si fuera un halcón planeando para después juntarlas con un movimiento seco. Unas alas blancas aparecieron en los lomos del Trionex. No eran unas alas bonitas como las de una paloma, sino que se parecían más a las de un gran murciélago. El Trionex estaba extrañado y movía las alas rápidamente y sin sentido—. Será mejor que lo lleve a un lugar más grande para que se habitúe a las alas mientras tú y yo aclaramos unos asuntos.

Bastur se fue por el pasillo y ordenó al Trionex que lo siguiera, éste miró a Rasllew y al ver que asentía, lo siguió. Bastur volvió con paso firme.

— Rasllew —lo miró muy serio— ¿Crees que podrás ganar?

— He mejorado mucho con el entrenamiento del Señor Chiflú y en Giathos pude poner a prueba mis habilidades. Además poseo el poder del fuego en mi espada y el poder de la rapidez dentro de mi cuerpo. Me he convertido en un mago y creo que puedo hacer frente al poder de la mente que posee Soker.

—Está bien —Bastur se mostró satisfecho—, pues lo que debes de hacer es volar hasta las puertas del castillo Sephal y una vez en la puerta, debes de retar al rey Sephal a un combate a muerte. No te conviene entrar en una lucha contra todos los Sephal, te ganarían por mayoría.

— ¿No debería intentar reunir mi ejército?

— Puedes intentarlo, pero no creo que acudan a tu llamada, deberás enfrentarte a todo tú solo. Si logras vencer a Soker, te convertirás en el nuevo rey de los Sephal y ese será el fin de su repugnante raza.

— ¿Seré su rey? —se escandalizó.

— Así es —confirmó—, aquel que vence a su actual rey, se convierte en su nuevo rey, son sus reglas —le pidió que se acercase al cilindro blanco que salía del suelo.

Al asomarse, Rasllew vio el perfil de la isla de Bastur en su interior. Era como verla desde el espacio. La isla estaba cubierta por una capa de humo rojo en su mayoría, apenas se lograba distinguir sus montañas, valles y ríos.

— Lo que ves cubierto de niebla roja, está dominado por ellos. En estos lugares no tengo ninguna influencia, como puedes apreciar, casi toda la isla es suya —prácticamente toda la isla estaba a su merced, solo quedaban unos pequeños huecos en las orillas de las playas y en otro lugar que, misteriosamente, estaba completamente libre de nubes rojas— ¿Ves este lugar? —señaló al punto que estaba libre de nubes rojas— Allí es donde está la puerta de entrada a la tierra. Es exactamente en ese lugar de Bastur donde he puesto todo mi poder. Pero mi resistencia no puede ser eterna, tengo unos límites. Cuando ese bosque caiga, me veré obligado a romper la puerta de entrada a la tierra, para que los Sephal no tengan acceso a ella, antes de desaparecer. Ya ningún Yelou podrá volver. Así que todas mis esperanzas y las de todos los Yelou están puestas en ti. ¿Comprendes la gravedad de la situación?

— La entiendo —su lucha portaba más responsabilidades de las que hubiese podido imaginar y eso le hacía sentir nervios, no obstante se serenó—. Estoy listo para luchar ahora mismo.

— Pues no se hable más.

Bastur se dio media vuelta y se perdió por los pasillos, en unos momentos reapareció con el Trionex alado. Le había puesto unas riendas, para que Rasllew no se cayera mientras volaba. Le entregó las riendas, se alejó unos pasos y pronunció unas palabras en un lenguaje extraño mientras dibujaba en el aire una cruz con la mano derecha.

— Saca tu espada —ordenó con una voz muy dura.

Rasllew obedeció su orden, agarró con fuerza su espada y la mantuvo en alto. El dios, posó sus manos sobre la hoja, la recorrió con las palmas de la punta hasta el mango.

Aquel gesto había dejado un difuminado color dorado en la hoja. Era extraño porque la hoja continuaba siendo del color del metal, pero tenía unos reflejos dorados.

— Ya estás listo —afirmó—, he bendecido tu espada y le he dado alas a tu Trionex, ya no puedo hacer nada más por ti.

— Gracias.

— Sube a tu Trionex y ordénale que te lleve a Bastur —Rasllew se montó.

Se sentía raro, las alas hacían que se tuviese que sentar más adelantado de normal en un Trionex, pero se agarró fuertemente a las riendas y se preparó para el vuelo

— Espero que sepa volar bien —dijo con algo de nerviosismo en la voz.

— Mucha suerte —dijo Bastur con apariencia serena, aunque Rasllew sabía que estaba nervioso por todo lo que se jugaba en esa batalla.

Ordenó al Trionex que fuese a Bastur y éste comenzó a mover las alas. Al principio sintió como si el animal no tuviese fuerzas para levantar el peso de los dos. Pero pronto se alejó del suelo y comenzó a volar. Poco a poco, se situó encima del cilindro que contenía Bastur en su interior.

Rasllew sintió como si encogiese a cada momento, la habitación era cada vez más grande y lentamente el Trionex fue descendiendo hasta el interior del cilindro. El Dios Bastur y el cielo desaparecieron.

CAPÍTULO 13: REGRESO A BASTUR

Las nubes rojas estaban ahora debajo suya, cubrían toda la isla. Estaban volando a muchos metros de altura por encima de las nubes. A su alrededor pudo ver el mar, no lo había visto desde que había llegado a Bastur. El Trionex se frenó en seco y quedó suspendido en el aire, flotando.

Desde esa posición podía ver toda la isla, la escena era impresionante. De las nubes rojas emanaban rayos y truenos, el mar, agitado, golpeaba contra las costas. Todo estaba envuelto por la influencia decadente de los Sephal, parecía el fin del mundo.

— A las puertas del castillo de los Sephal —le ordenó a su Trionex gritando para hacerse oír.

El Trionex agachó la cabeza y comenzó la bajada en picado. Rasllew comenzó a darse verdadera cuenta de lo alto que estaban, bajaban a mucha velocidad y la adrenalina le recorrió el pecho. La isla se hizo cada vez más grande, hasta que las costas desaparecieron y sólo pudo ver nubes en el horizonte. Le lloraban los ojos de la velocidad a la que bajaban y se tenía que agarrar fuertemente a las riendas para no salir despedido hacia atrás. Se preguntó si su Trionex sabía lo que hacía o por el contrario había perdido el control de la situación.

Su caída en picado continuó hasta que llegaron a la altura de las nubes rojas. Para sorpresa del Yelou, no aminoraron la velocidad al atravesarlas, y un escalofrío le recorrió el cuerpo. Al cruzar las nubes, comprobó lo que había cambiado todo desde que los Sephal mandaban en el reino.

De repente, una fuerte ráfaga de viento los azotó y el Trionex se ladeó. El ambiente estaba bastante oscuro, ya que el sol no conseguía atravesar las nubes rojas, que por otra parte, eran bastante espesas. La vegetación estaba ennegrecida y todo parecía mucho más sombrío que cuando se había marchado.

Desde las nubes rojas hasta el suelo había una distancia considerable, pero el Trionex tardó poco en recorrerla. Cuando estuvo a unos metros del suelo, levantó la cabeza y se colocó en posición horizontal. Planeó en esa posición, y el Yelou enseguida distinguió el castillo de los Sephal al fondo. Era negro, pero parecía más oscuro que la última vez que lo había visto. Además con ese cielo rojizo que recubría toda la isla, parecía aún más siniestro.

El camino recorría zigzagueante entre los árboles negros hasta llegar a los pies de la gran puerta negra, parecía el camino al infierno. Salía humo desde el interior de las murallas. Rasllew no se explicaba como a los Sephal les gustaba vivir en esas circunstancias. La atmósfera tenía un toque siniestro, como en una película de terror, la simple imagen del bosque daba escalofríos.

Tiró de las riendas e hizo que el Trionex se frenase, se desmontó y se colocó la capucha.

— A partir de ahora sigo yo solo —habló con su Trionex—, ve a un lugar seguro y estate atento por si te necesito.

Verdaderamente los Trionex eran unas criaturas muy inteligentes, como si de una persona se tratase, se dio media vuelta y echó a volar obedeciendo sus órdenes.

El Yelou contempló como se alejaba por los cielos moviendo sus alas y describiendo una trayectoria en línea recta perfecta. Lo miró hasta que desapareció de su vista perdiéndose en una nube rojiza a lo lejos.

Giró sobre sus talones y posó la mirada en su objetivo, aspiró hondo, como lo hace un boxeador antes de enfrentarse a un combate por el campeonato del mundo, y comenzó a caminar.

Su paso era firme, el suelo estaba resbaladizo, sin ninguna duda, la lluvia había hecho acto de presencia por esas tierras no hacía mucho tiempo.

Cuando estuvo bastante cerca del castillo, se fijó en que desde la muralla lo observaban tres pequeñas cabezas. Se acercó más y vio como las cabezas se giraban para hablar entre ellas. Uno de los guardias extendió el brazo hacia él y luego desapareció.

Poco a poco, el castillo se fue haciendo más grande, a medida que avanzaba, hasta que lo tuvo en frente suya, ahora le parecía más grande e impresionante que la primera vez que lo vio.

Las dos cabezas se asomaron apoyando sus pechos contra el muro para poder verlo mejor.

— ¿Quién es el que quiere entrar en el castillo de los Sephal? —con la capucha no lo habían reconocido, y Rasllew no les iba a decir quién era— ¡Identifícate! —hizo una pausa y el Yelou ni siquiera se movió, notaba por el tono y timbre de su voz que estaba nervioso—. Di quién eres o tendré que bajar yo mismo a arrancarte las palabras de la boca.

Rasllew continuó en su posición, con la cabeza levantada. Pero estaba seguro que ellos no podían ver su rostro gracias a las sombras que producía la capucha. Los soldados estaban perdiendo la paciencia.

— ¡Se acabó! O dices ahora mismo quién eres y qué quieres, o mandaré a la guardia a que te mate.

Se hizo otro momento de silencio, el Yelou agachó la cabeza y volvió a fijar la vista en la puerta. No había signos de que se fuese a abrir.

— Adelante —lo apremió el Yelou—, llama a la guardia, solo provocarás su muerte —dijo en tono desafiante pero sereno.

El guarda desapareció de su vista como lo había hecho otro antes que él y dentro del castillo se escuchó:

— Preparen a la guardia, hay un intruso en la puerta del castillo que se niega a identificarse.

Rasllew esperó unos segundos y notó que al otro lado de la puerta se estaban agrupando, no sabía cuantos, pero escuchaba botas correr por la tierra mojada y detenerse justo al otro lado de la puerta.

Un sonoro ruido le indicó que los engranajes del mecanismo de apertura de la puerta se habían puesto en marcha, puso una mano en la empuñadura de su espada y al ver que las puertas comenzaban a abrirse la desenvainó.

El color amarillo resplandeció por toda la hoja. Dudó unos momentos en si debía hacer aparecer fuego en ella, pero pesó que esa baza se la guardaría, sería su as en la manga.

Las puertas se abrieron del todo y un grupo de quince hombres estaba al otro lado, todos ellos llevaban las espadas en una mano y los escudos en la otra, recubriéndoles el cuerpo portaban unas enormes armaduras. Las armaduras, sin duda alguna, harían que fuesen más lentos en el combate. Rasllew estaba deseando probar el poder de la rapidez en un combate cuerpo a cuerpo.

Los soldados Sephal gritaron y corrieron hacia él, pero no sintió miedo sino una calma que le sorprendió a sí mismo. Los Sephal atacaban sin formación alguna, parecían cavernícolas.

El Yelou observó a los guerreros y clavó su mirada en el que iba más avanzado, esa sería su primera víctima. Llevaba la espada en la mano derecha, el brazo echado hacia atrás para propinar un golpe lateral con mucha fuerza.

Lo que hizo Rasllew fue, avanzarse unos pasos muy rápidamente, así su rival tuvo que asestar el golpe antes de lo previsto. Pero como la armadura era tan pesada, sus movimientos eran lentos, y el Yelou aprovechó la ocasión para clavar su espada en el cuello del Sephal, entre el hueco que había entre el casco y la armadura. Era irónico que la armadura que supuestamente le iba a salvar la vida, le había llevado a la muerte por la lentitud de movimientos que tenía con ella puesta.

Continuó lanzando golpes de espada y matando adversarios, era increíble lo rápido que podía legar a moverse, sin duda era por el poder de la rapidez. Era un relámpago en mitad de la lluvia.

Pensó que los Sephal eran lentos y torpes con la espada. Al ver caer al último rival se sorprendió de lo que había mejorado en su entrenamiento. Aquellos rivales eran más débiles que Crasst, el pelele del Señor Chiflú.

Ni siquiera se había quitado la capucha para vencer a los Sephal, que ahora manaban sangre extendidos en el suelo.

Rasllew se separó unos metros de la puerta y levantó la cabeza. Ya no había ningún Sephal asomado en el muro.

— ¡Soker! —gritó con rabia—. Deja de enviarme a tus lacayos y sal a luchar cara a cara contra mí.

Sus gritos no obtuvieron respuesta, así que, con furia, agarró la espada con las dos manos he hizo que una gran llamarada de fuego apareciera en ella. Apuntó y la lanzó contra la puerta. La bola de fuego golpeó la puerta como si de un gran puño se tratase y rápidamente se quedó envuelta en llamas.

Rasllew tenía mucha rabia, no había pensado en la posibilidad de que no lo dejasen entrar, era frustrante. Sabía que si se enfrentaba en ese momento a Soker, lo podía vencer y todo habría acabado. Ardía en deseos de hundir su espada en el cuerpo del hombre que había causado tanta desgracia.

Escuchaba alboroto al otro lado de las puertas mientras las llamas de la puerta se iban consumiendo. De pronto, se le ocurrió una idea. Se dio la vuelta y gritó con todas sus ganas.

— ¡Trionex ven! —sus gritos resonaron por los alrededores.

Dentro cesaron los movimientos, probablemente creían que su enemigo se marchaba al haber llamado a su Trionex.

Mucho antes de lo que Rasllew se esperaba, un diminuto punto negro apareció en el cielo, cuando se fue acercando se convirtió en blanco, planeó y se posó a su lado.

Se montó de un salto y tomó las riendas.

— Llévame dentro del castillo, pero en cuanto yo baje, tú volverás a marcharte —el Trionex no contestó pero obedeció.

Voló sobre los muros del castillo, que ahora ya no parecían tan grandes, y Rasllew consiguió distinguir lo que había dentro. En la plaza de la ciudad había una congregación de gente, no solo había guerreros, también campesinos, herreros, criados… Uno de ellos vio al Yelou montado en el Trionex alado y con un grito de pánico se lo hizo saber a los demás, todos giraron las cabezas y lo miraron.

El Trionex descendió justo en el centro de la plaza, las gentes que allí había se apartaron para que el animal no les aterrizase encima. Hicieron un enorme hueco, los habitantes Sephal huían ante su presencia. El Yelou bajó del Trionex y éste realzó su vuelo nada más puso las pies en tierra.

Con espada en mano, se fijó en los presentes, eran demasiados. Sintió algo de miedo, si lo atacaban todos a la vez estaría perdido. Le pareció una locura lo que acababa de hacer, pero para su sorpresa, eran los Sephal los que le temían a él. Los aldeanos huían a la desesperada, intentado alejarse del forastero.

— Soker, muéstrate y lucha —gritó hacia el castillo—. No te escondas como la rata que eres.

Entre toda la gente que huía, una figura caminaba hacia su posición. Rasllew lo distinguió enseguida, era Soker, caminaba muy recto y decidido. Intentaba clavar su mirada en los ojos del Yelou, pero no podía porque tenía la cara oculta entre las sombras de la capucha. Se detuvo a unos metros, desafiante.

— ¿Quién se atreve a entrar en mi castillo y faltarme al respeto delante de mis súbditos? —dijo arrastrando las palabras.

— El verdadero rey de Bastur —dijo cortante mientras se bajaba la capucha.

A algunos Sephal se les escapó un grito de asombro, pero no a Soker. Él mantenía la mirada fija en Rasllew y el semblante sereno. Unos instantes después su cara se torvo para que apareciera una sonrisa en su boca.

— De modo que el principito ha regresado para reclamar lo que es suyo —rio—. ¡Vete! Aquí solo encontrarás la muerte.

— ¿Me pides que me vaya? —preguntó desafiante— si no recuerdo mal, ese no es el modo de actuar de un Sephal, ¿Qué pasa? ¿Tienes miedo?

Muchos Sephal clavaron sus miradas en Soker, esperando que se abalanzase sobre el Yelou, pero no lo hizo.

— ¿Miedo yo? Estás en desventaja numérica, creo que no es el momento para que propines amenazas —su cara había vuelto a ser seria—. No sería una victoria justa, y ese no es el honor que merece el último Yelou sobre Bastur —hizo una pausa, pensativo—. Te propongo algo más justo, una lucha entre el bien y el mal, una lucha que dará un justo vencedor sobre quién será el dueño de Bastur. Tú y tus tres mejores guerreros, contra mí y mis tres mejores guerreros, dentro de tres días. Nadie se podrá entrometer en el combate, solo los ocho, en esta misma plaza. Sólo pueden sobrevivir miembros de un solo bando, el bando que gane, será el dueño de Bastur con todos los honores.

A Rasllew aquello le parecía muy raro, Soker estaba diferente, no se mostraba tan frío y malicioso como la última vez, sino que parecía un rival digno y honorable.

Lo que le proponía era justo, además si continuaba adelante con la reconquista por su cuenta, tenía pocas probabilidades de salir con vida. Pensó que los Sephal podrían abalanzarse sobre él en ese mismo instante y terminar con todo. Y sin embargo lo que le proponía era un combate cuatro contra cuatro, así de simple. Pero ¿Por qué lo hacía?

— Acepto —dijo el Yelou.

— Que así sea —dijo con voz calmada e hizo una seña para que su pueblo abriese un pasillo por el cual pudiese dirigirse a la puerta principal—. Será al amanecer, y recuerda que tienes sólo tres días para reunir a los tuyos. Si en ese periodo no lo haces, tendrás que luchar con los guerreros que hayas podido presentar. Si no te presentas, los Sephal serán dueños de Bastur.

Rasllew asintió con la cabeza, después le dio la espalda, se puso la capucha y se encaminó hacia la salida entre un pasillo humano. Antes de adentrarse en él, le asaltaron las dudas, tenía una mala premonición, pensaba que en cuanto se encontrase en medio del pasillo los Sephal se abalanzarían sobre él.

Se había hecho un silencio sepulcral entre los presentes y eso hacía la situación aún más tensa. Pese a todo, anduvo con el paso firme y la mirada al frente, de vez en cuando movía los ojos de un lado a otro para asegurarse de que los Sephal no intentaban nada.

Pero no sucedió nada, lo dejaron marchar, le abrieron las puertas y salió de ese repugnante reino. Una vez fuera, las puertas se cerraron a su espalda.

Aspiró hondo y trató de asimilar lo que acababa de pasar dentro del castillo, tenía tres días para reunir a los tres mejores Yelou y presentarse de nuevo en aquel lugar.

Suspiró y una sensación de alivio lo llenó, aunque no lo había dado a entender dentro del castillo, sí que había sentido miedo y nervios, pero la rabia los había ocultado.

Anduvo un poco para salir del alcance de la vista de los Sephal, no sabía porqué pero no se encontraba cómodo en aquel lugar. Sentía que no era bien recibido, que algo lo intentaba echar. Cuando estuvo lo suficientemente lejos, miró al cielo, estaba más oscuro que antes y parecía que una gran tormenta se avenía. El viento comenzó a soplar con fuerza y la negra capa se zarandeaba a su compás. A lo lejos escuchó un gran y sonoro trueno, era la señal que le anunciaba que debía de salir de allí.

— ¡Trionex ven! —gritó sin pensárselo dos veces.

No distinguió por donde venía el animal porque el cielo estaba muy oscuro, aunque seguía con su tono rojizo. Una gota le cayó en la mano y, de pronto, escuchó un zumbido alrededor suya. Era la lluvia que caía.

Comenzó a caerle encima y lo empapó antes de que su Trionex apareciese. La lluvia era intensa y formaba una espesa capa que le impedía ver en la distancia. Notó que las gotas resbalaban por su capa y que no entraban en contacto con su piel, no se había olvidado de que la lluvia de Bastur quemaba. El Señor Chiflú habría diseñado esa capa para evitar que el Yelou se quemase.

Se subió de un salto al animal, que temblaba de frío, el salto fue algo torpe porque resbaló en el suelo mojado con el pie de apoyo. Cogió las riendas y el Trionex no esperó a que le diese la orden de adonde iban, echó a volar con una velocidad tremenda para escapar de la lluvia.

Las gotas lo golpeaban en la cara, y lo hacían con fuerza, le gritó al Trionex que debían de ir a la puerta de entrada a la tierra. El animal ya lo había supuesto, porque no varió el rumbo después de escuchar la orden.

Una vez dicho eso, el rey se acurrucó y se bajó la capucha todo lo que pudo hasta que le tapó la cara. El alivio fue considerable, las gotas le quemaban y tenía muchas ganas de rascarse, pero con una mano sujetaba las riendas y con la otra agarraba la capucha para que no se levantara del viento y lo protegiese de la lluvia.

Fue un vuelo raro, no veía a donde se dirigía porque la capucha lo tapaba. Aunque si hubiese ido con la cara descubierta tampoco habría visto nada a través de la profunda capa de agua que caía con fuerza.

De pronto la lluvia cesó, Rasllew la escuchaba detrás suya, pero ya no lo azotaba. Apartó la mano de la capucha y el sol lo deslumbró, no había más que dos o tres nubes blancas y esponjosas en el cielo.

Sin duda estaba en el bosque que protegía el dios Bastur, el que daba entrada a la tierra. Miró al cielo y comprobó que estaba en un agujero en mitad de la capa de nubes rojas. Como si alguien hubiese hecho un enorme agujero en mitad de la gruesa capa de nubes que lo cubría todo.

El Trionex descendió en picado, y Rasllew pasó algo de miedo, pero aterrizó sin problemas y muy suavemente. El aterrizaje lo hizo en un pequeño claro del bosque, allí la naturaleza crecía verde y fuerte.

Desmontó y sintió que la capa le pesaba mucho, la estrujó y un hilo de agua cayó de ella. Momentos después, ya no pesaba tanto. El tejido no era muy absorbente y había evacuado bien el agua. Instintivamente se volvió a cubrir la cabeza con la capucha.

En el suelo vio seis piedras redondas, como las que había en la playa de la tierra cuando su tío accionó la puerta de entrada a Bastur.

Le asaltó la duda de cómo podría hacer para abrir la puerta, gracias a que se había convertido en mago, sentía que en aquel lugar había un gran poder mágico, pero no tenía ni idea de cómo activarlo.

Se arrodilló y comenzó a mover las piedras, intentó que describiesen un círculo. Levantó la cabeza pero no parecía que había surtido ningún efecto. Luego dibujó un rectángulo, pero tampoco pasó nada. Después intentó hacer una estrella, le había quedado algo deforme y por supuesto no pasó nada. Agarró dos piedras con los puños cerrados y miró al cielo, como intentado descubrir la respuesta en las nubes. Esperaba que Bastur lo estuviese viendo y lo ayudase.

En ese momento, un sonido metálico lo sacó de sus pensamientos. Aquel sonido le había parecido el de una espada al ser desenvainada. Notó la presencia de otra persona a sus espaldas.

— ¡Quieto! —la voz le sonó familiar—. No intentes nada extraño. Levántate muy despacio —Rasllew obedeció su orden y se levantó lentamente—. ¿Quién eres? No pareces un Sephal.

El rey Yelou comenzó a darse la vuelta con una sonrisa en los labios.

— ¡Quieto! He dicho —dijo nervioso y tocándolo con la espada en la espalda.

— ¿Crees que ese es modo de recibir a un amigo? —le dijo Rasllew.

La espada dejó de tocar su espalda y escuchó como el otro hombre se alejaba unos pasos. Poco a poco, dio media vuelta hasta que estuvo de frente mirando a Ly.

Estaba muy descuidado, la barba le había crecido bastante y de forma descuidada. El pelo lo tenía desordenado y despeinado, y sus ropas estaban sucias. Su cara reflejaba sueño y malestar, tenía unas enormes ojeras y estaba mucho más pálido que hacía unos meses.

Ly no pareció reconocerlo, porque arqueó una ceja he intentó adivinar quién se ocultaba en la oscuridad de la gran capucha.

Con un suave movimiento con la mano izquierda, el rey se quitó la capucha y una enorme sonrisa apareció en la cara de Ly.

¡Rasllew! —exclamó mientras se abalanzaba sobre su amigo y le propinaba un fuerte abrazo.

Rasllew notaba sus brazos apretándolo y su agitada respiración contra su pecho. Ese abrazo duró unos minutos, pero no le molestó estar tanto tiempo abrazando a un buen amigo

— Me alegro tanto de verte —dijo Rasllew.

— Creí que habías muerto —consiguió decir Ly entre sollozos—. Al caer la noche llegará un caballero volando en su Trionex alado —comenzó a recitar—, con una espada dorada llameante y envuelto en una capa tan oscura como la noche. Su poder…

Unos aplausos lentos pero fuertes interrumpieron ese momento tan emotivo.

Rasllew se giró en dirección a los aplausos y distinguió una figura. Era un joven, debía de tener la edad de Ly, aunque era más delgado que éste y un poco más bajo. Su pelo era negro oscuro al igual que sus ojos, su cara era seria. Su barbilla puntiaguda hacía que su expresión fuese maliciosa. Sus ropas eran diferentes a las de cualquier otro Yelou, eran más modernas y ajustadas, y de colores oscuros. Llevaba unos pantalones negros apretados con un cinturón que sostenía su espada y una chaqueta marrón oscura.

Al ver que los dos se giraban, dejó de aplaudir, se cruzó de brazos y adoptó una postura vacilante.

— Vaya escena más triste —dijo con una medio sonrisa—. El más torpe de los Yelou y el que, supongo, debe de ser el inútil de su rey, abrazándose en mitad de un bosque demostrando lo débiles que son.

— ¿Qué quieres Keidran? —dijo Ly en tono desafiante y dio un paso hacia el frente colocándose entre el extraño y su rey.

Por el tono en que se hablaban, Rasllew dedujo que se conocían y que se odiaban.

— ¿Me estas desafiando? —Keidran, arrogante, levantó una ceja—. Sabes que con un inútil como tú no tengo ni para empezar —Ly agachó la cabeza demostrando que tenía razón— ¿Y qué clase de rey es ese? ¿Te escondes detrás de este inepto? Así les va a los Yelou, deberían dejar reinar a mi padre y todo iría mucho mejor.

Rasllew dedujo por esa última frase, que ese era el hijo de Iriogero, en cierto modo tenían algún de parecido.

El rey Yelou dio unos pasos y salió de detrás de Ly, colocó su mano derecha sobre el mango de la espada y lo miró desafiante. Sus miradas se cruzaron unos segundos y fue como si saltasen chispas entre ambos. Notó en los ojos de Keidran desprecio, un desprecio sin motivo alguno y eso no le gustó nada.

— No vuelvas a faltar al respeto de esa forma a mi escudero o me veré obligado a acabar contigo —su mano agarró con más fuerza el mango de la espada.

— No presentes amenazas que no puedas cumplir —se mofó, pero para sorpresa de Rasllew, no agarró su espada, simplemente se quedó allí de pie mirándolo con expresión de superioridad—. Soy un guerrero muy superior a ti y deberías tratarme con respeto.

— ¿Superior? —estaba consiguiendo sacar a Rasllew de sus casillas, tal vez debería hacerle probar el fuego de su espada—. Eso habrá que verlo —sacó la espada de la vaina con un movimiento rápido, su interlocutor hizo lo propio.

— ¿Tan pronto quieres morir? —dijo seriamente el hijo de Iriogero y levantó la espada en señal de que el combate comenzaba.

Rasllew estaba preparado para hacer callar la boca a ese nuevo y vanidoso individuo, estaba a punto de hacer salir fuego de su espada y achicharrarlo vivo, pero algo se interpuso entre los dos. Era Ly, estaba entre Keidran y su rey con los brazos extendidos en cruz y con la espada guardada en la vaina.

— No permitiré que uno de los dos mejores guerreros Yelou muera hoy —dijo muy serio mientras miraba a su rey a los ojos.

— Ly, quita de en medio, voy a acabar con este gusano — Rasllew estaba desquiciado.

Pero Ly, en vez de quitarse se le acercó más. Se le acercó tanto que la punta de la espada tocó el pecho del escudero.

— Si quieres acabar con él, primero tendrás que matarme a mí —sus ojos se clavaron en los de su rey, pero esa vez no había complicidad, sino firmeza.

A Rasllew le pareció extraño que Ly defendiese a capa y espada al extraño, y más después de cómo se habían tratado, pero aun así, guardó la espada en la vaina. Ly sabía de antemano que no lo iba a matar para acabar con Keidran.

— Sabes de sobra que no lo voy a hacer —le sonrió, y él bajó los brazos.

— Veo que alguien no tiene el suficiente valor como para luchar, no te culpo yo tampoco querría morir tan joven —se rio Keidran, Rasllew contuvo su rabia para no saltarle encima y degollarlo—. Me marcho, pensaba ir a visitar a mi padre a la tierra. No entiendo porqué se ha ido, a mí me gusta más el clima que hay ahora en la isla —continuó riendo—. Ya lo visitaré en otro momento, no quiero tener dos inútiles como vosotros de compañeros de viaje.

Todavía sonreía cuando dio la vuelta y se fue como había venido, sin hacer nada de ruido.

Rasllew se volvió hacia Ly, y éste volvió a sonreír como si nada hubiera pasado.

— ¿Quién era ese? —le preguntó su rey, y la expresión seria volvió a su rostro.

— Es el hijo de Iriogero, es un Yelou muy fuerte, pero a la vez es muy extraño. No se relaciona con ningún otro Yelou, simplemente lo vemos cuando visita a su padre. Algunos, en el poblado, decían que tenía tratos con los Sephal, pero yo no lo creo. No es un traidor como Seita —su rostro se ensombreció al pronunciar aquel nombre—, si así fuera, Iriogero no tendría trato alguno con él. Lo que ocurre es que va por libre, siempre anda de aquí para allá. De repente lo vemos, y de repente, estamos muchos meses o incluso años sin tener noticias suyas. Por eso los demás Yelou piensan mal de él, pero yo creo que, en esas ausencias, viaja en barco a otros lugares. No sé, me gusta pensar que hay algo más allá de Bastur.

— Lo hay —le confirmó Rasllew sonriente.

— ¿Cómo? —dijo asombrado— Es verdad, no me has dicho dónde has estado ni de dónde has sacado esas ropas, ni cómo te has hecho tan grande y fuerte.

— Es una historia larga de contar —dijo mientras se ponía colorado por los piropos.

— Tenemos todo el tiempo del mundo.

— No, no lo tenemos. De aquí a tres días tenemos un combate tres Yelou y yo, para decidir el destino de Bastur —Ly lo miró asombrado, sin entender lo que decía— Vengo del castillo de los Sephal, he acordado con Soker que dentro de tres días, mis tres mejores guerreros y yo, lucharíamos contra él y sus tres mejores guerreros. Sólo pueden sobrevivir luchadores de un bando, el bando que gane será el que reine en Bastur.

Ly continuó perplejo ante esa nueva revelación.

— ¿Pero dónde has estado? —dijo con una risita nerviosa—. Lo último que recuerdo de ti, es que ibas en brazos de un hombre volando hacia el cielo.

— Ese no era un hombre común, ese era el dios Bastur.

— Pero… —balbuceó Ly.

— El hombre al que salvé hace ya tiempo en el bosque, era Bastur en persona. Así que me debía una y me salvó de la muerte en aquella batalla. Después me mandó a hacer un entrenamiento muy duro y ahora he regresado mucho más fuerte que antes —Ly continuaba con la boca abierta sin poder decir nada—. Digamos que es un resumen muy corto de lo que ha ocurrido estos meses. Pero ahora no hay tiempo para más explicaciones, hemos de ir a la tierra y conseguir dos Yelou más para el combate.

— Eso es increíble —consiguió decir Ly por fin—. Te pasan cosas muy extrañas rey Rasllew, a tu Trionex le han salido alas —señaló al Trionex que acababa de entrar en escena.

— Ya lo sé, se las puso el Dios Bastur —se acercó a las piedras de la puerta de entrada a la tierra—. Vamos a ponernos en camino, no tenemos tiempo que perder, más adelante podremos hablar con tranquilidad. Ahora abre esta maldita puerta que yo lo he intentado y no he podido.

— De acuerdo, pero cuando tengamos tiempo me lo contarás todo con pelos y señales —le hizo prometer Ly.

Se acercó a las piedras y las colocó en hilera, de la más grande a la más pequeña, pero la última se la quedó en las manos. La apretó en su puño y fue golpeando a las demás piedras con ella. Cada vez que golpeaba una piedra, de ésta salía un haz rojo poco apreciable a la luz del sol. Rasllew sintió que el poder mágico aumentaba considerablemente en el lugar. Al final, el haz rojo formo un triángulo en el aire, como el que había hecho el tío de Rasllew meses atrás desde la tierra, y todo estuvo dispuesto para su regreso a la tierra.

Ly le hizo señas para que entrara el rey primero y se hizo a un lado, Rasllew suspiró hondo y caminó con paso firme hacia la puerta.

Todo oscureció de pronto y sus ojos tardaron en acostumbrarse, se los frotó y al abrirlos ya veía más claro.

Escuchó el sonido del mar que chocaba contra las rocas, provocando que la espuma surgiera a borbotones, antes de escurrirse entre las rocas y desaparecer.

Enfrente suya estaba el paseo de la playa iluminado con una interminable fila de farolas que se extendía hasta allí a donde alcanzaba la vista. Más allá, se divisaban las primeras casas a los pies de una calle por la que corría algún que otro coche de vez en cuando. Pensó que sería bastante tarde, ya que había oscurecido y no se veía mucha gente por el paseo marítimo.

El cielo estaba oscuro y cubierto de nubes, parecía que iba a llover de un momento a otro, sin embargo no lo hizo.

A sus espaldas escuchó el sonido de unas pisadas que le recordaron que Ly viajaba con él. Se giró y vio en sus ojos una mirada de incredulidad. Seguramente, el escudero nunca había estado en la tierra.

— Qué lugar tan extraño es este —estaba anonadado siguiendo con la mirada un coche—. ¿Qué es esa… cosa que se mueve allí a lo lejos?

El muro del paseo tapaba las ruedas del coche al que miraba, y por eso Ly, se había extrañado tanto de ese movimiento tan uniforme y rectilíneo.

— Es un automóvil, es como un carro, pero hecho con una tecnología muy avanzada. Con él, los habitantes de la tierra se desplazan a gran velocidad y muy cómodamente. Digamos que son sus Trionex —se sentía muy extraño al tener que explicar aquellas cosas.

— Que cosas más raras —dijo mientras continuaba observando el automóvil, perplejo.

Rasllew sonrió al darse cuenta de que se habían cambiado las tornas. Hacía unos meses era Ly el que le enseñaba los pormenores de Bastur, y en esos momentos sería Rasllew el que debería de explicarle a su escudero todos los detalles de ese mundo.

— ¿Aquí no debería de haber algún Yelou vigilando la entrada para que no se cuele ningún Sephal?

— Antes sí que los había, pero cuando todos los demás se fueron de Bastur y buscaron su lugar en la tierra, los guardines se fueron con ellos. Ya no les importa nada Bastur ni los Yelou, ahora ya no son más que habitantes de la tierra —explicó Ly.

— ¿Y tú porque no los seguiste?

— ¿Yo? Yo soy tu escudero, debía esperarte. No sabía a dónde habías ido, ni cuándo volverías, pero algo dentro de mí sabía que regresarías. Los demás creían que estabas muerto, pero no fue eso lo que yo vi el día de la batalla. Así que decidí esperarte, si algún día Bastur muere, yo moriré con él. Me entiendes ¿Verdad?

— Claro que te entiendo —le dedicó una mirada de complicidad—. Y ahora es momento de ponernos en camino. ¿Sabes dónde están los Yelou?

— No tengo ni idea, sólo sé que cruzaron la puerta.

— Está bien, lo primero que haremos es ir a mi casa y preguntarle a mi madre por el paradero de los Yelou. No te separes de mí, este puede ser un mundo muy peligroso para alguien que no ha estado aquí nunca, te podrían atropellar o algo peor.

— De acuerdo —asintió Ly.

Comenzaron a avanzar y de las resbaladizas rocas pasaron a la arena, estaba húmeda y dura, lo cual indicaba que había llovido hacía poco.

En la playa solo se veía a un hombre y a su perro, que jugaban con un palo a unos doscientos metros de los Yelou. El hombre iba bien provisto de un chubasquero y sujetaba el palo mientras el perro saltaba intentando arrebatárselo. El perro era un Husky Siberiano y corría como una bala cuando su amo le lanzaba el palo y se lo volvía a traer unos instantes después.

Llegaron al paseo y la arena acumulada en la suela de sus botas crujió al aplastarse contra el duro cemento.

Ly miraba todo lo que le rodea con asombro, sus ojos se movían rápidos intentado no perderse ningún detalle de nada.

— ¿Tienes alguna pregunta antes de que continuemos? — le dijo Rasllew sonriente.

— Si te dijera todas las preguntas que tengo aquí en mi cabeza ahora mismo, no avanzaríamos hasta mañana.

— De acuerdo —dijo—, ahora presta atención a lo que te explico porque es muy importante por si te pierdes o por si debes de ir solo. Cuando quieras cruzar una carretera, debes de hacerlo por el paso de cebra o el semáforo. El paso de cebra son estas rayas blancas pintadas de forma transversal a la calzada. Y los semáforos son eso de allí —le señaló el que tenían delante porque era más rápido que explicarle cómo eran—. ¿Ves ese dibujo que tenemos enfrente de color rojo? —Ly asintió—. Pues ahora no puedes pasar, debes de esperar a que se encienda el dibujo verde y entonces podrás pasar sin peligro.

Esperaron unos segundos, en ese momento no pasaba ningún coche, pero Rasllew quería acostumbrar a su escudero. Instantes después, el muñeco verde se iluminó y ambos cruzaron. Mientras recorrían la primera manzana, Ly miraba con asombro los edificios.

— Esas son las casas donde viven, tienen una construcción sólida y en cada una de ellas viven muchas familias.

— Son como colmenas para personas —apuntó el escudero.

Ly las contempló más asombrado después de la explicación de su rey.

Continuaron la marcha por la gran ciudad, avanzaban lento porque aunque no había prácticamente gente por la calle y el tráfico era casi nulo, se esperaban a que cada semáforo estuviera en verde para cruzar.

Las calles cercanas a la playa eran peligrosas de noche, según tenía entendido Rasllew, aquella era la zona donde más se traficaba de la ciudad.

Por ello, contemplaron una escena que Rasllew deseó que su escudero no viese. Una señora mayor estaba caminando por la acera, cuando dos jóvenes se le acercaron por detrás, uno de ellos le puso una navaja en el cuello, la mujer se puso blanca instantáneamente. Mientras, el otro joven le quitó el bolso y comenzó a rebuscar en él, rápidamente encontró el monedero y continuó hurgando en busca de dinero.

— ¿Qué está pasando allí? —preguntó Ly, pero en voz demasiado alta, los dos jóvenes lo oyeron y levantaron las cabezas.

Su primera intención fue la de echar a correr, pero al ver que simplemente eran dos jóvenes los que habían dado la voz de alarma, desistieron y continuaron a lo suyo.

Rasllew sabía que no se atreverían a ir a por ellos, tanto Ly como él mismo, eran bastante grandes y fuertes, lo suficiente como para asustar a cualquiera.

— Déjalos Ly, eso no es asunto nuestro. Tenemos una misión muy difícil que cumplir y no vamos a entretenernos con tonterías.

— Tal vez yo no sea de la tierra, pero sé que a esa pobre mujer la están saqueando. Y no me voy a quedar de brazos cruzados, pensaba que tú luchabas para que el bien triunfase sobre el mal.

Ly comenzó a correr hacia los dos jóvenes, que ya habían vaciado el monedero de la mujer, y en ese momento buscaban precipitadamente algo de más valor, que se pudiesen llevar. Pero al parecer, no lo encontraron porque uno de ellos estampó el bolso de la mujer contra el suelo, enrabiado.

— Dejar en paz a esa mujer —dijo Ly con voz autoritaria—. Y devolvedle lo que es suyo.

Los jóvenes levantaron las cabezas y miraron a Ly con furia, querían que él pagara su rabia.

— ¿Pero de qué vas, niñato? —dijo uno de ellos en tono provocador mientras avanzaba hacia Ly— ¿Qué vas de Superman o qué?

— Vamos David, déjalo y vámonos —le replicó el otro joven agarrándolo del brazo.

El joven llamado David, se deshizo de su compañero y se giró para hablarle.

— Déjame, voy a enseñarle a no meterse donde no le llaman —se volvió hacia Ly, en ese momento llegó Rasllew a la escena y el otro joven también se acercó un poco— Dame todo lo que lleves encima, chaval —dijo el joven llamado David y sacó la navaja con la que había amenazado a la mujer.

— Devuélvele lo que es suyo a esta señora y saldrás ileso —dijo Ly sin apenas inmutarse por la presencia de la navaja.

— No me has entendido —dijo el joven y se acercó aún más a Ly, levantó la navaja con intención de ponérsela en el cuello, pero el escudero, con un rápido movimiento, sacó su espada, que había estado oculta tras las largas ropas, y le puso su arma en el cuello. El joven se asustó y soltó la navaja, que cayó al suelo con un ruido sordo—. Está bien, "tranqui" le daremos lo que es suyo y nos iremos, colega —dijo con voz temblorosa—. Javi devuélvele el dinero a la señora —su compañero se acercó a la señora, se metió la mano en el bolsillo y sacó un puñado de billetes y monedas.

— Tome —dijo con respeto mientras le lanzaba una mirada furiosa a Rasllew. Éste, para que no se complicase más la escena, apartó un poco su enorme capa mostrando al joven su espada. El joven lo entendió de inmediato.

— Ya hemos cumplido, ahora deja que nos vayamos —dijo el joven al que Ly amenazaba con la espada.

— Rasllew, deberíamos llevarlos a un calabozo. ¿Dónde hay uno por aquí?

— No hay tiempo para eso Ly, además los dejarían salir enseguida. Déjalos, ya los has asustado.

Ly bajó la espada y los dos jóvenes salieron corriendo, perdiéndose al girar la primera esquina.

Los Yelou ayudaron a la mujer a sentarse, se había mareado de la impresión de aquella situación. Poco a poco, fue recobrando su color normal de piel y entonces, Rasllew se alegró de que Ly se hubiera ofrecido a socorrerla.

— Muchas gracias —dijo la señora con una voz suave y dulce—. Da gusto ver que aún queda gente honrada en este mundo.

— ¿Vive muy lejos? —preguntó el rey— La acompañaremos a su casa.

— Vivo a dos manzanas de aquí, ya estaba casi en casa.

— No debería de ir a estas horas sola por estas calles tan peligrosas —le replicó el Yelou.

— Ya lo sé, es que estaba con mi marido, que está en el hospital. Lleva ya dos meses allí —su voz casi se quebraba al hablar de su marido—, me quedé dormida y me he despertado hace un rato. He decidido ir a casa a dormir un rato porque mañana trabajo y, como a estas horas ya no hay autobuses de línea, pues he tenido que volver andando.

Rasllew compadeció a la mujer, era bastante desdichada. No le preguntó por la enfermedad de su marido, no quería importunarla.

La acompañaron a su casa y en el portal, intentó recompensarlos con un billete por su buena acción. Los Yelou lo rechazaron, no querían ninguna recompensa y además, ese dinero le vendría mejor a ella.

Después de esa pequeña aventurita, se pusieron en camino de nuevo, y sin casi darse cuenta, ya estaba en la que había sido la calle de Rasllew, se encontró frente a su portal.

Entonces confirmó que era realmente tarde, su calle estaba desierta, habían coches aparcados en doble fila y ni una sola alma. Por las ventanas de los edificios no se reflejaba ninguna luz, todo el mundo dormía para preparar el día siguiente. Algunos tendrían que trabajar, otros tendrían que estudiar y las amas de casa tendrían que hacer recados y faenas, y por eso descansaban.

Se acercó al portal y subió el peldaño que precedía a la puerta. Miró los botones del telefonillo, su puerta era la trece, el botón estaba algo quemado ya que, algún vándalo o algún niño aburrido o no tan niño, lo había quemado ya hacía tiempo. Estaba a punto de llamar cuando dirigió una rápida mirada a la puerta del patio y comprobó que no estaba cerrada del todo. Solo estaba entornada, así que la empujó y se abrió.

— Entra Ly —dijo mientras sujetaba la puerta y le hacía una seña con la mano—. Aquí es donde me crié y donde vive mi madre.

Ly avanzó y Rasllew cerró la puerta del patio, después encendió la luz del patio, que destelló un par de veces antes de quedarse encendida permanentemente. Subieron los escalones que los conducían al rellano, eran doce, Rasllew los había recorrido tantas veces y había jugado allí tanto de niño, que se le hacía raro verlos en aquel momento. Era como si llevase fuera años.

Continuaron y llegaron al ascensor, estaba allí mismo, en la planta baja, lo cual indicaba que la última persona que lo había usado, lo había hecho para salir del edificio. Abrió la puerta e hizo otro gesto a Ly para que entrase. El escudero echó un rápido vistazo al interior y dio un paso atrás.

— ¿Vas a encerrarme? —dijo quedándose a la entrada del ascensor.

— No —rio el rey—. Esto es un ascensor, nos llevará hasta la planta donde vive mi madre.

Ly asintió y entró sin hacer más preguntas. El ascensor era pequeño y ruidoso, además estaba muy viejo y se estropeaba con facilidad. Rasllew apretó el botón del cuarto piso. Las puertas se cerraron rechinando y al poco, el ascensor comenzó a moverse.

Ly se puso tenso cuando empezó la subida, allá dónde se producía un ruido o chirrido, dirigía su mirada. Unos segundos después, Rasllew confirmó que a su amigo no le gustaban demasiado los ascensores.

Por fin llegaron a la cuarta planta y el ascensor se detuvo, poco después, las puertas se abrieron. Rasllew empujó la puerta de seguridad y los Yelou salieron. La cara de alivio de Ly era todo un poema.

El rellano no era muy grande ya que contenía sólo cuatro puertas, estaba decorado con una planta de interior y cada puerta tenía su alfombrilla para limpiarse los pies, con algún letrero anunciando la bienvenida.

Rasllew encendió la luz de ese rellano y se situó frente a la puerta de la que había sido su casa durante tantos años. Unos instantes antes de llamar, pensó en la reacción de su madre al verlo de nuevo. Desde el día de nochevieja que no la veía, ni siquiera se había despedido de ella antes de ir a Bastur porque su tío le dijo que ella no soportaría verlo marchar. Y en ese momento, meses después, se presentaba en su puerta a las tantas de la madrugada. ¿Cómo reaccionaría? Los Yelou creían que estaba muerto y sin duda la habrían informado de ello, pensó que se desmayaría nada más verlo.

Llamó al timbre y con fuerte "Ding" "Dong" se rompió la calma de la noche. El sonido se escuchó por toda escalera, y a Rasllew no le extrañó nada que hubiese despertado a algunos vecinos, pero no le importaba.

Dentro no se obtuvo ninguna respuesta, y eso lo preocupó. ¿Y si no estaba? ¿Cómo averiguaba donde estaban los Yelou?

Además de eso, tenía ganas de ver a su madre. Pegó la oreja a la puerta y no escuchó nada.

Se estaba poniendo nervioso a cada momento, cuando el arrastrar de unas zapatillas de estar por casa lo aliviaron, seguro que era ella. Se acercaba cada vez más a la puerta, hasta que estuvo delante. Fue en ese preciso instante en el que se apagó la luz del rellano, ya se había agotado el tiempo que duraba el temporizador.

— ¿Quién es? —escuchó la voz de su madre, la había sacado de la cama sin ninguna duda, su voz era ronca y adormilada.

Rasllew se puso algo nervioso y no supo qué contestar, dudaba entre decir algo o ir a encender la luz para que lo viera ella con sus propios ojos.

Entonces se hizo la luz, sus pupilas tardaron en acostumbrarse a esta perturbación, se dio la vuelta y vio a Ly al lado del pulsador de la luz, que lo miraba emocionado.

— ¡Hijo! —escuchó que exclamó su madre desde el interior de la casa.

Unos instantes después, se abrió la puerta y allí estaba su madre, con su batín y su pijama debajo. Su pelo estaba alborotado, señal de que llevaba ya un rato durmiendo, y su cara estaba pálida, como si hubiese visto un fantasma.

Corrió hacia su hijo y lo abrazó con todas sus fuerzas, Rasllew notó su agitada respiración en el cuerpo. La abrazó también y allí se quedaron un buen rato.

Sintió como su madre lloraba mientras continuaba abrazándolo.

— Ricardo, ¿Eres tú de verdad? —dijo mientras se retiraba un poco para verlo mejor, pero sin soltarlo.

Sus manos eran como las garras de un águila después de atrapar a su presa, ya no lo iba a soltar. Pero en el fondo de ella misma sabía que era su hijo, por mucho que había cambiado, seguía siendo el niño que había crecido a su lado, y lo reconoció.

— Has cambiado tanto… me dijeron que habías muerto — después de decir eso lo abrazó otra vez, pero esa vez con más fuerza. Lloraba en el hombro de su hijo, pero a Rasllew no le importaba—. Te he echado tanto de menos, he llorado tanto por ti.

— Tranquila mamá, estoy bien —la consoló.

Rasllew pensó que después del reencuentro, resultaría muy duro tener que decirle que dentro de tres días se iba para combatir a vida o muerte.

Los invitó a entrar, y Rasllew le presentó a Ly como su escudero y su mejor amigo, ella se alegró. Ya cuando todos estaban más calmados, les sirvió una taza de café con leche a cada uno y puso galletas en el centro de la mesa para que comiesen.

Nadie hablaba, Ly miraba a todos lados asombrado por los extraños objetos que lo rodeaban, sus ojos estaban abiertos de par en par y muy activos. Por otro lado, la madre de Ricardo no le quitaba el ojo de encima a su hijo, parecía estar saboreando cada momento de un sueño del que iba a despertar de un momento a otro. Pero eso no sucedió, su hijo estaba en el comedor de su casa y eso no lo podía cambiar nadie.

— Qué grande y fuerte te has hecho en unos pocos meses, me ha costado reconocerte —dijo sin dejar de mirarlo de arriba abajo.

— Es que he estado en un lugar en el que me daban una comida especial para crecer y ganar músculo.

— Pero… —dijo su madre entusiasmada— ¿Dónde has estado?

Entonces Ly giró la cabeza como un resorte, él también quería conocer la historia y Rasllew pensó que ese era un buen momento para contarla.

Durante su relato, ni su madre ni Ly probaron bocado, muchas de las cosas que les contó les parecieron increíbles. Su madre se llevó un par de veces la mano a la boca para tapársela, sofocando un grito.

— Así que tenemos que volver tres guerreros y yo, a luchar dentro de tres días al castillo de los Sephal —dijo Rasllew finalizando el relato—. Decidiremos el destino de los Yelou en ese combate. ¿Dónde están los Yelou, mamá?

— Pero… para qué… ¿Te vas a ir ya? —dijo sorprendida, Rasllew asintió— Claro, lo entiendo hijo —su expresión se tornó más seria—. Tu padre también tenía la misma ilusión que tú —una sonrisa apareció en sus labios—. Ahora tú estás muy cerca de conseguirlo y eso a él le habría hecho muy feliz, según cuentas, te has hecho muy fuerte. Él estaría muy orgulloso de ti hijo.

Después de decir eso, se produjo un gran silencio. Cuando Rasllew mencionó la lucha contra el segundo de Kay, no dijo nada de que su rival había mencionado a su padre. No quería dar falsas esperanzas a su madre.

— Los Yelou están en un pueblo llamado Martora —les confió su madre—, es una pequeña aldea que está a unos ciento cincuenta kilómetros de aquí. Allí se han adaptado bastante bien, se ganan la vida cuidando el campo y viven en paz. Además, al ser un pueblo tan pequeño y tan alejado de la gran ciudad, las nuevas tecnologías no están a la orden del día y eso les ha hecho integrarse mejor.

— ¿Cómo podemos llegar hasta allí? —preguntó.

— Puedes ir en autobús, creo que hay uno que te deja en el pueblo de al lado, aunque luego tienes que andar unos kilómetros. Tu tío Daniel fue el que lo organizó todo, él te podrá decir cómo llegar.

— Bien, pues mañana a primera hora iremos a preguntarle al tío Daniel y luego nos pondremos en camino.

— Vale pero ahora acostaros un rato, son las tres y diez de la madrugada, podréis dormir un buen rato hasta que amanezca.

Los acompañó hasta sus dormitorios, aunque a Ricardo no le hacía falta, pues conocía el camino de sobra, pero su madre no quería separarse de él ni un solo momento.

Ricardo se acostó en la que había sido su cama y su madre le cedió la cama de matrimonio a Ly.

Rasllew dejó la espada sobre el escritorio y la gran capa negra sobre la silla del ordenador. Se miró en el espejo del cuarto, y comprobó que era verdad, había cambiado mucho. Se había hecho más voluminoso y fuerte. Sus brazos eran mucho más grandes y se le marcaban los músculos y las venas. Se dijo a sí mismo que parecía un jugador de waterpolo.

Después, se puso el pijama y se dejó caer en la cama. Hasta el momento de tumbarse no se había dado cuenta de lo cansado que estaba, ese día había sido muy largo y con muchas emociones. Había empezado en la cabaña del Señor Chiflú y había terminado en su cama en la tierra, pasando por una pelea en el castillo Sephal.

Ricardo se acurrucó y aplastó las sabanas contra su cuello, vio que su madre lo observaba desde la puerta de la habitación, y poco a poco el cansancio se apoderó de él y el sueño lo venció.

CAPÍTULO 14: MARTORA

No sabía si era el hecho de dormir en su propia cama de nuevo, pero Rasllew descansó como no lo hacía desde hacía meses. Los primeros destellos de sol entraban por la ventana que estaba abierta y no le apetecía despertarse, se dio la vuelta y se tumbó hacia el otro lado para que los rayos no lo molestasen.

No obstante, escuchó que algo se movía dentro de su cuarto, era Ly que se había despertado.

— Rasllew —le susurró mientras lo agitaba agarrándolo por el hombro—. Despierta, ya ha amanecido y tenemos que ir a Martora con el resto de los Yelou.

Se giró y lo miró, pero sus ojos tenían unas enormes legañas que apenas le permitían distinguir su figura. El escudero permanecía de pie después de haberlo despertado.

Rasllew se estiró y apuró los últimos momentos en su cama, restregó las palmas de las manos por las suaves sabanas y se incorporó.

— ¿Qué hora es? —dijo adormilado.

— No lo sé, voy a consultarlo con tu madre —desapareció de la habitación.

El rey Yelou se levantó también y fue directo al cuarto de baño. Era todo muy extraño, si borraba de su mente todo lo que a Bastur se le refería, ese podría haber sido un día de su vida normal y corriente. Se miró en el espejo unos instantes antes de limpiarse la cara con la fría agua, se aseó y salió del baño.

Fue a su cuarto, se vistió, y cogió la capa y la espada, no sabía porqué pero se sentía raro si iba desarmado. La sostuvo unos instantes y la sacó de la vaina. Se miró en el espejo, verdaderamente parecía un guerrero temible, las ropas, la posición del cuerpo y el aspecto descuidado. Ya hacía mucho tiempo que no se había cortado el pelo ni afeitado la barba, de modo que los pelos de la cabeza y de la barbilla eran ahora pelos largos y feos.

Guardó la espada en la vaina, fue otra vez al cuarto de baño y se afeitó, su cara parecía otra vez la de un muchacho. También se arregló las patillas y el peinado, ya no daba la impresión de estar tan descuidado.

Salió al comedor y allí estaban su madre y Ly, sentados mientras desayunaban. Su madre tomaba el café de cada mañana, mientras que Ly mojaba las galletas en la blanca leche.

— Buenos días —sonrió su madre— ¿Has dormido bien?

— He descansado perfectamente y me he levantado con ganas de comerme el mundo —respondió y se sentó a su lado, en frente del vaso de leche que quedaba en la mesa.

— Es un poco tarde, pero no te he querido despertar antes, dormías tan plácidamente. Tu tío ya habrá entrado a trabajar, tendrás que pasarte por el banco para hablar con él —Ricardo asintió— Pero no creo que te dejen entrar allí con una espada.

Rasllew bajó la mirada y miró la espada, como si no recordara que la llevara. Era verdad, no le apetecía presentarse en un banco armado. Se armaría un gran revuelo.

— Entonces dejaremos las espadas aquí y luego volveremos a por ellas e iremos a Martora.

— Tampoco creo que sea buena idea pasearse por la tierra con una espada colgada de la cintura, Ricardo —hizo una pausa para sorber un trago de café—. Algún policía podría veros y os podríais meter en un lío.

Ricardo iba a decir que la espada era su protección, pero la firme mirada de su madre le dijo que no replicase. Una vez más ella tenía razón, pero él se resistía a la idea de alejarse de su espada.

— Tienes razón —aceptó—. No sería seguro para nosotros ni para los demás. Además, si nos coge la policía, perderíamos mucho tiempo y no tenemos que desperdiciarlo. Pero ahora, será mejor que nos vayamos si queremos llegar a Martora a la hora de comer.

Apuró el último trago del vaso de leche, se levantó y fue al cuarto. Allí dejó la espada. Al volver al comedor vio que Ly recogía los restos del desayuno y su madre fregaba. Ella le lanzó una mirada y dijo:

— Tampoco creo que debas llevar esa ropa ni esa horrible capa por la tierra, ¿Por qué no os vestís con ropas de aquí? —Rasllew y Ly intercambiaron una rápida mirada— En tu armario hay ropa para los dos, de ese modo llamareis menos la atención.

Ante aquello no pudieron reprochar nada, de modo que fueron al cuarto de Ricardo y se enfundaron un par de pantalones vaqueros, un par de camisetas, un par de sudaderas y otro par de chaquetas.

Cuando terminaron, Rasllew se sentía extraño, se miró al espejo y apenas se reconoció. Miró a Ly y se partió de la risa. Lo veía muy cambiado con aquellas ropas, además su escudero se sentía incómodo al vestirlas y eso se notaba.

Se despidieron de la madre de Ricardo y salieron de casa. El rellano de la escalera estaba más iluminado debido a la luz del sol que se colaba por el tragaluz y parecía más lleno de vida que la noche anterior.

Rasllew llamó al ascensor y la flecha que indicaba que estaba subiendo se encendió. De inmediato, miró a Ly y vio su cara de preocupación.

— ¿Prefieres que bajemos por las escaleras? —no le había gustado mucho su último viaje en ascensor.

— No, es igual. No te preocupes por mí.

Habló como si subir en ascensor fuera una cosa de vital importancia para Rasllew y perjudicial para él.

Llegó el ascensor y un ruido característico les indicó que ya podían abrir la puerta de seguridad y entrar, y así lo hicieron. Ly comenzó a mirar hacia todos lados nervioso mientras Rasllew apretaba el botón del bajo, las puertas metálicas comenzaron a cerrarse.

Ly no se había adaptado todavía a los ruidos y traqueteo del ascensor, y Rasllew comprobó que lo pasaba mal en ese viaje también, pero no tanto como en el anterior.

Llegaron al bajo y salieron por el patio. La imagen de la oscura y deshabitada calle había desaparecido, y una calle soleada y llena de vida apareció ante ellos.

Los comercios estaban abiertos, muchos aparcamientos permanecían vacíos y mujeres con carros de la compra, y sin ellos, andaban de aquí para allá. También había hombres, pero estos en menor medida. Los repartidores paraban en alguna tienda para dejar, o recoger, algún encargo mientras dejaban sus furgonetas en doble fila.

Rasllew se arrepintió enseguida de haber cogido la chaqueta. Aunque la noche anterior había sido algo fría, por la mañana el sol calentaba muy fuerte y pasó mucho calor.

Bajaron el pequeño escalón que separaba el rellano de la acera de la calle y se pusieron en camino. Rasllew guiaba a Ly, que continuaba asombrado y miraba para todos los lados, le costaba no tropezar con todo el mundo.

Recorrieron varias calles, pasaron por delante del kiosco donde Rasllew había ido de pequeño a comprar golosinas, se le hizo raro verlo igual que siempre. Le parecía que habían pasado muchos años desde la última vez que había paseado por su barrio.

Pasaron junto a un parque, sus jardines eran muy hermosos y los jardineros municipales estaban haciendo su trabajo regando las plantas y limpiando las hojas caídas.

— Qué raro es todo aquí —dijo Ly, que continuaba con los ojos bien abiertos, que en ese momento se clavaban en el camión de agua que usaban los jardineros para regar—. Mira a esos hombres —señaló a los jardineros—. Sacan agua de esas cosas flexibles.

— Eso son mangueras —rio Rasllew—, y están hechas de goma flexible. El agua está almacenada en la cuba de ese camión y mediante una bomba de presión la hacen salir con fuerza por la manguera.

No sabía si Ly había entendido su explicación pero no le preguntó nada más, así que ya no hablaron más del tema. Además, ya habían llegado a la entrada del banco donde trabajaba Daniel. Era una filial de un prestigioso banco a nivel internacional.

Rasllew estiró de la pesada puerta de cristal blindado e invitó a Ly a entrar. Entraron en la pequeña sala donde se depositan los objetos metálicos antes de pasar por el escáner.

— ¿Tienes algún objeto hecho con metal entre los bolsillos o la ropa? —le preguntó a su escudero.

— No lo sé —dijo él registrándose el abrigo y el cuerpo entero— ¿Para qué lo necesitas? Igual llevo algo que te pueda servir igualmente.

— No lo necesito, es que en este lugar no puedes entrar con un objeto de esos.

— ¿Por qué no?

— Porque si llevas un objeto metálico encima, no podrás pasar más allá de estas puertas que tenemos aquí delante.

— Ahhhhh —dijo Ly asombrado— Es un ritual —afirmo para sí mismo.

— Algo así —dijo Rasllew casi riéndose—. Vamos, que todavía nos queda mucho por hacer.

Apretó el botón de la puerta de entrada y esperó a que se abriera.

— Pasa y quédate quieto, si escuchas un pitido, no te pongas nervioso que esta misma puerta se abrirá y volverás donde yo estoy. Si no pita, y te abre la puerta de enfrente, espérame en la siguiente sala.

— De acuerdo —dijo Ly como el muchacho que se aleja de la mano de su padre para ir a combatir en la guerra.

Respiró hondo y entró en la gran caja acristalada, unos segundos después se le abrió la puerta de entrada al banco. Una voz de señora que provenía de un altavoz dijo: El banco le agradece su visita.

Ly se giró extrañado buscando el origen de la voz.

— Gracias —dijo al final sin mirar a ningún sitio en concreto.

Rasllew entró después y tampoco tuvo ningún impedimento para acceder. Dentro del banco no había un gran ajetreo, pero sí que había gente suficiente en la cola de acceso a las ventanillas como para que su tío no se diera cuenta de que era su sobrino el que había entrado al banco.

Su tío era empleado del banco desde que Rasllew tenía memoria, un simple peón que se encargaba de atender las ventanillas. Hablaba con los clientes y estos le exponían lo que querían hacer, luego, dependiendo del caso, se encargaba él mismo o llamaba a alguien más importante para que se ocupase.

Ahora mismo, su tío estaba hablando con una señora que quería hacer un ingreso en una cuenta. Su tío comprobaba la cartilla y manejaba el ordenador. No era una persona que parecía encajar en el perfil de este tipo de trabajadores que están todo el día enfrente del ordenador. Era muy alto, contaba casi con ciento noventa y cinco centímetros de altura, además era bastante corpulento y robusto. Sus manos eran tan grandes que hacían preguntarse a la gente, cómo podía manejar el teclado del ordenador con tanta facilidad.

No obstante se había adaptado a hacer ese trabajo y, parecía que se le daba bien y que se defendía con soltura.

Hizo el ingreso de la señora y llamó al siguiente de la cola. Al momento, dio un pequeño vistazo hacia donde estaban los Yelou de pie esperando. Agachó de nuevo la vista y, unos instantes después, la volvió a alzar para comprobar si lo que acababa de ver era cierto.

Se levantó del asiento moviendo bruscamente la silla de ruedas, no dejaba de mirar a su sobrino, perplejo. Rasllew le dedicó una sonrisa.

— María —llamó a una compañera que estaba a unos metros de él— ¿Puedes sustituirme durante un momento?

— Claro —dijo la chica todavía absorta en unos documentos.

— Es urgente —dijo su tío impaciente.

— Ya voy —la chica se levantó y se volvió a sentar, pero esa vez en la silla que hasta hacia unos instantes ocupaba su tío.

— Voy al despacho de Rodríguez —le informó—, que nadie me moleste, por favor.

La chica asintió y continuó atendiendo al hombre que aguardaba paciente su turno mientras Daniel se dirigió rápido hasta donde estaban los Yelou.

— ¡Ricardo! —exclamó entusiasmado mientras lo abrazaba efusivamente—. Nos dijeron que habías muerto. ¿Dónde has estado?

A Rasllew se le hacía raro que lo llamasen Ricardo de nuevo.

— Pues la verdad, es una larga historia.

— Espera —lo interrumpió—. Aquí no, vayamos a un sitio más íntimo.

Los acompañó a un despacho no muy amplio y cerró la puerta tras de sí, luego tomaron asiento. Su tío saludó a Ly, pero fue un saludo algo frío. Después se volvió hacia su sobrino.

— Bueno, ¿Y qué cuentas? ¿Dónde has estado? ¿Qué te ha pasado? Nos dijeron que moriste en la batalla contra los Sephal, aunque si te digo la verdad, ninguno de los Yelou nos aclaró lo que ocurrió realmente.

— Como puedes comprobar no morí allí, fui rescatado por el mismo Bastur —su tío dio señales de que iba a soltar una exclamación pero no lo hizo— Así es, por el dios Bastur —aclaró—. Él me llevó a otro lugar de Geo, que así es como se llama el planeta en realidad. Allí me entrenó un anciano, más conocido como el Señor Chiflú, uno de los mejores maestros de todo Geo. Y ahora he vuelto para vengar a los Yelou. Sin embargo cuando regresé al castillo de los Sephal para matar a Soker, él me propuso un combate entre mis tres mejores guerreros y yo, contra sus tres mejores guerreros y él. Así que he tenido que volver a la tierra porque me faltan dos guerreros para completar la lista —hizo una breve pausa para que su tío asimilara todo lo que acababa de escuchar—. Esto es un brevísimo resumen de todo lo que me ha pasado, me gustaría poder contarlo todo al detalle, pero no tenemos tiempo. Me tienes que decir dónde están el resto de los Yelou exactamente para ir en su busca y volver con dos de ellos para derrotar a los Sephal.

— Menuda situación —Daniel se llevó las manos a la cabeza y se echó el pelo hacia atrás—. ¿Estás seguro de que quieres volver a luchar?

Después de hacer esa pregunta, hubo una pausa incómoda, nadie habló durante unos instantes.

— Lo digo porque Soker ya te ha derrotado, y no sé si merece la pena volver a intentarlo.

— Claro que merece la pena —se exaltó Rasllew—. Además esta vez no pienso perder.

— Rasllew —dijo en tono de confesión—. Puede que te hayas entrenado y que te hayas esforzado mucho para llegar a este punto, pero las cosas han cambiado. Los Yelou ya están viviendo en la tierra y no digo que se hayan adaptado, pero tarde o pronto lo harán. También tu madre y yo nos hemos acostumbrado a vivir en la tierra y tú te volverás a acostumbrar. Creo que ya sabes por donde voy. Lo que te intento decir es que está muy bien luchar por un sueño, pero muchos han perecido en su lucha por ese maldito sueño. Muchas veces me pregunto que si ha merecido la pena. Ahora la situación ha cambiado, ya no hay nadie por quien luchar en Bastur por que todos están aquí. ¿Estás seguro de que quieres luchar? Si no lo haces, nadie creerá que eres un cobarde, simplemente que así son las cosas.

— Parece que hayas olvidado quién eres —replicó Rasllew—. Eres Daitar hijo de un rey de Bastur, tu padre murió por su amor a esa tierra, tu hermano murió por su amor a esa tierra. Y ahora, ya sé que no queda nada por lo que luchar allí, pero precisamente por eso es por lo que tengo más ganas de luchar. Los Sephal me han robado a mi abuelo, me han robado a mi padre, me han robado una infancia en Bastur y han provocado que mi pueblo haya estado escondido durante demasiados años. Precisamente por eso voy a luchar y voy a vencer, no voy a recuperar a mi abuelo y tampoco a mi padre, pero sí que devolveré esas tierras a la gente de mi pueblo para que mis descendientes puedan tener una infancia tranquila en Bastur. Sí, voy a luchar, así que dime ahora mismo dónde están los Yelou.

— Está bien, es tu decisión y la respeto. Los Yelou están en Martora.

— Eso ya me lo había dicho mi madre, pero quiero saber cómo llegar hasta allí, no sé dónde está.

— La única forma que tienes de llegar es en autocar. Yo ya he ido a visitarlos un par de veces y el único inconveniente es que la línea de autocares se termina cuatro kilómetros antes de llegar allí, por lo que te toca hacer ese tramo a pie. Es un pequeño precio a pagar a cambio de vivir en un lugar tan alejado y aislado, que los Yelou pueden adaptarse perfectamente. Toma —dijo mientras se rebuscaba en la cartera y sacaba un papel plegado. Era de la empresa de autocares de la ciudad y marcaba todas las líneas— estas son todas las líneas de autobuses, creo que tienes que subir al número 22 y luego en Sorein hacer trasbordo y subirte al número 35. Ese ya te deja a cuatro kilómetros de Martora. Necesitarás dinero para este viaje —se metió la mano en el bolsillo de su elegante traje y sacó la cartera. La abrió y le extendió varios billetes—. Con esto tendrás suficiente, y toma algunos euros sueltos por su acaso.

— Muchas gracias tío —se guardó los billetes en el bolsillo junto con las monedas.

— No me las des, estás a punto de hacer un acto que te honra. Soy yo el que tendría que dártelas. Ojala tuviera valor para acompañarte a Bastur —bajó la mirada y se entristeció, estaba enfadado consigo mismo.

— No te preocupes, ya nos las apañaremos. Y ahora debemos de irnos, todavía hemos de comprar los billetes.

— Está bien. Yo también tendré que continuar mi trabajo —se puso en pie y los acompañó hasta las puertas con detectores de metales— Mucha suerte —lo agarró de las manos y se las apretó con fuerza.

Rasllew le dio un par de palmadas en la espalda y se volvió hacia la puerta.

Ly salió primero y no tuvo ningún inconveniente, luego se dispuso a salir Rasllew. Echó un último vistazo a su tío, que estaba atendiendo a un hombre de mediana edad, y salió.

En la calle, hacía más calor que en interior del banco gracias al aire acondicionado. Si no recordaba mal, a tres manzanas de allí se cogía un autobús de línea que llevaba a la estación de autocares. Durante el trayecto, ni Ly ni él pronunciaron palabra alguna.

El escudero se fijaba en ese nuevo mundo que estaba descubriendo pero no quería preguntar nada porque sabía que su rey estaba absorto en sus propios pensamientos sobre la charla con su tío.

La verdad era que sí que estaba pensando en ello, pero su tío no le había dicho nada que no supiera ya. Sabía que podría quedarse a vivir en la tierra, en su vida de hacía algunos meses y que podía dejar que la puerta a Bastur se cerrase, pero después de todo lo vivido en esos meses le era imposible. Y no estaba arriesgando su vida innecesariamente, lo hacía por todos los Yelou, por ellos, por su madre y su tío en especial. Aunque a decir verdad, también lo hacía por sí mismo. Por su propio orgullo y por vengar a su padre.

Llegaron a la parada y Rasllew salió de sus pensamientos inmediatamente. Ya había gente esperando y los asientos de la parada estaban ocupados.

— Es aquí —le dijo a Ly.

— ¿Dónde está eso a lo que subiremos para ir a Martora? —preguntó extrañado y mirando en todas direcciones.

Rasllew lo observó un momento. Ly al final miró al cielo, como esperando que algo bajase de las nubes.

— Todavía no ha llegado, pero tiene que pasar por aquí. Y no nos llevará a Martora sino que nos llevará a otro lugar donde cogeremos el primer autocar camino a Martora.

— Menudas complicaciones hay en este mundo para llegar de un lugar a otro. Llegaríamos mucho antes en Trionex y no tendríamos que complicarnos tanto.

Rasllew sonrió y luego le contó muchas cosas de la tierra, como que la gente allí se trasladaba en coche, moto, tren… pero también le tuvo que explicar el funcionamiento básico de aquellos transportes. Le dijo que los coches funcionaban con combustible, pero entonces le tuvo que explicar qué era el combustible. Y así pasaron el tiempo hasta que llegó el autobús de línea.

— Mira, ahí llega —exclamó cortando a Ly que le estaba haciendo otra pregunta.

A dos calles de distancia, se veía un gran autobús de color rojo y con el numero cuarenta en amarillo.

— ¿Qué número es? —le preguntó una anciana a Ly.

— ¿Disculpe?

— El cuarenta —respondió Rasllew rápidamente.

Sin darle las gracias, la señora se echó mano a la cartera y sacó el bono de jubilados. Luego agarró las bolsas de la compra que llevaba y se aproximó al borde de la acera.

Llegó el autobús, la gente se aglomeró a sus puertas. Rasllew ya le había explicado a Ly en esos minutos qué era el autobús y cómo debía comportarse para no llamar la atención.

Cuando llegó su turno, entregó un billete al conductor y le dijo "Dos" éste le dio dos billetes.

No tenían sitio para sentarse, así que se quedaron de pie. Avisó a Ly para que se agarrase con fuerza a una de las barras, éste se asustó un poco cuando el autobús comenzó a moverse.

El viaje transcurrió sin incidentes, y a mitad de trayecto pudieron sentarse. Por fin, llegaron a la estación de autobuses.

Estaba muy concurrida, la gente salía y entraba con mucha prisa. En una de las puertas de la estación había un mendigo pidiendo y en otra un chico joven repartiendo propaganda a todo el que pasaba por su lado.

Se adentraron en la estación, Ly estaba absorto por la hoja de propaganda que el chico le había entregado.

— No entiendo nada de lo que pone. No sé interpretar este idioma, desde luego no está escrito en Bree.

Rasllew se acercó a una de las ventanillas y una amable chica rubia le habló.

— ¿Qué desea? —dijo con una amplia sonrisa.

— Dos billetes para Martora.

La chica escribió algo muy rápidamente en el ordenador y negó con la cabeza. Se volvió hacia el Yelou.

— Lo siento la línea no llega hasta Martora, pero se queda en Caudín que está a cuatro kilómetros de allí.

— Está bien, deme dos para Caudín.

— De acuerdo, para llegar a Caudín debe de coger el autocar número 22 y bajarse en Sorein. Allí, con este mismo billete podrá coger el autocar número 35 que le llevará hasta Caudín. El autocar sale a las tres y cuarto de la tarde —dijo mientras se imprimían los billetes—. Serán veintidós con sesenta.

Rasllew pagó y se guardó los billetes en el bolsillo. Era la una y media de la tarde según pudo leer en el gran reloj de la sala principal de la estación. Todavía les quedaba una hora y tres cuartos para la salida del autocar, así que llevó a Ly a comer a un restaurante de comida rápida que había visto muy cerca de la puerta de la estación.

Pidió dos menús de hamburguesas con patatas y bebida. Con todo el dinero que le había dado su tío, tenían para pasar un buen viaje.

Comieron despacio ya que disponían de tiempo suficiente. Poco a poco, el local se fue llenando de gente joven. Muchas chicas se los quedaban mirando, dos chicos grandes y bien parecidos no pasaban desapercibidos.

Estuvieron toda la comida hablando sobre la tierra y sus diferencias con Bastur. Y sin casi darse cuenta, se hicieron las tres de la tarde.

Salieron del restaurante y entraron en la estación. Ya allí, buscaron su autocar, cuando lo encontraron, se subieron y se pusieron cómodos en las últimas filas.

Poco a poco, el autocar se fue llenando de gente, casi todos eran ancianos que avanzaban lentamente por el estrecho pasillo.

Finalmente se pusieron en marcha, nadie hablaba, casi todos los presentes estaban ya intentando dormir para aguantar el viaje que se les venía encima.

No sabía si era porque se contagió de los demás, pero le entraron ganas de echar una buena cabezada. Tal vez sería porque era medio día y el calor le estaba provocando modorra. Cerró los ojos y apoyó la cabeza en el reposacabezas, cada vez estaba más hundido en el sueño, hasta que finalmente se durmió.

Se despertó mucho después, cuando el sol estaba bien cerca de las montañas del horizonte y la tarde le iba dejando paso a la noche.

Abrió los ojos y comprobó que las personas cercanas dormían todavía. La carretera por la que circulaban era estrecha y sólo disponía de un carril para cada sentido, además tenía muchas curvas y muy cerradas.

Unos metros por delante, había un televisor mostrando una película. Al parecer trataba de una guerra.

— Rasllew —lo llamó Ly en voz baja. Giró la cabeza hacia él—. ¿Ves eso? ¿Qué es? ¿Cómo han conseguido poder ver por ahí a esa gente?

— Es un televisor —dijo sonriendo—. Puede reproducir imágenes de cualquier sitio y cualquier lugar.

— ¿Entonces, en algún lugar de este mundo ahora mismo está ocurriendo esa batalla?

— No, eso es una película. Es una simulación de una batalla, para entretener a la gente.

— Comprendo —Ly continuó observando la tele.

A Rasllew se le estaba haciendo muy entretenido el viaje junto a su amigo, le parecía muy gracioso que para su escudero todo fuese completamente nuevo.

Unos minutos después, vio el cartel de entrada a Sorein, era un pueblo muy pequeño y apenas se veía a algunos habitantes por la calle.

El autocar estaba ya medio vacío debido a la gente que se había bajado en las paradas anteriores. Al parecer ya no había más paradas después de aquella y el autocar se volvía a la gran ciudad.

Sin ningún tipo de complicación, se bajaron del autocar en el que estaban y subieron en el número 35. Esperaron hasta que llegasen el resto de los viajeros para que, el autobús, los llevase a Caudín.

Una media hora después, se pusieron en camino, ya era completamente de noche. La carretera por la que transitaban era aún peor que la anterior. Sus arcenes eran visiblemente más pequeños y gozaba de aun más curvas.

— Ya me estoy cansando de los viajes en autocar —dijo Ly un tiempo después de ponerse en marcha.

— La verdad es que son bastante pesados. Yo también tengo ganas de que acaben.

A partir de ese momento, comenzaron a hablar de nuevo. Ly le pidió que le relatase con más detalles lo que le había sucedido desde su rescate por Bastur.

Y sin darse cuenta, el autocar llegó a Caudín. Por fin había terminado aquel pesado viaje en autocar. Pero ahora llegaba el tramo más pesado del recorrido, que eran los 4 kilómetros a pie que debían hacer para llegar a Martora.

Caudín era un pueblo algo más grande que Sorein, tenía más comercios y más vida. El paseo en el que se encontraban, estaba bastante concurrido de gente, para ser aquellas horas de la noche.

Se acercaron a un anciano que estaba sentado en un banco tomando el fresco.

— Perdone —dijo el rey educadamente—. ¿Podría indicarme en qué dirección esta Martora?

El anciano se puso en pie con una agilidad sorprendente y señaló el final de paseo.

— Si quieres ir a Martora, sigue el paseo hasta el final, nada más se acaba el paseo, empieza una calle, esa calle va a dar a la carretera que lleva a Martora. No tiene pérdida, además hay carteles que te van indicando por dónde continuar.

— Muchas gracias señor —los Yelou comenzaron a caminar por el paseo.

— ¿Pero vais a ir ahora para allá? —gritó el anciano.

— Sí —los Yelou intercambiaron una mirada de confusión.

— Ahora es de noche, quedaros a dormir aquí y mañana ya os llevará alguien que vaya de camino.

— Gracias por el consejo pero tenemos mucha prisa.

Dicho eso, se pusieron en marcha rápidamente. Por los caminos asfaltados se avanzaba bastante más rápido que por los caminos de tierra de Bastur, así que no tardaron mucho en recorrer el trecho que separaba Caudín de Martora. Pese a eso, ninguno de los dos se hubiese negado a recorrerlo en Trionex.

Siguieron las indicaciones del anciano y, ya en la carretera, se encontraron con un cartel que rezaba "Martora 2Km". Así que apretaron el paso para llegar antes de que fuese más tarde y no encontrasen a ningún Yelou despierto.

Anduvieron tan rápido que, pese al frío, estaban sudando desde ya hacía un rato. La carretera zigzagueaba por entre los montes hasta tal punto que llegaba a ser mareante.

Pese a la poca luz que les daba la luna, pudieron distinguir los campos repletos de viñedos a ambos extremos del camino. Esa era la principal fuente de ingresos de la zona.

Al fondo podían divisar unas luces que les indicaban que se encontraban cerca de la civilización. Y por fin, llegaron a Martora.

Las casas eran pequeñas y nada uniformes, sus tejados eran irregulares y estaban muy viejos. Se veía que era un pueblo muy rústico. Las estrechas calles apenas dejaban sitio a las aceras, que no alcanzaban apenas para andar sobre ellas en fila india. Las farolas emitían luz amarilla, aunque la mayoría de ellas no estaban apagadas. De no ser por el humo que salía de algunas chimeneas, parecía una aldea fantasma, apenas se veían símbolos de civilización.

Entraron directamente a la calle principal, que tenía un poco de pendiente descendente para más adelante terminar en una cuesta que se perdía entre unas viviendas.

Escucharon unos pasos que se acercaban desde una calle a su derecha. Los pasos eran lentos y resonaban por toda la calle.

Se detuvieron, esperando a que el extraño hiciera acto de presencia.

Al fin pudieron verlo, vestía un mono de trabajo viejo y sucio. Para resguardarse del frío, llevaba una chaqueta de chándal manchada de barro.

Sobre su cabeza había una gorra llena de polvo que había perdido el color. Sin duda era un trabajador del campo. Su piel era muy morena, incluso rojiza, símbolo de que había pasado muchas horas al sol últimamente.

— ¡Duiga! —exclamó Ly rompiendo el silencio que inundaba las calles.

El extraño levantó la cabeza y, Rasllew pudo reconocer a uno de los Yelou. Si no recordaba mal, era uno de los guerreros que había escapado de la partida de caza de los Sephal.

El hombre, al reconocer a Ly sonrió y se le iluminó la cara.

— ¡Ly! Que gusto verte aquí —los dos se unieron en un efusivo abrazo.

Se separaron después de unas fuertes palmadas en las espaldas y entonces, Duiga reparó su atención en Rasllew.

— Este es el rey Rasllew, no murió en la batalla contra los Sephal —Duiga hizo un simple gesto como saludo, pero sin mucho entusiasmo. Ly se dio cuenta de que no lo había saludado como se debe saludar a un rey—. Va a reconquistar Bastur —intentó atribuirle méritos.

— Eso es una utopía —dijo Duiga agachando la cabeza resignado.

— No es una utopía, sólo necesitamos dos guerreros.

— Ly, sácate esa idea de la cabeza. Ya se ha intentado muchas veces y nunca ha funcionado. Ven a la realidad a la que hemos venido todos y vive una vida normal como el resto de tu pueblo.

Rasllew se mantuvo al margen de esa disputa, pero Ly sí que respondió.

— Ya veo que tu estancia en la tierra te ha cambiado, pues llévanos ante Iriogero —dijo mientras le lanzaba una mirada de lástima.

Duiga, resignado, les hizo un gesto para que lo siguiesen y avanzó por la calle principal. Andaba delante de ellos y con paso rápido. Nadie comentó nada durante el corto camino.

Anduvieron tres manzanas y después giraron hacia la izquierda por una calle estrecha. Llegaron hasta un callejón sin salida y Duiga se acercó a una puerta metálica azul, más propia de un corral que de una casa.

— Aquí es donde vive. Es tarde y mañana debe de trabajar, así que no sé si estará despierto. De todas formas, no creo que os acompañe en vuestra disparatada campaña. De hecho no creo que nadie os acompañe.

— Si eso es cierto, es que mucho ha cambiado el honor de los Yelou en muy poco tiempo —dijo Ly.

— No es eso Ly, es que aquí hemos encontrado trabajo y alimentos. Éste es un sitio seguro y tranquilo para que nuestros hijos crezcan en paz.

— De todas formas, si reconquistamos Bastur, podréis volver si lo deseáis —intervino Rasllew por primera vez.

— Muchas gracias, es un gesto que te honra —dijo Duiga antes de marcharse.

Antes de hacerlo, se despidió de Rasllew con una reverencia, que esta vez sí, era propia para un rey. Cuando ya sus pasos no se escuchaban en la calle, Ly llamó con los nudillos a la puerta. Y esta, emitió unos sonidos fuertes.

Dentro, escucharon unos ruidos que les demostraron que en la casa estaban despiertos. Al momento, el mismo Iriogero estaba abriendo la puerta, en pijama y con cara de haber estado durmiendo.

— ¿Quién es? —dijo en tono gruñón y con los ojos todavía casi cerrados. Al poco reparó en quiénes eran—. Vaya —exclamó—, la última visita que me esperaba encontrar. El gran rey Rasllew y su inestimable escudero. Me encantaría escuchar lo que te ha pasado durante todo este tiempo mi rey, pero mañana madrugo, así que ir al grano y contarme que os trae hasta mi puerta —era difícil averiguar si su tono era serio o sarcástico.

— El tema, por supuesto, es la reconquista de Bastur. He retado a Soker, hemos pactado un combate entre sus tres mejores guerreros y él, contra mis tres mejores guerreros y yo —explicó Rasllew lo más brevemente posible.

— Perfecto, sólo te faltan dos de esos tres guerreros. Será mejor que te des prisa en buscarlos —intentó cerrar la puerta, pero Rasllew logró interponer el pie entre la puerta y el marco, para que no se pudiese cerrar. Así que volvió a abrir— ¿Qué quieres de mí? Ya no me interesa Bastur y su estúpida reconquista, que se lo quede Soker para él. Ahora tengo aquí mi casa.

— Iriogero, sé que los Yelou hemos fallado otras veces al intentarlo, e incluso fallamos conmigo a la cabeza. Pero durante este tiempo, he sido entrenado por uno de los mejores maestros de todos los tiempos. Y sin duda creo que puedo acabar con Soker —dijo Rasllew en tono franco.

— Rasllew, deja ya de creer en un imposible. Bastur fue de los Yelou pero su arrogancia se lo arrebató. Deja de perseguir un sueño. En Bastur nos devolviste la ilusión y fallaste como han hecho muchos otros antes que tú. Ahora, los Yelou vivimos aquí y estamos seguros, nuestras familias crecerán sanas y libres. Y tú deberías aprender de nosotros, vete con tu madre y sigue con la vida que dejaste hace unos meses. Hazlo antes de que sea demasiado tarde.

— Ya no puedo dejarlo, nací rey de Bastur y moriré rey de Bastur. Así que, para bien o para mal, mi destino está atado al de Bastur. Si no quieres luchar, lo entiendo. Pero me niego a creer que no haya ningún Yelou que quiera luchar.

— Ninguno de los que tiene potencial para un combate así querrá ir. Todos estamos a gusto aquí y no dejaremos esto por un sueño.

— Entonces, ¿Haríamos mejor en irnos en vez de perder el tiempo aquí? —dijo Rasllew, resignado. Iriogero afirmó con la cabeza.

— Sinceramente, admiro tu empeño y espero que te vaya bien en esa campaña.

— Gracias, cuando reconquiste Bastur, seguirás teniendo un sitio allí.

— Me equivoqué contigo al juzgarte la primera vez que nos vimos. Ahora he descubierto cómo eres realmente. Gracias, si logras conquistar Bastur volveré encantado —dijo a modo de despedida.

No cerró la puerta después de la conversación, sino que esperó en el portal hasta que los Yelou se perdieron de vista.

A Rasllew, algo le dijo que estaba a punto de salir detrás de ellos para ayudarlos, pero no lo hizo.

No había sido un día provechoso, habían malgastado el tiempo y tenían que volver sin ningún guerrero que los ayudase en su "Sueño", como decían los Yelou.

Ahora caminaban despacio, Rasllew habló con Ly, y decidieron volver a Bastur sin entretenerse más. Aunque fuese, lucharían los dos solos, pero Rasllew notó que el ánimo de Ly había caído en picado. Les habían fallado sus compatriotas.

Recorrieron el camino, hasta el pueblo de al lado, caminando despacio. Su marcha era lenta, pero no por cansancio, sino porque tenían la moral por los suelos.

Ninguno de los dos hablaba y el tiempo pasaba muy lentamente. Solo se oía el sonido de sus pisadas que resonaban en la oscuridad de la noche.

— No te preocupes Ly, todo saldrá bien —dijo por fin para romper el silencio.

Pero a Ly no le quedaban ganas de hablar, simplemente le dirigió un sonrisa que enseguida se volvió a tornar en un rostro serio.

Caminaron largo rato hasta Caudín. A esas horas de la noche, el pueblo estaba desierto. Los comercios estaban cerrados, e incluso ya no había luces encendidas en las casas. La gente dormía.

La parada del autobús estaba desierta y no había ningún lugar donde pudiesen comprar los billetes o comprobar los viajes. Seguramente los autobuses sólo circulaban de día.

Decidieron quedarse a dormir en un parque que había cerca de la parada. Estaba cubierto de césped y resultaba un lugar bastante cómodo.

Rasllew pensó que hacía unos meses, aquello le habría parecido una locura, pero después de haber dormido al raso tantas veces en Bastur, lo encontró incluso normal.

A primera hora de la mañana, el sonido de un camión, que pasó dejando tras de sí una buena humareda provocada por su tubo de escape, despertó a los Yelou.

Los primeros rayos de sol comenzaban a asomar por encima de la montaña que custodiaba el pueblo y en el parque había un señor paseando a su perro.

Rasllew despertó a su escudero cuando el hombre se empezaba a interesar por el estado de ambos. Sin duda se estaría preguntado por qué dos jóvenes habían dormido a la intemperie.

Los Yelou fueron a asearse a una fuente situada en una explanada en mitad del parque. Mientras lo hacían, un hombre le estaba regañando a su perro por haberse peleado con otro. El animal estaba acurrucado y agachaba la cabeza.

Volvieron a la parada a esperar a que pasase el primer autobús. Rasllew se sentó al lado de Ly y reflexionó de lo acontecido desde que se fue de la tierra ya hacía meses.

Quizá su tío e Iriogero tenían razón y debería volver a la tierra, apenas había perdido un curso de estudios y podría volver a la normalidad sin ningún problema. ¿Pero qué sería de Ly y del resto de Yelou? Estaba seguro de que deseaban con toda su alma poder volver a Bastur. Además, le hizo una promesa al propio Bastur de que volvería. No le podía fallar.

Pero sobretodo y por encima de las demás razones, había algo que lo impulsaba a volver, era algo que le asustaba incluso admitir, pero deseaba volver para luchar a vida o muerte con la espada. Arriesgar su vida en un combate a muerte le producía tal subida de adrenalina que no se podía comparar con nada.

Rasllew sabía que ya no podría alejarse nunca más de aquella sensación, y tampoco de la satisfacción que le daba triunfar por encima de su rival. Saber que su enemigo estaba en el suelo sin vida mientras que él, se mantenía a su lado victorioso. Aquellas eran sensaciones que le atraían hacia Bastur y que le hacían pensar que, o viviría allí, o moriría allí.

Al poco, notó que Ly movía el cuello de lado a lado en señal de que había dormido en mala postura, sintió que la decadencia que mostraba el día anterior perduraba.

No obstante, durante el día, Rasllew se mostró muy alegre y pareció contagiar un poco a su amigo, que volvió a sonreír.

Preguntaron a una mujer, que les informó de que los billetes de vuelta se compraban directamente en el autobús y que el próximo que salía hacia la ciudad, lo hacía a media mañana.

Mientras esperaban la hora de salida, dieron unas vueltas por el pueblo, lo que les ayudó a comprobar que allí la gente vivía principalmente de la tierra. Se veían muchos tractores cargados con la cosecha que andaban de aquí para allá.

El viaje de retorno en el autobús fue mucho más llevadero que el de ida. Ly estaba mucho más tranquilo y no se preocupaba por cada cosa que veía o sucedía a su alrededor, así que pudieron charlar durante el viaje.

Le contó a Rasllew que estaba muy preocupado por tener que enfrentarse los dos solos a cuatro Sephal y que tenía miedo de no regresar. Por su parte, Rasllew le dijo que no se preocupase por aquello, que con el poder del fuego en su espada podría acabar él solo con los cuatro si quisiera. Ya se había enfrentado en otras ocasiones a varios rivales a la vez y siempre había salido victorioso.

Llegaron a la capital entorno a las cinco de la tarde. Después tuvieron que coger un autobús de línea para volver a la casa de Rasllew. Allí estaban su madre y su tío, que se sorprendieron de verlos a ellos dos solos. El rey y su escudero les contaron lo sucedido y la madre de Rasllew trató de disuadirlo.

— Es una locura —decía una y otra vez— Morirás.

— Mamá, estoy decidido —dijo en tono serio—. No voy a renunciar a Bastur.

— Eres tan cabezón como tu padre —dijo aceptando su marcha— Pero hazme un favor —dijo mientras una lágrima le recorría la mejilla—. Vuelve.

Era normal que se sintiera así, había perdido a su marido y ahora podría perder a su hijo. Si no fuese por su tío, se quedaría absolutamente sola.

Rasllew tuvo que contenerse para no llorar junto a su madre, porque si lo hubiese hecho, habría mostrado debilidad y su madre hubiese tenido una baza para convencerlo de que se quedase. Pero no dio muestra alguna de resentimiento por su partida y pudo marcharse libremente hacia Bastur.

Antes de marcharse, intercambiaron la ropa de la tierra por la de Bastur, y recogieron sus espadas.

Estaba atardeciendo cuando llegaron a la playa acompañados por su tío, la puerta de entrada a Bastur estaba a sólo unos metros.

Ly movió las piedras y la puerta apareció.

Las olas chocaban contra las rocas y no quedaba ningún pescador de aquellos primeros que resguardaban la puerta de posibles intrusos.

— Cuídate mucho —le dijo su tío y le dio un sentido abrazo. También unas lágrimas brotaron de sus ojos y entonces lo apretó con más fuerza— Y sobre todo, triunfa Ricardo. Por favor, triunfa.

Se volvió hacia la puerta, pero Ly ya no estaba, había cruzado ya. Avanzó unos pasos y dio un último vistazo a la tierra. Su tío levantó la mano para despedirse definitivamente. Finalmente cruzó la puerta.

CAPÍTULO 15: RASLLEW CONTRA SOKER

Esa vez, no apareció en el suelo, sino que estaba de pie junto a Ly. El viaje había sido mucho más sencillo que la primera vez.

Los Yelou miraron a su alrededor y comprobaron que tan solo había unos metros de bosque verde. Llegaba un momento en el que el bosque desaparecía en una niebla oscura, en la que, como había podido comprobar unos días antes, llovía con intensidad.

Rasllew pensó que Bastur debía de estar en las últimas, y entonces entendió la estratagema de Soker. Sabía que los Yelou ya no se encontraban en Bastur, y por ello lo había mandado a buscar tres guerreros. Quería alejarlo de Bastur mientras el mal avanzaba y dominaba completamente la isla.

Se sintió engañado, y deseó haber hundido su espada en el corazón de rey Sephal la última vez que lo había visto. Pero en ese momento, volvía a estar el rey Yelou sobre Bastur, de modo que el mal no podría avanzar más hasta que estuviese muerto.

Ly observó el panorama y le lanzó una mirada de preocupación.

— ¿Qué hacemos hasta el día de mañana? —preguntó Rasllew.

— Podemos ir a las ruinas del viejo castillo de los Yelou, allí estaremos a cubierto y podremos leer en la biblioteca, si es que aún se mantiene en pie.

— Es buena idea —sonrió Rasllew ilusionado ante la perspectiva de ver el viejo castillo— Trionex ven —gritó.

Esperaron un poco para ver aparecer al Trionex, en cualquier momento cruzaría la niebla para reunirse con su amo.

Pasaron varios minutos y el animal no daba señales de vida, Rasllew comenzó a preocuparse. ¿Lo habrían capturado los Sephal? ¿O quizá habría muerto a causa de la lluvia y el mal temporal?

Esas dudas lo asaltaban, cuando notó que algo húmedo le tocaba la mano. Se dio media vuelta de un salto, impulsado por el susto, y vio a su Trionex, que se mostraba alegre por verlo de nuevo.

Rasllew no pudo contenerse, saltó hacia el animal y lo abrazó. El Trionex se sacudió e intento empujarlo con la cabeza en señal de alegría. Juguetearon un rato más, cuando levantó la mirada, observó que Ly reía de verlos. Fue el último momento de alegría antes de todo lo que se les venía encima.

Ambos se montaron en el Trionex y Rasllew le ordenó que los llevase al castillo de los Yelou. Instantes después, comenzó a batir las alas que Bastur le había proporcionado. Rasllew pensó que quizá dos personas eran mucho peso para él, pero enseguida se despegó del suelo y entró en la cortina de niebla como un rayo.

No llovía en el territorio influenciado por los Sephal, de modo se podía ver el paisaje que su reinado dejaba. Los árboles tenían un color más oscuro y el césped era casi negro. Las rocas habían adquirido un color rojizo, todo estaba cubierto por una niebla oscura que no dejaba ver a través de ella. El cielo estaba negro completamente y al fondo se veían unos relámpagos.

El panorama parecía desolador y había hecho que los paisajes verdes y llenos de vida de Bastur, pareciesen algo semejante al día del juicio final.

Al poco, Rasllew vislumbró el castillo en ruinas de los Yelou. Era blanco, aunque con el tiempo había perdido color y en ese momento se mostraba de un blanco grisáceo. Era justo como se lo había imaginado. Estaba formado por varias plantas, la planta baja estaba abrazada por la abrupta montaña y sólo dejaba una apertura en la que estaba situada la puerta principal. A partir de la planta baja, los demás pisos estaban construidos apoyando una de sus paredes en la montaña. El castillo estaba intercalado en la montaña con una fusión perfecta. Todo aquello culminado por tres torres puntiagudas que formaban un triángulo entre ellas.

El Trionex aterrizó en la puerta, era una puerta partida, aunque una de las dos mitades había caído al suelo y la otra se estaba descolgando de las bisagras.

Allí, a los pies del castillo, Rasllew comprendió la majestuosidad que habían tenido los Yelou en otra época. El castillo de los Sephal apenas era una choza comparado con el imperial castillo de sus antepasados.

El castillo estaba rodeado por unas enormes y extensas murallas blancas que protegían unas viviendas ruinosas. Aquella extensión era enorme. Rasllew pensó que si reconquistaba Bastur, los Yelou podrían ocupar aquellas viviendas, pero que aun así, la mayoría permanecerían vacías.

Entraron en el castillo y se encontraron con una enorme sala en la que había restos de una acampada. Sin duda allí se había refugiado el pueblo Yelou de forma improvisada en alguna época.

Allí era todo muy lujoso, o mejor dicho, lo había sido en otros tiempos. Del techo colgaba una enorme lámpara muy bonita, decorada con cristales y perlas. Había una alfombra roja con encajes dorados que recorría la sala principal y conducía a la siguiente habitación. En las paredes, cuadros de retratos de reyes de la antigüedad eran adornados por ornamentados marcos.

Cada centímetro estaba cubierto por un dedo de polvo, pero aun así no costaba imaginar lo hermoso que habría sido en otra época. Ly lo vio asombrado y dijo:

— Es precioso, ¿Verdad? —hizo una pausa—. Sabía que trayéndote aquí te maravillarías de la belleza de nuestros antepasados y lucharías con más ganas.

— Tienes razón, todo esto es precioso. Perseguimos un sueño muy bonito, si mañana salimos vencedores, los Yelou podrán volver aquí y podríamos reconstruir el castillo para que recuperase la belleza que en su día tuvo. Este sería un lugar idóneo para ver crecer a nuestros hijos.

Ly le enseñó gran parte del castillo, desde el comedor principal, que se encontraba en la planta baja, hasta la habitación del rey, que se encontraba en lo más alto de la torre principal. Terminaron la visita en la biblioteca.

Olía a moho y, como el resto de habitaciones, tenía un dedo de polvo.

La sala era enorme y tenía las paredes recubiertas de estanterías repletas de libros. En el centro de la estancia, había una gigantesca mesa rodeada de sillas.

— Aquí tienes libros de todo tipo, relacionados con los Yelou —dijo Ly—. Desde el árbol familiar de la realeza hasta leyendas y cuentos.

Le pidió a Ly que le diera el árbol familiar porque quería ver sus raíces.

— Te lo leeré —se ofreció su escudero.

— No hace falta.

— Está escrito en Bree.

— Durante mi entrenamiento, el Señor Chiflú me enseñó a leer Bree —aclaró Rasllew.

Después de estar un rato viendo a todos sus antepasados, comprobó que la línea familiar se cortaba mucho antes de llegar a él, e incluso antes de llegar a su abuelo.

— Desde que comenzaron a reinar los Sephal se hizo cada vez más difícil continuar escribiendo libros, e incluso el del árbol genealógico de la familia real. La mayoría de todos estos libros fueron escritos antes del reinado de los Sephal.

Se lamentó una vez más por el reinado de los Sephal, y ya no le apeteció leer más. Sintió que los Sephal le habían robado su infancia. De no ser por ellos, su vida hubiese sido muy distinta. Habría nacido en Bastur y se habría criado en ese castillo.

Le preguntó a Ly que si le apetecía entrenarse para el gran combate del día siguiente, y éste aceptó.

Salieron de la biblioteca y Ly lo condujo a una gran sala que tenía las paredes recubiertas de armas y escudos.

— Esta era la sala donde se entrenaban antiguamente los reyes y soldados de mayor rango de los Yelou.

Rasllew se puso contento de poder entrenar donde hacía siglos sus antepasados lo habían hecho. ¿Cuánto tiempo haría que nadie luchaba en esta sala? Se preguntó.

Pasaron largo rato luchando, pero desde el principio, se dio cuenta de que su nivel había mejorado demasiado como para enfrentarse a Ly y le pareció que él también se dio cuenta.

Sus movimientos, que tiempo atrás le habían parecido rápidos y ágiles, en ese momento le parecían lentos y torpes. Era como si se estuviese enfrentando a un niño. Tuvo que bajar el ritmo de combate en varias ocasiones para que Ly no se quedase atrás.

Al finalizar el entrenamiento, el escudero estaba agotado y Rasllew ni siquiera había empezado a sudar, la diferencia que había entre los dos era abismal.

— Impresionante —dijo una vez terminó el entrenamiento.

Ly parecía contento, no por saber que se había quedado atrás, sino por comprobar que el nivel de combate de su rey había mejorado tanto.

Cuando oscureció, se fueron a dormir. Ly insistió en que durmiera en la habitación del rey, pues decía que ese era su sitio. Él sin embargo, durmió en una de las habitaciones del servicio.

La habitación estaba sucia, envejecida y casi en ruinas, pero se continuaba viendo que tiempo atrás había sido una habitación muy lujosa y digna de un rey. Rasllew comprobó, agradecido, que el colchón donde tenía que dormir, no se conservaba en mal estado ni estaba lleno de polillas. Podría dormir allí sin problemas.

A la mañana siguiente se despertó antes del amanecer, aunque no pudo saber con certeza si había amanecido porque fuera estaba el cielo completamente negro.

Se acercó a la habitación de Ly, y al apoyar la oreja en la puerta, escuchó unos suaves ronquidos que le demostraron que aún no se había despertado. De modo que se dedicó a inspeccionar el castillo por sí mismo.

Había salas a las que Ly no lo había llevado. Se quedó impresionado por la enormidad y majestuosidad del castillo.

De pronto, y sin saber muy bien cómo, llegó a la sala más importante de todo el reino, de la cual se enamoró desde el primer momento en que la vio.

Era la sala del trono de los Yelou, pero en nada se parecía a la sala del trono de los Sephal. Ésta, refutaba vida incluso después de haber estado tantos años en el olvido. Cuatro puertas daban a acceso a ella, por cada una de las cuatro esquinas. La habitación se encontraba en la torre principal y no estaba cubierta del todo, sino que una de las paredes, la que estaba de frente al trono, era una gran abertura. Desde aquella gigantesca ventana se podía ver casi todo el reino, además de la entrada al castillo. Desde esa gran ventana se extendía, por el suelo de la estancia, una alfombra desgastada que cruzaba toda la estancia y subía tres peldaños hasta acabar a los pies del trono del rey.

Rasllew recorrió la sala y se asomó a la abertura. Afuera no estaba lloviendo en esos momentos, pero el cielo tan oscuro le daba al paisaje un toque siniestro. Se imaginó cómo serían las vistas desde allí cuando todo hubiese acabado y el sol brillase con fuerza. Entonces se dio la vuelta y no pudo evitar la tentación de subirse al trono. Fueron momentos muy especiales, la silla era muy cómoda y se relajó una vez estuvo sentado en ella. Se puso a pensar en el futuro y en lo diferente que sería su vida si venciese a los Sephal.

El giro del pomo de la manivela de una de las puertas que daban acceso a la sala, lo sacó de sus pensamientos. Era Ly, y cuando vio a su rey en el trono, sonrió.

— Te he buscado por todo el castillo, pero algo me decía que te encontraría aquí.

— ¿Por qué no me enseñaste ayer esta sala?

— Guardaba esa sorpresa para hoy, para que te sentases en el trono antes de partir hacia la batalla. Y ahora que ya has sentido la sensación de verte como rey de todo el reino, es el momento de que nos preparemos para el combate. Sin duda, la batalla de hoy cambiará, para bien o para mal, el rumbo de todo Bastur.

— Sí, de nosotros depende. Y ahora preparémonos.

Fue a la habitación del rey y allí se dio cuenta de que no tenía nada que preparar, solo debía de coger la espada. Ya no luchaba con una pesada armadura recubriendo su cuerpo.

Ly, sin embargo, apareció arrastrando un fardo con dos armaduras.

— Toma, esta será tu armadura. No es tan buena y ligera como la que te hizo Fergiten, pero es lo que hay.

— Ya no uso armaduras para los combates, me restan velocidad y esa es mi principal arma —dijo Rasllew.

— Pero entonces cuando te den el primer golpe estarás perdido —razonó Ly.

— Ya comprobaste ayer que es muy difícil golpearme.

— Es demasiado arriesgado, Rasllew.

— Llevo mucho luchando sin armadura y no me ha ido nada mal, así que si digo que no la llevaré, es que no la llevaré.

Ly asintió resignado, pero él sí que se la puso. La armadura era antigua y pesada, sin duda sería perjudicial para Ly el llevarla en el campo de batalla, pero Rasllew no dijo nada. Si su escudero se sentía más protegido llevándola, él no debía entrometerse.

De modo que se pusieron en marcha. Bajaron hasta la entrada del castillo y allí, Rasllew llamó a su Trionex. Éste acudió al instante, seguramente no había pasado la noche demasiado lejos. Finalmente, se montaron en él y volaron un largo trecho.

— Espera Rasllew —dijo Ly, y Rasllew giró la cabeza en pleno vuelo para ver que quería—. No me apetece llegar volando, demos un último paseo por Bastur.

— Ya has visto la atmosfera que nos rodea —le explicó Rasllew, pero al ver la cara de su amigo, le concedió el último deseo—. Está bien, vayamos al galope.

El Trionex descendió hasta un camino y comenzó a trotar. El suelo estaba húmedo debido a las continuas lluvias que hasta hacía poco habían azotado Bastur. Los bosques tenían un toque siniestro imposible de explicar y una ligera niebla comenzaba a rodearlos.

Durante el viaje, ninguno de los dos habló, simplemente se dedicaron a contemplar el paisaje y a mentalizarse para el combate.

Rasllew pensó que se iba a esforzar en ese combate como no lo había hecho hasta ese momento, no iba a tener con Soker ni un ápice de piedad.

Entonces comenzó a recordar sus últimos combates. El más llamativo había sido sin duda en Giathos, recordó cómo se pudo deshacer de muchos adversarios y cómo pudo plantarle cara a un rival que incluso había logrado derrotar al rey Zack.

En ese momento del viaje, un mal presentimiento lo asaltó y notó que algo no iba bien en ese tramo del camino.

De repente, una figura surgió del costado izquierdo de la carretera con los brazos en alto. Por un momento, agarró la empuñadura de su espada, pero para su sorpresa, no era un enemigo el que había saltado al camino. Se frotó los ojos, pero no era ninguna ilusión, era real y estaba vestido para combatir. Ly tampoco se lo esperaba y lanzó un grito ahogado de sorpresa.

— ¿Queda sitio para un guerrero rezagado? —dijo Daniel, el tío de Rasllew, mientras mostraba una amplia sonrisa.

Desmontaron del Trionex y Rasllew corrió a abrazar a su tío. También llevaba una pesada armadura, pero la de éste era más lujosa que la de Ly. Digna de un heredero al trono.

— Siempre ha habido sitio para ti —contestó Rasllew visiblemente emocionado— ¿Qué te ha hecho cambiar de opinión?

— Nada y todo a la vez. Tengo miedo a la muerte como cualquier persona, pero mi deseo de no perder Bastur ha sido más fuerte. Se lo debo a mi padre y a mi hermano. Además, no podía dejar que combatierais los dos solos.

— Gracias por venir. Ahora ya somos tres y nadie nos va a detener.

Continuaron la marcha a pie, ya que los tres no podían ir al galope de un solo Trionex. Pero eso les valió para hablar y relajar un poco la tensión.

Después de una buena caminata, visualizaron al fondo el castillo de los Sephal. El negro oscuro de sus piedras se entremezclaba con el cielo, y la grisácea niebla hacía que el castillo pareciera sacado de una película de terror.

Los tres se detuvieron de golpe y analizaron la fortaleza del enemigo. Fue entonces cuando se dieron verdadera cuenta de que aquello era real, que ese día se iba a decidir el destino de todos los Yelou. Que ya no había punto intermedio, que en ese día se podía, estropear o arreglar todo, de una vez para todas.

En ese momento, algo cayó del cielo y se posó en el suelo sin hacer ruido alguno. O mejor dicho, alguien cayó del cielo. Era la segunda aparición que tenían en el viaje, pero esa sí que los agarró a todos de improvisto. Daniel y Ly sacaron las espadas y dieron un paso adelante.

— ¡Alto! —gritó Rasllew, que ya había reconocido la figura— No le ataquéis —se acercó al nuevo miembro del grupo y se quedó frente a él. Llevaba ropas de combate y una espada colgaba de su cintura— Veo que vienes a combatir —le dijo.

— Así es Rasllew, desde allí arriba no puedo hacer nada y veo que os falta un luchador.

— Será un honor luchar a tu lado Bastur —Rasllew hizo una reverencia.

Al pronunciar su nombre, tanto su tío como Ly se quedaron boquiabiertos, guardaron sus espadas y también se arrodillaron delante del Dios. El rey Yelou se sintió incómodo al no estar arrodillado, se disponía a hacerlo, cuando habló Bastur.

— Por favor, no os arrodilléis, debería ser yo el que lo hiciera. Sois vosotros los que vais a arriesgar vuestra vida por mí.

Hubo un momento en el que no habló nadie, estaban todos de pie, los unos enfrente de los otros. Su tío y Ly miraban fijamente a Bastur, pero éste miraba a Rasllew.

— Perfecto, ahora sí que tenemos el equipo al completo. Ya no tenemos excusa, debemos vencer. Así que vamos allá —los apremió Rasllew.

Se pusieron en marcha, caminaban en paralelo y con paso firme. El hecho de tener a un dios luchando a su lado, había hecho que, tanto su tío como Ly, ganasen una confianza innata.

Tardaron poco en llegar al castillo de los Sephal, puesto que ya se encontraban bastante cerca cuando Bastur se les había unido.

Se detuvieron en la explanada de enfrente de la puerta del castillo y vieron que había unas cabezas asomadas en el muro de entrada. Por un momento, a Rasllew, le asaltó la idea de que esperarían a tenerlos suficientemente cerca para dispararles con flechas, pero no sucedió así. Las cabezas desaparecieron y dentro del castillo sonaron unos cuernos de guerra. Al momento, se abrieron las puertas que conducían a la ciudad de los Sephal.

Entraron con el paso firme con el que habían llegado hasta allí, pero estaban algo recelosos por si les habían preparado una trampa. Sentían que entraban en la boca del lobo.

Pero para su sorpresa, vieron en mitad de la explanada de entrada a Soker rodeado de tres Sephal vestidos todos ellos con ropas de combate.

El silencio reinaba, pese a que toda la ciudad se encontraba allí.

Los Yelou llegaron frente a ellos y se detuvieron. Detrás de los cuatro guerreros Sephal, estaban todos los habitantes de la ciudad protegiendo a sus luchadores.

— Me sorprende que hayáis venido Yelou —Soker rompió el silencio—. Creía que no os atreveríais.

— Esa sería una actitud digna de ti —contestó Rasllew.

— Dentro de poco te cerraré tu apestosa boca para siempre Yelou. Ha sido una estupidez por vuestra parte el venir hoy aquí, ya tenemos el control de todo Bastur y nuestra fuerza es mayor ahora. Ni siquiera con la ayuda de ese insolente Dios que se atreve a bajar a tierra para enfrentarse a nosotros, podréis ganarnos —entonces dirigió la mirada hacia Bastur.

— Deja de decir estupideces y comencemos —dijo el rey Yelou enfurecido.

— ¡Hoy será el día en el que los Yelou desaparecerán de Bastur para siempre! —gritó de cara a su pueblo, y estos bramaron de forma estrepitosa.

Soker se giró y sacó su espada de la vaina, sus guerreros lo imitaron. Por su parte, los Yelou, sacaron las espadas los cuatro a la vez. Rasllew se puso en posición de combate y se concentró en Soker.

La tensión se podía cortar con un cuchillo, le temblaba el puño de tan fuerte que sostenía la espada. Los Yelou y los Sephal se amenazaban con la mirada, el silencio era sepulcral. Los guerreros estaban esperando un primer movimiento del rival para comenzar el combate. De repente, Rasllew notó como un bicho le picaba en la frente, le escoció.

Pero resulto que no le había picado nada, sino que estaba empezando a llover. A su alrededor comenzó a escuchar cómo la lluvia golpeaba en los tejados de las casas.

El pueblo Sephal, que se erigía detrás de Soker, se batió en retirada para ponerse a cubierto. En esos últimos meses habían aprendido perfectamente la lección, de modo que, cada vez que se ponía a llover, todos corrían a refugiarse.

Pero Soker y sus guerreros continuaban allí, apenas se inmutaron cuando comenzó a llover.

— No podemos combatir así —gritó Ly para hacerse oír por encima del chaparrón—. Deberíamos retirarnos.

— No iremos a ninguna parte —gritó Rasllew furioso—. Hemos venido a combatir y eso haremos.

— A mí esta lluvia me afecta demasiado —dijo Bastur en tono franco—. No les demos tantas facilidades, vayámonos y cuando la lluvia cese, volvamos.

— De acuerdo —asintió Rasllew—. Retirada —gritó a los suyos.

Bastur, su tío y Ly corrieron hacia las puertas, Rasllew corría detrás de ellos.

— ¿Estas huyendo? —gritó Soker en tono despectivo desde la otra parte de la explanada—. Sabía que no tenías valor suficiente, eres un gallina, al igual que tu padre.

Al escuchar eso, Rasllew frenó en seco. Sabía lo que Soker intentaba, pero no pudo evitar caer. Nadie insultaba a su padre. Lo había ofendido y lo iba a pagar con su vida.

— Rasllew. ¿Qué haces? Vayámonos —gritaba Ly desde fuera del castillo.

Pero Rasllew ya no le escuchaba, la rabia lo cegaba y el fuego comenzaba a emanar de su espada. Vio como la puerta de la ciudad Sephal se cerraba, dejando a sus amigos fuera y a él dentro.

Se tapó con la capucha para evitar que la lluvia le golpease la cara y comenzó a caminar hacia su enemigo. Ya no sentía dolor alguno por la fuerte lluvia que lo azotaba, sólo sentía rabia.

Caminó decidido hacia Soker, pero sus tres guerreros se pusieron entre ambos.

Rasllew no iba a permitir que unos simples guerreros Sephal se entrometiesen en su camino. De modo, que apuntó la espada hacia ellos y lanzó una bola de fuego hinchada de rabia.

Los Sephal se achicharraron al instante, la lluvia no pudo evitar que sus cuerpos se envolviesen en llamas. Los hombres corrieron de un lado a otro hasta que se desplomaron en el suelo.

Al contemplar la escena, el pánico asoló a los habitantes del poblado Sephal que miraban desde sus refugios. Ya sólo quedaban Soker y Rasllew en la explanada.

Rasllew se quedó perplejo al comprobar que a su rival no le afectaba la lluvia, al contrario que al resto de sus súbditos. Se recompuso, clavó los ojos en Soker y notó que tenía miedo.

— Usar la brujería en un combate es de cobardes —dijo.

— Tú eres el primero que la usa, Soker —pronunció su nombre con desprecio—, pero si así lo deseas, contra ti no la usaré. No me hará falta.

Sabía que su rival intentaba distraerlo para obtener una ventaja, pero el niño al que se había enfrentado hacía unos meses era muy distinto del joven al que tenía enfrentarse en aquellos momentos, y no iba caer en esas estratagemas. Rasllew decidió que lo mataría con la espada como los verdaderos caballeros.

— ¡Prepárate! —le advirtió.

Se puso en posición de combate, había deseado tanto este momento que no podía creer que estuviese sucediendo.

Soker avanzó hacia él muy decidido, su mirada ya no reflejaba miedo, sino ira y rabia. Rasllew se quedó inmóvil, esperándolo, y apretó la mano con fuerza sobre el mango de su espada.

Su rival lanzó un grito y lo atacó con unas fuertes embestidas. Eran mucho más rápidas y fuertes de lo que el Yelou se esperaba, pero no fueron problema para su nuevo nivel y las pudo repeler fácilmente.

Al ver que no lo había podido alcanzar, su oponente se separó de él, para coger aire y continuar atacando momentos después. Rasllew continuó con su idea de no moverse, tan sólo se defendería.

Soker lanzó otro grito aún más fuerte, la rabia lo tenía totalmente apoderado. Su cara se mostraba roja y una gran vena le había aparecido en la frente. Atacó con más furia que la primera vez, esa vez, su ataque fue más prolongado pero, Rasllew detuvo todos los golpes de su espada. E incluso, habría podido dañarle si hubiese querido, pero quería cansarlo antes. Sus movimientos eran bastos y faltos de precisión, al usar toda su fuerza en cada golpe, le costaba mucho lanzar el siguiente ataque.

Soker dio unos pasos para atrás y se volvió a separar del Yelou, ahora se le veía fatigado. Sus hombros estaban caídos y apoyaba la punta de la espada en el suelo.

— ¿Qué te pasa? —dijo riéndose— ¿Es eso todo lo que sabes hacer?

No contestó, simplemente se limitó a levantar su espada y lanzar otra serie de ataques, pero, Rasllew se los volvió a repeler con facilidad. Incluso se tomó la libertad de hacerle un pequeño corte en el hombro izquierdo mientras se defendía.

Su rival se volvió a separar de él y se miró el hombro para valorar el alcance de la herida.

— No te preocupes, no es nada de gravedad. Voy a matarte poco a poco —dijo arrastrando las palabras.

Decidió que ya había llegado su turno, de modo que avanzó hacia el Sephal con la espada en alto. Podía ver otra vez el miedo en sus ojos. Lanzó una serie de golpes que, su rival, apenas pudo repeler, consiguió herirle en varios lugares. Primero en el hombro derecho, luego lo cortó en la pierna y sin dejarle tiempo, le hizo un profundo corte en la mano derecha. Ese último corte, le fastidió considerablemente ya que esa era la mano con que sostenía la espada. Tuvo que agarrar la espada con las dos manos y mirarse la herida, pero Rasllew aprovechó este momento para cortarle en la mejilla.

Después de todos estos cortes, dejó que se alejase un poco, lo suficiente para que no se pudiesen alcanzar.

— ¿Todavía no te has dado cuenta? —lo miró a los ojos amenazante cuando habló— Sólo eres una hormiga en mi mano, una hormiga a la que puedo aplastar cuando quiera.

Decir aquellas palabras fue como activar un resorte en Soker, puesto que salió disparado hacia el Yelou. Pero éste detuvo sus dos primeras acometidas de espada y lanzó un fuerte golpe que consiguió córtale el brazo izquierdo a la altura del codo.

El rey Sephal cayó al suelo mientras se retorcía de dolor. El muñón de su brazo sangraba abundantemente, y la sangre que caía de éste se confundía entre la lluvia.

Rasllew ya no se acordaba de la fuerte lluvia que los azotaba, estaba tan concentrado en el combate que el agua ya no le quemaba.

Mientras, Soker gritaba y se intentaba aplicar un torniquete con el cinturón. La imagen era bastante triste. Mientras con la boca sostenía el cinturón, con la mano derecha se lo colocaba.

Rasllew vio como un par de Sephal hicieron ademán de salir de sus refugios para ayudar a su rey, pero Rasllew sólo tuvo que prender el fuego de su espada y mirarlos con frialdad, para que cesasen en su intento.

"Estate quieto" La voz de Soker volvió a resonar en su cabeza al igual que lo había hecho la última vez que se enfrentaron. "Deja la espada en el suelo", "No quieres luchar más" Su voz sonaba en la cabeza de Rasllew, pero Soker seguía en el suelo aplicándose el torniquete.

El Yelou tuvo que dejar caer la espada en el suelo, no lo pudo controlar. La espada resbaló de su mano sin que él pudiera hacer nada. Soker había estado esperando ese momento y sin acabar de hacerse el torniquete se levantó.

— Habrás mejorado mucho, pero has vuelto a caer en el mismo truco que la otra vez —Soker reía escandalosamente, su risa se clavaba en los oídos del Yelou. Era estridente y le molestaba de veras. Sin darse cuenta, Rasllew movió los brazos y se tapó los oídos con los dedos, no podía creerlo. ¡Podía moverse! Su magia había reaccionado ante la intromisión del Sephal en su mente. Afortunadamente, Soker todavía reía a carcajadas y no se había dado cuenta de que su rival no estaba inmóvil. Debía de aprovechar esa oportunidad—. Ahora, y de una vez por todas, ha llegado tu fin.

Soker levantó su espada con la única mano que le quedaba y se acercó lentamente, con una sonrisa en los labios, cuando ya estaba lo suficientemente cerca como para rebanarle el cuello, se preparó para asestarle el golpe final al Yelou.

Pero cuando lo hizo, Rasllew se agachó y lo esquivó. Esa fue la oportunidad que estaba esperando, se agachó, agarró la espada y con un golpe rápido y seco le cortó el otro brazo a su enemigo, esa vez a la altura del hombro.

Los ojos de Soker se abrieron de par en par antes de caer al suelo y retorcerse como una serpiente. Se movía de una forma que llegaba a ser incluso cómica, pero sobretodo gritaba, gritaba pidiendo ayuda. No obstante, nadie acudió, así que continuó retorciéndose en su propia sangre. Por fin, se calmó un poco y se giró para mirar al Yelou.

Rasllew se acercó y le puso la espada en el cuello.

— Solo una rata como tu merece este fin —dijo mostrándose indiferente a las muecas de dolor que hacía su rival—. Estás pagando por todo lo que les has hecho a los Yelou, pero sobre todo, estás pagando la muerte de mi padre.

Rasllew levantó la espada para poner, de una vez por todas, fin a ese sucio episodio de la existencia de los Yelou. Estaba a punto de lanzar el golpe definitivo cuando Soker sacó fuerzas de donde no las tenía para hablar.

— Yo no maté a tu padre —dijo Soker con una voz apenas audible. Sus palabras se perdían entre la sangre que emanaba de su boca.

El Yelou no lo creyó, pensó que esa era una estratagema para librarse de una muerte segura. Pero no obstante, una parte de su ser quería creerlo, así que no bajó la espada todavía.

— ¿A no? ¿Entonces dónde está? —dijo en tono burlón.

— No lo sé, pero yo no lo maté —el semblante de Soker era serio y parecía decir la verdad, así que lo dejó hablar—. Lo herí gravemente y los Yelou creyeron que estaba muerto, pero lo mandé a los calabozos para así poderlo torturar poco a poco. Pero al segundo día de estar en mi poder, desapareció, alguien debió de ayudarle a escapar. No sé dónde está, pero yo no lo maté.

— ¿Por qué tendría que creerte? Nadie lo ha visto. Todos vieron como lo mataste. ¡Eres un mentiroso! —estaba tan lleno de rabia que le lanzó un fuerte golpe y le cortó el cuello.

Su cabeza rodó por el suelo y fue a parar a unos metros de distancia.

Aquello fue el detonante para que todo cambiara. Se escuchó un gran boom en el cielo y un agujero apareció en el oscuro cielo nublado de los Sephal. A través de ese agujero se podía ver un cielo azul claro. La lluvia dejó de caer con tanta fuerza y simplemente chispeaba, pero ya no quemaba sino que aliviaba el dolor.

Rasllew se quitó la capucha y dejó que la lluvia lo mojase, miraba al cielo mientras sentía que la magia maligna iba desapareciendo del lugar. Era como si la lluvia arrastrase todo lo que no fuese puro y dejase la paz a su paso.

— ¡Rasllew! —escuchó que gritaban su tío y Ly mientras se acercaban corriendo.

La puerta del castillo Sephal estaba abierta y algunos súbditos de Soker huían al exterior para resguardarse del Yelou que acababa de matar a su rey.

El agujero del cielo, poco a poco, se fue haciendo más y más grande hasta descubrirlo todo, no obstante y pese a encontrarse de pronto con un día soleado y despejado, la suave lluvia no cesó.

— ¡Lo has conseguido! —gritó Ly mientras lo abrazaba efusivamente. Su tío también se unió al abrazo. Rebosaban de alegría los tres— ¡Mirad! —Ly señaló al cielo.

Había aparecido el arco iris.

Los tres se giraron y se quedaron mirándolo durante largo rato, nunca les había parecido tan bonito el arco iris.

Rasllew jamás olvidaría aquella escena, Ly, su tío Daitar y él, rebosantes de alegría mirando el arco iris al lado del cuerpo inerte y desmembrado de Soker, el rey Sephal que tantos problemas y sufrimientos les había causado.

De pronto, una figura cayó del cielo, Rasllew lo había estado esperando. Era Bastur, ahora parecía mucho más joven que hacía solo unos minutos. Mostraba una amplia sonrisa de oreja a oreja y sus ojos brillaban como no había visto jamás en un hombre.

— Rasllew —le dijo mientras le hacía una reverencia.

— Bastur —le respondió haciendo otra reverencia. Sin embargo él se acercó a Rasllew y lo abrazó. Ese gesto lo cogió por sorpresa.

— Te lo debo todo —le dijo mientras lloraba de alegría— Nunca podré pagar esta deuda contigo.

— Yo te debo a ti lo que soy ahora. Me salvaste de una muerte segura y me enviaste a entrenar.

— Yo puse las herramientas, pero tú has restaurado el orden en mi reino y nunca te olvidaré —aquello sonó a despedida—. Mi papel en el mundo físico ha terminado, es probable que ya no volvamos a vernos. Ahora tengo que volver a mi trono y ponerme al día con el trabajo atrasado de siglos —miró hacia el cielo y cuando pareció que se iba a marchar volvió a hablar— Si alguna vez quieres algo, pídemelo, yo haré todo lo que esté en mi mano para conseguirlo. Adiós Rasllew.

Instantes después, se fue. Rasllew había conocido al dios de Bastur y probablemente no volvería a verlo. Los tres lo siguieron con la mirada hasta que se hizo un punto tan pequeño que desapareció para sus ojos.

Al volver la mirada a la ciudad Sephal, Rasllew comprobó que los habitantes estaban saliendo de sus casas. Miraban asustados a la lluvia y se sorprendían de que no los quemase. Se deslumbraban ante el sol como si nunca lo hubiesen visto, y Rasllew pensó que quizá así fuese.

— Cuidado —dijo Ly mientras lanzaba una mirada a los Sephal que salían al descubierto—. Son demasiados para nosotros.

— No te preocupes —tanto Ly como su tío lo miraron confusos. Pero Rasllew era un mago y veía la magia que influía a las personas. En aquellos momentos no veía a unos Sephal dominados por el mal, sino que veía a unos Yelou que despertaban del encarcelamiento de los Sephal—. Ahora son de los nuestros.

Ly iba a reprochar pero cambió de idea al ver a su rey tan convencido.

— ¿Qué hacemos ahora? —dijo el rey de Bastur— No sé ni por dónde empezar.

— Déjame a mí —contestó Ly precipitadamente—. He soñado tantas veces con este momento, y el trabajo de reconstrucción del reino, que hacerlo será un placer.

— De acuerdo —sonrió Rasllew.

Epílogo

Los Yelou se quedaron impresionados ante el cambio producido en los Sephal después de perder a su rey. El destello rojizo en sus ojos había desaparecido, al igual que el odio en su interior. Simplemente se comportaron como personas normales a partir de aquel momento.

El tío de Rasllew, Daitar, como le gustaba que le llamasen, se ofreció voluntario para regresar a la tierra y avisar, a su cuñada y al resto de Yelou, de que Soker había muerto y que podían volver a Bastur.

Mientras, el rey Yelou y su escudero, fueron al castillo a preparar habitaciones para tener un lugar provisional donde dormir. Las personas que anteriormente habían sido Sephal, no quisieron quedarse en sus antiguas casas, de modo que siguieron a su nuevo rey.

Una semana después, llegaron todos los Yelou. Sus caras mostraban satisfacción y apenas se les notaba el cansancio del viaje.

Rasllew y Ly los esperaron a la entrada del castillo. Al rey le pareció comprobar que la comitiva Yelou era más numerosa que antes de marcharse a la tierra. Su madre iba a la cabeza del grupo, junto a ella estaban su tío e Iriogero.

Su madre, al verlo, echó a correr para abrazarlo, lo besuqueó por toda la cara, pero no le molestó. Cuando se despegó de él, el resto de Yelou había formado un semicírculo alrededor suya.

— ¡Viva el rey Rasllew! —gritaron todos al unísono.

Algunos Yelou se mostraron recelosos por tener que convivir con antiguos Sephal, pero nada más tratar con ellos unos momentos, se dieron cuenta de lo mucho que habían cambiado. Fue un día muy feliz para todos, estaban emocionados con la idea de vivir en Bastur en paz. Aceptaron de buen grado tener que vivir en salas repletas de camas, sabían que en un tiempo tendrían cada uno su propia casa. Sólo debían elegir una de las que se encontraban resguardadas por la muralla y restaurarla.

Como había prometido, Ly se encargaba de todo lo referente a la reconstrucción, así que organizó a los hombres. Lo primero, era conseguir comida suficiente para poder trabajar tranquilamente sin preocupase de ella, así que puso a una gran parte del pueblo a trabajar en campos de cultivo mientras otros cuidaban animales en granjas para conseguir alimentos básicos.

Un grupo formado principalmente por mujeres, limpiaba el castillo de cabo a rabo y acomodaban mejor las habitaciones que provisionalmente hacían de viviendas.

Los Yelou que más entendían de construcción, comenzaron a rehabilitar las viviendas. Y por último, mandaron a un pequeño séquito para que recorriera la isla con trompetas, tambores y cuernos con los que anunciaban que los Yelou volvían a reinar en Bastur. Aquello lo hicieron para sacar de sus escondites a los Yelou, o Roken e incluso a algún Furtin que estuviesen refugiados por Bastur, y que fuesen al castillo.

Acababa de amanecer, los pájaros cantaban anunciando el nuevo día y los primeros rayos de sol bañaban el castillo. Como cada, mañana desde que reconquistó Bastur, Rasllew se levantó y fue directamente a sentarse en su trono para ver el amanecer. Le encantaba sentarse allí y contemplar su reino desde lo alto. Poco a poco, fue escuchando ruidos en el resto del castillo, que iban en aumento, y que le demostraban que se pueblo ya se estaba levantando para realizar las tareas del día.

Una de las puertas de la sala se abrió y entró Ly, le dio los buenos días, y comenzó a planificar las tareas de esta jornada. Después entró su madre y a continuación Iriogero.

Durante los primeros días se había aclarado bastante qué lugar ocuparía cada uno en el nuevo orden. Ly actuaba como su escudero y gestor del reino mientras Rasllew aprendía a gobernarlo por sí mismo. Su madre seguía siendo la reina, y como tal, era un alto cargo dentro de la jerarquía. Iriogero por su parte, se había erigido como el responsable de la guardia de la ciudad. Siempre había sido un Yelou con un peso importante, y seguía siendo así en aquellos momentos.

Se encontraban los cuatro debatiendo sobre temas triviales cuando, de repente, Rasllew vio un enorme pájaro en el horizonte.

— ¿Qué es eso? —preguntó cortando la conversación.

Los presentes se giraron hacía la apertura, pero no parecían ver nada. Rasllew también lo había perdido de vista, de modo que, se acercó al borde de la apertura y lo buscó con la mirada. Finalmente lo volvió a divisar.

— Mirad —señaló—, es como un pájaro enorme. No será... —no pudo terminar la frase.

— ¡Un Furtin! —exclamó Ly.

— No puede ser —se sorprendió Iriogero—. Se extinguieron hace ya años.

— Sí que lo es, es un Furtin —confirmó Ly.

— Allí veo otro —dijo su madre.

— Y detrás hay otro —observó el rey.

Los Furtin volaban hacia ellos desde la lejanía, parecían flotar por el aire como si de majestuosas aves se tratara. Cuando ya estuvieron suficientemente cerca pudieron distinguirlos. El primero era un hombre delgado, llevaba el dorso desnudo y unas enormes alas blancas salían de sus omoplatos. Sólo llevaba puesto un pantalón, ya que sus pies también estaban desnudos.

Detrás de él, Rasllew logró ver a la que parecía ser su mujer, tendrían más o menos la misma edad. Ésta también llevaba los pies desnudos, de cintura para abajo iba tapada con una falda rasgada y en el dorso llevaba una prenda que le dejaba los brazos y el ombligo al aire. Sus ropas eran muy livianas, parecían espíritus libres surcando los cielos.

Lo que vio a continuación jamás se borraría de su memoria. Tras los dos Furtin adultos, iba su hija. La chica que había visto en Bosque Grande. Rasllew la observaba volar mientras capturaba cada uno de sus movimientos. Pensó que debía de tener aproximadamente su misma edad. Y lo volvió a enamorar como ya hizo desde el preciso instante en que su imagen atravesó la retina de sus ojos

Era rubia, con un cuerpo esbelto, sus alas daban la impresión de ser las de un ángel. Sus piernas eran bellas y largas, y terminaban en sus diminutos pies desnudos.

Al aterrizar, clavó sus preciosos ojos azules en el rey, aquello fue como si le disparase con un cañón y atrapase su corazón. Su cara era la más bonita que había visto, tenía la piel firme y la nariz un poco respingona, pero eso sólo hacía que resaltase su belleza. Sus labios se mostraban firmes, pero cuando su padre habló en tono amistoso, dejó al descubierto sus perfectos dientes blancos. Le lanzó una mirada de complicidad que desarmó al Yelou.

— Presento mis respetos al rey de los Yelou y nuevo rey de todo Bastur —dijo el hombre con voz firme mientras se inclinaba para hacer una reverencia, al igual que el resto de su familia—. Me llamo Llacer, esta es mi mujer Keiro y mi hija Zaluka. Nos enteramos por vuestros mensajeros de los cambios producidos en el control de Bastur y queremos daros todo nuestro apoyo y forjar de nuevo una alianza entre Yelou y Furtin.

— Soy Rasllew el rey de los Yelou —se presentó, Zaluka no le quitaba ojo de encima, sin embargo, cuando él la miraba, retiraba la vista—. Acepto vuestra propuesta de alianza, quiero que las cosas vuelvan a ser como hace ya siglos y que todos podamos vivir en paz.

— Gracias —dijo Llacer, se acercó, le cogió la mano y la besó—. Hemos esperado toda nuestra vida este momento. Nuestros antepasados nos han recordado que son los Yelou y no los Sephal los verdaderos reyes de estas tierras, y también nos recordaban que algún día volverían. Lamentablemente, ahora ya sólo quedamos mi mujer, mi hija y yo, la supervivencia de nuestra raza está condenada.

— Me presento, soy Ly, escudero del rey Rasllew. Son malas noticias para la raza de los Furtin. He leído sobre vosotros, sé que siempre respetasteis a los Yelou y les fuisteis fieles. Aquí sois bien recibidos, no obstante, deberéis ayudar a reconstruir Bastur.

— Lo haremos con mucho gusto —habló Llacer—. Sólo queremos vivir en paz.

— Muy bien, podéis pasar por el comedor y reponer fuerzas allí. Después nos reuniremos con el rey y nos contareis toda vuestra historia. Deseamos saber dónde os habéis escondido y cómo era vuestra vida durante el mandato de los Sephal. Mañana os incorporaréis a las tareas de reconstrucción —explicó Ly— Acompañarme por favor.

Ly salió de la sala llevándose con él a los tres Furtin. Zaluka le lanzó una última mirada al rey antes de cruzar el umbral y desaparecer.

Nada más cerrarse la puerta, Rasllew comenzó a pensar en ella de nuevo, no se la quitaba de la cabeza.

— Cariño —dijo su madre zarandeándolo y sacándolo de sus pensamientos—. Te está hablando Iriogero.

— Sí, dime —dijo como si hubiese estado ocupado con alguna faena y por eso no lo hubiese podido atender.

— Te decía que Ly se está tomando muchas confianzas. Te acaba de hacer quedar mal delante de esos Furtin. Ha tomado decisiones sin consultarlas previamente contigo. Ha dejado entrever que manda más que tú.

— Eso no es verdad, confío en Ly y le he dado plenos poderes para que reconstruyera Bastur. Cuenta con mi beneplácito para hacer y deshacer a su antojo.

— En eso estamos todos de acuerdo, pero hay que decirle a ese joven, que no puede volver a cometer una falta de respeto como esa.

Rasllew intentó protestar, pero la cara de su madre le señaló que no lo hiciese. Iriogero tenía razón, Ly le había quitado poder delante de los Furtin, y eso no daba una buena imagen con respecto al pueblo. Decidió hablarlo con él y solucionarlo, pero no le dio más importancia.

Ya habían pasado casi dos semanas desde que llegaron los Furtin y todo iba de maravilla. Los enviados de proclamar por toda la isla el mensaje de que los Yelou reinaban, habían vuelto con casi una treintena de Yelou y siete Roken, entre los que no se encontraba Wuk. Todo el mundo los recibió con agrado.

Los Roken y los Furtin ayudaron mucho a avanzar las faenas de reconstrucción de las viviendas. Los primeros eran expertos en cuanto a piedras se trataba, de modo que supieron qué paredes estaban más dañadas y cómo repararlas. Mientras que, por su parte, los segundos se dedicaban a arreglar los tejados. Los Furtin se situaban arriba de los tejados y averiguaban enseguida los desperfectos, a continuación lo reparaban mientras flotaban en el aire.

Durante esas semanas, Rasllew no dejaba de pensar en Zaluka, además, desde la reconquista tenía mucho tiempo libre. De vez en cuando, se paseaba por la zona donde ella trabajaba para mirarla. No habían hablado desde el día de la llegada de los Furtin y Rasllew no sabía cómo hacer para romper aquella barrera.

Nadie quería darle faena porque decían que un rey no debía rebajarse y mancharse las manos. Y por mucho que insistió no le dejaron trabajar y ayudar. Una tarde estaba sentado en su trono sin nada que hacer, se encontraba sólo en la sala. Se acercó a la abertura y miró abajo.

Las vistas desde allí eran impresionantes, el atardecer bañaba el paisaje de un color anaranjado. Abajo se veían perfectamente las viviendas que estaban reconstruyendo, además de los campos de cultivo. El trabajo que estaba haciendo Ly era realmente bueno, las casas avanzaban muy rápidamente y todo el mundo tenía algo que hacer.

Miró hacia el cielo y pensó en Bastur. ¿Qué sería de él? Desde luego estaba haciendo bien su trabajo, puesto que desde el día de la reconquista habían tenido buen tiempo, a excepción de un par de días lluviosos necesarios para los cultivos.

Miró su reino y sintió el deseo de recorrerlo. Quiso sobrevolarlo para empaparse de todo, quería memorizar cada valle y cada rio. Tenía deseos de libertad. De pronto se le ocurrió que podría hacerlo, podría llamar a su Trionex y volar con él.

Volvió la cabeza para comprobar que continuaba solo en la estancia, pensó que si hubiese estado allí su madre o Ly, no lo habrían dejado marchar, y llamó a su Trionex.

No lo había vuelto a montar desde el día que mató a Soker, de modo que el animal se alegró mucho de verlo. Voló hasta donde él estaba y entró en la sala del trono.

Rasllew no se lo pensó dos veces y se montó. A continuación, y con un rápido movimiento, guio al animal al exterior. Voló por encima de las viviendas y traspasó los límites de la muralla de la ciudad. Bajo suya, se alzaron algunas cabezas para mirarlo.

Ascendió con su Trionex y contempló el paisaje, con un rápido vistazo encontró lo que buscaba. Se lanzó en picado hacia una montaña y voló a ras de suelo. Seguía el contorno de la montaña a toda velocidad. Le encantaba volver a sentir el cosquilleo en el estómago que le provocaba el riesgo.

Sin saber muy bien cómo, terminó en Bosque Grande. Entró como una exhalación entre dos árboles y zigzagueó entre las ramas. De pronto, sintió la presencia de algo que lo seguía.

Se volvió y logró distinguir unas alas blancas. Era Zaluka.

La chica lo adelantó. Mientras volaba delante suya, se giró y le sonrió. Instantes después aceleró el paso y se perdió entre las ramas.

Rasllew no estaba dispuesto a perderla de vista, de modo que empezó una persecución. Volaba todo lo rápido que podía pero no era suficiente. Zaluka había volado toda su vida por aquel bosque y se lo conocía a la perfección. Sus movimientos eran gráciles y firmes mientras esquivaba las ramas.

De pronto, una rama golpeó a Rasllew en la cara e hizo que se desestabilizase. El Yelou perdió el control del Trionex durante unos segundos, tuvo que agarrarse con fuerza a las riendas para no caer, pero aquello hizo que el animal se detuviese.

Cuando recuperó el control, le había perdido la pista a la Furtin. Se maldijo por aquello. Intentó seguir el camino por el que ella se había marchado pero no la encontró. Finalmente se detuvo para comprobar si escuchaba algo que le diese una pista del paradero de la chica.

De repente algo lo golpeó en la cabeza. Era una fruta madura.

— ¿Te has perdido? —miró hacia arriba y allí encontró a Zaluka sonriendo.

Rasllew también le sonrió, y salió tras ella. Volvía a perseguirla, pero esa vez ya no era una persecución a alta velocidad, sino más bien una danza en pleno vuelo.

Ambos intercambiaban posiciones mientras hacían tirabuzones en el aire. A Rasllew le pareció un ritual de cortejo.

Finalmente se detuvieron en un claro. Se tumbaron sobre el césped mientras el Trionex pastaba. Apenas los separaba un metro de distancia. Rasllew sentía que estaba viviendo un sueño, Zaluka era lo más hermoso de todo Bastur.

— Aquí fue donde te curé la heridas —le dijo ella.

— También fue donde nos besamos —nada más dijo aquello se arrepintió, había sido demasiado brusco.

Ambos se pusieron colorados. Durante unos minutos ninguno habló. Rasllew se moría de ganas de preguntarle porqué había tardado tanto en acudir a él, porqué había hecho como si no lo conociese en la sala del trono, pero sobre todo, se moría de ganas por besarla de nuevo.

— El día que nos conocimos —ella rompió el silencio—, no hubiese pensado que reconquistarías Bastur.

Ella lo miraba con admiración y él no decía nada por miedo a volver a meter la pata.

— ¿Por qué te fuiste de un modo tan brusco aquel día? —le preguntó por fin el rey.

— Nos acabábamos de besar —dijo por toda respuesta mientras se ponía colorada de nuevo.

— ¿Y qué pasa? ¿Tan mal lo hice? —Rasllew soltó una risita nerviosa.

— No —contestó ella bruscamente, luego hizo una pausa antes de continuar—. No, pero soy una Furtin.

— ¿Y qué?

— Que no está bien la mezcla de especies.

— ¿Y qué? —volvió a decir Rasllew.

— Que me asusté mucho cuando descubrí que me encantó.

De pronto, sus ojos se encontraron. Se miraban fijamente mientras sus caras se aproximaban lentamente. Finalmente, sus labios se encontraron como habían hecho hacía ya tantos meses.

A Rasllew le pareció que vivía un "deja vu", porque Zaluka se apartó precipitadamente de él, se levantó y voló lejos.

— Espera.

Rasllew corrió hasta su Trionex y se montó en él. Esa vez no iba a dejar que se marchase. Volaba todo lo rápido que podía, pero no le hizo falta porque la chica volaba muy despacio.

Cuando llegó a su altura comprobó que estaba llorando.

— Detente por favor —le pidió el Yelou.

Ella descendió poco a poco. Llevaba la cara oculta tras las manos. Finalmente se posó en el suelo. Rasllew desmontó del Trionex y llegó junto a ella.

— ¿Qué te pasa? —preguntó.

— Ya escuchaste a mi padre, soy la última de mi especie. Ya no hay nadie más como yo —no continuó hablando porque se puso de nuevo a llorar.

— Es cierto, los Sephal han hecho mucho daño, han extinguido a tu especie y ya no podemos hacer nada para que vuelvan —se acercó más a ella—. Pero al menos habéis sobrevivido tus padres y tú.

— No me has entendido —dijo tajante—. Estoy condenada a estar sola toda mi vida. Mi padre tiene a mi madre y cada uno de los Yelou podéis tener a alguien de vuestra especie a vuestro lado. Tú te casarás con una Yelou para que continúe tu linaje. Pero yo no podré tener a nadie nunca. El beso de antes no debería de haber sucedido.

En ese momento lloraba con fuerza, su alma estaba al descubierto ante el Yelou.

Rasllew se le acercó por la espalda y le susurró al oído:

— Yo quiero estar contigo.

Ella se desembarazó de él y se volvió para mirarlo.

— No dejarán que estemos juntos. Es una locura. Un rey tiene que perpetuar su linaje.

— Zaluka, me gustaría estar a tu lado —se había puesto rojo después de esa declaración—. Me gustaría verte cada día a mi lado. Levantarme por la mañana y saber que estarás conmigo hasta que el sol se ponga. Poder abrazarte y besarte en todo momento. Sé que no nos conocemos mucho tiempo, pero la primera vez que te vi mi corazón dio un respingo y me avisó de que serias la mujer de mi vida. Y nada ni nadie me separará jamás de tu lado.

Zaluka levantó la cabeza, sus caras estaban muy cercanas. Lo miró directamente a los ojos y giró un poco su preciosa cara. Como por una atracción extraña, sus labios se juntaron y se besaron de nuevo. No fue un beso apasionado, pero si un beso tierno y dulce.

— Esto no puede ser —dijo ella bajando la vista—. Somos especies diferentes, no podríamos concebir ningún hijo.

— Me es igual tener descendencia o no —la miró a los ojos—. Yo lo que quiero es estar a tu lado.

Ella se ruborizó y le sonrió. Estaba más alegre y más bella incluso que el día que entró volando en la sala del trono. Lo abrazó fuertemente y lo estrechó contra su cuerpo.

Estuvieron así, abrazados, hasta que cayó la noche. No hablaron, simplemente les valía con el amor que el uno sentía por el otro.

Ya anochecía y sabían que cada uno tenía que volver con su familia antes de que los demás se diesen cuenta de que estaban juntos. Todavía no querían que se supiese. Eran reacios a separarse pero tenían que hacerlo.

— Esto no me da buena espina, Rasllew —dijo con su dulce voz—. Mi padre no lo aprobará y el pueblo te puede perder el respeto por hacer una cosa así.

— ¿Tú me quieres? —era la pregunta que había deseado y temido hacerle durante toda la tarde. Ella asintió y se ruborizó de nuevo—. Pues si nos queremos, nadie se puede interponer entre nosotros. Estate tranquila, saldremos de todos los problemas si nos mantenemos unidos.

Se dieron un largo beso de despedida y volaron juntos gran parte del camino de vuelta. Decidieron que él llegaría un rato más tarde que ella y que lo haría desde otra dirección.

Era ya noche cerrada cuando Rasllew entró en la sala del trono montado en su Trionex. La sala estaba como la había dejado, vacía.

Se apoyó en la primera pared que encontró y deseó gritar de emoción, pero se contuvo y solo apretó los puños lo más fuerte que pudo. Se sentía muy feliz.

Los días siguientes a aquel, todo le parecía más bonito. Su reino estaba más verde, el cielo más azul y, todo tenía un toque de alegría y felicidad imposible de describir. Todos los días, a final de tarde, volaba para reunirse con Zaluka en los límites de Bosque Grande.

Como cada día, llegaron Ly, su madre e Iriogero a la sala del trono a primera hora para planear la faena de ese día. Estuvieron hablando un rato y poco después, los tres se marcharon. Rasllew decidió ir a comer algo.

Mientras desayunaba, por su cabeza rondaba la idea de que antes de terminar el día, tenía que hablar con Ly. Debía de decirle lo suyo con Zaluka.

Decidió dar un paseo para organizar sus ideas, así que salió del castillo y merodeó por los campos de cultivo. Los hombres trabajan y se gastaban bromas los unos a los otros. Se les veía felices. Rasllew pensó que se cambiaría por cualquiera de ellos, si con ello conseguía estar con su amada. O quizá, podría desaparecer con Zaluka y vivir ajenos a los demás, sin tener que preocuparse de nada más.

— ¡Alguien viene! —el grito de uno de los hombres lo sacó de sus pensamientos.

Los campos de cultivo se encontraban fuera del castillo y muy cerca del camino principal de entrada. Desde ellos, se podía controlar el tráfico del castillo perfectamente.

Rasllew agarró la empuñadura de su espada y se acercó al camino. La persona que se acercaba, cabalgaba a lomos de un Trionex negro. El animal trotaba muy despacio, su jinete giraba la cabeza de un lado a otro admirando los campos de cultivo y lo mucho que había cambiado todo.

Cuando distinguió a la persona que montaba el Trionex, no supo si sacar la espada o dejarla en la vaina. Era Keidran, el hijo de Iriogero.

Se frenó a solo unos metros del rey, pero no desmontó ni le hizo ninguna reverencia.

— Vaya, veo que por fin has acabado con el paleto de Soker —dijo sonriendo, lo trataba como si lo conociese de toda la vida, como si lo hubiese odiado toda la vida—. Sin duda ha sido una gran gesta por tu parte el acabar con un rival de semejante nivel.

Rasllew detectó que se estaba intentado reír de él.

— ¿A qué has venido? —preguntó desafiante el rey.

— He venido a ayudar a reconstruir esta ruinosa ciudad. Si su majestad me lo permite —hizo una reverencia todavía riéndose.

— Si has venido a ayudar eres bien recibido…

Antes de que pudiera terminar la frase, Keidran dijo para sí 'Entonces déjame pasar' y avanzó firmemente con su Trionex pasando por al lado de Rasllew.

El rey Yelou no sabía qué intenciones tenía Keidran, ni porqué habría ido hasta Bastur de nuevo, pero si se pasaba de la raya, lo iba a echar del reino. No iba a consentir que nadie alborotase ni rompiera la felicidad que se respiraba en el ambiente. No obstante, no escuchó queja alguna acerca de su comportamiento. Si no lo hubiese conocido aquel día en la puerta de entrada a Bastur, se hubiese creído que era un hombre trabajador que miraba por el bien de los demás.

Se pasaba las horas trabajando como cualquier hombre, además lo hacía todo de buena gana. La opinión de Rasllew hacia él cambió. Keidran sólo se mostraba indiferente hacia el rey. Pero mientras se portase bien con el resto del pueblo, a Rasllew le daba igual.

Además, parecía que Keidran había encontrado el amor en Seita, y eso a Rasllew lo hacía desconfiar. La ex de Soker no era precisamente de su agrado. Pensó en dejar que las cosas continuasen su curso y sólo intervenir si el asunto lo requería.

Llegó la noche y el momento de hablar con Ly llegó con ella. El rey lo buscó por todo el castillo y al final, lo encontró en la biblioteca. Hacía ya bastante tiempo que no había entrado allí. El lugar había cambiado, las mujeres habían limpiado el polvo de cada uno de los libros, además del de las ventanas, puertas, mesas, sillas, paredes y techo. Estaba todo reluciente y olía mucho mejor. Había más de diez personas leyendo en aquel momento.

Ly estaba sentado en una de las sillas, al borde de una de las grandes mesas. Estaba tan inmerso en la lectura, que no se percató de la entrada de Rasllew en la sala.

— ¿Qué lees?

El escudero se giró para ver quién le hablaba, al verlo, bajó el libro.

— Intento recuperar la magia que hacía que las cascadas saliesen desde las paredes del castillo. Nos daría agua potable dentro del propio castillo y ganaría en belleza.

Volvió a bajar la cabeza y continuó con la lectura.

— Ly, tenemos que hablar en privado.

— Estoy a punto de descubrirlo. ¿Es importante?

— Lo es —dijo en tono franco.

Resignado a continuar otro día con el hallazgo, el escudero cerró el libro y lo guardó en la estantería de la que lo había sacado.

Ambos salieron de la sala y entraron en una habitación más apartada para poder hablar tranquilamente.

— ¿Qué es eso tan importante de lo que tenemos que hablar? —preguntó.

Rasllew había realizado esa conversación mentalmente miles de veces durante el día, pero llegado el momento, no supo cómo empezar.

— Es que… puede ser que hay encontrado a una mujer perfecta para ser mi esposa —dijo entrecortado.

— ¡Eso es genial! —exclamó Ly. Gritó tanto que se debía de haber enterado medio castillo—. Las mujeres ya llevaban tiempo murmurando sobre el tema y estaban deseando que escogieras a la futura reina. Sácame de dudas Rasllew ¿Quién es?

— Pues… —en ese momento sí que estaba cortado, no se atrevía a decirlo.

— ¿La hija de Fergiten?, ¿La muchacha que prepara los desayunos?, ¿Es una de las costureras? —estaba emocionado—. Contesta, que me tienes en ascuas —lo apremió.

— No es ninguna de ellas —dijo Rasllew muy serio—. La chica que he elegido para que sea mi esposa es Zaluka.

El nombre de su amada, cayó a Ly como un jarro de agua fría en una noche de invierno.

— ¡¿Qué!? ¿Estás de broma? Sois especies diferentes, ella es una Furtin y tú un Yelou. Eso no es posible —Rasllew agachó la cabeza, ya había supuesto que reaccionaría de aquella manera—. No me digas eso Rasllew, con la de mujeres Yelou que hay y tienes que elegir a "esa Furtin" —dijo con desprecio.

— "Esa Furtin", como tú la llamas, se va a convertir en mi esposa y tu reina, así que trátala con respeto.

— Ella no se va a convertir en nada porque eso es imposible.

— Nos queremos —alegó Rasllew.

— Rasllew, eres mi rey y te he respetado en todo lo que has dicho o has hecho. Te he seguido y esperado incluso cuando nadie lo ha hecho. Pero esto no puede ser, no podríais concebir un hijo y debes de tener descendencia.

— Me da igual no tener descendencia, la quiero a ella.

— No vamos a continuar con esta discusión —dijo en tono sereno—. Sube arriba y date un baño de agua fría. Luego acuéstate y piénsalo todo de nuevo, seguro que entonces ves las cosas de un modo diferente. Por mucho que la quieras, no puedes dejar el reino sin un descendiente. ¿Comprendes eso? —Rasllew asintió con amargura, estaba empezando a ver la realidad—. Ve arriba ahora, por favor.

Subió y se dio un baño de agua fría, tal y como le había recomendado Ly. Luego comió un poco y se fue a su cuarto a meditar. Se asomó por la ventana, mientras miraba la ciudad a sus pies. Dejó la ventana abierta para que corriera un poco el aire y pensó en ello.

Por una parte Ly tenía razón, no podía dejar el reino sin un descendiente, pero por otro lado, la amaba. Se sentía rabioso al pensar que sólo separaba su amor una cosa, pero era precisamente lo único que no podrían cambiar, sus razas. Sin apenas darse cuenta, se puso a rezar para que algo cambiase y que pudiesen tener un hijo.

Algo en su interior le decía que no podrían terminar juntos, que al final tendría que entender que no era posible y que acabaría casado con alguna mujer Yelou.

Le desagradaba la idea de pasar su vida al lado de una mujer que no fuera ella. De repente una figura entró por su ventana. 'Zaluka', pensó en un primer momento, pero la persona que entró no tenía alas. Era Bastur en persona.

Su semblante era serio, muy diferente a la última vez que lo vio.

— Bastur, ¿Qué haces aquí? —se sorprendió Rasllew.

— Rasllew, he bajado para hablar sobre la petición que me has hecho —dijo. Rasllew entendió que si rezaba, Bastur podía saber qué era lo que le estaba pidiendo—. Lo que me pides me es imposible de conseguir. Se necesita un gran desgaste para conseguir un apareamiento que dé fruto entre especies diferentes. Y no me puedo permitir tal cosa.

— Por favor Bastur —se arrodilló ante su única esperanza—. Será la forma de recompensarme por haber liberado a Bastur de los Sephal, jamás te pediré nada más.

Una lágrima resbaló por su rostro, apretó los ojos porque no quería llorar delante de Bastur, pero sólo consiguió que la lágrima cayese por su mejilla.

— Lo siento Rasllew, no puedo hacerlo. Además va contra las normas, ni tú mismo sabes las implicaciones que eso conllevaría. Pídeme otra cosa, eso no puedo hacerlo.

Se giró y se encaminó hacia la ventana.

— Pero la amo —dijo llorando.

Bastur se detuvo en seco y se quedó unos segundos inmóvil. Lentamente, se dio la vuelta y clavó sus ojos en los del rey.

— ¿La amas de verdad? —preguntó.

— La amo con toda mi alma —contestó.

— No puedo dejarte sufrir de este modo. Rasllew, contra todo pronóstico venciste a Soker cuando pensaba que te ibas a volver a la tierra para siempre y dejarme abandonado. Ahora no puedo dejarte sufrir, tú no lo hiciste y yo no lo haré. Concédeme un plazo mínimo de unos seis meses y podrás concebir un hijo con tu esposa, sea de la raza que sea.

— ¡Gracias! —chilló y se lanzó hacia él para abrazarlo—. Esto nunca lo olvidaré, sé lo que supone para ti hacer este gran esfuerzo.

— Después de esto estamos en paz, y pasarán muchos años hasta que vuelva a tener poder suficiente para conceder un deseo semejante. Me temo que no me volverás a ver.

Se mostraba triste por tener que marcharse para tanto tiempo. Sabía que quizá no volvería a ver a Rasllew nunca más.

— Por supuesto que nos volveremos a ver —dijo el rey intentando quitar hierro a la situación.

Bastur agachó la cabeza haciendo una clara señal de que lo dudaba. Luego se dio media vuelta y sin decir nada más, salió de la habitación.

Lo dejó allí solo, triste por un lado y alegre por otro. En toda la noche no pegó ojo, meditaba sobre lo que acababa de ocurrir en su habitación. La idea de poder casarse con Zaluka lo emocionaba, pero por otra parte estaba Bastur. Le había salvado la vida y lo había llevado a entrenar para así poder mejorar y reconquistar Bastur. Esas ideas aún asaltaban su cabeza cuando empezaba a amanecer.

Se vistió y fue a la sala del trono. Allí lo estaba esperando Ly. Estaba sentado en uno de los escalones que llevaban al trono. Apoyaba la cabeza en su mano derecha y el codo de ésta a su vez en la rodilla. Su rostro demostraba cansancio y estaba seguro de que había pasado allí gran parte de la noche, meditando.

— ¿Has pensado en lo que hablamos ayer? —el tono de su voz era muy bajo y apenas se escuchaba.

— Ha pasado algo increíble —sonrió Rasllew. Ly levantó la cabeza, pero sin esperanzas de que le diera una gran noticia.

Le contó su encuentro con Bastur esa misma noche y lo que le había prometido. Ly escudriñó el rostro de su rey, debía de pensar que le estaba gastando una pesada broma.

— ¿Eso es cierto?

— Por supuesto. Aunque eso sí, dijo que le tendría que dejar seis meses de margen para reunir fuerza suficiente para poder hacerlo.

Ly agachó la cabeza y se quedó pensativo, se rascaba los pequeños pelos de barba que le asomaban por la mejilla. Y finalmente habló.

— Si eso es cierto y tu deseo es contraer matrimonio con ella, ya no hay nada que te lo impida. Tienes mi consentimiento.

— Gracias —lo abrazó—. No sabes lo que eso significa para mí.

Ly volvió a sonreír y se puso en pie.

— Ahora tenemos que ponernos manos a la obra. Yo le explicaré al pueblo los detalles de este extraño compromiso, pero serás tú el que tendrá que ir a hablar con Llacer, el padre de Zaluka, para pedirle la mano de su hija.

— Hoy mismo después de desayunar, iré a hablar con él.

— Yo esperaré a que vuelvas y me confirmes el compromiso para avisar al pueblo.

Esa mañana, Rasllew fue a desayunar antes de que su madre e Iriogero hicieran su aparición en la sala del trono, no quería toparse con ellos.

La fruta que tomaba para desayunar, comer y cenar, tenía un gusto diferente aquella mañana. En el comedor ya no había nadie, puesto que los aldeanos desayunaban mucho antes para comenzar las tareas con el frescor de la mañana y el rocío en los arbustos.

Salió del castillo y le informaron que Llacer estaba trabajando en una de las casas de la zona sur de la ciudad. Se encaminó hacia allí y lo encontró flotando en torno a un tejado.

El Furtin lo saludó de pasada y continuó con sus tareas.

— Llacer —le gritó e hizo una señal para que se acercase—. Tenemos que hablar —Llacer se situó a su altura—. Será mejor que hablemos en privado —la voz de Rasllew sonaba seria y firme.

Llacer clavaba sus ojos en el rey, como haciéndole un escaneo.

— ¿Qué sucede, mi rey? —preguntó—. ¿Traes malas noticias?

— No, bueno espero que no —no tenía ni la más ligera sospecha de cómo se iba a tomar lo que le estaba a punto de decir—. Será mejor que me acompañes al castillo y hablemos allí.

Durante el viaje, Rasllew admiró la belleza de su perfecto vuelo, abatía las alas y planeaba por el cielo con una soltura digna de un águila.

Al llegar al castillo, hizo que les trajesen algo para beber a la sala del trono. Cuando eso sucedió, alzaron las copas y bebieron un poco.

— ¿Qué es eso tan importante que me quiere contar mi rey, que requiere de mi presencia en la sala del trono? —se notaba que no estaba cómodo con la situación.

Quizás esperase recibir una mala noticia.

—Verás, te he traído hasta aquí para decirte… para pedirte… para pedirle… —las palabras no salían de su boca—. Para pedirle la mano de su hija en matrimonio.

Aquellas palabras lo cogieron por sorpresa, se quedó blanco y sus ojos no miraban a ninguna parte. Antes de que pudiese reprochar nada, Rasllew se avanzó y le explicó la situación.

— Sé que somos especies diferentes, pero yo la amo. Además he hablado con el dios de Bastur y me ha prometido que me concederá tener un hijo con ella —las palabras se atropellaban en su boca.

El Furtin se asomó a la gran abertura de la sala, ensimismado en sus pensamientos. Rasllew no se acercó a él, sino que esperó a que fuese él quien diese el siguiente paso. Al cabo de unos momentos, que se le hicieron eternos, por fin se pronunció.

— ¿Qué opina ella de todo esto?

— Ella me quiere y está esperando que usted acepte lo nuestro —había comenzado a tratarlo de usted para mostrarle respeto.

— Siendo así, no voy a hacer nada que vaya en contra de los deseos de mi pequeña. Te doy mi consentimiento para que contraigas matrimonio con ella.

— Gracias —se arrodilló y, al contrario del día en que se habían conocido, esa vez fue el rey el que besó la mano del Furtin—. No se va a arrepentir de todo esto.

— Solo una cosa.

— ¿Qué? —preguntó Rasllew.

— No me trates de usted, no me gusta —sonrió—. Y ahora ve a buscarla y cuéntale lo que ha pasado. ¿De modo que eras tú el motivo por el que ha vuelto a sonreír? Ve con ella, que seguro que se muere de ganas de verte.

— ¿Dónde está ella?

— En la parte este de la ciudad.

— Muchas gracias Llacer —se puso en pie.

Se despidió cortésmente de su futuro suegro y salió en busca de Ly. Quería atar todos los cabos antes de hablar con su amada.

Lo encontró en la biblioteca como de costumbre. Tuvo que esforzarse para no gritar allí dentro, mientras le contaba que ya tenía el consentimiento de Llacer. Él se puso manos a la obra y comenzó a reunir a todo el pueblo para explicar la noticia.

Volvió a la sala del trono y llamó a su Trionex. Nada más llegó su criatura alada, alzó el vuelo desde la misma sala del trono y voló lo más rápido que pudo hacia el este, en busca de su amada.

La encontró de espaldas, volando entre dos casas.

— ¡Zaluka! —la llamó con todas sus ganas. Ella se giró y mostró una gran sonrisa cuando descubrió que era Rasllew el que la llamaba.

Aterrizó con su Trionex y desmontó. Se acercó a ella y sin mediar palabra, la besó apasionadamente. Al retirarse de su lado, ella lo miro con una mezcla de alegría por el beso y miedo porque las personas allí presentes los habían visto.

— Tengo muy buenas noticias —notó que su alegría la contagiaba—. Ayer vino el dios de Bastur a verme y me prometió que podríamos tener un hijo.

— Eso es… eso es… eso es genial —consiguió decir al final—. Podremos casarnos —lo abrazó fuertemente y apoyó su cabeza contra el hombro de su amado—. Ahora solo falta que mi padre lo consienta —dijo en tono pesimista.

— Vengo de hablar con él —ella se despegó de su hombro para verle la cara—. Tengo su consentimiento. Ya nada ni nadie nos podrá separar —Rasllew se separó de ella e hincó la rodilla derecha en el suelo—. Zaluka, me harías el hombre más afortunado del mundo si aceptases casarte conmigo.

— Claro que quiero.

Se volvieron a abrazar y allí se quedaron un buen rato. Ella dejó su faena y se fueron a dar un paseo que duró toda la mañana.

Rasllew recuerda esa mañana como una de las mejores de su vida. Dieron vueltas y más vueltas mientras hablaban del futuro. Finalmente, encontraron el camino que llevaba de regreso al castillo y lo siguieron cogidos de la mano.

Ya no les importaba que los vieran juntos. Avanzaron, y a lo lejos lograron ver a los primeros aldeanos trabajando en la reconstrucción de las casas. Cuando pasaron a su lado, dejaron de trabajar y comenzaron a aplaudirles y a vitorearles. Ly ya habría hablado con ellos y parecía que se lo habían tomado bien.

Lo mismo sucedió con el resto de aldeanos que se encontraron hasta llegar al castillo. Su madre y Ly los estaban esperando en la puerta. Al verlos, su madre salió a su encuentro.

— ¿Cuándo me lo ibas a contar? —dijo su madre indignada—. Soy tu madre y soy la última que me entero —no obstante, no pudo disimular la alegría que la embargaba y sonrió—. ¿Es ésta tu prometida? Es realmente guapa —dijo para sí misma.

— Mamá esta es Zaluka, Zaluka esta es mi madre —dijo haciendo las presentaciones pertinentes.

Se saludaron, se las veía felices, Ly también sonreía. Todo el mundo parecía de buen humor. Los días siguientes a ese fueron los elegidos para hacer los preparativos para la boda, que iba a tener lugar dos semanas después.

Durante ese tiempo, Ly logró hacer que las cascadas de agua volvieran a brotar de las paredes, de modo que ya no tenían que ir hasta el río a coger agua. Fue un gran paso adelante, porque podían ducharse cómodamente en el castillo y tener agua potable cuando quisiesen.

Un día, sin previo aviso, se congregaron en la puerta del castillo más de un centenar de desconocidos. En un primer momento, pensaron que eran enemigos, pero después de entablar una primera conversación con ellos, les dijeron que eran Yelou o descendientes de Yelou, que se habían retirado a la tierra hacía ya años. Uno de ellos, el más viejo, se había enterado de que los Yelou volvían a reinar en Bastur, había avisado a los demás y los había traído hasta el castillo.

Les sirvieron de mucho esos nuevos habitantes, muchos habían trabajado en la construcción, en la tierra, y se hicieron cargo de la reconstrucción de las casas, que avanzó de manera impresionante desde su llegada. Les aportaron mucho en muchos aspectos, algunos eran pescadores y cada día iban a pescar y traían peces frescos, que sabían estupendamente.

El pueblo estaba más lleno de vida que nunca, y cada día el castillo estaba más bonito y la ciudad más reconstruida. Los campos de cultivo llevaban camino de dar una buena cosecha y ya casi había casas reconstruidas para la mitad de la población.

Fue una semana después, cuando dos pescadores regresaron al castillo lo más rápido posible. Se habían dejado hasta las cañas de pescar en su puesto, porque decían que habían visto encallar un barco en la costa de la isla.

— ¡Un Barco! ¡Un barco! —gritaban una y otra vez.

Los Yelou se habían puesto muy nerviosos. Según sus creencias, no había nada más allá del mar. Rápidamente, la noticia de que era un barco del otro mundo había llegado a Bastur, se extendió por toda la ciudad.

— ¿Pero era un barco enemigo? —preguntó Ly a uno de los pescadores, ya en la sala del trono.

— No nos hemos quedado a comprobarlo.

Rasllew y Ly decidieron que irían a comprobarlo. Pensaron que una primera pasada en el Trionex alado les daría una idea de a qué se enfrentaban.

Rasllew se sintió muy alegre ante la posibilidad de volver a combatir. Fue en busca de su espada, que por otro lado había dejado de lado, y llamó a su Trionex.

Ambos Yelou se montaron y volaron en la dirección que les habían dicho los pescadores.

— No te acerques demasiado, esto sólo será una pasada de reconocimiento —dijo Ly en pleno vuelo.

— De acuerdo —respondió Rasllew.

Cuando llegaron a la costa lo vieron. Era un barco muy grande. Tenía unas velas enormes y estaba construido en madera dura. De él, bajaba un numeroso grupo de personas.

Ly se alivió al comprobar que no iban armados.

— Qué extraño, no van armados. Parecen simples aldeanos. ¿Qué harán aquí?

De repente una pieza encajó en el cerebro de Rasllew. Lo había olvidado por completo. Descendió con el Trionex hasta la tripulación del barco.

— ¿Qué haces? Es peligroso acercarnos tanto. No sabemos quiénes son —le advirtió Ly.

— Tranquilo, confía en mí —lo calmó Rasllew.

Llegaron a tierra y desmontaron del Trionex. Ly se mostraba desconfiado, pero Rasllew reconoció a la persona que buscaba entre toda la tripulación.

— Bienvenido a mi reino, Cet de Giathos.

Uno de los tripulantes descendió a la orilla y le hizo una reverencia al rey de los Yelou antes de hablar.

— Es un honor estar a su servicio, rey Rasllew —se volvió y señaló al resto de la tripulación—. Estos son los Giathotitas que han querido viajar a Bastur para formar parte de tu pueblo. El rey Zack te envía saludos y desea que vuestras relaciones sean igual de buenas en el futuro.

Rasllew se acercó y le dio un abrazo a Cet. Estaba contento de que hubiese llegado a Bastur sin mayor problema.

Horas después, los antiguos habitantes de Giathos, fueron conducidos a la Ciudad. El barco levó anclas y volvió a poner rumbo a Giathos. Ya en la ciudad de los Yelou, presentaron a los recién llegados como amigos del reino. El resto de Yelou se mostraron alegres ante el crecimiento de su poblado y les dieron un cálido recibimiento. Reubicaron a los nuevos habitantes en habitaciones vacías del castillo.

Los Giathotitas aportaron sabiduría y conocimientos del exterior a los Yelou. Hasta el maestro del poblado Yelou quiso aprender de lo que contaban los recién llegados.

A la mañana siguiente, Ly, su madre, Iriogero, Zaluka y Rasllew se encontraron en la sala del trono para debatir como todos los días.

— El crecimiento de la ciudad está siguiendo un buen ritmo —apuntó Iriogero.

— Si todo marcha bien, en poco tiempo, toda familia tendrá su propia vivienda —dijo Ly—. Con la llegada de los nuevos habitantes, se ha retrasado todo un poco, pero a la vez, tenemos más manos para trabajar.

— La gente los ha recibido con los brazos abiertos —observó su madre.

— Ahora mismo somos un pueblo mucho más grande de lo que hubiésemos imaginado —dijo Ly.

Todos se mostraron de acuerdo con aquello. Después, hablaron de los preparativos de la boda, que tendría lugar en una semana. Zaluka y su madre, junto con Ly, se estaban encargando de que todo estuviese a punto.

Ly le comentó a Rasllew que como iban tan bien las cosas, al día siguiente irían a ver al anciano del acantilado para avisarle de las nuevas de los Yelou.

Así que, a la mañana siguiente se montaron en el Trionex alado y se pusieron en marcha.

El día era soleado y no había ni una sola nube en todo el cielo. Para llegar hasta donde vivía el anciano del acantilado, tuvieron que pasar por el viejo castillo de los Sephal. Todo seguía igual, parecía un castillo fantasma. Rasllew le dijo a Ly que tendrían que volver para destruirlo y borrar el recuerdo de los Sephal.

Por fin, llegaron al acantilado. Las fuertes olas del mar chocaban bruscamente contra las enormes piedras que formaban el acantilado. En lo más alto de la más alta piedra había una pequeña cabaña construida con piedra y barro. El techo era de caña. Parecía que cualquier ola pudiera saltar por encima de las rocas y llevarse la cabaña con ella, pero no lo hacía.

— Allí es —señaló Ly la cabaña—. Te va a gustar conocerlo, es muy sabio. Te sacará de cualquier duda.

Aterrizaron a unos cien metros de la cabaña, Ly no podía aguantar la emoción y andaba muy deprisa, casi corriendo. Llegó a la cabaña mucho antes que Rasllew. Para cuando el rey cruzaba la puerta, su escudero ya se encontraba conversando con el anciano.

— Este es Rasllew, el rey Yelou que ha logrado la gesta — lo señaló con la mano y le miró.

Rasllew se giró hacia el anciano para presentarse, pero al verlo, reconoció su cara. En dos zancadas se puso delante de él y lo agarró del cuello.

— ¡Tú! —chilló—. Tú estabas en el castillo de los Sephal cuando nos enfrentamos a ellos. Estabas de su parte.

Era el anciano que había visto en la ventana la primera vez que se enfrentó a Soker y también lo había visto el día que había ido a desafiarlo.

— ¿Qué dices Rasllew? —dijo Ly, histérico.

— Estaba en el castillo de los Sephal cuando nos enfrentamos a su ejército, es uno de ellos —se giró para darle esas explicaciones a Ly, y notó que el cuello del anciano desapareció entre sus dedos. Se volvió a girar y ya no estaba—. ¿A dónde ha ido?

Miró para todas partes de la habitación pero no lo encontró, había desaparecido como por arte de magia.

— A tus pies —le avisó Ly.

Agachó la cabeza y vio una especie de erizo que se movía muy rápidamente y se escabulló entre sus pies.

— Atrápalo —le ordenó a Ly.

Su escudero se lanzó al suelo en plancha, pero no consiguió cogerlo. Como la puerta estaba cerrada, su enemigo no podía escapar de la cabaña, así que se puso a correr por toda la estancia.

Mientras, tanto Ly como Rasllew, se lanzaban a por él. Una de la veces, el rey casi lo atrapa, sus pelos, pese a ser muy parecidos a los de un erizo, no pinchaban, no obstante se le escapó. Al menos, logró desestabilizarlo y que casi cayera al suelo.

Ly pensó que era una muy buena oportunidad para atraparlo y se lanzó con todas sus ganas, el erizo lo esquivó y el escudero se chocó contra una silla rompiéndola con un gran crujido.

Ese era el momento, Rasllew sacó la espada y clavó la punta en su enorme cola, dejándola clavada al suelo de madera.

Pese a que el animal se movía y se retorcía intentando soltarse, le fue inútil. Rasllew ayudó a Ly a ponerse de pie. Pese a que era fuerte, había sido un buen golpe el que se había dado.

— Ahora nos vas a contestar a unas cuantas preguntas —le dijo cabreado al erizo—. ¿Qué hacías en el castillo de los Sephal? ¿Quién o qué eres? Y más vale que nos des unas explicaciones convincentes.

— Está bien contestaré a tus preguntas —dijo en tono sereno—. Pero antes liberadme.

Rasllew desclavó la espada del suelo y su cola quedó en libertad, acto seguido volvió a convertirse en el anciano que habían visto nada más entrar.

— Me llamo Saktar y llegué a Bastur hace ya muchos años procedente de Isla laberinto. No soy un guerrero y mi verdadera apariencia es la que acabáis de ver hace unos instantes. Me enviaron de Isla laberinto a Bastur para reclutar a guerreros y enviarlos a combatir allí. Tras mi llegada, los Yelou y las especies a su mando se negaron a ir a luchar, de modo que traté de convencer a unos cuantos Yelou para ponerlos de mi parte. No obstante, para hacer eso debía de ponerlos en contra de los demás Yelou. Hice un trato con ellos, este consistía en que si yo les daba un poder suficiente para vencer a los Yelou, ellos irían mandando generación tras generación a sus mejores guerreros para luchar de parte de los benignos.

Así pues les ofrecí la piedra Sephal. Actualmente ya no existe ninguna piedra de este tipo sobre todo Geo. Ésta, tiene el poder de aniquilar a los enemigos en un radio de unos tres kilómetros. Los vuelve locos, hace que los unos se peleen contra los otros dentro del mismo bando. Lamentablemente tiene un solo uso. Los Sephal la usaron y así se hicieron con el dominio de Bastur, a su nueva tribu le dieron el nombre de la piedra que había logrado su triunfo —por primera vez desde que había empezado el relato, dejó de mirarlos y agachó la cabeza—. Fue un gran error por mi parte, pero los Yelou se negaron a colaborar conmigo y era mi única opción. Si desde Isla laberinto se hubieran dado cuenta de que no mandaba a nadie para ayudarles a luchar, habrían mandado a otro para convencer a los Yelou y me habrían matado. Los Sephal han ido mandando guerreros a luchar a Isla laberinto durante todas estas generaciones. Pero hace un par de años desde Isla laberinto me enviaron a un mensajero para darme un toque de atención y comunicarme que el nivel de los guerreros que les mandaba había ido en descenso poco a poco hasta llegar a ser desastroso. Supongo que al separarse los Sephal de los Yelou, progresivamente han ido perdiendo el poder que les otorga haber nacido Yelou.

— De modo que tú eres el culpable de todo lo que ha pasado en Bastur. Les diste poder a los Sephal y les ayudaste a acabar con los Yelou. Todo ese sufrimiento ha sido por tu culpa —dijo Rasllew muy cabreado—. Supongo que entenderás que ahora te tenga que matar.

Levantó la espada y preparó un golpe que le rebanaría el cuello.

— ¡Espera! —gritó desesperado—. ¿No quieres saber dónde está tu padre?

Rasllew se detuvo de golpe.

— Habla.

— Yo liberé a tu padre de la mazmorra de los Sephal y lo envié en barco a Isla laberinto. Yo le ayudé a escapar. No soy un ser maligno, podríamos llegar a un acuerdo en el que vosotros mandaseis guerreros a Isla laberinto y yo os compensaría con magia.

— Lo siento, no quiero hacer tratos con alguien que ayudó a los Sephal —volvió a preparar un golpe para matarlo.

— Pero también ayudé a tu padre. ¿Qué hay de eso? —sudaba mucho y su tono de voz sonaba desesperado.

— Lo ayudaste después de haber condenado a su especie —dijo lleno de ira—. No te puedo dejar vivir, has hecho mucho daño a los Yelou.

— Pero podemos hacer un trato que satisfaga a las dos partes...

No lo dejó terminar, le cortó la cabeza. Su cuerpo se desplomó en el suelo y se volvió a convertir en el erizo que había sido cuando intentó huir. Sólo que ahora la cabeza estaba por un lado y el cuerpo por otro.

Rasllew y Ly se tuvieron que quedar un rato en la cabaña asimilando todo lo que les acababa de contar el difunto anciano del acantilado. Les había dado la explicación a la tragedia más grande en la historia de los Yelou. Tantos años de sufrimiento de su pueblo por culpa de Isla laberinto, un lugar que ni sabían dónde se encontraba.

Ly decidió que todo lo que les había contado el anciano quedase reflejado en los libros de historia de los Yelou, para dar una explicación a todo lo acontecido desde la fecha.

Actualmente, seis meses después de la visita al anciano del acantilado, Rasllew se encuentra felizmente casado con Zaluka. Ambos están esperando un hijo, al cual no han decidido que nombre poner.

Las tareas de reconstrucción de la ciudad han finalizado. Cada familia tiene su propia vivienda y cada habitante ha vuelto a trabajar en su oficio. Una vez al día se organiza un mercado donde se realizan comprar y ventas.

La ciudad cuenta con colegio para los más pequeños y una escuela de lucha. Iriogero ha reunido a un ejército, que se ocupa de defender la ciudad y de procurar que todo marche según las reglas del rey.

Esos son sólo algunos de los avances. Día a día, llegan nuevas propuestas o ideas que hacen de Bastur un lugar mejor para vivir. La ciudad vuelve a estar llena de vida.

Por su parte, Rasllew echa de menos los combates y las grandes batallas. Es como si, sin ellas, su vida estuviese vacía. Sabía que había nacido para ellas, pero su sitio estaba en ese momento junto a su pueblo.

Índice

Capítulo 1: Bastur... 11

Capítulo 2: Los Sephal.. 25

Capítulo 3: Soker... 63

Capítulo 4: El regreso.. 111

Capítulo 5: El rescate... 141

Capítulo 6: La Batalla.. 159

Capítulo 7: El Señor Chiflú... 169

Capítulo 8: El entrenamiento.. 183

Capítulo 9: La danza del bien y el mal.. 211

Capítulo 10: Giathos.. 247

Capítulo 11: La defensa de Giathos... 287

Capítulo 12: El brujo y el dragón.. 319

Capítulo 13: Regreso a Bastur... 343

Capítulo 14: Martora... 371

Capítulo 15: Rasllew contra Soker... 395

Epílogo... 415

www.ingramcontent.com/pod-product-compliance
Lightning Source LLC
Chambersburg PA
CBHW030750030726
47497CB00001B/213